中央戏剧学院戏剧学系教学参考书系列
“谭霈生-丁涛戏剧理论学派”学术文丛

戏剧本体论

（修订版）

谭霈生　著

中国国际广播出版社

图书在版编目（CIP）数据

戏剧本体论 / 谭霈生著. —修订版.—北京：中国国际广播出版社，2023.1

ISBN 978-7-5078-5275-2

Ⅰ.①戏… Ⅱ.①谭… Ⅲ.①戏剧文学—本体论 Ⅳ.①I053

中国版本图书馆CIP数据核字（2022）第223498号

戏剧本体论（修订版）

著　　者	谭霈生
责任编辑	乌誉菡
校　　对	张　娜
版式设计	邢秀娟
封面设计	赵冰波
出版发行	中国国际广播出版社有限公司［010-89508207（传真）］
社　　址	北京市丰台区榴乡路88号石榴中心2号楼1701 邮编：100079
印　　刷	天津市新科印刷有限公司
开　　本	710×1000　1/16
字　　数	290千字
印　　张	20
版　　次	2023 年 7 月　北京第一版
印　　次	2023 年 7 月　第一次印刷
定　　价	68.00 元

代 序

丁 涛

受谭霈生先生的委托代为写序，并借此就几个问题概述一下笔者个人对谭先生的戏剧理论的拙见，故将该代序视为导言。

本次由中国国际广播出版社出版的谭霈生先生的三部专著《论戏剧性》、《戏剧艺术的特性》及《戏剧本体论》都是旧作，但在三部专著重新出版之前，谭先生对原书的论述内容及章节顺序进行了多处调整及补充，以求得全书结构及论述的逻辑更为清晰、顺畅，因而是修订本。

20世纪80年代初，笔者在北京大学读研时第一次读到谭先生的《论戏剧性》(1981年版)，迄今已有40余年。笔者曾先后撰写并发表过几篇研究论文，对谭先生的戏剧理论阐释了自己的理解。多年来的感受是，他的著述乍读之下易读易懂，但深入理解却非常不易，可以说“常读常新”是笔者的真切心得。为该版而写序，笔者除了简略地介绍一下谭先生的成就、贡献外，还要简略地谈谈谭先生针对戏剧现实中所存在的诸种认知谬误所作出的拨乱反正。而弄清谭先生在其三本著作中到底谈了些什么问题，这将有助于深入理解谭先生的理论思想。

《论戏剧性》是谭先生的第一部专著，1981年由北京大学出版社出版(当年作为戏剧美学专著而被纳入美学丛书之列)；1984年，谭先生对其进行了较多的增补，仍由北京大学出版社再版，该版为修订本。其后的再版均以此修订本为准，如2005年2月由中国戏剧出版社出版的《谭霈生文集》（6卷本）、2009年由北京大学出版社出版的《论戏剧性》。时隔多年，直至此次，谭先生才再度对该书进行修订。

40余年间，谭先生及其著作早已广为人知，并享有盛誉。想当年，《论戏剧性》一经问世，便引起人们的广泛关注，成为难得一见的学术类畅销书。鉴于对戏剧理论事业的贡献，谭先生多次获得国家级奖项，并被评为第一届"国家级有突出贡献的中青年专家"；2006年，《谭霈生文集》（6卷本）荣获北京市"第九届哲学社会科学优秀成果奖"特等奖。2003年及2013年先后两次在北京召开全国性的"谭霈生戏剧理论学术研讨会"。《谭霈生戏剧理论学术研讨会论文选集·2013》2014年由文化艺术出版社出版。

北京市"第九届哲学社会科学优秀成果奖"的评委会这样评价谭霈生的学术成就，称他所建立的戏剧理论体系是"站在我国戏剧艺术的轨迹上进行的具有卓越贡献的全新创造"，"具有了当今戏剧理论界最为杰出的高点"，"文集不仅在理论上，更重要的是在实践上，为我国戏剧剧本创作界提供了具有特色性的结合点。此外，在对经典作品的解读方面，也为戏剧学领域后来的研究者提供了最为扎实的基础"。评委会还指出："我国要发展具有中国美学思想特色的创作观念；要创作出具有深刻文化背景的戏剧作品，要产生带有中国特点的表导演体系；而这一切的前提，就是要有具有独立体系的戏剧思想创造。从这个意义上来说，谭教授所承担的是开荒性的、基础性的和创建性的劳动。这种努力无论怎样估价它的价值都不过分。"确实，建构起包括剧本创作、表导演、舞台美术、鉴赏批评、戏剧美学等在内的一个具有中国特色的戏剧体系，形成颇有影响力的学派，这一愿景由于谭教授的贡献已成为可能。

谭霈生先生关于"戏剧性"这一问题的提出及阐述，为戏剧体系的建构奠定了基础，因为这涉及并回应论证了戏剧自身的独立自主性的根本问题。这一问题说起来很简单，因为戏剧之所以为戏剧而不是其他什么东西，就在于“戏剧性”是戏剧所独有的特性，但在现实中，“戏剧性”往往被遮蔽、被遗忘。将“政治性”“社会性”混同于“戏剧性”曾是我国戏剧界的常态，近些年又出现了与“叙事性”相混同的现象，不一而足。试想，倘若湮灭了“戏剧性”，就如同断了戏剧的根本，而对于断了根本的戏剧还奢谈什么建构愿景?！笔者曾多次撰文指出，正是缘于如此的自觉意识和研究思路，在闭锁的境况中，谭教授独自走上了从俄国形式主义直至索绪尔开创的结构主义的探索之路。这是“共时态”的研究，即将古今中外的所有优秀戏剧作品作为一个“共同的作品”，我们用“文本”“戏剧文本”来称之，从中找出它们共同的形式结构构成；而这种存在于文本中的稳定的形式结构构成，就是“戏剧性”。而且，耐人寻味的是，谭先生写作《论戏剧性》的时间是20世纪70年代末，紧随了西方兴起的强劲的结构主义思潮。

谭先生对中国戏剧历史及现状有着很深刻的研究，针对性极强，可以说，正是那些流行于学界诸种认知上的“混淆”“误解”，激发了谭先生的研究热情，使其开始了漫长的、不懈的探索。须指出的是，对于无论哪一个“谬见”，谭先生都是立足于“戏剧性”这一基点之上，也就是从根本处进行批判，作出学理的澄清、纠正。如将“综合性”认作戏剧的本质、将“矛盾冲突”认作戏剧的本质、将“文学性”“叙事性”当作戏剧的本质，等等。

谭先生秉承了自亚里士多德以来的戏剧基本观念，即行动是戏剧艺术的对象，而动作则是戏剧艺术的手段。于此，谭先生强调了动作的发生主体——个性，他一再提醒人们，动作是由主体（个性）所做的动作，这对于理论体系的构建来说非常重要，由此，他认同黑格尔的“动作源于心灵”一说，并将其确定为“动机”。动机存在于人的内心，是看不见的，而动作则发生在主体身体的外部（肢体、表情等），是可视可听的，动作是由动机产生的，或者说，动机引发了动作。“动机—动作”这一关系的确立，解决了将动作分割为“外部动作”与“内部动作”的二元论难题。在此版修正中，谭先生进一步明确动作的“双重性”特质：直观性与揭示性。也就是说，动作本身并不存在内与外，而是动作自身的特性具有着内外的双重功能。这就为“戏剧性”奠定了不可动摇的第一块基石。毋庸置疑，如若判定动作具有戏剧性，除了可视可听之外，还必须能够揭示人的内心动机。于此，“综合性”便得到了合理的归位。作为一门舞台艺术，戏剧确实是综合性的，与影视、戏曲等一样，从手段运用的可能性来说，它几乎能够收纳所有门类的艺术（旧有的及新出现的）到自己的门下，如言语、音乐、音响、舞蹈、绘画、灯光、道具、服装、舞台设置、多媒体等，但是“综合”后所生成的仍然是戏剧，而不是其他，而能将这么多门类的艺术形式转化并统一为“戏剧性”的，正是“戏剧性”动作。

继“戏剧性”之后，谭先生提出了自己独具匠心的、最重要的核心思想——“情境论”。

1987年，《人民日报》上发表了《对“戏剧本质”的再认识》一文，这是谭先生第一次提出自己对“情境论”的独特认识。1988—1989年，《戏剧本体论纲》（十几万字）在《剧作家》杂志上分期刊载，谭先生对自己的“情境论”新观点进行了深入的阐释。后又经过多年的不断思考、不断深化，直到2005年才将自己的心血之作公开出版，这就是《戏剧本体论》一书。该专著当年作为《谭霈生文集》第六卷由中国戏剧出版社出版。2009年，该书与《论戏剧性》再次由北京大学出版社出版。

那么，从“戏剧性”到“情境论”，其间的脉络逻辑是怎样发展的？这是我们应该搞清楚的。首先，谭先生针对的是在现实中长期流行的“重大事件说”和“矛盾冲突说”。这“两说”对现实所产生的巨大影响和所造成的危害令谭先生十分焦虑，尤其是“矛盾冲突说”。谭先生指出，无论是事件或是冲突，都是戏剧文本中的形式构成要素，明确这一点十分重要，因为以往的误区正是出在脱离了文本。譬如“重大事件说”，其要点不在于“事件”，而在于“重大”，不言而喻，“重大”二字所蕴含的意义并不存在于戏剧文本之中，而来源于文本之外，存在于政治或道德中。又譬如“矛盾冲突说”，谭先生指出，此说的误区在于它忽略并抛弃了人的关系的多样性。人的关系可分为“矛盾关系”和“非矛盾关系”，而“冲突”只存在于“矛盾关系”中，即使在“矛盾关系”中也只是那种被激化了的极端形态。谭先生完成了“转向”和“移位”，即将戏剧由“外”转向于“内”，将戏剧的基质挪移到文本。就此，事件之于戏剧的重要作用，就落在“动机—动作”上。谭先生着力研究并充分地论证了事件是怎样对人物的内心动机产生作用的，也就是说，事件的重要性并不在于事件本身的重大或微小，而在于事件是否构成促使人物形成行动的内心动机的成因之一。同时，谭先生还发现了“关系”具有与事件一样的作用，而“矛盾冲突”只是诸多关系中的特例。据此，“情境”这一概念术语逐渐清晰起来：事件、关系、环境成为构成情境的三个要素，情境是这三个要素的统称。在此，笔者有必要再度强调，谭先生之所以如此重视情境，或者说情境之所以在谭先生的理论建构中占据重要的位置，盖缘于情境之于动机的作用。换言之，无论是事件还是环境，抑或关系，如若能够成为情境的构成要素，就必须成为人物内心动机的成因。如此，谭先生赋予了情境这个词以崭新的意义内涵，开启了对戏剧本性的新向度的认知。图式如下：

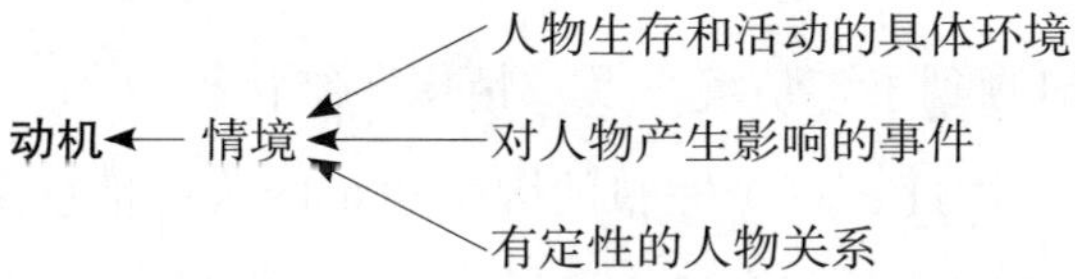

在其后的研究中，谭先生意识到，情境仅是生成内心动机的外部必备条件，而人物的个性则是另外一个不可或缺的成因构成要素。在《戏剧本体论》专著中，谭先生全面系统地论述了自己的理论思想，并且列出了如下的“戏剧情境逻辑图式”：

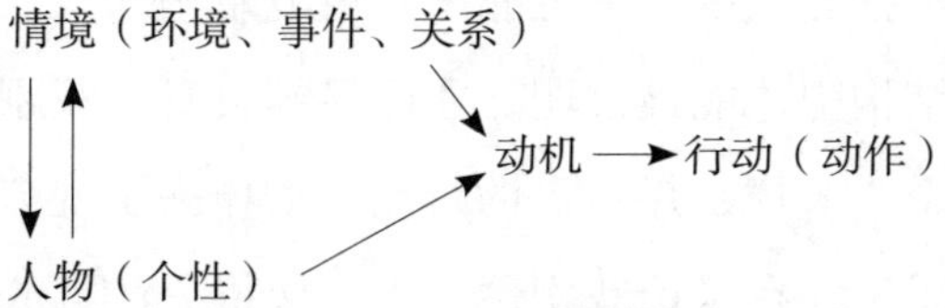

上述模式中的诸因素及构成在《论戏剧性》《戏剧艺术的特性》中均有详细的论述，那么《戏剧本体论》所标示出的图式与前两部著作又有哪些不同呢？有，这就是对人物（个性）与情境之间关系的新的确认。更确切地说，人物（个性）在整个图式中的位置和作用得到了确认。这一图式明白无误地表明，对戏剧动作产生决定和制约作用的有两个要素：人物（个性）和情境（环境、事件、关系），而且这两个要素一定要相互作用，在这样的情况下，才能产生具体的动机，从而促发具体行动（动作）的发生。

这一图式让人一目了然地看清其结构构成：

（1）情境是由环境、事件、关系这三因素构成的；

（2）人物（个性）与情境之间相契合；

（3）二者的契合推动并凝聚为具体的动机；

（4）动机则成为行动（动作）的内驱力，决定和制约着行动（动作）的产生。

从《论戏剧性》到《戏剧艺术的特性》再到《戏剧本体论》，谭先生的思路按照追根溯源之路向发展着，即从“果”向着“因”回溯根源：立足于“戏剧动作”，追究“动作”的“因”——“动机”，再往前探究“动机”的“因”，追溯到了“情境”及“情境”结构构成和“人物（个性）”，以及二者的契合。由此，一个完整的因果逻辑图式（情境逻辑图式）便结晶出来。从《论戏剧性》到《戏剧本体论》的过程，也是从戏剧文本形式结构的一个个构成要素，升华到对戏剧艺术形式结构的“有机整体”的把握和呈现的过程。

对情境逻辑图式的思考，实际上也是对人在这一图式中的位置及功能的追索，以及对人物（个性）与情境相互关系的不懈的思考。谭先生确定，在戏剧这一生存方式中，不可能离开情境结构来谈人的问题。人是怎样的？要在情境结构中才能被说明，才能显露自身。戏剧世界的个人，要像真实生活中的个人一样，靠自己的行动、动作去呈现自身。在此，谭先生有着两方面的思考，在《论戏剧性》中，他将关注点放在行动及其驱动力上：人选择怎样的行动（动作），出于人物（个性）自身内心的动机，但动机的产生却在冥冥之中又受着外在诸多因素、诸多力量的制约，即环境、事件、关系所组成的情境的制约规定。在《戏剧本体论》中，谭先生将关注点转到了人格与动机之上，即戏剧是如何表现人的。谭先生指出："在戏剧作品中，人格只能通过主体的行动呈现出来，那么，真正体现人格的则是行动的动机。"

从"动机—行动"到"情境—动机"再到"动机—人格"，这是谭先生先后重点关注研究的三组关系，图式如下：

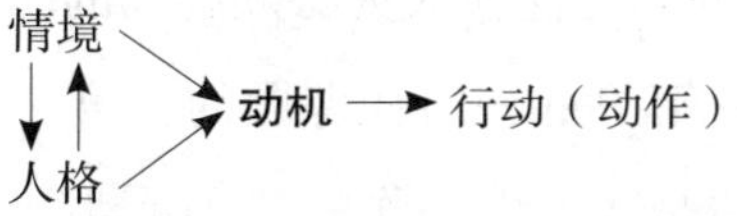

从这一图式中，我们可以充分认识到"动机"的特殊地位。其一，"动机"居中，与其他三个要素都发生着联系；其二，动作作为手段，人格则是目的所在，手段是为目的的达成而服务的。再次强调，请注意，在呈现剧中人物是怎样一个人时，"动机"所担当的重要角色。谭先生说得十分透彻："在人格的呈现领域，动机独享专利。"那么，究竟该如何界定"动机"？早先，谭先生强调，动机催生、助推了行动；如今，谭先生强调，动机就是人的内心世界，是人的生命运动。完整的表述："行动的动机乃是人的内在生命运动在情境中的凝聚，而人的内在生命运动，仍是从潜意识到意识、从本能冲动到自觉意志的生动的、完整的运动过程。这固然说明了人的内心与行动交合本身的复杂性，却也为剧作家的想象力与创造力的发挥拓展出广阔的空间。""应该强调的是，人格进入特定的情境凝结成具体的动机，导致行动，以完成自我表现。"在这一基础之上，谭先生对情境结构逻辑模式做了新的确认，"这一逻辑模式表明，情境乃是人格的规定形式和实现形式。说它是一种'规定形式'，是因为人格只有进入特定的情境才能确定向外释放的方向；说它是一种'实现形式'，是因为人格只有在情境中才能通过行动得以自我实现"。

至此，本体意义的“形式—结构”戏剧理论完整地建立起来。

谭先生戏剧理论的意义远远超出戏剧本身，具有更广泛的跨学科的重大意义。对此，笔者就几个问题简略地谈一谈自己的看法。

一是关于“内”与“外”的问题。这一问题能够被广泛地意识到并被提出，当推康德主体性哲学的创建及影响，他本人就曾提出“内在目的”与“外在目的”。试想，在人的世界中，人作为主体而确立自身的本体存在之后，人自身就成为“内”，而人生活于其中的世界，相对于人自身来说，自然就成为“外”，人的“内在世界”与人的“外在世界”就被分割开来。进而，“内”与“外”的同一性就成为必须解决的时代性课题。谭先生的理论思想是从两个层面来解决这一时代课题的，第一个层面是关于动作，上文已论及，动作的主体是人，以动作的“双重性”来予以解决；第二个层面（也是更为重要的层面）是“情境说”的创立：事件、环境、关系都是外在于人的，当它们与主体的人发生交集后，并对人的“动机—动作”的形成产生了实质性的影响，就转化为情境，从而实现了“外”与“内”的统一。

二是关于“戏剧性”与“叙事性”之争。从根处追究，这一问题源于戏剧艺术独具的双重形态：剧作形态与舞台演出形态。戏剧剧本是用语言文字书写而成，尽管剧本写作的宗旨是为着舞台演出，但剧本仍同小说一样有着文学阅读性，而且剧作家历来就跻身于文学家之列。就这一点来说，电影便无法与戏剧相提并论。小说是用语言文字书写而成的文学作品，小说的完成止于阅读者的阅读行为，而戏剧的最终完成则是呈现在舞台上的观演行为。由此，戏剧艺术的舞台呈现（导表演）被称为二度创作。众所周知，早在古希腊，亚里士多德就提出了解决纷争的答案：戏剧以动作为手段，而史诗则是以叙事为手段。其后，黑格尔秉承了亚里士多德所作出的区分，并进一步区分出诗的抒情性。但是，以上观点却不断地遭到质疑，至今仍有许多人反对亚里士多德作出的区分，认为叙事是戏剧的本性。这一纷争始终翻来覆去，迟迟得不到解决，深层次的缘由就在于此。于是，有些人干脆将文学性强加于戏剧，或者，为了戏剧的纯粹性，干脆认为应当取消剧本。谭先生则明确地将台词（对白、独白、旁白）认定为动作，不论是以语言文字书写在剧本中的台词，还是由演员说出来的台词，总之，“剧作家是动作的提供者，导演是动作的组织者，而演员则是动作的完成者”。谭先生的这一最新表述，为解决持续多年的纷争给出了令人信服的回应。众所周知，语言学在20世纪居于重要地位，倘若对语言学发展有所了解的话，那么对谭先生的“动作说”便不会感到意外。将语言与言语（话语）区分开，并且提出言语（话语）的“多样性”，同时强调语言的“操作”功能，这些观点早已成为共识。[①]所以，语言不仅具有认知逻辑的功能，还有着抒情、叙事、动作等诸多功能。

三是关于手段与目的。亚里士多德是从戏剧艺术的手段层面上来谈动作的，而谭先生则进一步阐释了戏剧艺术的目的：个性自身人格的呈现。正是在这一基础上，谭先生认同萨特的存在主义观点，以及马丁·埃斯林等人的见解。因而，谭先生的“戏剧情境逻辑图式”是合目的性的图式。在这一图式中，“动作”是逻辑起点，而“人格”则是被“澄明的”目的所在。

最后，笔者想说，对于谭先生的戏剧理论思想的认知理解，还有不少方面为我们所忽略，如对“场面”的创见、对“动机凝聚”过程（心路历程）的发现和阐释等。这些都具有着重大的理论与实践意义。

另外，在此说明，谭先生同意将该版书籍作为教材出版。实际上，多年来《论戏剧性》《戏剧艺术的特性》《戏剧本体论》中的内容都曾在学院内外被讲授，也被很多院校列为教材使用。

以上所述，作为三部著作再次出版的“代序”。

① 参见维特根斯坦所著的《哲学研究》（商务印书馆1996年版）一书。维特根斯坦是20世纪最伟大的哲学家之一。就所谓“语言学转向”而言，他的创见功不可没。

目　录

前　言……………………………………………………………………001

第一章　对传统观念的反思……………………………………………004

一、几种重要的观念……………………………………………………004

二、“冲突说”的批判…………………………………………………018

第二章　戏剧的形式……………………………………………………069

一、从萨特的存在主义戏剧谈起………………………………………074

二、戏剧的逻辑模式……………………………………………………091

三、逻辑模式贯通于戏剧创造的全过程………………………………130

第三章　为情境定位……………………………………………………140

——情境与其他形式元素的关系

一、情境与动作…………………………………………………………140

二、情境与悬念…………………………………………………………154

三、情境与冲突…………………………………………………………158

四、情境与场面……187

第四章　戏剧的形态……195

一、叙事与场面……197
二、情境形态的嬗变……209
三、情境的运动形态与结构类型……238

第五章　戏剧中的再现与表现……261

一、摹仿与再现……261
二、“表现论”与戏剧中的表现……267
三、再现与表现的融合……281

结　语……303

前　言

中国戏剧在进入20世纪80年代以后，一方面不断地在探索中求取进步；另一方面，戏剧界又不时地被危机感压迫着。戏剧危机的潜在要求和积极结果，则是对戏剧本体的求索。戏剧界的有志之士已经感觉到，中国戏剧之所以在一度兴旺之后屡遭观众的冷落，根本原因似乎在于本体的失落。80年代初逐步发展的“形式革新”的热潮，其中也潜藏着追寻戏剧本体的愿望。与戏剧实践上“形式革新”的热潮相伴随，关于戏剧观念的讨论一度成为戏剧界的热门。讨论中出现了两种截然对立的观点：一是格外重视“形式”本身的价值，认为只要着眼于这一命题，就可以自然完成“内在意义”的变革；二是更强调戏剧作品内质的深化，认为中国戏剧的痼疾在于对人的把握与表现方面的种种桎梏，试图从这一命题出发去寻求戏剧本体的回归。戏剧的实践正在证明，这两种主张表面上势同水火，实际上却应是相辅相成。戏剧以人为对象、为目的，如谈戏剧的本体，自然不能脱离这一基点；每一种艺术都是一种特殊的形式结构，戏剧作为一种艺术，它的本体构成自然也包含着它的形式结构。在戏剧观念的论争中各执一端的两种观点，应该是互生互补，在向滞碍戏剧进步的保守阵地的冲击中结成同盟。尽管两种观点在论争中针锋相对，但80年代的戏剧实践却给人一种印象：对表现形式的追求与对内在意义（在于对人的本体的把握）的开掘，已在分股合流。一批新的作品已经为关于戏剧本体的求索提供了实践的根据。

拙作《论戏剧性》在1981年由北京大学出版社出版以后，我曾经听到对该书的种种议论。《中国戏剧年鉴（1982）》发表了刘帼君介绍该书的文章，其中提道："稍感不足的是本书对当代中外戏剧的新情况、新问题、新经验涉及较少。"在我看来，该书确实存在这一弱点，而且并非只是"稍感不足"，可以说是大大的不够。该书出版于1981年，但却是在1979—1980年间写成的。在当时，对国外当代戏剧的介绍才刚刚开始，并不具备研究的条件。而中国的戏剧处于刚刚结束了十年动乱的空白期，虽有大量新剧目演出，但无论是作品的内在意义，还是外在形式，也都还没有提供更丰富的新问题和新结构。两年后，北京大学出版社要再版《论戏剧性》，我借此机会对初版本做了修订。我在《再版后记》中写道："我自己很清楚，现在所做的修改和补充，距离读者的希望还很遥远。其原因有二：一是我个人的才力有限，而这种局限性在两年多的时间内是难于克服的；二是再版修订的幅度毕竟是有限的，如果打乱原来的章节做'大手术'，那恐怕要变成另一本书了。"修订本在1984年出版，对刘帼君提出的不足之处虽稍有弥补，但未能完全解决。

《论戏剧性》一书从把握戏剧艺术的基本手段入手，阐明它的本性，并进一步从戏剧作品的构成要素（诸如"冲突""情境""悬念""场面"等等）去追寻戏剧性与非戏剧性的界限。在某种意义上，这些命题也触及戏剧的本体——它们都是戏剧的形式结构的局部；对一个个局部的探讨，并不就是从总体上完成对戏剧本体的追寻。所谓"本体论"，指的是对存在本身的探讨，亦即探讨对象的本质的学说。戏剧本体论正是把戏剧视为一种独立自足的存在的实体，探讨它自身的本质和基本特征。要完成这一重大课题，把握这一艺术样式特殊的表现手段，固然是重要的，但更需要进一步研讨戏剧的本质、戏剧的形式、戏剧的形态以及与此有关的问题。

戏剧作为一种独立存在的实体，它自身的本质和基本特征应该是可以被认识的。但是，作为一种艺术样式，它的内质和外在形式既有稳定的因素，又有变异的成分。因而，对它的认识也就不能僵化。对前述问题的研究，应属于戏剧美学的基础问题。这种研究作为一个学科，主要对象是戏剧的本质和基本特征，对它的任何一点认识都是从艺术实践中得来的；艺术家的创作实践都是充盈着创造性的探索，从而不断提供新的现象、新的经验和问题，要求纳入理论的视野。对上述课题的研究，如果忽视了对这些新现象、新结构、新问题的求索，把过去某个时期出现的杰作当成永恒性的典范，把从那些作品中概括出来的戏剧主张当成不变的法则，认识就会僵化。进入20世纪以后，新的戏剧流派不断出现，确实提供了极为丰富的经验和问题，它们当然应该成为研究的对象，使我们能够在更开阔的理论视野中完成对戏剧本体的思考。

研究戏剧的本体需要切切实实的工作，更需要正视真理的勇气。本书将要讨论的对象，有的是早已形成的被公认为权威的结论，有的则是中外戏剧家们提出的新的观点。我对它们大胆质疑，既不只是因为前者为“旧”，也不只是因为后者为“新”。对任何一种理论观点进行肯定或否定，唯一的标准是科学性。当然，面对永无穷尽的认识对象，所谓“科学性”也只能是相对而言。我当然无意把它作为一面大旗，以掩盖自己认知的谬误。我所能够做到的，只是以科学性为目标，在迈向它时尽自己之所能。

第一章　对传统观念的反思

自有戏剧以来，就有不少戏剧理论家、美学家把“戏剧的本质”作为一个重要命题进行研讨。在19世纪，这一命题几乎成为欧洲戏剧理论界关注的中心，然而，对它的回答却是众说纷纭，莫衷一是。如果我们把对这一命题的回答看作戏剧观念的重要内涵，那么由此也可以划分出不同的戏剧观念，它们对后世都有程度不同的影响。为了完成对戏剧本体的追寻，我们有必要对这些观念进行反思。所谓“反思”，即既要肯定其合理性，同时也要追寻其局限性。两相比较，应以后者为重。对前人的主张进行反思，并非要借以证明自己的睿智，而是让历史在时光流逝中显露其原色，让我们的认识得以揭开一切遮蔽，尽可能地接近存在的本质。当然，这项任务是相当艰巨的。

一、几种重要的观念

在戏剧史上，一种戏剧观念的提出，其时间可能或早或晚，其响应者可能或多或寡，然而，它们的真正价值却要不断经受创作实践的检验。在这一意义上，每一种观念都有自己的命运。说到底，它们的价值只能取决于其潜在的真理性。据此，我们拟从戏剧史上撷取几种重要的观念分别加以剖析，追寻各自的合理性及其局限性，从而为通向真理之路扫除障碍、明确方向。这些观念包括“摹仿——动作说”、“观众说”、“激变说”以及“冲突说”等等。

1.“摹仿——动作说”

关于“戏剧的本质”最古老的回答，应推亚里士多德的“摹仿说”，其要点是：诗的本性皆在于摹仿；戏剧诗所摹仿的对象，就是“人的行动”，或曰“行动中的人”。它与史诗的区别主要在于：“借人物的动作来表达，而不是采用叙述法。”一言以蔽之：戏剧乃是用演员的动作摹仿人的行动。[①] 我们也可以把这一观念看作关于戏剧的最早的定义，应该说，它是相当明确、完整的，在相当长的时间内，这种观念曾被普遍接受。然而，要对这种观念认真推敲，却不能回避与其有关的更为具体的问题，或者说，人们可以从不同的角度引申这一观念，认定不同的重心，生发出更具体的主张。

其一，“摹仿”这一概念本身的含义尚需进一步明确。

如果我们从艺术与现实的美学关系界定“摹仿”这一概念，那么，理论家们对它的解释并不统一。按照亚里士多德的界定，所谓“摹仿”，并不意味着对现实世界中某一原物的临摹，而是一种“创造”。正如他本人所说：

> 诗人的职责不在于描述已发生的事，而在于描述可能发生的事，即按照可然律或必然律可能发生的事。[②]

他在说明历史与诗的区别时，特别强调两点：一是历史叙述已发生的事，而诗描述可能发生的事；二是历史叙述个别的事，而诗描述的则是带

---

① 亚理斯多德.诗学［M］.罗念生，译.北京：人民文学出版社，1962.亚理斯多德，即亚里士多德。

② 亚理斯多德.诗学［M］.罗念生，译.北京：人民文学出版社，1962.

有普遍性的事。因此，所谓“摹仿”活动，乃是一种创造活动。面对艺术与现实的关系这一命题，我们当然更倾心于亚氏对“摹仿”的解释，确认它更具有美学意味；然而，人们也可以把“摹仿说”引入另一条线路，例如，罗马理论家西塞罗就曾认定，戏剧乃是“生活的摹本、习俗的镜子、真实的反映”[①]。如此解释“摹仿说”，似乎更符合这一概念在语义学中的本义。其实，所谓“摹本”“镜子”“反映”等等，其含义也都具有很大的弹性。比如，所谓“习俗的镜子”，乃是一个含义不明确的比喻词。在浪漫主义戏剧理论中，“镜子”被确认为不同的含义，雨果曾经说过：

> 我们好像觉得已经有人说过这样的话：戏剧是一面反映自然的镜子。不过，如果这面镜子是一面普通的镜子，一个刻板的平面镜，那么它只能够映照出事物暗淡、平面、忠实但却毫无光彩的形象；大家都知道，经过这样简单的映照，事物的颜色和光彩会失去多少。戏剧应该是一面集中的镜子，它不仅不减弱原来的颜色和光彩，而且把它们集中起来，凝聚起来，把微光化为光明，把光明化为火光。[②]

在戏剧史上，雨果的这篇论文被称为“浪漫主义戏剧的宣言”，文中的这段话自然也代表了浪漫主义的戏剧主张。然而，雨果关于“普通的镜子”和“集中的镜子”的比较，却更切合戏剧艺术与现实世界的美学关系。由于“摹仿”这一概念本身可能被引申出不同的观念，后世的理论家又把“摹仿说”分为“单纯的摹仿”“本质的摹仿”“理想的摹仿”等，用以标示三种不同的解释。到了现代，由于“摹仿”这一概念本身存在的种种不确定性，有人已提出应该用“再现”一词取代“摹仿”，而某些美学流派则主

① 转引自：尼柯尔.西欧戏剧理论［M］.徐士瑚，译.北京：中国戏剧出版社，1985：23.

② 雨果.论美丑对照与艺术真实：《〈克伦威尔〉序》片断［J］.柳鸣九，译.世界文学，1961（3）：92-106.

张把“摹仿”“再现”统统排除在艺术视野之外。[①]

其二，即使我们赋予“摹仿”以明确的含义，并力求科学地说明艺术与现实的美学关系，也难以借用这一概念把不同的艺术样式区分开来。比如，亚里士多德在提出“摹仿”这一概念时就明确指出，一切艺术都是摹仿。他甚至认为，史诗与悲剧都是“行动的摹仿”，要把两者区分开来，关键是要认清各自特殊的“摹仿的方式”，即前者是用叙述法，后者则是用动作来表达。这里所说的“摹仿的方式”，也就是指各自的表现手段，根据各种艺术的表现手段界定它们的特性，当然是有效的。亚里士多德把戏剧界定为“用动作来表达”，确实指明了这种艺术样式的根基。他在这里所说的动作，意指演员的表演；所谓“用动作来表达”，正是指通过演员的表演摹仿人的行动。据此，我们可以确认两点：一是决定戏剧艺术基本特性的乃是演员的表演艺术；二是演员表演艺术的基本手段是动作。所谓“动作”，狭义的内涵是指演员的形体动作，当然，我们也可以把它扩展为演员摹仿人的行动时的全部手段（包括形体动作、言语动作、静止动作等等）。亚里士多德通过对“摹仿的方式”的解释，把动作作为戏剧艺术的基本特性，从而将“戏剧是摹仿”这个一般性的命题具体化、定性化了。如果说，“戏剧是摹仿的艺术”这一结论可以成立，那么，还必须以“戏剧是动作的艺术”作为定性化的前提。值得注意的是，后世有的戏剧家正是在这一意义上使用“摹仿”这一概念，以追寻戏剧与叙事诗的区别。在18世纪，德国戏剧家席勒就曾说过：

> 悲剧是一个行动的摹仿。摹仿这个概念就使悲剧有别于其他单靠叙述或者描写的艺术。在悲剧中，个别的事件在其发生的瞬间，必须作为现在的事情，直接陈诸观众的想象力和感官之前，不容第三者插入。史诗、长篇小说、短篇故事，凭它们的体裁，把人物的行动移到

① 本书的最后一章，还要具体讨论这类问题，这里暂不展开。

远方，因为在读者和进行行动的人物之间，横插进来一个叙述者。但是谁都知道，远方的事情或者过去的事情是削弱印象和削弱人们的关切和激情的。而现在的事实则使之加强。一切叙述的体裁使眼前的事情成为往事，一切戏剧的体裁又使往事成为现在的事情。[①]

席勒强调“叙述的体裁”与“戏剧的体裁”的这种区别，正是源于不同的摹仿方式。戏剧艺术正是通过演员的动作，把人的行动直接陈诸观众面前，使之成为一种现在时态的直观。戏剧艺术恰恰是凭借“用动作来表达”而获得这种优势，从而使其蕴含的情感内容具有更强的感染力和冲击力。

马克思曾经断言：“正如亚里士多德所说，动作是支配戏剧的法律。”[②]事实是，尽管有些美学家、戏剧理论家在认定戏剧的本质时各有所重，但是，大多数不忽视动作的特殊价值。例如，黑格尔在谈到戏剧的对象时，特别强调人物内心世界居于中心地位，而且，他对戏剧性冲突格外重视；但是，他却认为：“在戏剧里，具体的心情总是发展成为动机或推动力，通过意志达到动作，达到内心理想的实现……”[③]在这里，动作的基本功能得到了精辟的表述。美国戏剧理论家劳逊本是“冲突说”的支持者，然而，他却毫不含糊地说：“‘动作是戏剧的根基’这一句简单的话说明了一个基本的真理。”[④]“根基”二字足以说明动作在“戏剧艺术大厦”中的重要地位。不过，真正把“动作”作为戏剧的基本要素，构建成一种独立的戏剧观念者，却是美国戏剧理论家、教育家贝克教授。他认为，动作与感情是

---

① 席勒.论悲剧艺术［M］.张玉书，译.杨业治，校//古典文艺理论译丛编辑委员会.古典文艺理论译丛：第六册.北京：人民文学出版社，1963：98.

② 马克思.印度问题［M］//马克思，恩格斯.马克思恩格斯全集：第十二卷.北京：人民出版社，1962：264.

③ 黑格尔.美学：第三卷 下册［M］.朱光潜，译.北京：商务印书馆，1981：244.

④ 劳逊.戏剧与电影的剧作理论与技巧［M］.邵牧君，齐宙，译.2版.北京：中国电影出版社，1978：15.

戏剧的要素。所谓“感情”，是指“所要达到的感情，乃是观众的感情。被传达的感情乃是剧中人物的感情”，而“动作是激起观众感情的最迅速的手段”。据此，他断言：“动作确实是戏剧的中心。”贝克不仅指明动作的地位和作用，还对这一中心要素进行定性分类，使之成为一个特殊的观念体系。[①]

对动作格外重视，在以实践为本的戏剧理论中更为突出。斯坦尼斯拉夫斯基正是将自己创立的演剧体系建立在动作的基础之上，他认为：“在舞台上需要动作。动作、活动——这就是戏剧艺术、演员艺术的基础。”[②]俄国的另一位舞台艺术家梅耶荷德被称为表现派的大师，他与斯坦尼斯拉夫斯基有很多完全不同的演剧主张，构成一种特殊的表演形态。但是，他也认为：“对待动作，就像对待任何依附于艺术形式规律的现象一样。动作在戏剧表演创作中，是一种最有力的表现手段。”[③]他们的主张殊途同归，说明动作乃是渗透在不同表演形态之中的共同规律。

动作作为戏剧艺术的表现手段，我们可以把它称为戏剧艺术的“基础”“根基”，也可以把它视为“戏剧的中心”；然而，这并不意味着把它确立为“戏剧的本质”所在。针对某种艺术样式而言，特殊的表现手段可以造就艺术形象的模式和形态类型，该艺术样式也可以凭借它与其他艺术样式相区别。然而，手段毕竟只是手段，倘若仅仅凭借手段，还不能建立一种独立的形式结构，因为手段终究不是形式本身。在戏剧中，动作是完全必要的；但是，仅仅凭借动作，我们甚至难以确认它的意义。在具体的

① 均参见：贝克.戏剧技巧［M］.余上沅，译.北京：中国戏剧出版社，1985.在这部专著中，贝克将动作区分为纯粹外部动作、性格化动作、帮助剧情发展的动作、内心动作、静止动作等。我在《论戏剧性》中曾指出，对动作的这一分类，特别是把纯粹外部动作与内心动作截然分开，是不科学的。如果读者对这一问题有兴趣，可参看拙作《论戏剧性》，北京大学出版社1984年版，第一章。

② 斯坦尼斯拉夫斯基.斯坦尼斯拉夫斯基全集：第二卷［M］.林陵，史敏徒，译.北京：中国电影出版社，1959：56.

③ 梅耶荷德论演技［J］.孙德馨，译.外国戏剧资料，1979(3)：68-83.

作品中，任何一个动作（形体动作或言语动作），都必须与动作主体所置身于其中的特定情境联系起来，才可能生成意义。因此，戏剧作为一种特殊的形式结构，其基础还与情境有关。

2.“观众说”

在19世纪，法国戏剧理论家萨赛提出一个特殊的命题：“没有观众，就没有戏剧。”他把“观众”的存在认定为戏剧的“必要条件”，即戏剧的本质所在。他指出：

> 这是一种不容争辩的真理：不管是什么样的戏剧作品，写出来总是为了给聚集成为观众的一些人看的，这就是它的本质，这是它的存在的一个必要条件。不管你在戏剧史上追溯多远，无论在哪个国家、哪个时代，用戏剧形式表现人类生活的人们，总是从聚集观众开始……没有观众，就没有戏剧。观众是必要的、必不可少的条件，戏剧艺术必须使它的各个“器官”和这个条件相适应。
>
> 我之所以强调这一点，正因为这确实是出发点，正因为我们要从这个简单的事实引出戏剧的全部规律，没有一个例外。[①]

确立这一出发点，对认识戏剧艺术的规律，确实是极为重要的。

任何一种艺术样式都需要接受者——欣赏者，这是不言自明的。然而，这里所说的欣赏者，与戏剧艺术的观众，并非同一意义。一部戏剧作品的创作是从剧作家写剧本开始的，剧本可以作为一部文学作品发表或出版，供人阅读，拥有一定数量的读者。读者阅读剧本，与阅读小说具有同质性，但与观众看戏却有很大区别，停留在阅读阶段的剧作，还不能被看作一部

① 萨赛.戏剧美学初探［M］.聿枚，译//古典文艺理论译丛编辑委员会.古典文艺理论译丛：第十一册.北京：人民文学出版社，1966：254-255.

真正的戏剧作品的问世，也就是说，一部剧本出版之后，被置放于图书馆里或私人的书架上，可以随时供人阅读，这时，它只具有文学价值，尚不具有戏剧价值。真正意义上的戏剧作品，指的是一场戏剧演出。从剧本到演出，要经过反复的排演，这是在导演领导下由演员、舞台美术工作者、音乐工作者等集体创作的过程，最后才使集体劳动的成果与观众见面。至此，一部真正意义上的戏剧作品才算完成。基于此，萨赛用排除法寻找戏剧艺术的支柱，即“从戏剧演出中的一个又一个的附属物看来，除观众这个附属物外，所有的附属物都是可以代替的，或不予采用的”[①]。对这一主张，我们除了赞同之外，或许还应补充两点：其一，如说观众是必不可少的，那么，他就不是“附属物”；其二，萨赛所说的“附属物”可以包括布景、道具、服装、化装、灯光、音乐，甚至也可以包括舞台，然而，演员却是不能代替的，是必须“采用”的。这样，尼柯尔的意见便可谓一语中的，他指出：“那么，萨赛的观点就不妨扩大为这样一句话：‘一出戏没有看戏的观众，没有演戏的演员，则是不可思议的。’”[②]这一补充并不与萨赛的观念相悖。

萨赛通过排除法强调演员与观众的必要性，而否定其他“附属物”的存在意义，作为一种戏剧观念，其价值究竟为何？可以看到，萨赛“观众说”的实质，不仅在于突出了观众在戏剧中的必要性，还在于以此为前提，引申出关于戏剧的规律。他说：

> 戏剧艺术是普遍或局部的、永恒或暂时的约定俗成的东西的整体，人靠这些东西的帮助，在舞台上表现人类生活，给观众一种关于真实的幻觉。[③]

① 转引自：尼柯尔.西欧戏剧理论［M］.徐士瑚，译.北京：中国戏剧出版社，1985：30.

② 尼柯尔.西欧戏剧理论［M］.徐士瑚，译.北京：中国戏剧出版社，1985：31.

③ 萨赛.戏剧美学初探［M］.聿枚，译//古典文艺理论译丛编辑委员会.古典文艺理论译丛：第十一册.北京：人民文学出版社，1966.

这里所说的“约定俗成”是一个含义复杂的语词，萨赛的本意是，观众对戏剧的要求并不是照搬生活的原貌，而是以特殊的表现方式对生活进行改造、变形，给观众一种新奇感，从而获得真实生活的幻觉。在这个意义上，所谓“约定俗成”乃是观众与戏剧之间达成的一种默契，可以理解为俄国形式主义美学提出的“陌生化”，也可以解释为戏剧通常使用的一个术语——假定性。观众与戏剧之间约定俗成的东西，有的是普遍的、永恒的，有的则是局部的、暂时的，戏剧的“游戏规则”正是由它们融合而成的。然而，如要追寻戏剧的本质，我们还需要把萨赛的思路深入下去，进一步搞清那些“普遍或局部的、永恒或暂时的约定俗成的东西”究竟是什么。

萨赛的“观众说”提出将近一个世纪之后，波兰导演格洛托夫斯基成为他的知音。如果说，萨赛是出于理论的动机构建一种戏剧观念，那么，格洛托夫斯基作为一位导演艺术家，他的动机就更具有实践性，这位艺术家同样用排除法追寻戏剧“必不可少”的要素，他认为：

> 经过逐渐消除被证明是多余的东西，我们发现没有化妆，没有别出心裁的服装和布景，没有隔离的表演区（舞台），没有灯光和音响效果，戏剧是能够存在的。没有演员与观众中间感性的、直接的、“活生生”的交流关系，戏剧是不能存在的。①

运用相同的方法，得到同样的结论，这种现象本身就富有启示性。可是格洛托夫斯基的兴趣并非仅仅在于重复一种戏剧观念，他的主要目的在于向传统的“富裕戏剧”挑战，剔除戏剧肌体上一切多余的“附属物”，进行新的戏剧实验，正像他自己所说：

---

① 格洛托夫斯基.迈向质朴戏剧［M］//童道明.现代西方艺术美学文选：戏剧美学卷.沈阳：春风文艺出版社，1989.

> 拆除了从舞台到观众席上的全部设备：在每次演出中，为演员和观众设计新的空间。因而，表演者与观众关系的无限变化就是可能的了。[①]

戏剧既然只是“发生在观众与演员之间的事情”，探求两者关系的无限变化，自然是令人神往的创举。通过强化演员的各种技能和表现力，追寻与观众之间感性的、直接的、活生生的相互交流的多种可能性，这是有关戏剧发展前景的重大课题，而这位波兰导演正是在这方面做出了独特的贡献。

如果说，演员与观众在演出进程中的现场直接交流，乃是戏剧（较之电影、电视剧）艺术的优势，那么，无论是萨赛的“观众说”，还是格洛托夫斯基的戏剧实验，都有助于戏剧艺术正视、发展自己的优势。正因为如此，他们的主张和实践都受到普遍的重视，赞同萨赛的“观众说”者大有人在。探索“表演者与观众关系的无限变化”的理论与实践，对现当代戏剧同人们具有很大的吸引力，他们追随格洛托夫斯基，热衷于“演员与观众的直接交流”“让观众直接参与演出”诸如此类的主张和追求。针对这一现象，苏珊·朗格给出了忠告：

> 寻求错觉，让人信以为真，以及剧场中的“观众参与”，实际上都是否认戏剧是一种艺术。[②]

她的话语值得人们重视和深思。实际上，我们的理论主张与戏剧实验常常在“艺术”的边界上滑动，稍不留神就会越过边界，把戏剧推向“非

---

① 格洛托夫斯基.迈向质朴戏剧［M］//童道明.现代西方艺术美学文选：戏剧美学卷.沈阳：春风文艺出版社，1989.

② 朗格.情感与形式［M］.刘大基，傅志强，周发祥，译.北京：中国社会科学出版社，1986：370.

艺术"的境地。尼柯尔在谈到此类问题时，曾经援引两个"奇闻轶事"，大意是：一个农民去看莎士比亚的《理查三世》，当"理查三世"落落大方地说，谁给他一匹马骑，他就把自己的王国送给谁的时候，那个农民站起来说，他用不着那么大的代价，就可以送给国王一匹骏马。还有一个故事讲到一位善良的太太去看《哈姆雷特》，当她看到哈姆雷特同雷欧提斯用剑格斗时，她大声警告说，那把剑已涂上了毒药。[①]我们还可以罗列一些类似的例证。在这里，两位观众在剧场里的表现，既可以作为产生"真实的幻觉"的突出例证，也可以视为"观众参与"的极端事例。然而，就在这一瞬间，那位农民和善良的太太已经从艺术欣赏滑落到"社会生活的参与"当中。显然，这不是萨赛和格洛托夫斯基所追求的境界。

3."激变说"

在19世纪末，一个重要的戏剧观念从法国传到欧美剧坛，支持者众多，在相当长的时间内成为戏剧理论的主流，这就是"冲突说"。正是由于这种观念影响巨大，这里暂不讨论，留待后面再进行专题研究。这里介绍的"激变说"，与"冲突说"有着特殊的关系。

1912年，英国戏剧理论家阿契尔写完了《剧作法》一书，此书的主旨在于讨论剧本创作的技巧。全书的第三章以《戏剧性与非戏剧性》为题，把讨论的对象锁定在布伦退尔关于"意志冲突"的观念上。他认为，尽管有许多剧本（也许是大多数剧本）都以某一种冲突为对象，但是，如果把冲突说成是戏剧必不可少的东西，尤其是像布伦退尔那样，坚持冲突必须发生在意志与意志之间，那显然是一种错误。[②]阿契尔否定"意志冲突说"，是为了引出自己对戏剧本质的见解，他反问道："如果冲突不是戏剧的实质，戏剧的实质究竟又是什么呢？我们认为富于典型的戏剧性的主题、

① 尼柯尔.西欧戏剧理论［M］.徐士瑚，译.北京：中国戏剧出版社，1985：35.

② 阿契尔.剧作法［M］.吴钧燮，聂文杞，译.北京：中国戏剧出版社，1964：28.

场面和事情，它们的共同特质又是什么呢？”[①]他的回答是：

> 说戏剧的实质是“激变”（crisis），也许是我们所能得到的一个最有用处的定义。一个剧本，在或多或少的程度上总是命运或环境的一次急遽发展的激变，而一个戏剧场面，又是明显地推进着整个根本事件向前发展的那个总的激变内部的一次激变。我们可以称戏剧是一种激变的艺术，就像小说是一种渐变的艺术一样。[②]

这里所说的“激变”（crisis），也可译作“危机”。阿契尔可能认为，“激变”这一概念的内涵本来就是清晰的，用不着加以具体说明。但是，理论家们的反应却是否定性的。贝克认为，阿契尔虽然把“激变”视为“戏剧的实质”，却未能告诉我们构成“激变”的是什么，因之，“我们无从下定义”。[③]其实，贝克的指责并不公允。

认真阅读《剧作法》的有关章节，我们对“激变”这一概念及阿契尔的戏剧主张，会获得明确的理解。阿契尔把“激变”这一概念限定为“命运或环境的一次急遽发展的激变”，他列举的例证是“一场严重的疾病，一次法律诉讼，一次破产，甚至一次平平常常的婚事”，在他看来，这些都可能是一个人的生活中的“激变”，但却不一定“对戏剧具有重大的意义”。为了区分“戏剧性的激变”与“非戏剧性的激变”，他指出：

> 戏剧性的激变总是通过——或者可以设法使它很自然地通过一连串较小的激变而发展，并且在发展过程中或多或少地含有能激动人的情绪的东西。如果可能的话，还含有生动的性格表现在内。[④]

---

① 阿契尔.剧作法［M］.吴钧燮，聂文杞，译.北京：中国戏剧出版社，1964：32.

② 阿契尔.剧作法［M］.吴钧燮，聂文杞，译.北京：中国戏剧出版社，1964：32-33.

③ 贝克.戏剧技巧［M］.余上沅，译.北京：中国戏剧出版社，1985：50.

④ 阿契尔.剧作法［M］.吴钧燮，聂文杞，译.北京：中国戏剧出版社，1964：34.

作为“戏剧性的激变”的完整定义，这段话本身似乎是不够清晰的。不过，我们根据他对具体例证的说明以及与此有关的论述，还可以对这段话进行必要的补充——阿契尔所说的作为“戏剧的实质”的“激变”，具有如下的性质：

其一，作为一个个事件，它们可能是逐步酝酿、发展的过程的结果（“但它们却是在一段很短的时间之内实际发生的”），也可能是突然发生的，但是一旦发生了，对当事人就会产生重大影响，成为他（或她）命运中“急遽惊人的变化，希腊人称之为‘突转’”。

其二，在这样的关头，由于事件的推动力和冲击力，人物必须进行抉择，确定行动的方向。阿契尔十分重视这一特质，他在特别添加的注释中强调说：“如果戏剧的实质在于激变，那么不用说，没有任何东西比做一次将使抉择者和其他人的性格和命运受到决定性影响的重大抉择更富于戏剧性的了。”在这样的时刻，必定要产生“悬念”。①

其三，阿契尔还强调，戏剧性的“激变”“还含有生动的性格表现在内”，说得明确些，这样的“激变”只是为“生动的性格表现”提供了充分的可能性。

有趣的是，较之其他观念，“激变说”遭遇的误解可以说是最多的。特别是，有些“冲突说”的拥护者竟把“激变说”纳入布伦退尔的线路。阿契尔的同胞琼斯在评判布伦退尔和阿契尔孰是孰非时，虽然不得不承认阿契尔对“冲突说”的批评有可取之处，却偏袒布伦退尔，甚至认为阿契尔的“激变说”与“意志冲突说”“多半属于同一品类”，它们“有许多方面都是一致的”，他的结论是前者可以纳入后者之中。②问题在于，无论琼斯怎样“调和”，“激变”与“冲突”毕竟不是同一概念。劳逊也是“冲突说”

① 参见阿契尔《剧作法》中《戏剧性与非戏剧性》一章，中国戏剧出版社1964年版。

② 参见琼斯的《〈戏剧的规律〉序言》，转引自：劳逊.戏剧与电影的剧作理论与技巧［M］.邵牧君，齐宙，译.2版.北京：中国电影出版社，1978：211.

的拥护者，他认为，阿契尔之所以对布伦退尔关于“意志冲突”的理论持有异议，主要是不能接受关于“特定的意志力”的观念，对这一点，他也是无法接受的。劳逊说，阿契尔曾列举了几个剧本，以此证明这些剧作中并没有所谓“意志冲突”的戏，但阿契尔错了，他误解了这些剧作，原因在于，阿契尔“把两种不同的冲突混淆起来了：一种冲突是人与人之间的冲突，另一种冲突是一种自觉的特定目的跟别人或社会力量相对立的冲突”。据此，他对阿契尔提到的几部剧作一一进行分析，认为其中既不缺少自觉意志的运用，也不缺少冲突（包括两种不同的冲突）。可见，在为“意志冲突说”辩护的立场上，劳逊比琼斯更为坚定。欲维护某种观念，偏见是难以避免的。劳逊分析这些剧本从而为“意志冲突说”辩护时，也时有牵强附会之弊。[1]尽管如此，劳逊对“激变说”本身的评价，却是相当精到的。他从阿契尔对“激变说”的说明中引申而出的结论是：阿契尔“很清楚地知道，戏剧必须处理能够影响人的生活和情绪的各种**情境**”。据此，他认为，“激变说”“无疑是丰富了我们关于戏剧性冲突的概念”。[2]这一结论要比琼斯对二者的“调和”更为公正，也更为贴切。

其实，我们完全可以把“激变”这一概念引入“情境”理论。阿契尔把“激变”看作对人的生活和命运产生重大影响的事件，这样的事件一旦发生，就把人置于抉择的关头……这也还是“情境”的特质。如把“激变说”与“情境”理论联系起来，还应有两点补充：

其一，按照阿契尔对“激变”的界定，它只能是“情境”的一种形式，而并非全部；

其二，虽说“激变”与“冲突”有密切的联系，但是，并非一切“激变”都必然发展成为“冲突”。

---

① 关于阿契尔和劳逊对几部剧作的见解，我们在讨论布伦退尔的“意志冲突说”时，将会详细引述。

② 劳逊.戏剧与电影的剧作理论与技巧［M］.邵牧君，齐宙，译.2版.北京：中国电影出版社，1978：211.着重点是原书已有的。

在这个意义上，阿契尔的“激变说”，可以给予我们很多有益的启示。对此，我们在下一章将具体研讨。

关于戏剧本质的观念，除以上介绍的几种外，还有“冲突说”。由于这种观念最为重要，下面将专题讨论。

二、“冲突说”的批判

英国戏剧理论家尼柯尔认为：“所有的戏剧基本上都产生于冲突。在悲剧中，总是有形体力量之间的冲突，或精神力量之间的冲突，或二者兼而有之。而在喜剧中，总是有人与人之间的冲突，男女之间的冲突，或个人与社会之间的冲突。在悲剧中，‘怜悯与恐惧’，借用亚里士多德著名的说法，就是来自这种冲突；而在喜剧中，可笑的成分也来自同一要素。”[①]这段话可以代表“冲突说”的基本精神。

作为一种戏剧观念，“冲突说”源远流长。有人说它起源于黑格尔的戏剧主张，有人认为18世纪法国作家伏尔泰已有类似的主张，有人甚至把亚里士多德认定为“冲突说”的鼻祖[②]。对此，我们暂且搁置不谈。有一点是不容置疑的：把“冲突”确认为“戏剧的本质”而又建构成一个理论体系者，乃是法国戏剧理论家布伦退尔（1849—1906）。他的观点发表之后，虽然一再引起讨论，其中也有怀疑者、反对者，但是，与其他旨在阐释戏剧本质的观念相比较，它却流传最广、赞同者最多，在将近一个世纪之久的国际剧坛居于统治地位。与此相联系，“没有冲突就没有戏剧”也成为一条定论。在中国戏剧界，这一定论更是难以动摇。只要回顾从20世纪50年代后一再掀起的批判“无冲突论”的运动，就可以看出它的权威性。直到今天，在否定“传统观念”已成为时尚之时，也很少有人触犯“冲突说”的

① 尼柯尔.西欧戏剧理论［M］.徐士瑚，译.北京：中国戏剧出版社，1985：108.

② 顾仲彝.编剧理论与技巧［M］.北京：中国戏剧出版社，1981：84.

基本观点。仅就中国戏剧而言，“冲突说”以及它的变种，已经不利于戏剧艺术的发展，当我们对“戏剧本体”这一命题进行反思的时候，有必要把“冲突说”作为主要对象进行批判。

1.布伦退尔的规律

1894年，布伦退尔为《法国戏剧与音乐年鉴》(简称《年鉴》)作序，发表了论文《戏剧的规律》[1]，在文中透露出写作的动机。三年前，他曾在奥德翁剧院以“法国戏剧的时代”为题做了五次讲演，他一再申明，自己研究戏剧既不仅仅是专注于个别剧目的批评，也不是出于个人的趣味与要求，而是“努力去领会我们戏剧史上许多作品的实质与联系，并从中推断出理论”。布伦退尔说，在讲演里“未弄清楚的，仍然是模糊的理论”，现如今已“变得更简单也就更容易明白了”。因此，他欣然为《年鉴》写序，并进一步提出一个更明确的问题：

> 假使说《熙德》《费德尔》《达尔杜弗》《财产承受人》《塞维里的理发师》《半上流社会》《塞利很喜欢他》都是戏剧作品，那么所有这些作品是如此不同，但不仅必有联系之点和约略相似之处，而且必有根本的特征，这不是很自然的事吗？这个特征是什么呢？这就是我要阐述的问题。

他一再表明，该文要阐述的问题是戏剧的规律，而非“法规”。他认为，规律这个概念与法规这个概念之间有明显的差别，亦即“一般所谓的法规往往是有限的、狭隘的、僵硬的，可以说是清规戒律，因此迟早要被打破的；而这里所提出的规律是必然的、根本不可改变的，但却是广阔的，

---

① 中译文见《编剧艺术》，文化艺术出版社1986年版。关于布伦退尔的引文，均出于此。

在应用上有伸缩性的，同时也是简单而普遍的”。在这篇文章中，布伦退尔明确昭示的乃是以“自觉意志——意志冲突”为主轴的戏剧观念，他认为，戏剧艺术必然的、根本不可改变的、具有普遍性的规律，全在于此。全文阐述的要点如下：

其一，他断言，戏剧是以表现自觉意志的发挥为其目的，“我们要求于戏剧的，就是展示向着一个目标而奋斗的意志，以及应用一种手段去实现目标的自觉意志”。如果说戏剧的主题是人的行动，那么布伦退尔认为，所谓“行动”是有特定含义的，即“为了其完成而运用手段去实现的自觉意志，它是采取行动来达到其目标的”自觉意志的行动。在布伦退尔看来，唯有这样的行动，才是真正的行动，才是戏剧的主题。在这一基点上，戏剧与小说是对立的。他把博马舍的剧本《费加罗的婚姻》与勒萨日的小说《吉尔·布拉斯》相比较，指出两者的背景和人物相同，而前者又是根据后者改编的，但是，它们却有显著的区别，即剧本中的主人公有明确目标，“总是继续不断地要求他要求的东西”，总是靠意志去求取成功；而小说中的主人公则“没有特殊的或明确的目的”，“他是服从环境，而不是支配环境。他没有从事行动，而是在接受行动”。他断言：“因此你决不能把小说改编成戏剧作品，除非这小说已经是戏剧性的，并且应注意到，小说只有在它们的主人公确实是自己命运的缔造者的时候才是富有戏剧性的。”基于对戏剧与小说相区别的这一认识，他强调说：“相信宿命论更有利于小说的发展，相信自由的意志则更有利于戏剧艺术的发展。”

针对不同的戏剧作品孰优孰劣这一问题，他的结论是：“一种戏优于另一种戏，决定于意志所发挥的性质的高低，决定于戏中偶然性的部分少些，必然性的部分多些。”据此，他建议剧作家选择具有强大自觉意志力的人物作为戏剧作品的主人公。

其二，布伦退尔阐述的“规律”以“自觉意志的发挥”“自觉意志的行动”为契机，又引申出关于“意志冲突”的理论，他对几部“普遍认为是有戏剧价值的作品”进行抽样分析，借以证明这条规律。他认为，在高乃依的《熙德》中，施曼娜要为父报仇，由于她爱着复仇的对象罗德里克（又译“唐·罗狄克”），在执行意志时为爱情所阻，同时还遇到来自外部的不可逾越的障碍。在莫里哀的《太太学堂》中，阿尔诺弗想和阿格娜斯结婚，他在执行其意志时受到鲁莽的青年人贺拉斯的干扰，因为贺拉斯在阿格娜斯心里激起爱情，由于爱情而产生意志。这里的逻辑是：自觉意志的发挥遇到障碍，不管障碍来自何方，都会与自觉意志发生冲突，这就是意志冲突。布伦退尔所以强调自觉意志的强度，正是为了保证意志冲突的必然性。

其三，文中断言：“戏剧的类型是以意志所遇到的障碍的性质来区分的。”他颇为自信地按照“自觉意志所克服的障碍”的不同性质，对悲剧、正剧、喜剧、闹剧进行界定。文中说：“假使这些障碍被认为是不可克服的，或者说意志所遇到的障碍是：如古代希腊人所谓的命运，或基督教徒所谓的天意，或我们一般所谓的自然规律，或热情激动到狂暴的地步，以致成了像罗格让、哈姆莱特[①]、奥赛罗那样的内心致命性，这就构成悲剧。”假如人物能够战胜障碍，不管障碍是本身的激情，还是人类的成见、社会习俗等等，“他理应能够克服它们”，这就可以说是正剧、富于浪漫色彩的戏剧以及社会剧。如果“障碍变得更小一些，斗争双方至少在表面上是势均力敌，斗争情况就会造成两种意志相对抗”，这便构成喜剧。如果“支配着行动的自觉意志没有遇到什么障碍”，“只是碰上命运的嘲弄或可笑的偏见，或手段与目的之间的不相称”，这就构成闹剧。在如此区分之后，他又补充说：“我并没有说戏剧类型总是纯粹的……闹剧与喜剧间、正剧与悲剧间可能有一种联系或混合。”

其四，他从“戏剧通史”中发现一条规律，作为“自觉意志——意志冲突”理论的力证。这条规律乃是：“一国戏剧兴起的时刻正是一个伟大民族的意志十分高昂的时候。”他以古代希腊、文艺复兴时期的西班牙、17世

① 即哈姆雷特。

纪的法国等为例，说明“戏剧的兴起”与“民族意志的高昂”这二者的一致性。针对这一结论，他又强调戏剧与小说的对立：“正如我们所发现的，戏剧与小说彼此是不同的，不能符合生活的同一概念。我再说一遍，《吉尔·布拉斯》与《费加罗的婚姻》虽属同一个族系，但不属于同一个时代，只要留心考察一下就会明白，前者属于摄政时代的意志松弛时期，后者属于革命前夕由意志力造成的强有力的恢复时期。”基于对“戏剧通史”的这一发现，他又断言：“东方人没有戏剧，他们只有小说；这是因为他们是宿命论者……”

其五，布伦退尔对当时的戏剧状况表示不满，并以此作为他发现的“戏剧规律真谛”的一个反证。他指出：“最近十年来，我们普遍在喊戏剧危机……现时代的戏剧整个来说是不如二十年前或二十五年前的戏剧。”在追寻造成戏剧危机的原因时，他归之于一种时代病：“一些哲学家，甚或是纯粹的旁观者在抱怨，意志的力量正衰退、松弛、崩溃下去。有人说，现在人们不知道如何发挥自己的意志，我担心他们有说这话的权利。正如一位诗人说的，我们在呻吟不已；我们正自暴自弃，我们正让自己随波逐流……通过这些现象，我是看到了危机的解释，同时也看到了表明戏剧规律真谛的另一证据。”

不难看出，布伦退尔对戏剧规律的发现，是以强调自觉意志的戏剧价值为前提条件，进一步说，布伦退尔是把人的自觉意志认定为戏剧的对象和目的。作为一种戏剧观念，其根基又在于一种人的本体观——把自觉意志视为人格的本质。布伦退尔明确指出：

> 正是意志产生力量；力量会因意志的衰退而近乎永远消失。这也就是人们为什么认为再没有什么比意志的发挥更重要的一个理由……

根据布伦退尔此类主张，有人认定他是受哲学上的唯意志论的影响，这是有根据的。阿契尔曾经指出：“这一理论（指‘意志冲突说’——引者）的拥护者们还把他们的理论放在形而上学的基础上，认为意志乃是人格的真髓，因而也就是艺术的真髓，因为艺术是表现发挥到最高程度的人格的。然而看来似乎不必到叔本华那里去寻找解答，才能了解这种理论到底具有多少确切性。”[①]不过，阿契尔还应该洞见到，布伦退尔的自觉意志的理论与叔本华的唯意志论的主张，本来就不是一回事。叔本华把“生命意志”看作世界的基础，但却认为它是不受理性支配的，是一种无意识的本能冲动。另一位唯意志论者尼采主张“生命本身就是权力意志”，也是以否定理性的科学精神为基础。然而，布伦退尔的自觉意志却是一种特定的心理内容：

这就是可以称为意志的东西：立定一个目标，导引每一件事都向着它，并努力使每一件事都跟它一致。

在这里，所谓“自觉意志”既不属于非理性主义，也失去了形而上学的意味。正如劳逊所说：“根据我们对布伦退尔的哲学思想的一些了解来判断，布伦退尔无疑是受了叔本华的影响，他的意志概念具有形而上的涵义，但是他在说明他的理论时却丝毫没有任何形而上的东西……”针对布伦退尔为“意志”下的定义，劳逊又指出，“布伦退尔所能看到的”，正是“人类在他们的日常活动中所做的”，也就是说，布伦退尔所强调的自觉意志虽然失去了形而上学的意味，但却具有现实意味，更具有社会学的意味。

2.阿契尔与劳逊的歧异

布伦退尔的《戏剧的规律》发表以后，在欧美数国曾经引发关于“意志冲突”的大讨论。拥护者聚集在布伦退尔的旗帜下，或解释，或补充，或发挥，汇合成一股颇有影响力的思潮。比如，美国哥伦比亚大学戏剧学

① 阿契尔.剧作法［M］.吴钧燮，聂文杞，译.北京：中国戏剧出版社，1964：29.

教授马修斯认为，布伦退尔“之所以要把戏剧同史诗区别开来，是因为戏剧必须表现那意志坚强的人进行冲突着的意志的紧张斗争才得以存在”。他把这一主张作为一种“定律”，并且断言：“牛顿的定律在机械学中是对的，格雷沙姆的定律在财政学中、格林的定律在语言学中是对的，同样，布伦退尔的规律在戏剧中也是对的。”[①]另一位美国戏剧理论家汉密尔顿按照布伦退尔的规律重新为戏剧确立“完备”的定义。他认为，一个一般性的定义是：“戏剧，乃是一个为了演员在舞台上的当众表演而编排的故事。”而所谓“完备”的定义，则应该纳入“意志冲突”的理论：

> 戏剧，乃是演员在舞台上以客观的动作，以感情的而不是理智的力量，当众表演的一场人与人的意志冲突。[②]

作为一个定义，它是否“完备”，尚有待认真推敲。不过，汉密尔顿把“自觉意志——意志冲突”的理论简化为“人与人的意志冲突”，似乎并不符合布伦退尔的原意。关于这一点，将在后面进一步讨论。

针对布伦退尔的“规律”，怀疑或否定者并不乏其人。英国戏剧理论家尼柯尔可以作为怀疑派的代表，尽管他认同“冲突是一切戏剧的主要力量”这一主张，但是，面对布伦退尔的“规律”，他却多有保留。在《西欧戏剧理论》中，他摘引了布伦退尔与琼斯的论述之后，表明了自己的态度：

> 我们能够立即表示同意的是，在任何一种戏剧中，闹剧也好，喜剧也好，悲剧也好，情节剧也好，的确存在着有意识地力求公开展开意志的场面，而且一般都存在着冲突、巨大的危机或某个主人公“起来对抗”某件事或某个人物的画面。然而，所有这一切，没有一件是

① 马修斯.戏剧创作的原理［M］//罗晓风.编剧艺术.北京：文化艺术出版社，1986：31.

② HAMILTON C.戏剧论［M］.张伯符，译.上海：世界书局，1931.

必不可少的，没有一件似乎能把戏剧同其他艺术形式区分开来。[①]

尼柯尔告诉我们：“我们希望寻求的，乃是这样一个定义：它能指明仅仅为戏剧所具有的，而他种艺术并不具有的某些特征。”基于这样的要求，他怀疑“自觉意志——意志冲突”理论作为“规律”的可靠性，并提出疑问，这是必然的。

在反对派中，阿契尔可作代表。如前所述，这位英国戏剧理论家在否定“意志冲突说”的同时，提出“戏剧的实质是‘激变’”这一定义。他否定“意志冲突说”的重要理由是：虽说许多剧本都以某一种冲突为对象，但是，如果把冲突说成是戏剧必不可少的东西，尤其是坚持冲突必须发生在意志与意志之间，显然是一个错误。基于这一理由，他列举一些戏剧作品为佐证。应该说，阿契尔对这几部戏剧作品的分析，确有一定的说服力。像琼斯这样的布伦退尔的拥护者都不得不承认，阿契尔列举的几部剧作（如《俄狄浦斯王》《群鬼》等）确实可以说明“意志冲突说”并不具有普遍性。与琼斯相比较，劳逊则更为彻底。他对阿契尔列举的作为否定“意志冲突说”的例证一一予以辩驳。在这里，我们可以看到一个发人深思的现象：当理论家们针对某一问题各执一词时，他们对同一作品的解释也会发生歧异，甚至截然对立。究竟是袒护观点的立场制约了对作品的解释，还是对作品的感情强化了对观念的执着？真正的原因可能还在于前者。这里只举两例：《俄狄浦斯王》和《群鬼》。

阿契尔认为，在这两部剧作中，根本找不到意志冲突。他指出，《俄狄浦斯王》“尽管乍一看来好像是与命运进行斗争的典型例子，但实际却并不真正符合这个定义。事实上俄狄浦斯根本就没有进行斗争。他的斗争，如果这个字眼可以适用于他那种力图逃避命运之网的无效的努力的话，也都不过是已经过去的事情；在悲剧实际发生的时间里，他只不过是在接二连

① 尼柯尔. 西欧戏剧理论［M］. 徐士瑚，译. 北京：中国戏剧出版社，1985：29-30.

三地发现自己以往的错误和无心的罪孽之下痛苦地抽搐着而已。如果把一条穿在吊钩上的蚯蚓的痛苦的抽搐看作是一种戏剧‘斗争’，那就成了单纯地玩弄字眼了。”接着，他又说：“再举易卜生的《群鬼》为例，究竟在什么确凿有据的意义上，可以说这个悲剧是给我们表现了意志与障碍的斗争呢？无疑地，欧士华是想活的，他的母亲也希望他活，但仅仅这种活的愿望，并不能作为使《群鬼》成为戏剧的特征。”他认为，使这部剧作成为戏剧的特征，“包含在别的完全不同的东西里面”。[①]可以看出，在阿契尔看来，这两部剧作既没有真正意义上的意志冲突，甚至也难以寻觅自觉意志的发挥。

劳逊的辩驳是从肯定两剧中“自觉意志的发挥”开始的。在他看来，《俄狄浦斯王》“包含有一系列自觉的、向着一个明确目标推进的行动——那些有着坚强的意志、决心阻止迫近的危险的男女们的行动。他们的行动直接地导向一个他们所竭力想避免的目的，我们不能认为运用了自觉意志就等于保证了意志能达到目标”。在《群鬼》中，“爱尔温夫人的一生是为了要控制她的环境而进行的一场漫长的、自觉的斗争”。劳逊认为，阿契尔所以对两剧中“自觉意志的发挥”视而不见，原因有二：一是“他不同意‘意志力的特殊行动’这一点”，“他自己的观点本质上是形而上的；他接受了那种绝对必然性的观念，这观念否定和麻痹了意志”；二是他忽略了两剧中的一个重要的技巧上的特点——在危机上开幕的技巧，“这必然就决定动作的一大部分是回想的。但这并不是说动作是被动的”。

就这一点而言，我们不能不承认劳逊是基本正确的，在《俄狄浦斯王》中，主人公确实具有超人的自觉意志，他出生于忒拜，生父拉伊俄斯得到“神示”：这个初生儿长大后会杀父娶母。拉伊俄斯为了避免这个可怕的结局，派牧人把他丢弃到荒山，牧人出于怜恤把婴儿交托他人，转为科任托斯王波吕玻斯所收养。俄狄浦斯长大后又获得“神示”：他命中注定要成为

① 阿契尔.剧作法［M］.吴钧燮，聂文杞，译.北京：中国戏剧出版社，1964.

杀父娶母的罪人。为了避免“神示”成为现实，他毅然离开科任托斯逃往他乡。在路上，他与拉伊俄斯巧遇，出于自卫，在争斗中杀死对方。之后，他又猜破人面狮身妖之谜，解除忒拜城邦的灾难，在这里被拥戴为王。在任期间，他把城邦治理得安定繁荣，广受拥护……这一切虽然都是在大幕打开之前发生过的，成为剧情中的回叙部分，但是，如若说它们是源于自觉意志的行为，似乎也不容置疑。同样，在《群鬼》的大幕打开之前，女主人公阿尔文太太“为了要控制她的环境”，确实进行了“一场漫长的、自觉的斗争”。她发现自己丈夫的丑行之后，曾投奔曼德牧师。在这位牧师的劝导、教诲下，她又回到阿尔文家里，坚定不移地尽自己的义务。一方面，她为了不让丈夫夜晚外出胡混，只有耐着性子陪他碰杯喝酒，听他说一大堆不堪入耳的话，最后用力气拉他上床睡觉；另一方面，她替他经管事务，添置产业，采用新的设备，进行改革，硬给他撑面子。阿尔文上尉勾引女人，她为其处理善后；他和女仆通奸，她把他们的私生女留在家里，抚养长大……她把亲生儿子送往巴黎，以免在父亲身边受病毒的浸染。丈夫死后，她又为其修建纪念碑，建立一座孤儿院……在这里，阿尔文太太的所作所为，确实符合布伦退尔对自觉意志的界定：“立定一个目标，导引每一件事都向着它，并努力使每一件事都跟它一致。”尽管阿尔文太太的这一切努力最终都是无效的，但是，我们同样可以接受劳逊对《俄狄浦斯王》的说明：“不能认为运用了自觉意志就等于保证了意志能达到目标。”说得更明确些，判断“自觉意志——意志冲突”理论的正确与否，并不能以行动的成败为尺度。

劳逊还认为，前面引述的一切，在两部剧作中都是回叙的成分。也就是说，在大幕打开的时候，人物的这些所作所为已是发生过的“往事”，它们并不是由出场人物用动作直接呈现的，而是由当事人通过叙述告知观众，它们与明场戏中用动作直接呈现的部分毕竟是有区别的。那么，它们是否能构成戏剧性的“自觉意志行动”？对这一问题，并不容易做出回答。一般说来，在戏剧中，对往事的叙述是非戏剧性的，不过，剧作家却可以把回叙部分处理成戏剧性的，两部剧作都具有这一特点。在《俄狄浦斯王》中，一切对往事的回叙，都作为主人公现实行动的因与果从而营造成戏剧的效果，在“发现”与“突转”的链条中转化为情节的实体，并推动人物走向命运的结局。在《群鬼》中，阿尔文太太向曼德牧师回溯往事，都是在特定情境中，有明确的现实动机，因而使回溯本身成为一种特殊的现实行动——这正是易卜生处理回叙部分的重要技巧；同时，在此剧的实体内容中，两个突发事件（孤儿院着火与欧士华发病）标示着主人公一生的奋斗以失败而告终，而回叙部分恰恰是把主人公奋斗的历程具体化，从而为最后失败的结局强化实体性效果。

针对阿契尔的观点，劳逊还强调两部剧作在开场后自觉意志和意志冲突的实在性。他说，戏开场时，俄狄浦斯“已经发现了问题，并且自觉地要努力解决它。这使他和克里翁发生了一次激烈的意志冲突。然后，乔卡斯泰意识到窝狄不斯的意向是什么；她面临了一个可怕的内心冲突”。针对《群鬼》，劳逊向阿契尔提问：“假如《群鬼》是一出并不包含意志的自觉斗争的戏，它该是怎样的呢？这实在很难设想。”他指出，如果是这样的话，“甚至奥斯伐尔德的叫喊‘给我太阳’也必须删掉，因为这句话也表现了自觉意志。再者，假如毫无自觉意志的运用，孤儿院根本就不会建立”。他还认为：“奥斯伐尔德并没有服从他的宿命；他竭尽他全部的意志力量来反抗它。戏的结尾表显出：爱尔温夫人必须下一个可怕的决心，一个使她的意志紧张得几近燃点的决心——她必须决定要不要杀死她的亲生的、已经疯狂的儿子。”[①] 无疑，作为与阿契尔论争的话题，劳逊的论据较为有力。

针对《俄狄浦斯王》这部剧作，我们当然不能支持“俄狄浦斯根本就没有进行斗争”这一结论。即使在过去的日子里，他力图逃避命运之网的

① 劳逊.戏剧与电影的剧作理论与技巧［M］.邵牧君，齐宙，译.2版.北京：中国电影出版社，1978：208-210.本段引文均见于此。引文中的剧名及剧中人物的名字有异，其中“窝狄不斯”即“俄狄浦斯”、“乔卡斯泰”即“伊俄卡斯忒”、“奥斯伐尔德”即“欧士华”、“爱尔温夫人”即“阿尔文太太”。

种种努力确实都是无效的，我们却不能说："在悲剧实际发生的时间里，他只不过是在接二连三地发现自己以往的错误和无心的罪孽之下痛苦地抽搐着而已。"这一结论与悲剧主人公的形象距离已是相当遥远了。在剧本中，当城邦陷入瘟疫蔓延的危难之中时，俄狄浦斯派人去神庙求问"神示"，寻觅解救之路；得到"神示"之后，他毅然决定追查杀死先王的凶手。在追查过程中，接二连三的讯息，一步步接近那个可怕的真相，虽使自己陷于凶险，但追查的意志毫不动摇。最后，当真相尽现，证明自己在无意之中犯下杀父娶母的过失时，他也毫不犹豫，自己刺瞎双目并自我流放。这里不仅有坚定不移的自觉意志，而且也不缺少目标明确的、"自觉意志的行动"。据此可以表明，俄狄浦斯不仅不是"一个被动的牺牲者"，而且我们可以毫不夸张地称他为勇敢无畏的英雄。与俄狄浦斯相比较，阿尔文太太为之奋斗大半生的完全是不同的东西，但是，她的命运也是悲惨的。在大幕打开的时候，她为之献身的欺世的计划，似乎获得圆满的成功，荒淫无道的丈夫在死去时竟享有上佳的赞誉。为了防范泄露真相，她又创建一座以"阿尔文上尉"命名的孤儿院，立欺世盗名的"功德碑"。如今，开幕典礼就要举行，之后，她就可以结束说谎和欺骗的生涯，抹掉阿尔文上尉的阴影，召回爱子，共享天伦之乐。在这里，她不仅有明确的目标，而且为实现这一目标，又有周密的安排——努力使每一件事都向着这一目标……

在劳逊与阿契尔关于两剧的论争中，我们更多地倾向劳逊的见解，但又有所保留。我们固然可以完全支持劳逊关于两剧的主人公都有自觉意志的运用的观点，但对他针对两剧关于意志冲突的论断，却很难苟同。关键在于，自觉意志的运用与意志冲突并不是同一的，也就是说，在有自觉意志的运用的地方，并不一定发生意志冲突。比如，在《俄狄浦斯王》中，主人公坚持追查杀死先王的凶手这一自觉意志，从一次又一次的"发现"与"突转"，到最后真相大白，毅然兑现自己的承诺，施行自我惩罚。严格地说，主人公在发挥这一自觉意志的进程中，并未遇到真正的、难于克服的障碍，那么，真正的意志冲突又在何处？按照劳逊的说法，首先是"他和克里翁发生了一次激烈的意志冲突”，这应指全剧的第二场。此前，俄狄浦斯急于找到杀死先王的凶手，找来先知忒瑞西阿斯，执意逼他讲出实情，后者迫于无奈，透露出凶手就是俄狄浦斯本人，俄狄浦斯在气恼之余迁怒于克里翁，认为先知是受他指使，于是，在第二场，他把克里翁找来，逼他招认谋权篡位的动机。克里翁遭遇不白之冤，初则为自己辩白，继而也恶言相对……在这里，一场由误会引发的争吵，尽管相当激烈，却很难说是意志与意志的冲突。实际上，克里翁作为城邦的核心领导人之一，不仅没有谋权夺位、伤害俄狄浦斯的动机，而且，为了消除城邦的灾难而追查杀死先王的凶手，乃是他们共同的目标。这场争吵既不是全剧情节主线的开端，也不能推进它的发展，它本身也会因误会的消除而失去后继之力……在《群鬼》开场后的明场戏中，女主人公自觉意志的运用确实遇到重大的阻碍，孤儿院突然被火焚毁，她为死去的丈夫举行纪念仪式的计划落了空。这只是一个突发事件，面对这一灾难，阿尔文太太很快冷静下来：“咱们不必大惊小怪地，把它当作一件普通事情处理就是了。”在这里，我们没有理由认定这是一场意志冲突。女主人公更为关注的还是爱子欧士华的状态。她把他送到巴黎去接受教育，原本是让他远离疫区，以保健康，如今阿尔文上尉已死，她把儿子召回，成为自己感情、希望的寄托。然而，事与愿违，欧士华恰恰继承了阿尔文上尉的遗风。在第一幕的结尾处，正当阿尔文太太向曼德牧师倾诉自己的理想时，她突然听到了儿子向女仆调情的声响：

〔饭厅里传来一把椅子倒下来的声音，同时听到吕嘉纳低声用力说：“欧士华！别闹！你疯了！快撒手！”

阿尔文太太　（吓得跳起来）啊——

〔她紧张地用眼睛瞪着那扇半开的门。欧士华在饭厅里咳着，笑着，嘴里还哼着调子。接着听见酒瓶拔塞子的声音。

曼　　德　（慌张起来）怎么回事，阿尔文太太？什么事？

阿尔文太太　（哑着嗓子）鬼！鬼！暖房里的两个鬼又出现了！

……

对阿尔文太太来说，这无异于五雷轰顶。孤儿院被焚只是使她为丈夫欺世盗名最后的努力付之东流，不过丈夫已经死去，名声已可保住，孤儿院虽未保险，资产的损失毕竟不是最重要的；可是，饭厅里发生的这件事却意味着，过去阿尔文上尉在暖房里“闹鬼”的景象，如今又在饭厅里重演，而主角却已易人，欧士华所承继的正是阿尔文上尉的“传统”。尽管阿尔文太太的自觉意志遭遇如此惨重的撞击，但是，意志冲突并未爆发。很快，她向曼德牧师透露对此事的处理方案：要欧士华和吕嘉纳结婚。这一决定因吕嘉纳拒绝而未能实施。自此以后，这位母亲只得孤身面对欧士华，在无望中走向悲惨的结局。在这期间，剧本所展现的只是阿尔文太太一步步远离自己的目标，她的自觉意志在软化，我们仍然未能看到意志冲突。欧士华把自己可怕的遗传病告诉她，并向母亲提出最后的要求：在他发病时帮他服下早已备好的毒药，以结束他的生命。这时，她除了接受这一要求，又能做些什么呢？在全剧的结尾处，我们确实看到了一个惊心动魄的场面——正像劳逊所指明的，她“必须下一个可怕的决心，一个使她的意志紧张得几近燃点的决心——她必须决定要不要杀死她的亲生的、已经疯狂的儿子”，请看：

阿尔文太太　（走到他身边）欧士华，你怎么啦？（欧士华在椅子里好像抽成了一团，他的肌肉都松开了，脸上没有表情，眼睛呆呆地瞪着。阿尔文太太吓得直哆嗦）这是怎么回事？（尖声喊叫）欧士华！你怎么啦？（跪在他身边，使劲摇他）欧士华！抬头瞧我！你不认识我了吗？

欧　士　华　（声调还是像先前一样平板）太阳。太阳。

阿尔文太太　（绝望地跳起来，两只手乱抓头发，嘴里喊叫）我受不了！（好像吓傻了似的，低声说）我受不了！不行！（突然）他把药搁在哪儿了？（在他胸前摸索）在这儿！（退后几步，喊叫）不行，不行，不行！——啊！——不行，不行！（站在离他几步的地方，双手插在头发里，吓得说不出话，瞪着眼看他）

欧　士　华　（依然坐着不动，嘴里说）太阳。太阳。

在这里，我们可以认定这是阿尔文太太经历的最痛苦的时候，也可以将其看作一次激烈的内心搏斗，或曰“内心冲突”；但是，如果硬要把欧士华在发疯时的叫喊，也说成自觉意志的表现，似乎过于勉强了！把阿尔文太太的内心搏斗认定为意志冲突，也欠贴切；此时此刻，她内心经历的搏斗与煎熬，也超出了自觉意志的界限，包含着更丰富的内容。

劳逊提醒我们，阿契尔是“把两种不同的冲突混淆起来了：一种冲突是人与人之间的冲突，另一种冲突是一种自觉的特定目的跟别人或社会力量相对立的冲突”。在他看来，如果不见两个人物之间意志直接对抗的冲突，那必定是后一种冲突。那么，在《俄狄浦斯王》中，除了第二场中可以看到俄狄浦斯的“自觉的特定目的”出于误会，暂时与克里翁相对立之外，它与社会力量相对立的冲突又是在哪里表现的呢？在《群鬼》的第二幕，阿尔文太太对曼德牧师说：“别再谈过去的事了。现在你一天到晚忙的是教区会和董事会的事情，我忙的是跟鬼打架，跟心里的鬼和外头的鬼打架。”那么，这里所说的“鬼”究竟指的是什么？她说：

我眼前好像就有一群鬼。我几乎觉得咱们都是鬼，曼德牧师。不但咱们从祖宗手里承受下来的东西在咱们身上又出现，并且各式各样陈旧腐朽的思想和信仰也在咱们心里作怪。那些老东西早已经失去了力量，可是还是死缠着咱们不放手。我只要拿起一张报纸，就好像看见字的夹缝里有鬼在乱爬。世界上一定到处都是鬼，像河里的沙粒那么多，咱们都怕看见光明。

请看，她对自己的处境了解得如此清晰，或许，我们可以说她是一位已经觉醒了的女性。但是，如果以为她是一位与“群鬼”斗争的战士，那就错了。她与阿尔文结婚以后，发现丈夫的堕落，便像娜拉一样离家出走，投靠曼德，寻求幸福。按照曼德的说法：“想在这个世界上求幸福就是反叛精神的表现。”基于这一点，我们可以把她的这一行动看作对旧的思想和信仰的反抗，然而，这种反抗只是昙花一现。正如德国学者沃尔纳尔在谈到这一类悲剧人物时所说：“是环境规定了他们的命运，如果他们不是被一双无形的、过分强大的手所推动，那他们并不一定迈上通向深渊的小径。俄狄浦斯、阿尔文太太就是这样的人。”[①]和俄狄浦斯一样，阿尔文太太也不是天性懦弱的人。她听从曼德的教诲，回到丈夫身边去尽妻子的义务，原因是：当时，她在那个世界是孤独无助的，除了曼德的教诲，再无其他的声音；而且，教诲又是出自自己信任的人。尽管这样，但听从教诲为丈夫去尽义务，绝不是与环境进行斗争。在现实的场景里，她向曼德倾诉自己顺从他的教诲为堕落的丈夫尽义务的非人经历，以及关于“鬼”的发现，这只不过是觉醒后的反思。这时，与之交流的对象只有曼德一个人。他与她虽是各执一词，却未能构成一场意志冲突。阿尔文太太终于知道欧士华由遗传造成的不治之症，对她来说，这无异于一次致命的打击，但是，她已无能为力，只有在恐惧中经受熬煎。沿着这条线索，剧情既没有发展成人与人之间的冲突，也未见“一种自觉的特定目的跟别人或社会力量相对立的冲突”。在这里，《群鬼》和《俄狄浦斯王》一样，真正的戏剧性在于由

① 沃尔纳尔.易卜生和索福克勒斯［M］//高中甫.易卜生评论集.北京：外语教学与研究出版社，1982：186-193.

“发现”与“突转”推动人物走向悲剧的结局。

在劳逊看来，只要自觉意志遇到阻碍，意志冲突就必定生成。其实，戏剧作品中的实际情况并非如此简单。当自觉意志遇到阻碍时，主体欲克服障碍，采取断然行动与之对抗，就会发生冲突。然而冲突只是处理矛盾的一种方式，绝不是唯一的方式。在多种情况下，自觉意志遇到障碍时，可能以非冲突的方式处理。[①]如果把“自觉意志”与“意志冲突”以及“障碍”与“冲突”这类不同的概念混同起来，往往会导致对戏剧作品进行解析时迷失方向。我们在劳逊解析《罗密欧与朱丽叶》中“阳台”一场时，确实看到了这样的错误。

阿契尔认为，“没有人能说《罗密欧与朱丽叶》中阳台的那场戏是非戏剧性的”，但这场戏的“要旨并不是意志的冲突，而是意志的极度融合”。[②]而劳逊反驳道：

> 当然，《罗密欧与朱丽叶》中阳台一场所含有的“意志的冲突”并不是舞台上的两个人之间的冲突……布轮退耳从未认为这样的直接对抗是必需的。相反的，他告诉我们说，戏剧表现“人类意志的发展，克服天命、命运或环境所造成的对意志的障碍”。又说：“立定一个目的，导使一切都趋向它，努力使一切和它一致，这就是所谓‘意志’。”难道罗米欧和朱丽叶不是立定了一个目的，努力于“使一切和它一致”么？他们确知他们的要求，意识到他们面对的困难。[③]

罗密欧和朱丽叶真心相爱、坚贞不渝，确实可以说是一种自觉意志，

① 欲深入讨论这一问题，要涉及情境、性格等多种因素。这些将在后面《情境与冲突》一节中阐述。

② 阿契尔.剧作法［M］.吴钧燮，聂文杞，译.北京：中国戏剧出版社，1964：28.

③ 劳逊.戏剧与电影的剧作理论与技巧［M］.邵牧君，齐宙，译.2版.北京：中国电影出版社，1978：208-209.引文中的“布轮退耳”即“布伦退尔”，“罗米欧”即“罗密欧”。

他们也确知“环境所造成的对意志的障碍”。在剧中，他们的有些行动可以视为克服障碍而进行的斗争，也就是所谓的“一种自觉的特定目的跟别人或社会力量相对立的冲突”，但是，“阳台”这一场戏无论如何不能说是属于这种冲突的。在这里，爱情交流的场面确实可以说是“意志的极度融合”，环境（家族的对立）所造成的障碍并没有在此场景中出现，只能说是对爱情和场面构成外在的压迫感。

劳逊的《戏剧与电影的剧作理论与技巧》写于20世纪30年代。在这部著作中，他试图从哲学和戏剧的双重角度探讨“自觉意志”这一概念，但实际上，他特别重视这一概念，却是基于社会学的立场，也就是说，他是从人与社会现实的关系这一角度赋予它以特殊的意义。由此出发，他对布伦退尔关于“自觉意志——意志冲突”的理论有所修正，也有所发展，引申出“社会性冲突”的观念。

“大体上说来，哲学家关心意志的自由程度；心理学家则企图决定意志到底自觉到什么程度。”劳逊这样区分哲学和心理学的对象。那么剧作家关心的又是什么？他的回答是：“自觉意志和社会必然性之间的关系。”这是他的“冲突律”的出发点，也是他修正、发展布伦退尔“意志冲突”理论的基本点。他的具体观点是：

其一，布伦退尔在界定自觉意志时，首先强调它必须指向一个明确的目标，劳逊同意这一点，却又有自己的补充解释。他说：“意志，从它的狭隘的意义来讲，是理性的和感情的元素的结合，它把‘采取行动的欲望’提高到自觉的水平。”正是基于这一点，他把自觉意志看作“人和现实之间的一个连结环节”：

> 意识从现实中获得印象，意志再对这些印象发出反应。每一个行动包括这两种功能：人的意识（包括感情和理性）想象了采取行动后的结果，他的意志根据这种想象的结果采取行动。所以他和现实的关系依赖于他的自觉印象的正确性和他的意志的强度。

不过，他并不同意把“意志的发挥量”作为戏剧价值的唯一考验。他的看法是：“我们对意志的性质以及和意志对立的力量的性质二者的概念，决定我们对冲突的深度和广度的评判标准。”在他看来，所谓“意志的性质”指的是，它所确定的目的必须是充分现实的，而且是观众所能理解的。在这里，我们所看到的正是“人与现实之间的关系”这一基本命题。

其二，劳逊用“社会性冲突”这一概念置换“意志冲突”的概念。

劳逊认为：“戏剧是处理社会关系的。”按照我们对社会关系的理解，把戏剧的对象确立为自觉意志，与劳逊的这一论断并不一致。然而，劳逊完成的这一置换，却是合乎逻辑的。首先，他对自觉意志进行社会学的点化，使之成为“人和现实之间的一个连结环节”，而所谓“现实”，也就是指“社会现实”。以此为前提，他引申出的结论是：戏剧的基本特征是自觉意志在其中发生作用的社会冲突。

在他看来，冲突中如果没有自觉意志的运用，就不会牵涉到人与人或人与环境发生关系时的行动，因之，它就不会是一种社会性冲突。由于“戏剧性冲突也是以自觉意志的运用为根据的”，所以“一次戏剧性冲突必须是一次社会性冲突”。他经过修正和润饰的定义是：

> 戏剧的基本特征是社会性冲突——人与人之间、个人与集体之间、集体与集体之间、个人或集体与社会或自然力量之间的冲突；在冲突中自觉意志被运用来实现某种特定的、可以理解的目标，它所具有的强度应足以导使冲突到达危机的顶点。

其三，无论是对剧中人物自觉意志的处理，还是对社会性冲突的处理，都是创作主体的工作。因此，劳逊把“剧作家本人的自觉意志”也作为研究的对象。他认为：“剧作家本人在感情上和理性上对现实的印象，跟这种印象相适应的判断和目的，他的求取实现这些目的的意志的强烈程度——这些都在创作过程中发生作用。”当然，人物及其周围的环境，也只能凭剧作家自觉意志的能力所创造。不过，这并不是剧作家个人的问题。

> 剧作家从他自己跟环境之间所发生的冲突中获得的生活经验决定他的世界观；他的经验和世界观是和他的阶级和时代的集体经验和集体思想分不开的。社会结构的变化促使人们对意志和必然性的概念也发生变化。这种社会意识的变化在某些思想的帮助下，力图解释和说明人和环境之间的关系。社会意识也构成剧作家的戏剧逻辑——他用以解释和说明他的人物的生活的工具。

沿着这样的逻辑，劳逊完成了以社会学为本的“冲突律”。问题在于，社会学的对象与目的，并不就是戏剧艺术的对象和目的，如果把它们混淆起来，并不利于解决戏剧作为一种艺术的基本要求。劳逊提出的诸如“社会关系”“社会必然性”“社会意识”等概念，所指皆为“一般”，而艺术所面对的却是“个别”。正如歌德所说：“理会个别，描写个别是艺术的真正生命。并且，倘若你仅仅满足于描写一般，人人都能摹仿你；但是描写特殊事物，便无人能摹仿你——为什么呢？因为没有人会完全和你一样经验到同一的事物。”[①] 比如，从“社会关系”“社会性冲突”这一层面来说，“人与人之间、个人与集体之间、集体与集体之间、个人或集体与社会或自然力量之间的冲突”，都可以作为研究的对象。但是，在戏剧作品中，这种种冲突的对应双方，如何转化为艺术形象，使其“在个别中显出一般”，乃是十分具体的实践问题。再如，剧作家处理人与环境之间的关系时，固然受社会意识的影响，“他的经验和世界观”也可以说是“和他的阶级和时代的集体经验和集体思想分不开的”；但是，如果剧作家的“戏剧逻辑”只是由社会意识所构成，如果他的经验只是与阶级的集体经验“分不开”，又哪里谈得上唯创作主体所独有的、无人能摹仿的个性化的经验？

---

① 歌德.歌德和爱克曼的谈话［M］//伍蠡甫.西方文论选：上卷.上海：上海译文出版社，1979：463.

劳逊所提倡的以社会学为本的“冲突律”，在一些国家有比较广泛的影响，尤其受到中国戏剧的热烈追捧，而且，在中国特殊的环境中，它原有的偏颇更被引向极端，构成一种变了形的“冲突律”。

3.“冲突律”在中国

西方戏剧在20世纪初引入中国之后，在移植成活的过程中，其作家作品、风格流派、理论主张等，应中国本土的需要，均经过筛选与改造，被本土化了。

中国古典戏曲并没有类似“冲突律”的理论主张。不过，中国戏剧界通过对“戏剧”（戲劇）二字字源的考据，却可以寻找到“冲突说”的血源。①但是，这也只是一家之言，其中未免有牵强之处。实际上，中国的“冲突说”作为一种戏剧观念，也是由西方引进的；不过，在引进之后，经过筛选与改造，被本土化了。

在五四运动之前，中国文化界对西方戏剧的翻译、介绍，已粗具规模，介绍的热点乃是易卜生。介绍这位挪威剧作家的动机，主要是根据中国现实社会的需要，请来一位社会改革家（或者说是用戏剧艺术为社会改革服务的“专家”）作为榜样和旗帜。文化革命的主将胡适申明，在西方戏剧中，最重要的乃是“专研究社会的种种重要问题”的“问题剧”。易卜生的《玩偶之家》《群鬼》《人民公敌》等，就是“问题剧”的典型。于是，长篇论文《易卜生主义》与《玩偶之家》等的中译本，同时发表于《新青年》杂志。此后的两三年内，一批“问题剧”先后发表，可以看作中国戏剧文

① 顾仲彝.编剧理论与技巧［M］.北京：中国戏剧出版社，1981：86-87.其中，顾仲彝先生认为：“从中国‘戏剧’二字的来源，也可以看出中国的戏剧自古以来一直以冲突、斗争为其主要特征。戏原作‘戲’，说文云：‘戲，三军之偏也，从戈，䖒声。’剧，古作‘勮’，务也，从力豦声。‘豦从豕虎，豕虎之斗不舍也。’按‘偏’，古之车战，二十五乘谓之偏。‘戈’在古时是武器，也是渔猎劳动的工具。‘务’就是劳动。这说明中国最早的戏剧是从摹仿狩猎劳动与兽格斗、摹仿战斗的表演开始的。”

学的第一批成果。也正是这批“问题剧”，为中国的“冲突律”奠定了实践的基础。

虽然中国的第一批“问题剧”是“易卜生主义”这面旗帜下的产物，但这并不意味着它们是易卜生剧作的美学精神培育的果实。劳逊曾经指出过这样的现象：

> 现代剧作家从易卜生那里学来的许多东西都是通过肖伯纳[①]。现代剧作家钦佩易卜生的紧凑的技巧、社会的分析和性格化的方法。但是现代剧作家跟肖伯纳一样地把这些因素大大地变了质：技巧松散了，事件变得散漫无序，以便包容各式各样空泛的议论；同时，抽象的社会意识代替了特殊的社会意义。不再在动作中表现社会的因果，而是乱发跟事件毫无关联的议论，从社会问题一直扯到伦理问题。易卜生式的对自觉意志的分析不再出现，代替它的是某些品质的组合来构成性格。[②]

中国戏剧在学习易卜生时却把这位戏剧家的精华“大大地变了质”，主要原因在于社会革命需要这一功利目的而误读了易卜生。我们在这批“问题剧”中确实可以看到萧伯纳的影响。比如，萧伯纳对“问题剧”曾经表明自己的观点，他说：“只有在问题剧中才含有真正的戏剧，因为戏剧不只是自然的照相，它是人的意志和他的环境间的冲突的讽喻式的表现。”[③]这种独尊“问题剧”的戏剧主张以及对“问题剧”的解释，与易卜生的戏剧精神相距甚远。再如，根据对“问题剧”的价值的强调，萧伯纳对《玩偶之家》以及易卜生对戏剧的贡献，自有特殊的评价。他认为：

---

① 即萧伯纳（George Bernard Shaw）。

② 劳逊．戏剧与电影的剧作理论与技巧［M］．邵牧君，齐宙，译．2版．北京：中国电影出版社，1978：147.

③ 萧伯纳．华伦夫人的职业［M］．潘家洵，译//萧伯纳．萧伯纳戏剧集：一．北京：人民文学出版社，1956：79-162.

在过去所谓"工致"的剧本里，第一幕是展示剧情，第二幕是布局设境，第三幕是解开纠纷。现在的次序是：展示、布局、讨论；并且讨论部分是对剧作者的考验。批评家反对这种安排，但是他们反对只是白费力气。他们说，讨论是没有戏剧性的东西，还说，艺术不应该说教。对于这种说法，剧作家和观众都完全不加理睬。易卜生《玩偶之家》里的讨论部分吸引了整个欧洲，并且严肃的剧作者现在承认，剧本的讨论部分不但是对于他有没有最高能力的主要考验，并且是他的剧本的真正中心。有时，剧作者甚至用尽一切方法预先向观众保证，他的剧本一定采用这个最新方法。①

萧伯纳所说的那个"吸引了整个欧洲"的"讨论部分"，应是《玩偶之家》第三幕中的一个段落。熟悉此剧者可能会同意萧伯纳的一些说法，比如，这一部分确实显示了剧作家的才力出众；再如，这一部分确实是全剧的"真正中心"；还有，剧中的这一部分确实是有很大的震撼力和吸引力。问题在于，如果评论家们提醒我们，"讨论是没有戏剧性的东西""艺术不应该说教"等等，我们能够"完全不加理睬"吗？实际上，易卜生不仅把讨论引入了戏剧，而且凭借很高的技巧把"讨论部分"充分戏剧化了；同时，易卜生更反对"说教"，不管怎么说，在艺术作品中进行说教，决不能视为上佳的选择。萧伯纳坚定维护"易卜生主义"的立场，和那些持不同见解的批评家提出的问题针锋相对，断然"不加理睬"，未免失之偏颇。针对中国的第一批"问题剧"而言，萧伯纳所倡导的"讨论部分""说教"之类，确实充斥其中。正如余上沅当时所指明的那样："新文化运动期的黎明，易卜生给旗鼓喧闹地介绍到中国来了……可是在中国又迷入了歧途。我们只见他在小处下手，却不见他在大处着眼……政治问题，家庭问题，职业问题，烟酒问题，各种问题，做了戏剧的目标；演说家，雄辩家，

① 肖伯纳.易卜生戏剧的新技巧［M］.潘家洵，译//北京大学文学研究所.文学研究集刊：第三册.北京：人民文学出版社，1956：273.

传教师，一个个跳上台去，读他们的词章，听他们的道德。”[①]向培良批评这些剧本是“只知道社会问题，却忘了剧”。[②]针对这样的剧作，我们确实可以理直气壮地指出，“讨论是没有戏剧性的东西”，“艺术不应该说教”！同时，我们也可以说，这些“问题剧”中的“讨论部分”，既不违背社会性冲突的原则，甚至也不缺少自觉意志，它们的主人公大都是立定一个目标，导引一切都趋向于它，努力使一切和它一致，而且，他（或她）们的意志力都具有一定的强度。也可以说，在这一时期，中国戏剧虽然未曾把“自觉意志——意志冲突”的理论直接引入用以指导实践，但是，萧伯纳倡导的“问题剧”中的“讨论部分”，与这种理论却具有同源性。值得注意的是，用讨论问题的方式处理各种社会矛盾以求说明某些社会问题，作为“问题剧”（中国式的）的创作模式，对后世的影响相当深远。

1928年，熊佛西在一篇论文中引述了美国戏剧理论家马修斯关于戏剧的定义：“戏剧是由演员在舞台上，以客观的动作，以情感而非理智的力量，当着观众，来表现一段人与人之间的意志冲突。”引述者认为，这是最完备的定义，而且，这一定义是以布伦退尔的“意志冲突说”为基础。[③]熊佛西的判断是正确的。马修斯是布伦退尔的最坚定的拥护者，他把“意志冲突说”当作与“万有引力”具有同等价值的定律；而且，他对“戏剧”的定义也着实体现了“意志冲突说”的基本精神。不过，对布伦退尔“戏剧规律”较为完整、系统的介绍，则是在20世纪60年代，戏剧理论家顾仲彝教授在《编剧理论与技巧》[④]中完成了这一课题。在这部著作中，作者

① 余上沅.《国剧运动》序［M］//余上沅.余上沅戏剧论文集.武汉：长江文艺出版社，1986：197.

② 培良.中国戏剧概评［M］.上海：泰东图书局，1928.

③ 熊佛西.佛西论剧［M］.北京：朴社，1928：25.

④ 顾仲彝先生的《编剧理论与技巧》正式出版于1981年。但作为一部教材于1963年完成之后，它的油印本就在中央戏剧学院流传开来；1964年，顾先生对油印本进行最后一次修改，成为定稿。这部专著是在作者逝世16年后正式出版的。

对布伦退尔“意志冲突”理论的重要观点都有较详细的介绍，同时也对欧美多位理论家针对“意志冲突说”发表的不同观点进行了简要的评述。顾仲彝认为：“‘戏剧冲突’是戏剧创作中的一个普遍真理，二千多年来一直实行着，不过布伦退尔总结了千百年来戏剧创作的经验，强调出来，加以肯定罢了。”[①]读过这部著作就不难发现，在戏剧理论贫乏的中国剧坛，顾仲彝先生潜心戏剧理论研究，使这部专著眼界开阔、资料翔实，使读者受益匪浅。但是，他也不可能摆脱50—60年代政治统帅一切的社会潮流的制约，因此，顾仲彝尽管力求忠实于布伦退尔的原意，在阐释时，却又渗入了“社会学”的原则和“反映论”的思维模式。在这种情况下，布伦退尔的“意志冲突”理论已不再是正宗真传。

从早期的“问题剧”，到30年代的“左翼戏剧”和稍后的“革命戏剧”，再到50—60年代的当代戏剧，不断强化的社会（政治）功利目的，使中国戏剧走上一条特殊的路线——这是一条为社会革命服务、为不同时期的政治任务服务的路线，从而一步步远离戏剧艺术的本体。“没有冲突就没有戏剧”这一定义性的口号，其具体内涵也不能不被纳入这条路线。无论是布伦退尔的“意志冲突”，还是劳逊的“自觉意志在其中发生作用的社会性冲突”，或是来自苏联的“俄式冲突律”，都不可避免地要被融化、改造。比如，布伦退尔寻求戏剧规律的路线是“自觉意志——意志冲突”，这并未离开戏剧的本体。劳逊把“意志冲突”引申为“社会性冲突”，其出发点是用社会必然性限定自觉意志，把它视为人与现实的联结点，虽说强化了社会学的倾向，但也没有根本改变布伦退尔的路线。然而，中国的“冲突律”却是从“反映论”的角度加以发挥的一条完全不同的路线。两相比较，可做如下表述：

布伦退尔的路线

戏剧的对象是人——自觉意志是人格的本质，也是戏剧的基本动

① 顾仲彝.编剧理论与技巧［M］.北京：中国戏剧出版社，1981：86.

力——自觉意志的发挥遇到障碍就会构成意志冲突（戏剧的本质所在）。

中国戏剧的路线

戏剧是社会生活的反映——社会生活中到处充满了矛盾和斗争——戏剧应该真实地反映这些矛盾和斗争——冲突是社会矛盾的最高形式，也是最富有戏剧性的形式。

对比两条路线不难看出，从“本体论”向“反映论”的转移，导致戏剧的对象从“人”转换为“社会生活”与“社会矛盾”。

在中国文艺理论中，“反映论”曾经享有绝对的权威，把“反映”这一哲学概念直接引入文艺学，目的在于说明文艺作品与社会生活的关系。如果把社会生活看作各种矛盾的综合体，那么，要求戏剧作品反映各种社会矛盾，乃是顺理成章。而上述关于“冲突律”的路线，也基本符合“反映论”的逻辑。然而，几十年的戏剧艺术实践已经证明，这条路线引出一系列问题。

其一，它造就出一条公式：戏剧冲突=社会矛盾。这条公式既制约着剧作家的思维，也成为戏剧批评的模式。

按照这条公式，剧作家在视野所及的范围内，从某一生活领域（工厂、农村、科技部门、领导机关等）发现某些社会矛盾，从中选择某一具有“普遍现实意义”的矛盾直接构成戏剧冲突，安排一组人物作为冲突的承担者，最终“正面人物”战胜“反面人物”，则标示矛盾的解决。而社会矛盾的意义也就是剧本的主题及其意义。在相当长的时间内，这条公式既是戏剧创作的原则，也是戏剧批评的原则，导致公式化、概念化的泛滥。虽然这条公式与布伦退尔的“规律”相距甚远；但它却可以说明，劳逊的“戏剧是处理社会关系的”“一次戏剧性冲突必须是一次社会性冲突”等主张，与中国的“冲突律”之间存在着通连相合之处，这就是“社会学”的原则和方法。

劳逊认为：“由于戏剧是处理社会关系的，一次戏剧性冲突必须是一次社会性冲突。”在这里，他试图用“社会性”界定戏剧性冲突，强调戏剧冲突应具有社会内容和社会意义。然而，按照我们的理解，所谓“社会关系”“社会性冲突”，都是社会学的概念，它们虽具有一般性，却不含有艺术所需要的个别性。不过，他提出这些概念，却是以确认人的自觉意志的运用为前提，在艺术与社会学之间引入了一个中介。劳逊申明，他“试图给予冲突律一个更为确切的定义，将意志的自觉程度和强度作为在创造戏剧性运动时、在使动作走上一个富有意义的高潮时的必要因素”。也就是说，他把戏剧作品看作一个完整的戏剧性运动，而人的自觉意志则是主导、推动戏剧性运动的基本动力。如果说动作性是戏剧的基本要素，那么自觉意志的运用不仅是动作的动力与根源，还制约着动作的意义。由此可见，他并未远离戏剧的本体，不过，他把自觉意志作为人与现实联结的环节，因而，由自觉意志主导、推动的戏剧性运动（包括冲突与高潮）就必然具有社会内容与社会意义。我们还看到，尽管劳逊强调社会性冲突，他却明确指出：“一场争辩并不是一个动作，无论参与者是如何地有意识或出于自愿。”这就对“讨论部分”是否具有戏剧性提出了疑问。

中国戏剧强调戏剧冲突的“社会性”，是以“反映论”为根据的。由于戏剧冲突被定性为仅仅是社会矛盾的反映，因此也就取消了人的自觉意志这一中介，而由社会矛盾直接构成戏剧冲突，所谓“戏剧性运动”也就转化为具体的社会矛盾发展的进程。人的自觉意志被某种集体意志取而代之，被安置在冲突某一方的人物，只是集体意志的代表，作为有生命的个人所特有的一切都消融在集体意志之中。实质上，这是把社会学的对象等同于艺术的对象，把社会学的目的等同于艺术的目的。也就是说，这是一条庸俗社会学的公式。

在我国，庸俗社会学的另一表现，是把丰富多彩的社会生活抽象为单一的政治生活。以此为出发点，文艺反映社会生活的原则，又引申出文艺“为政治服务”的功利目的，这就要求剧作家在把握与选择具体生活领域的社会矛盾时，着眼点也应集中于当前的政治需要，在这一范围内按照上述公式去构置戏剧冲突。在20世纪50—60年代之间，大量剧作所触及的社会矛盾，只是两个阶级（无产阶级与资产阶级）、两条道路（走社会主义道路与走资本主义道路）、两种方针政策（正确与错误）之间的矛盾和斗争。在这一时期，戏剧界普遍认为，所谓“问题剧”只是提出问题而不能提供解决问题的出路；而“为政治服务”的方针则要求剧作家在反映社会矛盾时，应该以矛盾的一方为主导，使其最终战胜另一方，以求展现光明的前景。为此，当时创作与演出的此类剧目，亦不被认为是“问题剧”。在70年代末至80年代初，中国进入新的历史时期以后，不少剧作中戏剧冲突的内容又转向这一时期具体的政治斗争，诸如坚持思想解放与现代迷信、思想僵化之间的斗争（如《未来在召唤》），坚持正确的组织路线与错误的“血统论”之间的斗争（如《报春花》），坚持法制与恃权凌法的斗争（如《权与法》），坚持体制改革与反对改革之间的斗争（如《血，总是热的》），反对不正之风的斗争（如《谁是强者》），等等。由这类政治斗争构成的戏剧冲突，虽然也可以说都是社会矛盾的反映，但是，这类作品中的冲突也只滞留于对社会生活表层的、一般化的反映，而难于触及社会生活的底蕴。这类戏剧作品所具有的价值，一般也只是社会学的、政治的，而非艺术的。事实已经证明，这类作品在它们刚刚出现的时候，也可能适应当时的政治形势，被某些观众所接受，然而，由于作品所反映的社会矛盾本身都具有暂时性，而作品的意义只在于它所反映的社会矛盾本身的价值，因之，作品的价值也是短暂的。正如余上沅针对早期的“问题剧”所作的评价：“问题不存在了，戏剧也随之不存在。”

其二，在相当长的一段时间内，中国戏剧中的“冲突律”依附于关于阶级斗争的政治观念之上；把冲突绝对化的倾向，在某种程度上，又是政治领域“斗争哲学”的产物。

“没有冲突就没有戏剧”，这句话只是表明了一种戏剧观念，即使它是完全正确的，有人怀疑它、否定它，也只是不同的戏剧观念、戏剧主张之间的分歧。然而，在中国，如发生这种分歧，就会变性为政治性的对立。在20世纪50—60年代，这种现象曾反复出现。它始发于苏联，很快就蔓延到中国剧坛。戏剧冲突既然是社会矛盾的反映，只要社会生活中存在着矛盾和斗争，戏剧冲突就是必不可少的。反之，如果有人要否定冲突的必要性，其前提必定是否定社会生活中矛盾的普遍性。这既是“反映论”的一般逻辑，也是涉及政治观念的原则问题。这样说，并非耸人听闻。40年代末至50年代初，苏联戏剧电影界有人提出一种主张：由于社会生活的发展，“剧作中所称呼的冲突，或者用别林斯基的字眼是抵触和击撞，在这种生活中，已完全消失，或正在消失”。如果一定要找矛盾和斗争，现实中只有“更好的事物与好的事物作斗争，好的事物和最优等的事物作斗争”。因而，在戏剧和电影作品中，“不值得讲到否定现象，应该只表现肯定事物”。这就是所谓“无冲突论”的观点。在50年代，苏联文化界、戏剧界对“无冲突论”展开一场严正的批判,《苏联话剧史》指出：“在戏剧文学中宣扬‘无冲突论’，企图美化现实，抹煞现实的矛盾，把虚假的、粉饰太平的甜言蜜语带进艺术，把苏联人民的生活描写成没有斗争的生活，这些作法使四十年代后期、五十年代初期的戏剧艺术遭受损害。”[①]批判者指出：“‘无冲突论’是建筑在完全违背马克思列宁主义原理的基础上的。马克思列宁主义肯定在不断发展着的现实中永远会发生新旧之间的斗争，因而永远会有矛盾和冲突……在我国没有了敌对阶级，但绝不应忘掉资本主义的包围和旧的残余，绝不应忘掉自资本主义世界传播过来的形形色色的异己影响……毋庸置疑，‘无冲突论’的源泉乃是右倾机会主义者的所谓‘阶级斗争消灭论’的谎言。”[②]所谓“违背马克思列宁主义原理”“右倾机会主义者”均为政治罪名，熟知这一时期历史生活的人们，对其性质是不说自明的。无独有偶，同样的事件在中国剧坛又重复上演。在1960年，中国戏剧界也有人提出“无冲突论”：现实社会中只存在“大矛小盾”，所谓“大矛”指

① 苏联科学院，苏联文化部艺术史研究所.苏联话剧史［M］.白嗣宏，译.北京：中国戏剧出版社，1986：7.

② 杰米基耶夫.第二次全苏作家代表大会：苏联文学史上最重要的路标［M］.戈安，译//特罗斐莫夫，等.文艺理论译丛：第一辑合订本.金霞，等译.上海：新文艺出版社，1956：194.

的是工人阶级，而“小盾”则是指资产阶级，“大矛小盾”已不能构成“冲突”。矛盾与冲突是“从资产阶级文艺理论中接受过来的一些陈旧观点，早该丢入垃圾堆里去了”，“在反映新现实、处理新题材的时候，就需要突破过去所谓‘戏剧冲突’的旧观念、旧套子”。“无冲突论”受到批判时被认定的“罪名”也大同小异。同时，在中国文学界、戏剧界，对“无冲突论”的批判还伴随着对塑造英雄人物的强调。批判者认为：“忽视消极现象和反面人物，冲淡生活中的矛盾和斗争，这种廉价的乐观主义，只会把生活简单化，把真正的先进人物描写成没有生命的稻草人……我们要满腔热情地歌颂新人物、新思想，也要毫不留情地鞭挞旧事物、旧思想，要深刻地反映新事物同旧事物的尖锐斗争。因为坚强的崇高的英雄性格正是在这样的斗争中形成和表现出来的。”①可以看出，这里所强调的是反映新事物、新思想，是歌颂新人物的英雄性格，是要求文学艺术以此为目的。基于这一立脚点，又引申出有关戏剧冲突的限制性原则：所谓“戏剧冲突”只是表现新人物英雄性格的一种必要的方式；在戏剧冲突中，正面人物应该居于主导地位，最终必须战胜反面人物；等等。这类规定又被确认为对戏剧作品中的“真实性”和“典型性”的要求，只有按照这类模式处理戏剧冲突，才能说是反映了生活的本质真实，才具有典型性。

实际上，这类模式成为剧作家观察、表现现实生活时的严重束缚。

其三，关于戏剧冲突的上述模式，导致剧中人物失去个性生命的完整性，成为某种观念的抽象物。

如果我们承认戏剧作品的主人公是人，舞台的主体应是具有感性丰富性的人物形象，那么，塑造这样的人物形象，就应该是剧作家追求的目标。按照上述模式反映社会矛盾，其出发点和归宿都在于所选取的矛盾现象（戏剧冲突的实体内容）是否具有现实意义和普遍意义——作品的主题思想亦在于此。在这种模式中，人物只是根据“社会矛盾”——“戏剧冲突”

① 周扬.我国社会主义文学艺术的道路［J］.文艺报，1960（14）：15.

的需要演绎出来的，他们的行为都是按照矛盾、冲突的性质安排的，推动人物行动的动力被净化为坚持或反对某一政治路线、方针政策和某一政治原则。也就是说，布伦退尔所强调的自觉意志已经被抽象化为某个社会集团、社会势力的共同意志，戏剧冲突的内动力成为两种共同意志的对抗，实质上也就是两种观念的对抗。在这种情况下，剧中人物就成为观念的载体，而失去艺术形象所应有的个性生命的活力。按照这种模式写成的剧本，往往成为“没有冲突就没有戏剧”的反证。在这类作品中，戏剧冲突正面展开，愈是尖锐激烈的场面，愈是没有戏剧性；在这样的场面中，人物也变成某种观念的载体。正是因为如此，文学戏剧界的有识之士面对这种情况，曾经提出疑问。评论家侯金镜在《“戏”和“戏”的停滞与中断》中曾经精辟地指出，那些由于坚持不同的作战方案等而进行的争论，“只是观念的而不是戏剧的冲突”。他在此文中精细地分析了话剧《战线南移》（胡可编剧）的得与失，针对剧中戏剧冲突的场面指出，剧中团长周金虎和副师长耿忠信由于作战方案而展开的争论，虽然“被放在戏剧冲突的尖端，是‘戏’的灵魂和精华所在”，“但是‘戏’的实际情况是，周与耿再加上团政委余健之间的矛盾越发展，‘戏’就越沉闷，到了第四幕，他们之间的‘戏’完全停滞了”。其原因在于，“他们的争论仍然是方案的冲突而不是性格的冲突”。[①]类似《战线南移》中两种作战方案之间的争论，在其他剧本中可能被置换为“两种 ××××”的争论，都可以纳入侯金镜所批评的现象，它们的情况基本相同。针对戏剧冲突的这种普遍性的迷误，侯金镜主张用性格冲突取代方案冲突、观念冲突。他认为，完成这种转换的前提是把经过过滤的“抽象的职务上的关系”还原为“人和人的关系、性格和性格的关系”。[②]在这篇文章发表前后，性格冲突的主张者与拥护者日益增

① 侯金镜．“戏”和“戏”的停滞与中断［M］//胡可．战斗集．2版．北京：人民文学出版社，1979：31.

② 侯金镜．“戏”和“戏”的停滞与中断［M］//胡可．战斗集．2版．北京：人民文学出版社，1979：32.

多，并发展成一种具有代表性的戏剧观念。然而，“意志冲突说”在中国的拥护者顾仲彝对此却提出异议，他凭借心理学对“意志”与“性格”这两个概念的解释，为“意志冲突说”的合理性寻找根据。他认为：“我们所谓‘性格’就是心理学上的‘个性’，或称为‘广义的性格’。它包括气质、能力、性格（狭义的）、理智、兴趣等，这些心理特征都具有稳定性。”“意志是对客观事物的认识，自觉地确定目的并力求其实现的心理过程。它从最初的憧憬（或称意向）、愿望、欲望、志向进展到决心，有了决心才开始行动。性格是稳定的，而意志是运动的。所以小说以描写稳定的性格为主要任务，而戏剧以表达意志为主要任务。”据此，他明确指出：“因为舞台上的表演是以行动为主，而行动是意志的产物。没有意志的人是谈不上行动的。”“所以人与人之间的意志冲突是戏剧冲突的主要内容。”① 如果说意志是行动最明显、最直接的动力，特别是，如果强调意志行动特有的戏剧价值，那么，上述意见都是合理的。然而，既然承认“性格”即“个性”，而所谓“个性”又是指个体的完整的生命运动，那么，个性所包容的心理的和生理的性状，一切与其他个体生命相区别的特征，在意志生成的进程中都应该发生作用，使意志也具有个性生命的色彩。否则，所谓“意志行动”和“意志冲突”也会只具有一般性，而失去其应有的特殊性与个性。有人说，“有多少性格，就有多少冲突”，这正是指性格冲突内在的多样件和丰富性。在“没有冲突就没有戏剧”被视为定律的环境中，用性格冲突为戏剧冲突正名，本是为了医治由观念冲突引发的概念化痼疾。问题在于，在对“性格”这一概念尚未有科学的、完整的认知时，特别是在社会生活和艺术思潮中提倡“个性”尚是一种奢侈的空谈时，所谓“性格冲突”的实际价值毕竟是有限的。

如上所述，中国的“冲突律”是在一条极为特殊的线路上运行着，它长时间受制于多种非艺术的因素。我们在指明它造成的各种弊端时，必须

① 顾仲彝.编剧理论与技巧［M］.北京：中国戏剧出版社，1981：120.

补充说明：如果说，中国的“冲突律”是在一个误区中徘徊着，那也不能归罪于布伦退尔的“自觉意志——意志冲突”的理论，它们本来就是“两股道上跑的车”，走的不是一条路。

那么，针对中国“冲突律”而言，它是否应该回归布伦退尔的戏剧观念？或者说，如能回归到“意志冲突说”，是否可望完全使中国戏剧回归戏剧艺术的本体？

在本章最后一部分，当我们重新面对“自觉意志——意志冲突”的戏剧观念时，对上述问题的回答也只能是否定性的：不能，因为它本身已不能应对现代戏剧提出的新的问题——它已经“过时”了。

4.现代戏剧的挑战

布伦退尔的《戏剧的规律》发表于1894年。就在他以满腔热情论证关于“自觉意志——意志冲突”的戏剧观念时，面对现实的戏剧现象，他却忧心忡忡。他说：

> 最近十年来，我们普遍在喊戏剧危机……

或者说：

> 现时代的戏剧整个来说是不如二十年前或二十五年前的戏剧，我觉得这是不难承认的。

那么，在布伦退尔为之忧虑的这个时期之内，法国以及欧洲的剧坛，究竟出现了哪些现象？

如果把时间锁定在“十年来”，我们看到的是这样的情景：1884年，易卜生的新作《野鸭》问世。他在当年申明，在这部作品中，自己已经放弃了以往的写作方法，开拓了可供仿效的新方向。此后，他连续完成的新作有《罗斯莫庄》（1886年）、《海上夫人》（1888年）、《海达·高布乐》（1890年）以及《建筑师》（1892年）、《小艾友夫》（1894年）等。评论家认为，这些新剧目表明，易卜生由现实主义转向象征主义；如果说这两个流派都把易卜生奉为宗师，那么，象征派所师承的正是这些作品。

比利时剧作家梅特林克连续发表《闯入者》（又译《不速之客》，1890年）、《群盲》（1891年）、《室内》（1894年）、《丁泰琪之死》（1894年）等。这些剧本被后世称为象征主义戏剧的代表作。

德国剧作家霍普特曼继《日出之前》（1889年）之后又完成了新作《孤独者》（1891年），他表示，将此剧献给那些亲身体验过孤独感的人。评论家一般认为，《日出之前》是自然主义剧作，而《孤独者》则是一部心理剧。霍普特曼自己曾表白，他对《孤独者》自视甚高，而对前者却“情愿抛弃”。

1890年，诗人兼导演保罗·福尔与演员吕尼埃-波埃联合在巴黎创建艺术剧院，连续公演《不速之客》及《群盲》等剧；1893年，吕尼埃-波埃又单独创建作品剧院，继续上演易卜生和梅特林克的象征主义作品。这些剧院在演出象征主义作品时，在舞台艺术方面也力求与剧本的风格相统一，对传统的演出形式有很大突破。

……

综合上述情况不难看出，所谓“十年来”的一个突出的戏剧现象，乃是象征主义戏剧的崛起，其作为一种新兴的戏剧流派向传统的现实主义、自然主义戏剧挑战。

在戏剧史上，人们对象征主义戏剧的总体评价大有歧异，有人称它为“诗意的戏剧”“理想主义的戏剧”，有人则把它与“世纪末情绪”“颓废主义”等贬义词联系在一起。法国自然主义大师左拉面对刚刚兴起的这一流派曾经断言：“这无非是一些尝试，一些试验，牙牙学语罢了……”到1893年，他却真诚地反思自己，而把希望寄于这一流派的青年人：“我个人已觉遗憾：一向固执门户之见，因为我硬要艺术停止于经过证明的真情实况，而新生后进却重新开阔了境界，因为他们在重新征服未知、神秘，他们做得对！”[①]这也可以说明象征主义戏剧本身的复杂性。

象征主义作为一种艺术运动是由诗歌扩展到戏剧的，在19世纪80—90年代，可以视为早期象征主义；在20世纪初，它的队伍日益壮大，影响也越加广泛，德国的霍普特曼、爱尔兰的约翰·辛格、俄国的安德烈耶夫都是这一流派的主将，有人把王尔德、叶芝等也归属于这一流派。我们不准备对象征主义戏剧进行纵向、横向的全面介绍，也不想论述它与其他流派相区别的种种特征，这不是本章论题的范围。在这里，我们还是回到布伦退尔的戏剧观念以及他关于戏剧危机的看法。

布伦退尔认为，“十年来”的戏剧危机，其主要原因在于“意志的力量正在衰退、松弛、崩溃下去”。他断言：“一国戏剧兴起的时刻正是一个伟大民族的意志十分高昂的时候。”按照这一逻辑，在“意志衰退”的现时代出现戏剧危机，当然是正常的。劳逊似乎也赞同布伦退尔的判断，他说：“十九世纪后期的戏剧的特征——正如布伦退尔在1894年观察到的——是意志的‘削弱、松弛、瓦解’。”暂且不去讨论关于戏剧危机的结论是否公正，我们对布伦退尔所“观察到的”以及劳逊的赞同意见都可以给予肯定。

是的，我们所介绍的关于“十年来”的戏剧现象中，确实潜存着这样的情况：较之以前的戏剧，自觉意志确实是“衰退”了。针对这一问题，最有说服力的例证乃是梅特林克的《闯入者》、《群盲》以及《室内》等。我们不妨集中于这一视角，对这几部典型的象征主义剧作进行简略的考察。

《闯入者》所展现的是一个普通的家庭，先后出场的三个女孩，她们的父亲、叔叔和外祖父，活动的场所是家中的一个房间，有门直通院子，另一紧闭的门可通另一外室，室内是母亲病危在床。病妇生死未卜，全家人唯一能做的就是等待，因为一位修女要来看望病妇，并带来希望。在这里，

① 梅特林克.玛兰公主：梅特林克剧作选［M］.管震湖，李胥森，译.长沙：湖南人民出版社，1985：17，25.

出场人物的自觉意志通通瓦解，意志行动不再出现。在这中间，人物在等待时焦虑不安的心态，与古老时钟的报时声、风声、窗外园丁磨刀声等相交融，营造成一种神秘、紧张的气氛。在场的其他人对病妇的安危都怀着些许希望，唯独两目失明的外祖父却另有不同的感觉，他静坐在桌旁，不时从室内外的声响中获得感应，强化对女儿安危的惶惑与不安：

老　人　出什么事啦？我觉得，我女儿病得更重啦！

通向花园的门突然打开了，有脚步声穿堂入室，像是走进了病妇的房间，全家人焦急等待的修女突然从病妇的房间走出，并宣布病妇死亡的噩耗……

在这里，出场人物的自觉意志通通隐而不见，或者说是“衰退、松弛、崩溃”了。对他（她）们来说，等待虽然并非盲目的，也可以说，并未失去具体的目标；但是，是否能通达这一目标（修女到来），只能取决于等待的对象，而等待者已无能为力……

在《群盲》中，我们所看到的也是一群失去自觉意志的盲人。他（她）们被抛置在一个小岛上，这里是“一座古老的森林，在繁星点点的深邃夜空下显得永恒无尽。无边无际的黑夜”。十二个盲人（六男六女）面对面围坐在树桩、石头和落叶上，“像坟墓上的石柱那样的参天大树、紫杉、垂柳、柏树的树影，严严实实地覆盖在这些盲人的头上”。他们被一个年迈体衰的教士带领着来到这里，既弄不清置身于何处，也不知向导的去向：

盲人丙　……咱们一边等教士回来，一边聊点什么吧。

盲老头　他对我们说了，叫我们等着他，别出声。

盲人丙　咱们并不是在教堂里。

盲老妪　你又不知道咱们在哪儿。

盲人丙　可是一不说话我就害怕。

盲人乙　你知道教士上哪儿去了吗?

盲人丙　我觉得他离开我们的时间很长了。

盲人甲　……我敢肯定他领错了路，他找路去了。上哪儿了呢?他没有权利把我们扔在这儿……

他们只能等待着，用聊天打发时光，聊得最多的话题仍然是那位教士，他是他们的领路人、指挥者，他们的一切希望都寄托在他的身上。同时，他们对外面的世界缺少安全感。有人抱怨说:“他满可以带我们到院子里晒太阳嘛！院子四周有墙庇护着，用不着担惊受怕;——我总是去把门关上的。”有人甚至连到院子里都不情愿:“我宁愿待在食堂里，坐在温暖的煤火旁……”至于他们彼此之间，虽是长年相聚，却实同陌路。而且，他们对生存的环境，更是不明不白。年纪最长的盲老头对自己的生存状态和生存环境较为清醒:

盲　老　头　我们大家谁也没见过谁。我们互相问话，互相答话，我们在一起生活，一直在一起生活，但是我们不知道我们自己是怎么样的人，我们白白地互相触摸双手，可眼睛要比手管用得多啊。

第六个盲人　你在晒太阳的时候，我有时能看到你的身影。

盲　老　头　我们从未见过所住的房子。我们白白地用手去触摸墙和窗;我们不知道生活在什么地方!

有人说，这群盲人的生存状态正是人类盲目性的象征。这种解释可能是对的。很明显，当人们连改变环境的基本要求都已经不复存在，只能去顺应环境的时候，又哪里谈得上人与环境的冲突?当人与人之间已经不再发生实质性的沟通，“每个人永远都只一个人孤单单的”，又哪里谈得上意志冲突?如果说，这群盲人已经失去意志行动的能力，他（她）们只能在等待中打发时光，那么，等待向导回来带路这唯一的希望之光，也很快就熄灭了。一条大狗突然走进他们围坐的圈子，并把他们带到教士身边——他一直坐在他们中间，早已死去了。在等待已是无望的情势下，他们开始为自己的生死担忧：

盲老头　现在该轮到我们死了……

我想咱们会死在这儿了……

面对死亡的临近，他们并没有奋起抗争的意愿，唯一能做的似乎只是希望有人来带领他们走出危境，但是，这种希望就像偶然划破夜空的烟火，一闪即逝。因此，等待就成为一种生存状态，在不断强化的恐怖与绝望的气氛中，他们靠直觉感受，倾听着“死神”来临的信息：

盲姑娘　我听到有人走动，离我们很远！

盲人乙　我只听到北风的呼啸声！

盲姑娘　我跟你们说了，是有人在朝我们这边走！

盲老妪　我听见有人走动，走得很慢……

盲老头　我认为妇女们说得对！

盲姑娘　他们越来越近了，快听哪！

〔这时，疯盲妇的孩子在黑暗中突然哭了起来。

盲老妪　是小孩哭？

盲姑娘　他看见了！看见了！他哭，就是说他看见什么了。（她把孩子一把抢在怀里，往传来脚步声的方向走去，其他妇女惊恐不安地跟在她后面，然后把她团团围住）我去迎接他！

如果说，在《闯入者》的所有出场人物中，唯有瞎眼的外祖父面对那个无形的神秘世界的种种征兆是敏感的，那么，在《群盲》中，这个婴儿是唯一的明眼人，也只有他能够看见盲人们等来的究竟是什么，然而，他的反馈却只有伤心的哭声：

盲姑娘　他老是朝着脚步声来的方向看！——你们看！你们看！我把他的脸转过来，他又转过去看……他看见啦！看见啦！看见啦！——他肯定看到什么奇怪的东西了！

盲老妪　（往前走）把他举到我们头上，让他好好看看。

盲姑娘　闪开！闪开（她把孩子举到盲人们头上）——脚步声在我们中间停住了！

盲老妪　脚步声在这儿！在咱们中间呢！

盲姑娘　你是谁？

〔无人回答。

盲老妪　可怜可怜我们吧！

〔场上寂静无声。——孩子哭得更伤心了。

针对此剧中那个死去的向导，有人认定是“宗教”，有人则认为指的是“上帝”，也有人把它看作“人类理性”的象征。那么，当盲人们失去向导、陷入绝望深渊时，突然来临的“不速之客”（脚步声），又意味着什么？如果把它说成是“死亡”的象征，似乎不无根据。无论怎么说，有一点是毋庸置疑的：《群盲》中的一群盲人，正如《闯入者》中出场的一家老少一样，他（她）们的自觉意志已经“松弛”“瓦解”了；同时，在这里，既不见意志冲突，也没有发生“人和人，个人和集体，一个集团和别的集团，个人或集团和社会或自然力量之间的对抗”[①]。

1896年，梅特林克出版了包括十几篇论文的文集《卑贱者的财富》，

① 劳逊.戏剧与电影的剧作理论与技巧［M］.邵牧君，齐宙，译.2版.北京：中国电影出版社，1978：207.

集中阐明了自己的戏剧追求和戏剧主张。他强调“日常生活中的悲剧性”，认为这种悲剧性超出了人与人之间、欲望与欲望之间的永恒性冲突，而要赋予“静止不动的生活”以“生气和运动”，让观众“突然之间获得了生命的启示”。他认为，与那种“谋杀、凶案和叛逆行为”以及那种“充满流血、叫喊和刀光剑影”的暴烈性事件相比较，戏剧应该更重视那些“在永远活跃的广袤领域中心灵的内部生活”，“超出理性和感情的一般对话之上的那种更为庄严和持续不断的人生和命运的对话”，以及“人类接近或远离真理、美和上帝时迟疑而痛苦地迈出的步伐”。总之，他认为，理想的戏剧正是这种“静剧”。①而《闯入者》、《群盲》以及《室内》等，正是充分体现“静剧”主张的代表作。

对于梅特林克的“静剧”主张及创作实践，曾有各种各样的评价。俄国象征派诗人布洛克看了梅耶荷德执导的梅特林克的短剧后，虽然对剧作家的天才予以肯定，甚至认为“梅特林克”这个名字已成为一个信条，但却对这类“静剧”多有微词。他说：“梅特林克偷走了西方戏剧的主人公，把人的声音变成嘶哑的低语，把人变成木偶，使它丧失了自己的动作，丧失了光明、意志、空气。”②而瑞典剧作家斯特林堡于1901年，即在其创作“梦剧”时的转变期，曾经坦诚地说：“假如你想正确了解我将来的作品，请读　读梅特林克的《卑贱者的财富》吧，这是我所读过的伟大著作之一。”③尽管人们的评价见仁见智，有一点却是一致的：梅特林克的关于“静剧”的理论与实践，确实体现了现代戏剧的一种趋向。在20世纪60年代，美国戏剧批评家加斯纳在为《剧作家论剧作》一书撰写的导言中，指明这种理论与实践在现代戏剧发展中的地位：

① 中国社会科学院外国文学研究所，外国文学研究资料丛刊编辑委员会.外国现代剧作家论剧作［M］.北京：中国社会科学出版社，1982.

② 转引自：陈世雄.现代欧美戏剧史［M］.成都：四川教育出版社，1994：48.

③ 转引自：斯泰恩.现代戏剧的理论与实践：二［M］.郭健，等译.北京：中国戏剧出版社，1989：62.

> 作为一个剧作家，梅特林克在他创作力高度旺盛的时候，写出这篇阐明自己观点的文章（指《日常生活中的悲剧性》——引者），对于他从事像《闯入者》、《室内》和《盲人》这些博得现代戏剧的现实主义大师斯坦尼斯拉夫斯基本人赞赏的独幕诗剧的创作实践，是起了辩护的作用的……梅特林克在反映人们对专攻情节描写的剧作的广泛不满时，他是感受到现代戏剧的脉搏的。[①]

如果说，梅特林克的“静剧”主张确实反映了对“情节剧”“佳构剧”的不满，那么，“静剧”理论及其实践的反叛性远非仅此而已，它是对以往很多理论主张和实践的挑战，其中就包括布伦退尔的关于“自觉意志——意志冲突”的理论体系。在我看来，所谓“现代戏剧的脉搏”，自然包含着对传统戏剧形式某种规则的突破，但是，更为重要的还在于戏剧艺术的基础——人的本体观的改变。

说到底，布伦退尔关于意志冲突的理论体现了一种特定的关于人的本体观，而这种观念的根基正是把自觉意志确认为人格的本质，这一本体观在相当长的历史时间内具有极大的权威性，影响深远。

任何一种理论体系、一个戏剧流派、一种戏剧现象，都不会是偶然出现的。布伦退尔提出“自觉意志——意志冲突”的理论体系，表明了戏剧理论家对人的自觉意志的坚定信念。他断言，作为一个现实的人，“再没有什么比意志的发挥更重要的”，对自觉意志的格外重视，也就是对人的理性的信念。这种信念曾经在哲学界、社会学界、心理学界汇合成一股巨大的思潮，放射出理性的光辉，它也照亮了欧洲的戏剧舞台。到了19世纪末，波及欧洲大陆的社会动乱和战争的阴影，迫使人对自身发生怀疑，重新认识自身，逐渐成为一种新的思潮。所谓“重新认识”，自然也包含着对理性的重新定位。德国哲学人类学家马克斯·舍勒曾把欧洲对“人”的定义概

① 中国社会科学院外国文学研究所，外国文学研究资料丛刊编辑委员会.外国现代剧作家论剧作［M］.北京：中国社会科学出版社，1982：7.

括为“三个思想圈”，其中之一是人是有“理智”的生物。但是，他却认为：“如果我们再作进一步的思考，那么我们则可以看到上述三种传统思想的基础在今天已大为动摇了。”他不无忧虑地指出：

> 我们有一门自然科学的人类学，一门哲学人类学和一门神学人类学。这三门人类学互不相干——但是我们却没有一个关于人的统一的思想。研究人的专门学科日益增多。尽管这些专门学科十分有价值，但是与其说它们更多地说明了人的本质，还不如说它们更多地掩盖了人的本质……因此我们可以说，今天比人类历史上任何一个时期更加问题百出。[①]

传统思想的基础已经动摇，自然会“问题百出”。苏格拉底曾经把“人”定义为对理性问题能给予理性回答的存在物。对这一经典性定义的怀疑，导致人的本体观的困顿。叔本华、尼采的非理性的思想及其美学主张，对象征主义戏剧的影响是十分明显的，他们确认人的本能比理性更为重要，无疑是向把自觉意志作为人格本质的这种本体观发起挑战。在现代心理学中，弗洛伊德的“潜意识”学说，荣格对“集体无意识”的揭示，也开拓了对人的内心世界认知的空间。心理学新开拓的方向，也使得自觉意志的理论显得过于狭隘了。如果说，哲学对戏剧艺术的影响还是“形而上”的，那么，心理学对戏剧的影响则更为直接、更为具体，这种影响可以深入剧作家对人的生命活动的观照和表现。斯特林堡在《论现代戏剧与现代剧院》中指出，现代剧作家的“主要兴味集中在人物的心理描写”。他又说：“在这类艺术中，现代心理学的一切发现都能在大众化的形式中首先

① 舍勒.人在宇宙中的地位［M］//王维达.哲学人类学视野中的“人”：舍勒《人在宇宙中的地位》精粹.武汉：湖北人民出版社，1989：33.

得以运用。”[1]而现代心理学家荣格则明确指出：“心理学和艺术研究将永远不得不相互求助，而不会由一方去削弱另一方。”[2]一方面，弗洛伊德在专攻精神分析心理学研究时，曾从戏剧作品中选择不同的主人公作为个案例证进行分析，如《俄狄浦斯王》中的俄狄浦斯，莎士比亚塑造的哈姆雷特以及《马克白斯》(又译《麦克白》)中的马克白斯夫人，还有《罗斯莫庄》中的吕贝克，等等。另一方面，现代剧作家的创作，特别是对人的行动动机的把握与表现，也深受“潜意识”“集体无意识”等心理学的新发现的影响。所有这些影响，都导致对“自觉意志论”的超越。卢卡契说得好：“真正的影响永远是一种潜力的解放。”[3]现代剧作家对以往戏剧关于人的生命活动的开拓并不满足，他们关心的对象已经转向尚未被开发的深层的心理，或者说，他们所关注的重点已转向“至今还被人忽略的方面”，即“心理的隐曲”。[4]关注重点的转移正包括对“自觉意志的发挥”这一重心的移位。劳逊也发现了这种趋向，他指出：

> 试以现代戏剧和以前任何时代的戏剧相比，现代戏剧显然是更少强调自觉意志。在这里我的意思是说，现代作家研究性格时并不是主要地从树立一个目标和努力朝着它前进这个观点出发的，他们是从情绪的趋向、潜意识的决定因素、心理的影响等观点出发的。[5]

---

① 斯特林堡.论现代戏剧与现代剧院［M］//中国社会科学院外国文学研究所，外国文学研究资料丛刊编辑委员会.外国现代剧作家论剧作.北京：中国社会科学出版社，1982：24.

② 荣格.心理学与文学［M］.冯川，苏克，译.北京：生活·读书·新知三联书店，1987：125.

③ 中国社会科学院外国文学研究所，外国文学研究资料丛刊编辑委员会.卢卡契文学论文集：二［M］.北京：中国社会科学出版社，1981：452.

④ 沃尔夫.现代小说［M］//袁可嘉，等.现代主义文学研究：上.北京：中国社会科学出版社，1989：512.

⑤ 劳逊.戏剧与电影的剧作理论与技巧［M］.邵牧君，齐宙，译.2版.北京：中国电影出版社，1978：116.

正是这种变化开启了现代派戏剧的探索之门，从人的本体观的改变引发出的各种新的表现形式涌向了舞台。在象征主义者看来，所谓“终极的真理”并不“存在五官经验或理性的思考过程之中”，也不能“靠逻辑推理来了解”，也就难于直接表达；他们认为，“真理要靠直觉来把握”，并借助以直觉创造的象征来间接表明。[①]《群盲》和《闯入者》中象征着支配人的命运的神秘力量的脚步声，以及盲人对各种自然现象和声音的心灵感应等，都是典型的例证。在20世纪初诞生的表现主义运动由绘画扩展到戏剧艺术时，这种关注重点的转移就更为明显。

伴随着戏剧的对象由自觉意志向非理性内容的转移，现代戏剧的一个明显的趋向是冲突的淡化和非冲突化。

在《闯入者》和《群盲》这类象征主义戏剧中，意志冲突的退位已是不争的事实，而那些表现主义的经典性剧目，则更体现出现代戏剧的这种普遍性趋向。

劳逊曾以奥尼尔作为现代戏剧趋向的突出例证，他指出：“现代戏剧尤其趋向于表现那些‘不知道自己需要什么’的人们的行动……又如奥尼尔，他处理的是那些从潜意识发生的心理动机和影响。我们不能说这些剧本摒除了自觉意志；但是冲突似乎并不是以趋向一个已知的、欲求的目标的奋斗为主要基础的。”[②]布伦退尔把自觉意志定义为“立定一个目标，导引每一件事都向着它，并努力使每一件事都跟它一致”，按照这一定义，劳逊所说的“那些‘不知道自己需要什么’的人们的行动”“从潜意识发生的心理动机”等，都应该排除在外。而那种“并不是以趋向一个已知的、欲求的目标的奋斗为主要基础的”冲突，也不能认定为真正意义上的意志冲突。在奥尼尔的表现主义剧作中，我们看到的是，“从潜意识发生的心理动机”常

① 布罗凯特.世界戏剧艺术欣赏：世界戏剧史［M］.胡耀恒，译.北京：中国戏剧出版社，1987：342.

② 劳逊.戏剧与电影的剧作理论与技巧［M］.邵牧君，齐宙，译.2版.北京：中国电影出版社，1978：117.

常导致冲突的淡化。《奇异的插曲》是奥尼尔最成功的剧作之一，正是淡化冲突的一部代表作。

此剧的女主人公宁娜在战争中失去了未婚夫，心灵受到创伤。她的未婚夫是一位飞行员，在他参战前，宁娜本想与他结婚，但由于父亲用一番大道理坚决反对，未能结成。临别的晚上，他拥抱她，吻她，但却止于礼法。在未婚夫死后，她万分悔恨，为此而备受熬煎："戈登需要我！我也需要戈登！我那时应该使他占有我！"她认为这是对戈登的背叛，她必须赎罪。为此，她决定到伤兵医院去做看护：

> 我必得学习施舍我自己——施舍、施舍，直到我能够把我自己做成使一个男子快乐的礼物，毫不踌躇，毫不恐惧，除掉在他的快乐之中没有快乐！当我把这个做成功以后，我就会镇定清楚起来，我将知道怎样重新开始来过我自己的生活！

对这一意向，她给了自己一个理由："为了戈登我不能不这样做！"她真的这样做了。然而，变态的"奉献"不可能得到正常的回报，这样做只是在一个淌血的伤口上撒一把盐。当她把身体施舍给伤兵时，那是一种不可名状的感受：

> ……我实在比他们更加残废，知道大战已经把我的心和内脏完全炸出来了！我还知道我是在苦恼着那些已经被苦恼了的，神经已经是极度地过敏的人，知道他们厌恶我给予他们的礼物，那种残酷的讽刺！可是我依然做下去，从这个到那个，像个蠢笨的不能自主的畜生一样，直到不久以前的一夜我梦见了戈登为止；我梦见他满身着火从天空跌下来，用那样冒着火焰的眼睛凝视着我，而我那全体可怜残废的男人们好像也从他的眼睛里带着灼炽的痛苦瞪着我……

她向马尔斯登倾诉这种感受，就像是跪在神父面前忏悔自己的罪恶，并请求受到惩罚。而这位“父亲”兼“神父”给她的惩罚是，“你去同那个年轻的伊万斯结婚”——去做他的贤内助，影响他为自家干一番事业。她接受了这一惩罚，把支持他做一番事业当成自己的事。但是，她并不爱伊万斯，唯一能弥补这一缺憾的是和伊万斯生一个小孩：“必得做一个母亲才好施舍我自己。”一个内心孱弱的女人，在遭遇一连串挫折之后，心灵还留存着层层伤疤；如今，她摆脱痛苦、重新获得安宁的唯一出路，就是生一个孩子，她与沙穆·伊万斯结婚之后怀孕了，这唯一的期望已可能实现。忽然，她的婆母却告诉她，伊万斯家族有遗传史，沙穆也是受害者，她和他的孩子不能生下来。这一指令性的信息，对于宁娜而言，无疑又是一次毁灭性的打击，她无法平静地接受，歇斯底里地向伊万斯夫人发作：

宁　　娜　（……带着狂野的讽刺说）而我从前还以为沙穆是如此地心理正常——如此地健康和无病——不和我一样啊！我还以为他能给予我一些这种健康活泼的孩子，我可以在他们之间忘记我自己并渐渐变得爱他咧！

伊万斯夫人　（吃了一惊，跳起身来）渐渐变得爱？你刚刚告诉我你本是爱沙穆的呀！

宁　　娜　不！也许我差不多已经——最近——可是只有在我想到这孩子的时候！现在我恨他了！（她开始歇斯底里地哭起来。伊万斯夫人走向她并用两臂抱住她，宁娜哭声说）不要挨我！我也恨你哩！你为什么不告诉他永远不得结婚呢？

伊万斯夫人　我要叫他不结婚，那就得把一切告诉他，此外我有什么理由可说呢？而且我又直到你们结婚以后才知道你，那时候我就想写信给你，但我又怕他会读到那信。而我又不能撇下楼上那疯人而来看你……宁娜！我一直希望你最近不想要孩子——现在的年轻人都不想的——直到我看见了你并告诉你一切之后。我还以为你之爱他正如我爱他父亲一般，仅单独有他就满足了哩。

宁　　娜　（抬起头，狂野地说）不，我不！我不愿！我要离开他！

伊万斯夫人　（摇推着她——凶猛地说）你不能这样！这样他就会疯狂！你将是一个恶鬼了！你还看不出他是如何地爱你吗？

宁　　娜　（从她手里挣开——顶撞地说）是么，我却不爱他的！我之嫁他只是因为他需要我——而我需要孩子！而现在你告诉我我得致死我的——呵，是的，我知道我必得如此，你用不着再多说话！我为了太爱它，不愿使它去遭受那个命运！而且我也恨它了，现在，因为它是病态的，它不是我的孩子，是他的！（带着可怕的讥刺的残酷）你还敢告诉我说我连离开他也不能！

如果说，意志冲突是以趋向一个既定的目标为基础，那么，在目标尚未实现而意志也并未消退之时，这种意志冲突既不会结束，也难以中断。然而，就在这场婆媳间展开的尖锐的冲突中，或是复杂微妙的内心活动消解了自觉意志，使主体迷失了既定的目标，或是一种感同身受的体验唤醒了同情心，致使原初的意志冲突改变了性质，两颗心灵开始融合：

伊万斯夫人　（很凄惨而深刻地）你刚刚说你嫁他是因为他需要你，他现在不是比此前更需要你么？可是我不能叫你不撇开他，假若你不爱他的话。但你既然不爱他，你就不应该同他结婚。所以无论发生了什么事故都是你的过错。

宁　　娜　（苦恼地说）会发生什么事故呢？——你是什么意思？——沙穆一定没有什么——正如他从前一样——而且也不是我的过错，无论怎么说！——这不是我的过错！（接着良心不安地想着）可怜的沙穆……她是对的……这并不是他的过错……我想利用他来救我自己……我又做了个懦弱虫……如我对于戈登一样……

伊万斯夫人　（严厉地说）你知道假若你离开他，会发生什么事故……我把一切告诉你之后。（接着，忽然话语转变成了强烈的辩求）呵，我愿跪到你的面前求你，不要使我的儿子冒那种危险！你必得给一个伊万斯——最后的一个——一个机会活在这世界上！你也会渐渐变得爱他的，假若你为他牺牲得够多了的话！（接着带着一个可怕的微笑说）说到这里的话，我甚至还爱楼上那个傻子咧，我已经照顾他这么多年，简直可以说我为他过了一生，你把你的一生给予沙穆，那你就会爱他同爱你自己一样了。你不得不如此！这是像死一般真实的。（她笑着，一个奇怪的轻微的笑）

宁　　娜　（带着一种沉郁呆钝的惊疑）你找到安宁没有呢？

伊万斯夫人　（冷嘲地）人们说伊甸乐园的绿野中是有着安宁！你得要死去才能知道真假哟！（接着骄傲地说）可是我能够说我的一生，因为对那些给我以爱情并信赖我的人很公道，所以我觉得自骄。

宁　　娜　（被激动了——不知如何是好地说）是的——这是实在的，不是么？

（奇异地想着）一生对人公道……自骄……信赖……光明正大！……谁在向我说话呀……戈登！……呵，戈登哟，你的意思是要我把我不曾给你的生命给予沙穆么？……沙穆也爱你哩……他说，假如我们有一个男孩，我们将把他取名戈登，也纪念戈登的光荣……戈登的光荣……现在我得怎样做来纪念你的光荣呢？戈登？……是了！……我知道了！

（用一种沉滞的语言机械地说）很好，母亲。我将同沙穆待在一起，我并没有别的办法，怎么能有呢，事情并不是他的过错呀，可怜的孩子！（接着忽然变了样子，猝然在失望的哭声中说）可是我将那般寂寞！我将要失去我的小孩！（她跌跪在伊万斯夫人脚下——可怜地说）呵，母亲哟，我怎样能生活下去呢？

于是，伊万斯夫人在感激、慈爱、同情的心境下告诉她，找一个健康的男人再生个孩子，宁娜自然乐意接受这一建议。

站在“意志冲突说”的立场上，这类场面自然是问题颇多。比如，意志冲突的尖锐性被冲淡了，本来很紧凑的场面被拆松了，动作进展的节奏变得松弛了……这一切都是旁白捣的乱。[①]但是，如果我们跳出“意志冲突说”的藩篱，就会发现，这类场面的节奏变化不仅不能视为一种缺憾，还蕴含着更值得重视的意味——旁白的特殊的表现功能。奥尼尔的创作动机是：“以最明晰、最经济的戏剧手段，表现出心理学的探索不断向我们揭示

① 劳逊.戏剧与电影的剧作理论与技巧［M］.邵牧君，齐宙，译.2版.北京：中国电影出版社，1978：176.

的人心中隐藏的深刻矛盾。”[1]在《奇异的插曲》中，旁白正是承担着这种特殊的任务。在剧中，宁娜是一个放纵、欲望强烈却又没有独立主见的女性，她生活在梦境之中，追求刺激，期望幸福，却又不知真正的幸福何在，因而在关键时刻很难独立地选择自己的行动和拒绝别人的要求。在她与婆母的谈话中，对话与旁白的复合交错，有效地表现了一个复杂的人格。有人认为：“这部作品被认为是一部任何心理学都不可能替代的心理小说，十分值得注意的是，它饱含分析的，尤其是直觉的聪明睿智，显示出对于人类精神的内在活动的深刻洞察。”而对剧中旁白的处理，也有很高的评价。[2]在戏剧作品中，旁白本来是剧中人物在对话的间隙向观众直接披露内心隐秘的手段，它的作用是其他手段无法替代的。我们看到，宁娜在对话中否定伊万斯夫人对自己的指责，断然拒绝她的要求；然而，在旁白中，她却要自己接受指责，承认要求的合理性，同时也就化解了自己在对话中坚持的自觉意志。在这里，随着意志的松懈，我们沿着人物内在的矛盾的心境（也并未构成“内心冲突”）顺畅地进入灵魂隐秘的角落——而这个空间恰恰是剧作家要着力表现的对象。

如果说，在《奇异的插曲》中，我们看到的还只是意志冲突被淡化的趋向；那么，在《琼斯皇》这样的作品中，可能展开的一场意志冲突却完全退位，而把场面奉献给主休潜意识王国的层层剥现。在土人决定造反的情势下，琼斯与造反者之间的意志的对抗，原本是必不可免的。问题在于，如果想要按照意志冲突的模式去正面展现土人造反追杀琼斯与琼斯反抗的过程，不难发现，那将是一部意志冲突虽然激烈但却相当乏味的作品。奥尼尔有意把这场冲突推向背景，只是用造反者进攻前举行仪式时击鼓的音响，作为刺激琼斯潜意识浮现的外在力量，而场面的实体内容却是潜意识

① 奥尼尔.关于面具的备忘录［M］// 中国社会科学院外国文学研究所，外国文学研究资料丛刊编辑委员会.外国现代剧作家论剧作.北京：中国社会科学出版社，1982：75.

② 奥尼尔.天边外［M］.荒芜，汪义群，等译.桂林：漓江出版社，1984：577.

的戏剧化，如果有人把这些场面也归属于心理冲突或内心冲突，那未免是对“冲突说”的一种过分执着，把这一概念的内涵无限扩大了。

在荒诞派戏剧中，意志冲突更丧失了它原有的权威性。这派剧作家普遍认为，人的处境是荒诞的，人生更是荒诞的；人不仅失去了与环境抗争的自觉意志，也失去了对人生价值进行探索和追求的意志行动，而且，人与人之间的沟通也是不可能的，戏剧的主旨只是为这个荒诞的世界和失去意义的人生提供见证。在这类作品中，我们既找不到真正的意志行动，也很难谈得上其有真正意义上的意志冲突。对此，不需详细进行个案分析。

总之，现代戏剧提示我们，尽管意志冲突在某些戏剧作品中仍然是一种重要的形式，但是它并不是必不可少的形式，因而，无论是布伦退尔的意志冲突，还是劳逊所强调的“自觉意志在其中发生作用的社会性冲突”，都已失去了作为普遍规律的价值。也就是说，现代戏剧生成的某些新的现象，已经否弃了把冲突视为戏剧本质之所在这种传统观念。如要追寻戏剧本质之所在，我们必须参照现代戏剧复杂多变的现象，获得新的认识。

第二章　戏剧的形式

什么是戏剧？这一问题曾经吸引不同时代的戏剧家和美学家。如果我们把自有戏剧以来为它下的定义收集在一起，那将会令人眼花缭乱，难得要领。戏剧乃是艺术，它只是一种特殊的艺术样式。如要追寻戏剧的本质，首先应该认知艺术的本质，前者受制于后者，后者则包容前者。然而，所谓“艺术的本质”，尽管也有不少定义性的答案可供选择，却也多有歧义，如从这里开始，我们至少应该为自己确立以下几个界限，以免陷入歧途。

其一，对“艺术的本质”的追寻，应是对艺术的“内部研究”。新批评派文论家韦勒克和沃伦在《文学理论》中把文学研究分为“内部研究”与“外部研究”，并提出不少精辟的见解。[1]针对艺术研究而言，所谓“外部研究”，或可指艺术社会学、艺术心理学、艺术宗教学、艺术人类学等等。我不想针对这些交叉学科的研究成果说长论短。如果说，这些“外部研究”都是必要的话，那么，一个必不可少的前提是，这种研究也必须以艺术的“内部研究”为基础、为前导。如果脱离这一基础，艺术就会在社会学、心理学、宗教学、人类学等的重压下丢失自己的品格。所谓“内部研究”，亦即对艺术自身的研究，恰恰是对自身品格的确立。在这里，一个常识性的问题是，划清艺术与科学（非艺术）的界限：

① 参见：韦勒克，沃伦.文学理论［M］.刘象愚，邢培明，陈圣生，等译.北京：生活·读书·新知三联书店，1984：65-67.

> 对事物的深层的认识，总是需要我们在积极的建设性的能力方面作出努力。但是因为这些能力并不朝同一方面行动，并不趋向同样的目标，因此它们不可能给予我们实在的同一面貌。有着一种概念的深层，同样，也有一种纯形象的深层。前者靠科学来发现，后者则在艺术中展现。前者帮助我们理解事物的理由，后者则帮助我们洞见事物的形式。在科学中，我们力图把各种现象追溯到它的终极因，追溯到它们的一般规律和原理。在艺术中，我们专注于现象的直接外观，并且最充分地欣赏着这种外观的全部丰富性和多样性。在这里我们并不关心规律的齐一性，而是关心直观的多样性和差异性。①

艺术如果屈从科学的要求，丢失自身的品格，也就不成其为艺术。如果说，艺术作品是艺术活动的本源和目的，那么，艺术的本体对象和艺术研究的本体对象，均在于艺术作品。针对一部艺术作品，人们也可能从社会学、心理学、伦理学、哲学的角度追寻其意义。然而，真正的艺术作品并不是社会学、心理学、伦理学、哲学等的形象化注解，而是有其独立的品格。不管研究者是立足于社会学、心理学、伦理学还是哲学，如果把艺术作品当作本体对象，就必须把它视为具有独立品格的文本，这应该是研究的出发点，也是目的。正因为如此，一位以艺术为对象的研究者，固然需要具有理论的功底，需要掌握科学的方法（这些都是必要的），但更为重要的是，他还需要对艺术作品具有感受力和鉴赏力。缺少这种能力，不仅难于具有创造的活力，甚至可能导致艺术独立品格的遗失。

其二，艺术的“内部研究”，面对完整的艺术作品，不可回避的就是内容与形式以及两者的关系等问题。在这里，我们同样需要确立自己的立脚点。

以往，在很长时间内，我们接受的是“二元论”，即“内容”与“形

---

① 卡西尔.人论［M］.甘阳，译.上海：上海译文出版社，1985：215.

式”是两个相对立的概念，在二者之间，内容决定形式，形式为内容服务。然而，对两者如此进行区分的传统观念早已遇到挑战。现代美学和艺术批评被划分为诸多学派，各自的主张有同有异，但是面对艺术作品中形式与内容的关系这一命题，却存有共识，即否定传统的“二元论”，持形式与内容“一元论”观点，强调两者内在的不可分性。

俄国形式主义被称为语言学派，他们观照的中心点是文学（散文与诗），强调文学的独立自主性。针对文学的形式与内容，他们认为，所谓“形式与内容的区别，可归结为对统一的审美对象进行实质分析的不同方法”。针对内容提的问题是：这部作品表达了什么？而针对形式提的问题则是：这种东西是怎么表达的？它用了什么手段作用于我们，使我们对其发生感知？但是，关于“什么”（内容）与“怎么”（形式）的划分，只是一个“约定的抽象”。面对完整的审美对象，两者是不可分的。一方面，“任何一种新内容都不可避免地表现为形式，因为，在艺术中不存在没有得到形式体现即没有给自己找到表达方式的内容”；另一方面，“任何形式上的变化都已是新内容的发掘，形式既然是一定内容的表达程序，那么空洞的形式是不可思议的”。[①]在形式主义者看来，如果文学研究着重于对内容的观照，就可能把文学作品变成社会学、心理学、宗教学的诠释，从而丧失其应有的独立自主性，使文学的本质感受性蜕变为概括性。他们断言，在形式与内容这个统一体中，形式为自己创造内容，而不是相反。[②]我们可以把形式主义的宗旨归结为一句话：所谓“文学的本质”，并不在内容中，而在形式中。这一宗旨也符合新形式主义美学对艺术的定义。贝尔观照的对象是绘画，他把再现性排斥于艺术之外。在他选定的这一范围之内，他断言，艺术品的根本性质就是“有意味的形式”——能激起审美情感的线条

① 日尔蒙斯基.诗学的任务［M］//什克洛夫斯基，等.俄国形式主义文论选.方珊，等译.北京：生活·读书·新知三联书店，1989：211-212.

② 参见什克洛夫斯基的《关于散文的理论》，转引自：什克洛夫斯基，等.俄国形式主义文论选［M］.方珊，等译.北京：生活·读书·新知三联书店，1989：20，23.

与色彩的组合，以及某些形式及其相互关系。[①]尽管这位美学家在追寻艺术的本质时只把造型艺术作为对象，但是，他的观点对现代艺术，特别是对现代造型艺术，确实具有重大的影响；同时，他的美学假设——“有意味的形式”，也被其他学派所参考。现代表现派美学也是传统的“二元论”的反对者，在克罗齐看来，把艺术的本质归为内容还是形式，显得并不那么重要，首要的原则是：“始终承认内容必须具有形式，形式必须充满内容，承认情感是有意象的情感，意象是可以感觉到的意象。”在这个难于区分的整体中，他也主张把艺术的本质认定为形式，原因在于，这样有利于肯定“艺术自治”的概念，以反对“哲学家和道德学家关于内容的抽象理论”。表现派美学关于“艺术自治”的概念，也恰恰是新形式主义所推崇的。新批评派由于把艺术的本体研究归为文本研究，更因为他们也格外重视形式，曾经被有些文论史学家归为形式主义派。这派理论家认为文学内部研究“合情合理的出发点是解释和分析作品本身”，却又把文学作品认定为“一个为特种审美目的服务的完整的符号体系或者符号结构”。他们强调的是整体观念，所谓“整体”，也就是内容与形式的真正统一体。韦勒克在解释这个统一体的构成时指出，他不愿像俄国形式主义者那样“把文学与语言等同起来”。他的看法是：“可以说这些语言成分构成了两个底层层面，即声音层和意义单位层。但从这两者产生出情境、人物和事件的‘世界’，这个‘世界’绝不同于任何一个单一的语言成分，更不同于任何外部装饰的形式的成分。在我看来，唯一正确的概念是一个断然‘整体论’的概念……但却是一个有含义和价值，并且需要用意义和价值去充实的结构。”[②]这个作为文学作品统一整体的结构，正是形式与内容有机统一的所在。掌握了结构，不仅可以从形式走向内容，也可以通达意义的世界。这正是我们追寻艺术的本质所关注的中心点。

---

① 贝尔.艺术［M］.周金环，马钟元，译.北京：中国文联出版公司，1984.

② 参见韦勒克的《比较文学的危机》，转引自：王春元，钱中文.文学理论方法论研究［M］.长沙：湖南文艺出版社，1987：69.

艺术是人类的创造物，或者说，它是一种特殊的创造物。所谓“特殊”，不仅表现为一种功能的难以替代性，也意味着“存在”的充足理由。很明显，任何一种创造物如果可以被别的创造物所取代，也就失去了继续存在的理由。艺术有绵延不断的悠久历史，柏拉图的“理想国”无法将它长久地拒之门外，黑格尔的预言也根本不可能实现，究其原委，正在于，艺术的功能是不能被其他的人类创造物所取代的。正因如此，欲使艺术永葆青春，我们更应格外重视它的无法取代的特殊性，卡西尔说得好：

> 人向着较高的理智目标前进了多少，人的直接性、生命的具体体验就消失了多少，留下的是一个理智符号世界，而不是直接经验的世界。
>
> 要想保存和重获直接的、直觉的进入现实的方式，需要新的活动、新的努力。进行这项工作不是靠语言，而是靠艺术。①

艺术所以具有这种功能，正是因为它的特殊的本质。如果说，科学所追寻的是事物的性质和原因，它所发现的是各种事实和自然法则，科学家的才智是将世界概念化；那么，艺术家所面对和生活于其中的则是“一个直觉的世界”，“一个审美观照的世界”，他的天才在于凭借感性形式的创造，将世界感受化。卡西尔认为“艺术王国”是一个“纯粹形式的王国”，而把艺术家定位为“自然的各种形式的发现者”，在这一意义上，是完全正确的。②另一位符号学派的美学家苏珊·朗格也是从这一基点确立关于艺术的定义的，她说：“艺术，是人类情感的符号形式的创造。”③不过，面对这一定义，我们需要对“符号形式”加以限定，用卡西尔的话说，这里的限

① 卡西尔.语言与神话［M］.于晓，等译.北京：生活·读书·新知三联书店，1988：135.

② 卡西尔.人论［M］.甘阳，译.上海：上海译文出版社，1985：183.

③ 朗格.情感与形式［M］.刘大基，傅志强，周发祥，译.北京：中国社会科学出版社，1986：51.

定正在于，艺术所创造的“符号形式”并不是一般的“文字符号”，而是“直觉符号”。[①]

不过，当我们确立了立脚点，并准备由此出发去求索戏剧的本体时，却发现，戏剧艺术之门仍然对我们紧紧关闭。欲开启这扇大门进入其中去探赜索隐，也并非那么轻而易举。戏剧是一种艺术，我们欲探求戏剧艺术的本质，首先需要明确艺术的本质。这样做可以避免戏剧艺术在强调自身的特殊性时，迷失艺术的本性。然而，戏剧毕竟是一种特殊的艺术样式，它在具有艺术共同本质的同时，又具有可以区别于其他艺术样式的特殊本质；强调这一方面，才能使它在艺术之林中独树一帜，保持、强化自身的优势，永葆青春。

如果说，艺术的本质在于它是一种直觉符号的形式，那么，戏剧作为艺术的特殊样式，也可以被称为一种特殊的符号形式。问题在于：这种特殊的符号形式——戏剧的形式，又是什么意思？

一、从萨特的存在主义戏剧谈起

在第二次世界大战期间，法国剧坛崛起一个戏剧流派——存在主义戏剧。这一流派的主要成员只有萨特与加缪二人，他们都是哲学家。他们的戏剧创作活动主要集中于20世纪40—60年代，延续的时间并不算长。对这两位剧作家的艺术成就以及存在主义戏剧的价值，历来有不同的看法。斯泰恩认为：“存在主义戏剧之所以是短命的，它之所以未被传播到远离巴黎的地方，其原因就在于其中的思想很难驾驭，而这些思想所传达的信息又不能令人满意。一位作家带着哲学理论步入剧坛，正像一个演员装着一脑

① 卡西尔.语言与神话［M］.于晓，等译.北京：生活·读书·新知三联书店，1988：166，167.

袋悲剧理论演悲剧一样不明智。”[①] 斯泰恩的这一评价未必公允，首先，尽管存在主义戏剧作为一个流派的活动时间确实较短，但是，这两位剧作家留下的剧作传播的空间却是相当宽阔的，其中有些剧本，至今仍未失去其生命力。其次，“带着哲学理论步入剧坛”的剧作家为数不多，成功者更少，这是不争的事实。从事哲学研究与从事戏剧创作，需要迥然不同的才智和能力，两者兼备且能高精者，实属难能可贵。不过，萨特确实兼备这两方面的才力，这使他能在哲学与戏剧创作两方面均有不凡的建树。他虽是“带着哲学理论步入剧坛”，却不想把戏剧作为哲学观念的图解，正如他自己所说：“我们也不热衷于创作哲理剧：如果它意味着要把马克思、圣托马斯或存在主义哲学有意搬上舞台的话。”[②] 如果说，萨特的戏剧创作着实受到其哲学观念的影响，那么这种影响主要在于，他的哲学本体观与戏剧艺术的本质观的契合使他在进行戏剧创作时能够顺畅地抵达自己所追求的境界。作家所拥有的哲学理论，当然指导着其对题材的选择与组织、观照与提炼，然而，被他所确认的戏剧自身的逻辑却拒绝这种理论的强行干预，而为那些具有真正的生命活力的情感内容打开闸门。

值得特别注意的是，萨特拒绝“哲理剧”这一称谓，把自己的追求冠名为“情境剧”。1947年，萨特曾发表了一篇题为《为了一种情境剧》的论文，明确地阐明了自己的戏剧主张。在这之前，他已经申明了自己的追求：“为了取代性格剧，我们创立情境剧。”围绕“情境剧”的诸多主张，我们不仅可以较为深入地理解萨特戏剧创作成功的奥秘，也可以通达戏剧本质的核心。

萨特的戏剧创作集中于20世纪40—50年代。这一时期，欧洲剧坛正是杂色斑斓。一方面，表现主义、未来主义、超现实主义等相继亮相、各

① 斯泰恩.现代戏剧的理论与实践：二［M］.郭健，等译.北京：中国戏剧出版社，1989：181-182.

② 萨特.创造神话的人［M］//中国社会科学院外国文学研究所，外国文学研究资料丛刊编辑委员会.外国现代剧作家论剧作.北京：中国社会科学出版社，1982：133.

领风骚，它们向传统挑战的鼓声方兴未艾；另一方面，现实主义作为19世纪盛行的戏剧流派，又被冠以不同的定语在新的剧坛争奇斗艳。在这种形势下，萨特的戏剧创作被认为是“接近传统”的。萨特曾经申明，他的剧本大都“只围绕着一个单一事件开展，演员很少，故事压缩在很短的时间之内，常常只是几个小时之内发生的事。结果这种戏沿用了‘三一律原则’”。[①]在各种各样的新主张层出不穷的当代欧洲剧坛，萨特的这种主张与实践，未免失于“保守”。其实不然，在表现手法、结构方式等方面的新与旧，原本就只有相对的意义。跻身于流派纷呈的当代剧坛的萨特，称得上是一位卓有贡献的创新者。他的功绩不仅在于存在主义哲学赋予他的作品以更深邃的意义，更在于他凭借一种生命力强劲的哲学本体观对戏剧艺术本体的新的发现。后者可以概括为一句话：存在主义戏剧的动力在于一种关于人的概念。这一精神集中体现于他关于“情境剧”的主张之中。

为避免节外生枝，我们需要简化对萨特哲学观念的陈述，尽快进入他的戏剧主张。

众所周知，萨特认为，人生是荒诞的，人的存在先于本质。人存在着，进行自由选择，进行自由创造，而后获得自己的本质；也就是说，人的本质、人的价值都要由自己的行动（选择）来证明，因此，人的本质的获得和确定，是在整个过程的终结才完成的。在存在主义哲学中，“境遇”是一个重要的概念，而萨特则把“自由”作为一个基本的概念，“境遇”又从属于“自由”，取决于“自由”。他在《存在主义是一种人道主义》中说，所谓“存在主义”是指“使人生成为可能的学说；这种学说还肯定任何真理和任何行动既包含客观环境，又包含人的主观性在内”。[②]这种关于人的本体观与戏剧艺术本体的契合是很明显的，当萨特把这些哲学观念引申为对

① 萨特.创造神话的人［M］//中国社会科学院外国文学研究所，外国文学研究资料丛刊编辑委员会.外国现代剧作家论剧作.北京：中国社会科学出版社，1982：140.

② 萨特.存在主义是一种人道主义［M］.周煦良，汤永宽，译.上海：上海译文出版社，1988：4.

戏剧艺术的主张时，它们就构成了他的“情境剧”的理论，其要点如下：

其一，他认为，戏剧的目的在于探索一切人类经历中具有普遍性的情境，以及人在情境中的选择行动。他说：“如果人确实在一定的处境下是自由的，并在这种身不由己的处境下自己选择自己，那么在戏剧中就应当表现人类普遍的情况以及在这种情况下自我选择的自由。”①他把情境看作人为实现自由而自我选择的机遇，但更强调主体的自由选择和自由创造性，强调主体用行动去证明自己的本质。如果说，这种关于人的本体观是积极的，那么，由它引申出的关于人与情境的相互契合的辩证关系，也触及戏剧艺术的真谛。

其二，萨特主张用“情境剧”取代“性格剧”。他认为：“戏剧最使人感动的东西，是正在形成的性格，是选择的时刻，即自由决定选择道德和终身的时刻。”在他看来，所谓“性格剧”与“情境剧”之间的区别主要在于，过去的“性格剧”只是把已经“凝固”的性格展现给观众，而在“情境剧”中，“情境是一种召唤，它包围着我们，给我们提供几种出路，但应当由我们自己抉择”。②这样说来，选择的关头也正是性格形成的时刻。在这里，萨特对“性格形成”的看法，正是基于“存在先于本质”这一哲学观念。

其三，萨特认为，齐聚在剧场里的观众是各种各样的，每个人都有自己所关心的事，而戏剧必须把分散的观众铸成一个整体，为此，剧作家必须找到普遍性的情境，即所有人的共同处境。针对“普遍性的情境”“所有人的共同处境”③等概念，我们还可以在萨特的“情境剧”理论中，找到某些不同的定语。对此，我们似乎应该在更宽阔的范围内进行研究。

其四，萨特还主张，每个时代的剧作家都要关注人的处境，通过特定的情境确定为获得自由而面临的难题，而当代人面临的问题是特殊的，剧

① 萨特.萨特戏剧集：下［M］.北京：人民文学出版社，1985：1013.
② 萨特.萨特戏剧集：下［M］.北京：人民文学出版社，1985：1013.
③ 萨特.萨特戏剧集：下［M］.北京：人民文学出版社，1985：1013.

作家的任务是在当代人面临的各种情境中选择最能表达他的忧虑的情境，从而使戏剧重获失去的共鸣。[①]不难看出，萨特关于“情境剧”的理论，正是以其哲学观念为根基的，这里确实不乏真知灼见。不过，得也在此，失亦在此。当萨特将其关于人的本体观直接横移到“情境剧”的理论时，其中也出现值得商榷之处。

例如，萨特把选择的概念从属于自由的概念，并把“自由选择”视为戏剧中人与情境的关系的原理，这似乎是缺少根据的。1947年，萨特在为他的《戏剧选》(收有《苍蝇》、《禁闭》、《死无葬身之地》及《恭顺的妓女》等四剧)所写的前言中曾经说过：“在任何情况，在任何时间，在任何地点，人自由选择自己当叛徒或当英雄，当懦夫或当胜者。”按照这种提示，他称这些剧本为“自由剧”。在现实世界中，人的这种“自由选择”很容易遭遇挫折，因而需要给定必要的限度。1969年，萨特对自己的这一论断进行修正，他说：“我在第二次世界大战以后彻底改变立场……生活使我懂得了‘势所必然’。其实，从《存在与虚无》起我就应该开始明白势所必然了，因为当时人们硬要我当兵，而我很不愿意，所以我已经体验到某些违背我自由的东西，某些从外部控制我的东西。更有甚者，我当俘虏了，而我曾千方百计逃脱当俘虏的命运。”[②]萨特本人的遭遇可以说明，人的境遇并不总是由主体自由选择的，相反，它们往往违背主体的自由而突然降临，迫使主体选择自己的行为。这样说来，所谓“自由选择”，是否只能限定为主体可以自由地选择自己的行为，“当叛徒或当英雄，当懦夫或当胜者”？萨特相信莱耶的格言：“人创造他自己。”有别于那种“无作为论”者，萨特把存在主义定义为“一种使人生成为可能的学说”，他认为：“人只是他企图成为的那样，他只是在实现自己意图上方才存在，所以他除掉自己的行动总和外，什么都不是。”人，正是用自己的行动“创造他自己”。我们也可以说，人在不断地塑造自己，不断地“给自己画像”，不过，这种塑

① 萨特.萨特戏剧集：下［M］.北京：人民文学出版社，1985：1010，1013.

② 萨特.萨特戏剧集：下［M］.北京：人民文学出版社，1985：1010，1013.

造也并不是完全自由的。萨特提出“自由选择”这一概念，是针对这样的前提：“如果上帝不存在，一切都是容许的。”或者说：“人之初，是空无所有。”说得具体些：

> 如果上帝不存在，一切都是容许的，因此人就变得孤苦伶仃了，因为他不论在自己的内心里或者在自身以外，都找不到可以依靠的东西。他会随即发现他是找不到借口的。因为如果存在确是先于本质，人就永远不能参照一个已知的或特定的人性来解释自己的行动，换言之，决定论是没有的——人是自由的，人**就是**自由。另一方面，如果上帝不存在，也就没有人能够提供价值或者命令，使我们的行为成为合法化。[①]

只有限定在萨特所指明的这一形而上的意义上，我们才能说，人可以自由地选择“当叛徒或当英雄”，也才可以说，“选择的时刻”意味着“性格的形成”。但是，当我们把关注的对象从形而上的“人”转向戏剧中个体的“人”时，他（或她）们在投入存在（进入情境）时不是“空无所有”的，因而也不是“自由”的。也就是说，当剧中人物进入情境时，他（或她）们的前史并不都是一片空白，也不可能是从此刻才开始“创造自己”。在这里，我们所面对的仍然是人自身的复杂性。在萨特的剧本中，我们看到，人物在出场时，也并非“空无所有”的。如果说，他（或她）们的选择行动都是在“创造自己”，那么，也都是对过去已有的自我创造的延续。同时，也不能说，这些人在面临选择时“不论在自己的内心里或者在自身以外，都找不到可以依靠的东西”。[②]作为萨特代表性剧作的《间隔》（又

① 萨特.存在主义是一种人道主义［M］.周煦良，汤永宽，译.上海：上海译文出版社，1988：12.

② 萨特.存在主义是一种人道主义［M］.周煦良，汤永宽，译.上海：上海译文出版社，1988：19.

译《他人就是地狱》）等，可以从不同的角度说明这一问题。

在《间隔》中，被关进地狱中的一间密室里的三个人物，都不是“空无所有”的。他们不仅各有不光彩的历史，还背负着从人世间带来的难以摆脱的定见——由于他们“已经死了”，这种定见已不能改变。他们被送进这间密室，虽然都想改变别人对自己的看法，各自乞求着、挣扎着，却都不可得。而每个人也都没有改变自己的愿望和力量。他们彼此需要交往，然而，每次现实的交往，都处于第三者的“监视”之下，难以为继。在全剧即将结束之时，我们看到的是这样一个场面：同性恋者伊娜丝本性不改，在这间密室中死缠着埃斯黛尔。为了摆脱她，埃斯黛尔请求加尔森的帮助。而加尔森却有求于伊娜丝，希望伊娜丝改变对自己的看法，于是不理会埃斯黛尔的求助。当加尔森看到伊娜丝不但拒绝了自己，而且想借机把自己“捏在手心里”时，为了向伊娜丝报复，他才接受了埃斯黛尔的要求：

埃斯黛尔　别听她的，吻我的嘴，我整个儿都是你的。

伊 娜 丝　对啊，你还等什么呢？快按她说的干吧，懦夫加尔森把虐杀婴儿的埃斯黛尔[①]搂在怀里。能办到吗？懦夫加尔森会亲吻她吗？我盯着你们呢。我虽然就一个人，但我就是一群，一群人，加尔森，一群人，人，你听见了吗？（嘟嘟哝哝地）懦夫！懦夫！懦夫！懦夫！你别想逃过我，我不会放过你的。在她的嘴唇上你想寻找什么？寻找遗忘？但是我，我就忘不了你，你一定得说服我。来吧，来吧！我正等着你呢！你看吧，埃斯黛尔，他松手了，他会像狗一样乖乖地……你得不到他的。

---

① 伊娜丝所说的是他和她生前所为，加尔森是记者，因临阵脱逃而被冠以懦夫的罪名，而埃斯黛尔的罪名则是虐杀婴儿。

加 尔 森　天就总也不黑吗？

伊 娜 丝　从来不黑。

加 尔 森　你就总是盯着我？

伊 娜 丝　总盯着。

〔加尔森松开埃斯黛尔，在屋里走了几步，他走近铜像。

加 尔 森　铜像……（抚摸铜像）好啦，是时候了。铜像在这儿，我看着它，我明白了我是在地狱里。我对你们说过一切都是安排好的，他们早就料到我会站在这个壁炉前，手按着这座铜像，所有人的目光都盯着我，这些目光正在把我吞噬……（突然转过身来）哈哈，你们就只有两个人？我还以为你们要多得多呢。（笑）那么，这就是地狱。以前，我还总不相信……你们记得：硫黄、柴堆、火刑具……呃，真是笑话，用不着刑具，地狱，就是他人。

埃斯黛尔　我的爱！

加 尔 森　（推开她）放开我。她在咱们当中。在她盯着我的时候，我不能爱你。

……

在萨特看来，“确实有很多人囿于陈规陋习，苦恼于他人对自己的定见，但是根本不想改变。这样的人如同死人，从这个意义上讲，他们不可能冲破框框，超越他们的忧虑、他们的定见和他们的习惯，因而他们常常是他人对自身定见的受害者……一旦他们当上了懦夫，没有任何东西可以改变这一事实。正因如此，他们是死人，或者说他们是活死人”。萨特把这三个“死人”搬上舞台，主要动机是：“通过荒诞的形式指明自由对我们的重要性，即以行动改变行动的重要性。”“因为我们是活人”，“不管我们处在怎样的地狱圈内，我想我们有砸碎地狱圈的自由”。[①]既然这样，我们只能把《间隔》作为一个例外，他们不能超越自己，不能用行动改变行动，原因只在于他们是“活死人”——这是一群极为特殊的人。那么，如果主人公是正常的活人，他们在面临选择时，是否能说是“空无所有”“没有人能够提供价值或者命令”？

《死无葬身之地》首演于1946年11月，萨特针对此剧曾经说过：“这不是一个讲抵抗运动的剧本。我感兴趣的是极限的情境以及处在这种情境中的人的反应。”此剧所展示的情境既复杂又简单，具有很大的张力，确实可以说是“极限”的。一批抵抗战士被捕，即将接受审讯；主持审讯的民团头目为了逼迫抵抗战士屈服以证明人都贪生怕死，不惜施用各种极刑和非人的凌辱。萨特在反思这部剧作的得失时说：“这是一个不成功的剧本。总的来讲，我处理的这个主题简直叫人喘不过气来；受害者的命运完全是预先决定的，谁都不会设想他们会招供，因此没有悬念，这是今天人们常用的词。我把命运早已确定无疑的人物搬上了舞台。”[②]抵抗战士们的结局可能是完全预定了的，但是，悬念还是有的，极限的情境把观众的期待集中于抵抗战士们在走向结局过程中的心路历程及实际表现。虽然这种极限的情境并非抵抗战士们自由选择的，但处于这一情境中的人却可以选择“当叛徒或当英雄，当懦夫或当胜者”。然而，在这选择的时刻，每一个受审者并不是“空无所有”的，也不是“没有人能够提供价值或者命令”；归根结底，提供价值或者命令的是他们自己。这个选择的时刻，与其说是各自的性格形成的时刻，倒不如说是个性潜在必然性的显现过程。他们都有过去——已有的现实经验，其中有人甚至受过审讯：

索尔比埃　他们揍你吗？

卡诺里斯　当然！

---

① 萨特.萨特戏剧集：下［M］.北京：人民文学出版社，1985：974-975.

② 萨特.萨特戏剧集：下［M］.北京：人民文学出版社，1985：976.

索尔比埃　用拳头揍？

卡诺里斯　拳打脚踢。

索尔比埃　你……你想招供吗？

卡诺里斯　不想。只要他们这样揍，就可以挺过去。

索尔比埃　啊？……啊，可以挺过去……（稍停）但要是他们敲胫骨或敲肘关节呢？

卡诺里斯　不，不。这可以挺过去。（悄悄地）索尔比埃。

索尔比埃　什么？

卡诺里斯　不必害怕他们，他们没有想象力。

索尔比埃　我怕的是我自己。

卡诺里斯　为什么呢？我们没什么可说的。凡是我们知道的，他们都知道……

在这里，对话者的内心都有“价值或者命令”。审讯者要他们招供的是抵抗运动领导人若望的下落，但受审者对此一无所知。为此，有人心存遗憾——无法证明自己的坚贞不屈，有人则庆幸自己不可能招供。忽然，这位领导人也被关进牢房，而审讯者尚不知道他的身份，于是，一场真正的考验开始了。抵抗战士们一个个经受住了严刑拷打，无一招供。战士吕丝受尽了污辱，当她回牢房时，她的弟弟弗朗索瓦目睹她受辱的惨状，已无力承受精神的重压，他把仇恨转向若望：

弗朗索瓦　我要揭发他！我要揭发你！我让你也分享分享我们的快乐！

若　　望　（声音低沉而急速）你就这样做吧，你不会知道我多么渴望这样。

吕　　丝　（捏住弗朗索瓦的颈脖，把他的头扭向自己这边）你正面瞧着我。你竟然敢招供吗？

弗朗索瓦　敢！照你们那些豪言壮语，我会揭发你，就要这样。这事非常简单：他们走近我，我的嘴自动张开，名字自个吐出来，我同自己的嘴巴完全一致。有什么敢不敢的？只要我看到你们脸色苍白、痉挛、发狂似的，你们的轻蔑就不再使我害怕。（稍停）我要搭救你，吕丝，他们会让我们俩活命。

吕　　丝　我不愿意这么活命。

弗朗索瓦　我可愿意，不管怎么活着我都愿意。生命很长，耻辱会过去的。

卡诺里斯　他们不会饶你的，弗朗索瓦，即使你招供了也罢。

弗朗索瓦　（指着若望）至少我会看到他受刑。

昂　　利　（站起来走向吕丝）你认为他会招供吗？

吕　　丝　（转向弗朗索瓦，打量他）会的。

昂　　利　你拿得稳吗？

吕　　丝　（犹豫了好半天）拿得稳。

她和他们最后的选择是杀死弗朗索瓦。在动手之前，执行者与若望之间发生了抵触：

若　望　（站在弗朗索瓦身边）你们不要碰他。

昂　利　若望，战友们什么时候到这个村子里来？

若　望　星期二。

昂　利　有多少人？

若　望　六十个人。

昂　利　六十个信任你的人星期二会像老鼠一样死掉。要他们还是要他，你选择吧。

若　望　你们没有权利要求我选择。

昂　利　你是他们的队长吗？选择吧！

〔若望犹豫了一会儿，然后慢慢地离开了。昂利走近弗朗索瓦。

……

我们当然可以把出场人物的行动看作情境中的选择。如果说，每个人的选择行动都提供了“命令”，那么发令者正是主体的个性。正因为如此，这一选择的时刻，与其说是个性形成的时刻，毋宁说是个性的潜在必然性在特定情境中显现的时刻。极限的情境只是为这种潜能提供了充分显现的条件。

萨特认为，人是行动的总和，而行动乃是主体在情境中的选择。这样说来，所谓“行动”，自然包含客观环境和人的主观性，乃是二者的契合。从这一角度，我们不仅可以进入人的本体，也可以追寻戏剧的本体。

自古以来，任何一部真正的戏剧作品，不管它是什么体裁，说到底，都是人的命运的表现；也可以说，都是通过个人命运探索人类的命运。在古代希腊，索福克勒斯的《俄狄浦斯王》被公认为是一部典型的“命运悲剧”。主人公企图凭借自己的意志摆脱“神示”的厄运，然而，他最终堕入“杀父娶母”的陷阱；面对城邦的灾难，他义无反顾地追寻杀死先王的凶手，却发现凶手就是自己，最后以惊人的意志施行自我惩罚。他的抗争失败了，他的命运是悲惨的，但是，抗争的过程却又实现了他作为人的价值，他仍不失为一位悲剧英雄。从某种意义上讲，真正的悲剧作品都可以被称为“命运悲剧”，至少都要向我们展示悲剧性的命运。莎士比亚著名的悲剧作品有《哈姆雷特》、《马克白斯》、《李尔王》和《奥赛罗》等，有人称它们为“性格悲剧”，有人则称之为“社会悲剧”。如果我们追寻主人公走向悲剧结局的原因，并据此界定悲剧的类别，那么，无论是哈姆雷特、奥赛罗、李尔还是马克白斯，造成他们悲剧命运的原因，都可以说是既包含着客观环境，也包含着主观性——个性的潜在必然性，乃是两者的契合。也正是在这两者的契合中，我们可以发现戏剧艺术特殊的形式结构。

所谓“命运”，无非是一个人发展变化的趋势，或者说是尚难预测的未来，它应该是过去、现在的逻辑发展。卢卡契认为：“人与社会的关系是人的命运的基础，并且是表达它的媒介物。”他指出，莎士比亚的悲剧中“产生了一种内在层次极为丰富的完整性”，而这种完整性正是来源于“心灵与行动、个人与社会之间的悲剧式的和谐统一”。[①]在戏剧作品中，所谓人与社会的关系，所谓社会对人的命运的制约，总是要体现为具体的感性形式。如果把命运看作人的发展变化的趋势，我们当然可以想象出各种各样的可能性，但也都是抽象的、主观的。卢卡契说：

> 根据抽象角度或主观角度来看的可能性，比实际生活更丰富。有关人的发展可以想象出无数的情况，但是仅有微小的百分数能够得到实现。[②]

当然，哪怕百分比是极微小的，可能性毕竟能变成现实性，实现的契机就是人与环境的关系，就在于人在特定环境中的选择。

> 在生活中可能性当然是能变成现实性的。一个人会遇到面临选择的情况；在选择行为中，一个人的性格明显表露出来，有时甚至会使本人感到惊讶。在文学中尤其在戏剧中，往往结局就是这种可能性的实现（而这一可能性常常一直被环境阻挠没能显露出来），那么这种可能性就是“实际的”或是具体的可能性。人物的命运取决于这种可能性，甚至使人物落个悲剧的结局。事先，它在人物的心中还只是一个

---

① 卢卡契.论莎士比亚现实性的一个方面［M］//杨周翰.莎士比亚评论汇编：下.北京：中国社会科学出版社，1981：488.

② 卢卡契.现代主义的意识形态［M］//袁可嘉，等.现代主义文学研究：下.北京：中国社会科学出版社，1989：141.

主观可能性，无法把它和人物心中的无数抽象可能性区别开。在决定时刻到来之前，这一主观可能性甚至会埋得很深，甚至从未作为抽象可能性进入人物心中，主体作出决定之后，仍然有可能并未意识到自己的动机。①

如果说，人在情境中的选择行动乃是主体个性的显露，或者说，选择行动源于主体的个性；那么，那神秘的命运之谜中也潜藏着某种必然性的因素，这就是主体的个性。人的个性总是蕴含着某种潜能，成为生命运动的潜在走向。然而，要使这种潜在的必然性变成现实性，则需要个性与环境的契合。无论是谁，在其命运的旅程中，都无法避免突然降临的境遇，它是社会各种因素的凝聚，是环境的定性化。你可以把这种突然降临的境遇称为“偶然”，但面对它，却必须为自己进行选择。就在这时，来源于个性的选择行为实际上已经成为对命运的抉择。按照萨特的观念，人除了自己的行动总和外，什么都不是；所谓人的本质，也就是其行动的总和。针对命运而言，我们也可以说，主体行动的总和，就是其命运的曲线。人类命运之谜中既有潜在的必然性因素，同时，它又是一个充满了偶然性的王国。如果把主体的个性看作一种潜在的必然性，那么，偶然生成的境遇恰恰是体现这种必然性的实在的形式结构。在现实生活中，我们把环境的定性化称为境遇；而在戏剧中，这种偶然性客观因素的定性化就是“情境”。

车尔尼雪夫斯基把偶然性看作“美不可缺少的属性”。他认为：

偶然性乃是美的物象所不可缺少的规律，因为否则物象便不符合“观念在规定中体现”这条规律。照这一规律来说，观念在体现之时必

① 卢卡契.现代主义的意识形态［M］//袁可嘉，等.现代主义文学研究：下.北京：中国社会科学出版社，1989：142.

受外界影响，这些影响使它的表现每次都带有偶然的多样性。①

戏剧在表现人的命运时，更需要以偶然性作为规定，使潜在的必然性的实现显示出多样性。

然而，人与社会的关系、个性与环境的关系，在现实世界中并非单向契合的。环境作为一种外在客观力量，作为一种规定，可能会抑制主体内在潜能的发挥，或者说是“阻挠”可能性变成现实性；也可能为内在的潜能提供足够的条件，使之能充分显现。现实世界中常常出现这样的情况：外在的环境成为对个性的捉弄，使命运背离个性的指向。在戏剧中，剧作家则可以而且应该寻求与个性相契合的环境，并把它定性化为具体的情境，使主体的命运与个性的潜能相一致。也就是说，剧作家应该为个性寻找使之自满自足的情境，使个性的潜能可以获得规定中的体现，获得与之相和谐的感性形式。在这个意义上，戏剧中的所谓“命运”，也可以说是个性在规定中的显现。

在莎士比亚的悲剧中，主人公走向命运结局的每一行动都源于个性，是性格的实现，这是不争的事实。据此，有人认为在这些悲剧中“性格就是命运”。但是，英国著名批评家布拉德雷却认为，这一论断不仅是“对一个真理的言过其实”，“而且是可以使人陷入谬误的”。他强调指出，莎士比亚笔下的许多悲剧人物，“如果不遭遇到特殊境遇的话，本来是可以避免灾祸的，甚至可以过相当平静的生活”。②在审视悲剧主人公命运的曲线时，强调个性的潜能固然是重要的，但同样重要的则是个性与情境的契合。比如，假使丹麦王子哈姆雷特继续生活在老丹麦王理想的朝政之下，并继续享受母亲的慈爱，他的生活是平静的，同时可能是幸福的，但他博大人

① 车尔尼雪夫斯基.美学论文选［M］.缪灵珠，译.北京：人民文学出版社，1957：45.

② 布拉德雷.莎士比亚悲剧的实质［M］//杨周翰.莎士比亚评论汇编：下.北京：中国社会科学出版社，1981：26-27.

格中潜在的悲剧性却可能溶解在幸福的生活之中，而不能充分显现。在剧中，老丹麦王暴死，继承王位的却是他的弟弟，在哈姆雷特心目中，两者相比较，“简直是天神和丑怪”。父亲刚去世两个月，母亲就改嫁给了这个“丑怪”式的新君，克劳迪斯登基之后，又暴露出朝政的腐败和群臣的丑态……这一切变异，打破了他与环境的和谐。他会见老丹麦王的鬼魂，知晓了那件令人发指的谋杀案。在这尖锐的情境中，他必须选择自己的行动。他发出“复仇”的誓言，但他博大的人格却不能满足简单的复仇行为（或者说是无力施行），因此，他躲进自己的内心深处，在那个广阔的空间中去探求压迫他的人生的重大课题。最后，他在敌人布下的陷阱中死去了，然而，在他痛苦求索的内心拷问中，在他顺乎自然地走向死亡的旅程中，个性的潜能却得到充分发挥。他的命运是悲剧性的，然而，命运的尽头却实现了个性的自满自足。在这里，我们看到的是个性与情境的契合，这两者的契合也正体现着卢卡契所说的“个人与社会之间的悲剧式的和谐统一”，莎士比亚悲剧中那种“内在层次极为丰富的完整性”，也正寄寓在这个“统一”之中。

丹纳在谈到个性与情境相契合这一命题时，有一个精当的比喻：个性进入情境开始命运的旅程，就像一条船承受风力才能进入航程，微风可以吹动一只小艇，而有足够力度的强风才能鼓动起大的帆船。他借用这个比喻说明，在文学作品中，情境的内在力度应该与个性的深度和广度相适应，或者说，“性格所受的摩擦必须能表现这个性格”。丹纳认为：“在这一点上，艺术又高出于现实，因为在现实生活中，事情不是永远这样进行的。”他举例说：

> 某个伟大而坚强的性格，由于没有机会或者没有刺激的因素，往往默默无闻，无所表现。——倘若克伦威尔不遇到英国革命，很可能在家庭里和地方上继续过他四十岁以前的生活，做一个经营农庄的地主，市内的法官，严厉的清教徒，照管他的牲口、饲料、孩子，关切

自己的信仰。法国革命倘若迟三年爆发，米拉菩只是一个贪欢纵欲、有失身份的贵族。[①]

丹纳指出，艺术家必须使人物的遭遇与性格配合。他们安排“一连串的事故和某一类的遭遇”，正是为了“暴露性格，搅动心灵，使原来为单调的习惯所掩盖的深藏的本能、素来不知道的机能，一齐浮到面上”。[②]剧作家选定了某个个性作为作品的主人公，就必须使精心构想的情境具有足够的力度，把个性按其潜能所指方向送入命运的航程，并通达最后的结局（无论是最后的胜利，还是最后的毁灭）：个性在情境中的自满自足。在传统的戏剧作品中，个性与情境的契合度一般都表现得比较充分。主人公的个人命运以主体与社会的关系为基础，而人与社会环境的矛盾，也转化为具体的、有定性的人物关系；在这种关系中，主体的个性以自觉意志的形式体现着人性的普遍力量，主人公的个人命运在特定历史环境的影响、制约下，总是显示出普遍的情感意义和社会意义。现代派戏剧以人的本体观的改变为基础，推动了作品的内在意义和外在形式的一系列革新。如果说，传统戏剧中的主人公在情境中的选择行动更侧重于理论的指引，而主体的个性又是以自觉意志的形式体现着人性的普遍力量；那么，在现代派戏剧中，人的非理性化使选择行动的动机更为隐秘，埋得更深，甚至连行动主体都未能意识到。在有些流派的剧作中，情境已不再意味着人与人之间的相互影响、相互碰撞，而变成激发潜意识、集体无意识的客观力量。然而，即使在这种情况下，个人与情境相契合的原则也并未改变。

① 丹纳.艺术哲学［M］.傅雷，译.北京：人民文学出版社，1963：395-396.米拉菩死于1791年，倘若法国大革命迟三年爆发，他已不在人世，当然不能在大革命中有所表现。

② 丹纳.艺术哲学［M］.傅雷，译.北京：人民文学出版社，1963：395-396.

二、戏剧的逻辑模式

如前所述，在戏剧中，行动总是个性在特定情境中的选择，而一个个行动的总和，也就构成了命运的曲线。萨特在他的“情境剧”中，按照这一逻辑模式，使诸多剧中人物实现人格的本质。苏珊·朗格对贯通戏剧中的这条曲线进行分析时，强调过去、现在与未来之间总体结构的有机性，并把戏剧定义为“以戏剧动作的形式展示出来的虚幻的历史”。按照她的说法，戏剧的模式也就是命运的模式。[①]这里涉及对情境的特殊观照，但是，对情境的地位与作用的解释，仅仅停留在这样的层面，还是不够的。如果我们深入个别戏剧作品中场面的实体内容，就会发现，情境作为戏剧的形式，还有更为具体、切实的含义。

在这里，我们从戏剧的对象谈起。

戏剧是行动的艺术。这句话不仅具有定义性，而且在我国戏剧界至今仍被普遍认同。萨特关于“人在情境中的选择”这一命题，也支持了这一结论。这一说法由来已久。歌德在概括抒情诗、小说和戏剧的区别时曾经指出，抒情诗是“热情的冲动式”，小说是“清晰的叙述式”，而戏剧则是“个人的行动式”。这种观念可以溯源到亚里士多德，这位戏剧理论之父在阐述戏剧艺术的特性时强调两点：它摹仿的对象是人的行动，或者说是“行动中的人”；它摹仿的方式是“用动作来表达”。这种观念对后世影响深远，在很长时间内居于统治地位。但是，这只是对戏剧对象的一种认知，我们还可以找到与此对立的另一种解释。黑格尔认为：“戏剧的主要因素不是实际行动，而是内心情欲的展现。”[②]德国戏剧理论家弗莱塔克也强

① 参见：朗格.情感与形式［M］.刘大基，傅志强，周发祥，译.北京：中国社会科学出版社，1986：355-356.

② 黑格尔.美学：第三卷 下册［M］.朱光潜，译.北京：商务印书馆，1981：253.

调："戏剧艺术表现的是人，人的内心如何向外发生作用。"他还指出："表现这种内心活动是戏剧的特权和需要。"[①]瑞典剧作家斯特林堡在谈现代剧作家的工作时说："主要兴味集中在人物的心理描写。"[②]当代哲学家卡西尔在比较绘画与戏剧的特性时指出："伟大的画家向我们显示外部事物的各种形式；伟大的戏剧家则向我们显示我们内部生活的各种形式。"[③]这两种解释看起来似乎是相互对立的，但是，我们却可以在两者的调和之中去认识戏剧的对象及其特质。

所谓"人的行动"，很容易被理解为一种外在的行为。但是，这样理解"行动"一词的含义，并不利于戏剧艺术的实践。斯坦尼斯拉夫斯基演剧体系中的一个重要方法被称为"形体行动方法"。斯氏为了避免对这一方法的误解，一再强调，行动作为表演艺术的基础，应该是形体因素和心理因素的有机统一；因此，这种方法又被称为"心理——形体行动方法"。美国戏剧教授布罗凯特也对"人的行动"或"行动中的人"给予意指性说明："戏剧便是'行动中的人'（man in action）的演出。但是，行动并不单指肉体的动作而已，它还牵涉到外在行为的心智与心理因素。因此，'行动中的人'一词包括了范畴极广的情感、思想与行为。"[④]这样说来，把戏剧的对象归为"人的行动"，并不意味着去表现与内心无关的行动。反之亦然，把戏剧的对象指定为人的内心生活，也并不意味着去表现与行动无关的内心生活。布拉德雷在研究莎士比亚悲剧的特点时，为强调后者指出："如果说他的兴趣只是在于性格，或者只是属于心理方面，那将是大错特错，因为他

① 弗莱塔克.论戏剧情节［M］.张玉书，译.上海：上海译文出版社，1981：11，13.

② 斯特林堡.论现代戏剧与现代剧院［M］//中国社会科学院外国文学研究所，外国文学研究资料丛刊编辑委员会.外国现代剧作家论剧作.北京：中国社会科学出版社，1982：21.

③ 卡西尔.人论［M］.甘阳，译.上海：上海译文出版社，1985：188.

④ 布罗凯特.世界戏剧艺术欣赏：世界戏剧史［M］.胡耀恒，译.北京：中国戏剧出版社，1987：25.

是彻底注意戏剧性的东西的。”这里所说的“戏剧性的东西”，指的就是行动。布拉德雷认为，莎士比亚从不表现那些与行动无关的性格和心理[①]，这一结论当然是正确的。戏剧作品倘若不借助行动，那么人物的性格和心理一般不会具有戏剧价值。但是，我们同样可以强调另一面：如果认为他的兴趣只在于行动，那也是大错特错，因为莎士比亚从来不表现与性格和心理无关的行动。事实上，这位剧作家所关注与表现的是各种人物的生命运动，而这种生命运动恰是包含着内心外化行动的生动过程，这个过程是一个个独特人格的实现，它们汇集成一股巨大的情感力量，使观众与剧中人物同化。我们也可以说，莎士比亚的悲剧正是由丰富多变的行动和最深沉、最多样化的心路历程交合而成的。

戏剧的对象是人的行动与内心的交合。前面已经说明，在戏剧中，人的命运乃是个性与情境的契合，情境赋予人的命运以实在的形式。在这里，我们还可以沿着内心与行动交合的线索，进一步探讨情境的价值。

在戏剧作品中，人的行动都是具体的，而导致行动的心理活动也不能是抽象的。现代心理学家的研究成果对戏剧的影响不能低估，就连提倡社会剧的美国当代剧作家阿瑟·米勒（又译“阿瑟·密勒”）也认为：“新型的社会剧作家如果想做好本职工作，必须是比过去更高明的心理学家。”[②]这一要求并非没有道理。但是，萨特却申明：“对于我们来说，心理学是抽象的一门科学。这是因为，它研究的是我们的感情的作用，却又不把感情投回到具有这种感情的真实的人的环境中去。”[③]实际上，萨特对心理学的这一评语，并不意味着他拒绝心理学的新成果，而是旨在说明心理学与文学、

① 布拉德雷.莎士比亚悲剧的实质［M］//杨周翰.莎士比亚评论汇编：下.北京：中国社会科学出版社，1981：26.

② 密勒.论社会剧［M］.郭继德，译//密勒.阿瑟·密勒论戏剧.郭继德，等译.北京：文化艺术出版社，1988：53.

③ 萨特.创造神话的人［M］//中国社会科学院外国文学研究所，外国文学研究资料丛刊编辑委员会.外国现代剧作家论剧作.北京：中国社会科学出版社，1982：136.

戏剧的严格区别。心理学作为一门科学，研究的对象是人的心理构成因素和心理过程，研究的方法却是归纳、概括和抽象。戏剧家可以把心理学的研究成果作为参照，用以指导自己对人的心理空间的把握与表现。但是，戏剧创作则有完全不同的方法。如果说，心理学的方法是抽象，那么戏剧创作的方法则是“投回”，亦即把人的心理内容“投回”为处身于具体环境中的具体人物所具有的心理活动。萨特作为存在主义剧作家，在创作实践中也并不忽视对人的心理的把握与表现。他的“情境剧”多以人在情境中的选择为主题，而人的选择行动也都有心理的根据，都是人的心理在特定情境中的具体实现。比如，我们已经提到《死无葬身之地》中被捕的抵抗战士扼死弗朗索瓦的那个场面。弗朗索瓦决定招供，告发抵抗运动领导人若望，这当然是一个选择。萨特用浓重的笔墨表现吕丝受到的摧残与污辱对弗朗索瓦的刺激，以及由此引发的对若望的怨恨，这就为原初对经受酷刑的恐惧心理找到了出路：

弗朗索瓦　（扑倒在吕丝的膝头上）我再也忍受不了啦！我再也忍受不了啦！

吕　　丝　你瞅着我！（她抬起他的头）刚才你多害怕呀，你不会招供吧？回答呀！

弗朗索瓦　我不晓得。我还剩下点儿勇气，也许我不该看见你这个样子。你回来时，头发乱蓬蓬，上衣撕破了，我知道他们曾把你抱在怀里。

吕　　丝　（激烈地）他们没有碰过我。没有人碰到我。我是石头人，感觉不到他们的手。我正视着他们，心里想：什么也没有发生，（激烈地）什么也没有发生过。末了，我使他们害怕了。（稍停）弗朗索瓦，要是你招供了，他们就会真正强奸我。他们会说：“我们终于占有了你们！”他们想起来就会微笑。他们会说：“同这个姑娘玩得真痛快。”一定得让他们丢脸，如果我不希望再看到他们，我会马上吊死在这个无窗的铁条上。你会保持沉默吗？

〔弗朗索瓦耸耸肩，没有吱声……

但是，若望与昂利之间的争论却又激怒了弗朗索瓦，给了他宣泄的方向：

若　　望　（他站起身来）你们多么有自信心。肉体受苦是否就能获得良心平静？（昂利不回答）你难道不明白，我比你们大家都更不幸吗？

弗朗索瓦　（突然又跳起来）哈！哈！哈！

若　　望　（高声）是最不幸的！最不幸的！

弗朗索瓦　（扑向若望）大家看看他呀！大家看看他呀！说什么是我们大家当中最不幸的人。他好吃好睡，双手自由，他可以重见天日，生活下去。还说什么最不幸。你想干吗？要人家同情你？坏蛋！

若　　望　（抱着手臂）很好。

弗朗索瓦　一听到响声，我就要跳起来，我连一口唾沫都咽不下去，我快要死了。不过最不幸的当然就是他；我会在快乐中死去。（发作）好，我会使你幸福的！

吕　　丝　（突然站起来）弗朗索瓦！

弗朗索瓦　我要揭发他！我要揭发你！我让你也分享分享我们的快乐！

在这个很长的场面中，不仅弗朗索瓦的心路历程是具体的，若望、吕丝等的心理活动也展现得相当充分。在这里，人物的每一句台词、每一个动作都有具体的心理内容作为内驱力——也就是对选择行动的“指令”。作为一位剧作家，萨特与心理学家的区别只在于，他所面对与处理的是活生生的个体在特定情境中特有的心理内容，而不是一般心理构成因素和心理过程的概括。剧作家所把握的逻辑是：人物突然面临的情境，作为一种刺激力和推动力，促使主体心理的各种构成因素交互作用，凝结成具体的动机——内驱力，并导致具体的行动。主体的每一个行动（具体化为“动作”）都有具体的动机，而动机又是在特定情境中凝结而成的。正是在这一意义上，弗莱塔克把“戏剧性”定义为：“所谓戏剧性，就是那些强烈的、凝结成意志和行动的内心活动……也就是一个人从萌生一种感觉到发生激烈的欲望和行动所经历的内心过程。”[①]他把戏剧的特权归为表现人的内心活动，当然不是指静态的心理空间，而是指这里所展示的“人的内心向外发生作用”。任何个体的人，其内心世界打破静态而欲“向外发生作用”，基本的条件正是情境的影响、推动和刺激作用，也就是说，要借助情境的动力。据此，我们也可以说，情境乃是人的内心与行动交合的具体的实现形式。

英国当代戏剧理论家马丁·艾斯林（又译“马丁·艾思林”“马丁·埃斯林”）在追寻戏剧的本质时说：“戏剧不仅是人类的真实行动最具体的（最少抽象的）艺术的模仿，它也是我们用以想象人的各种境况的最具体的形式。”他赞同这样一个论断：“剧院是检验人类在特定情境下的行为的实验室。”[②]这座把人作为对象的“实验室”，有一种特殊的实验方法：为对象提供特定的情境，它作为一种规定的前提，作为一种客观的刺激力和推动力，促使人物做出反应（动机与行动），以显现人格的特质。这一实验过程的每一环节都是具体的，并贯穿着一个潜在的因果逻辑：个性与情境的契合，情境的推动力与凝聚力使个性凝结成具体的动机，动机则是行动（动作）的驱动力。这一过程可以归结为一条逻辑模式：

① 弗莱塔克.论戏剧情节［M］.张玉书，译.上海：上海译文出版社，1981：10.

② 艾思林.戏剧剖析［M］.罗婉华，译.北京：中国戏剧出版社，1981：13，14.

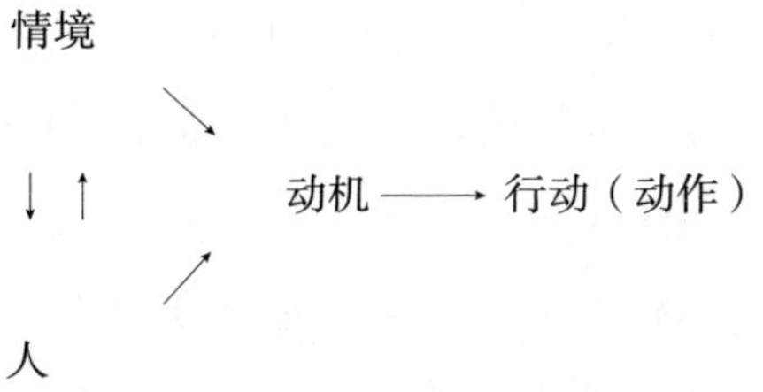

这条逻辑模式当然是被抽象化的，我们不妨对其中的概念及其相互关系分别进行具体的解析。

1.关于情境

在现代和当代戏剧理论批评中，“情境”这一概念使用的频率很高，但是，使用者对这一概念的内涵的认识并不一致。

把“情境”作为戏剧艺术的一个重大命题，始于法国18世纪启蒙运动时期的理论家狄德罗，他对戏剧艺术的重要贡献是第三种戏剧体裁的建立，他把这种戏剧体裁称为“严肃喜剧”，亦即后世所说的“正剧”。狄德罗阐明这一体裁的特点时，强调“情境”的重要性：

> 一直到现在，在喜剧里主要对象是人物性格，而情境只是次要的；现在情境却应变为主要的对象，而人物性格则只能是次要的。一切情节上的纠纷都是从人物性格引出来的。人们一般要找出显出人物性格的周围情况，把这些情况互相紧密联系起来。应该成为作品基础的就是情境……①
>
> 人物性格要根据他们的处境来决定。②

---

① 转引自：朱光潜.西方美学史：上卷［M］.北京：人民文学出版社，1963：279.

② 狄德罗.论戏剧艺术：上［M］.陆达成，徐继增，译//文艺理论译丛编辑委员会.文艺理论译丛：第一期.北京：人民文学出版社，1958：184.

在这里，狄德罗不仅把情境视为戏剧作品（第三种戏剧体裁）的基础，而且对戏剧作品中情境与人格的辩证关系也提出了自己的见解。在美学领域，狄德罗主张“美在于关系”。他对情境的强调，正是基于这一美学观念。据此，他把情境界定为家庭关系、职业关系和友敌关系等。基于此，在戏剧作品中，究竟是人物性格重要，还是情境（关系）更重要？究竟是人物性格要根据处境来决定，还是相反？这都是很难断然定论的。

在戏剧理论历史上，黑格尔往往被认为是“冲突说”的首倡者。其实，黑格尔恰恰是把冲突与情境联系起来，并以此去探求戏剧艺术的真谛。黑格尔把动作或情节作为“艺术美”的一个专题进行讨论，在此专题之内，他提出三个有逻辑关系的概念，即“一般世界情况”、“情境”和“动作（情节）”。按照他的解释，所谓“一般世界情况”，指的是社会时代的背景，它只是“个别动作（情节）及其性质的前提”；所谓“情境”，就是“一般世界情况”的具体化，成为“有定性的环境和情况”，乃是动作的推动力。在谈到情境的价值时，黑格尔认为，情境乃是“一种机缘，使个别人物现出他们是怎样的人物，现为有定性的形象”。由此，他又引发出关于情境的精辟见解：

> 一般地说，情境一方面是总的世界情况经过特殊化而具有定性，另一方面它既具有这种定性，就是一种推动力，使艺术所要表现的那种内容得到有定性的外现。特别是从后一个观点看来，情境供给我们以广阔的研究范围，因为艺术的最重要的一方面从来就是寻找引人入胜的情境，就是寻找可以显现心灵方面的深刻而重要的旨趣和真正意蕴的那种情境。在这方面不同的艺术有不同的要求……[①]

在这里，黑格尔把情境作为一切艺术所共有的要素。当他从一般艺术

① 黑格尔.美学：第一卷［M］.朱光潜，译.2版.北京：商务印书馆，1979：254.

进入戏剧艺术时，他确实强调冲突的重要性，但却总是把情境与冲突相联系，把前者视为后者的前提。他的基本主张是，“充满冲突的情境特别适宜于用作剧艺的对象”，戏剧动作的起点“应该在导致冲突的那一个情境里”，等等。[①]不过，黑格尔并没有具体限定戏剧情境的内涵。对此，朱光潜先生曾有过解释，他举例说：“以莎士比亚的《哈姆雷特》为例来说，这部悲剧所表现的‘一般世界情况’是文艺复兴时代的文化背景（尽管这位丹麦王子是中世纪的人物），‘情境’是王子的母亲和叔叔通奸，把父亲谋杀了那一个具体事件……”[②]这一解释当然是有道理的。不过，认真研究黑格尔关于戏剧艺术的论述，我们还可以发现他所重视的另一要素——人物关系。他断言：

> 由于剧中人物不是以纯然抒情的孤独的个人身份表现自己，而是若干人在一起通过性格和目的的矛盾，彼此发生一定的关系。正是这种关系形成了他们的戏剧性存在的基础。[③]

这种人物关系既然是人物的“戏剧性存在的基础”，当然也是构成情境的因素之一，而且应该是一个极为重要的因素。比如，在《哈姆雷特》中围绕哈姆雷特构成的情境，除了克劳迪斯谋杀了老丹麦王这样一个事件，还有与此相关的因素：当哈姆雷特知晓了这一事件发生的真相之后，他与克劳迪斯及母亲的关系也通过定性化而成为情境的要素。

根据不同时代、不同国别、不同风格的戏剧作品，我们可以从中概括出情境的构成要素：人物活动的具体环境，对人物产生影响的具体事件，特定的人物关系。对这些要素及其相互关系，我在《论戏剧性》及《戏剧艺术的特性》中有较详细的说明，这里不再重复。

---

① 黑格尔.美学：第三卷 下册［M］.朱光潜，译.北京：商务印书馆，1981：255.

② 朱光潜.西方美学史：下卷［M］.北京：人民文学出版社，1964：497-498.

③ 黑格尔.美学：第三卷 下册［M］.朱光潜，译.北京：商务印书馆，1981：249.

2.关于动机

剧作家对人进行实验的重要命题，就是对驱动人的行动的动机的把握。这是剧作家创造人物形象的关键，也是剧本创作成败得失的价值取向。

所谓“动机”，是从心理学借用的概念，针对戏剧作为一种特殊的形式结构。现代心理学有关“动机”这一命题有两方面的强调，是更为重要的。

其一，“理由”与“动机”。

列昂捷夫提醒我们：“与目的不同，动机是不能为主体所现实地意识到的，当我们进行某些行动的时候，我们通常是不能清楚认识到推动着它们的动机的。诚然，我们不难举出这些行动的理由，但是，理由本身决不会总是指出这些行动的真实动机的。”[①]在剧本中，我们经常可以看到这种情况：针对某一行动，主体用某种理由掩盖真实的动机。实际上，动机是不能说出的，但是必须行动，给对方一个理由。

例证之一，在《玩偶之家》第二幕中，柯洛克斯泰知道自己已经被海尔茂解聘，来找娜拉进行要挟。最后，临走时，他把那封装有借据的信扔在信箱里。娜拉目睹这一过程，绝望地自言自语：“信扔在信箱里了！信在里头了！托伐，托伐，现在咱们完了！”林丹太太了解情况后，决定去找柯洛克斯泰劝说，让娜拉想办法阻挡海尔茂去开信箱。娜拉为自己的行动提出的理由是，要他帮助自己练习圣诞节演出的节目：“你帮我练习，你一定得答应我。喔，我心里真着急，明天晚上当着那么许多人，今天晚上你得把工夫都给我，别的事一件都不许做……”当然，娜拉的理由真的被接受了。

例证之二，在《威尼斯商人》第一幕中，安东尼奥为了帮助朋友巴萨尼奥向夏洛克商借一笔钱，夏洛克在内心里对安东尼奥充满了仇恨：“要是

---

① 列昂捷夫.活动 意识 个性［M］.李沂，冀刚，徐世京，等译.上海：上海译文出版社，1980：149.

我有一天抓住他的把柄，一定要痛痛快快地向他报复我的深仇宿怨。”“要是我饶过了他，让我们的民族永远没有翻身的日子。”正是出于这种报复心境，他承诺借钱给对方，却提出了一个奇怪的条件：如果到期不能还债，就得“在您身上的任何部分割下整整一磅白肉，作为处罚”。由于安东尼奥有信心到期还债，因此同意签署这个奇特的契约，但巴萨尼奥却坚决反对。夏洛克强调的是签订这张借据的理由：“我愿意跟您交个朋友，得到您的友情。”“要是他到期不还，我照着约上规定的条款向他执行处罚了，那对我又有什么好处？从人身上割下来的一磅肉，它的价值可以比得上一磅羊肉、牛肉或是山羊肉吗？我为了要博得他的好感，所以才向他卖这个交情。”“一片好心”的理由中掩盖着恶毒的心计。

在有的剧作中，行动主体不能清楚地认识到自己的真实动机。一个突出的例证是，萧伯纳的《魔鬼的门徒》中有两个重要人物——理查德和安德生。其中安德生是一位牧师，敬畏上帝，严守教规；理查德却是全城人公认的放荡的人，一个坏蛋——魔鬼的门徒。剧中的事件是：美国独立战争时期，英国士兵要逮捕安德生，理查德给安德生报信，却被误认为是牧师本人给抓走了。人们奇怪：理查德被捕时，居然将错就错，并不为自己分辩，这是为什么？牧师安德生则有自己的解释：“一个人只有在考验人的危急关头才认识到自己的真正使命，这个愚钝的年轻人自夸是魔鬼的门徒，但是当他面对考验时，他明白自己必须承受痛苦且保持虔诚……”不过牧师的理性认识也只是为理查德的反常行动赋予的一个理由。

在有的剧作中，主体为自己的行动寻求理由，为的是自欺，以求得自慰。例如，在《哈姆雷特》中，由于老丹麦王向他诉说了自己被克劳迪斯谋杀的经过，哈姆雷特在激动万分的心境下，定下复仇的誓言。但是，他却一直为自己寻找拖延复仇行动的理由。在伶人演出的“戏中戏”之后，克劳迪斯的现场表现已经证明他就是凶手。哈姆雷特按照母亲的要求去她的寝宫时，在大厅里面遇见凶手在为自己的罪行祈祷，他第一感觉是“这是复仇的好时机”，他拔出剑来正要行动，但是自己又把剑收起。面对埋头祈祷的凶手，他给自己编织了一个终止复仇行动的理由：

> 他现在正在祈祷，我正好动手，我决定现在就干，让他上天堂去。我也算复了仇了。不，那还要考虑一下：一个恶人杀死我的父亲；我，他的独生子，却把这个恶人送上天堂。啊，这简直是以恩报怨了。他用卑鄙的手段，在我父亲满心俗念、罪孽正重的时候趁他不备把他杀死；虽然谁也不知道在上帝面前，他的生前的善恶如何相抵，可是照我们一般的推想，他的孽债多半是很重的。现在他正在洗涤他的灵魂，要是我在这个时候结果了他的性命。那么天国的路是为他开放着，这样还算是复仇吗？不！收起来，我的剑，等候一个更残酷的机会吧；当他在醉酒之后，在愤怒之中，或是在荒淫纵欲的时候，在赌博、咒骂或是其他邪恶的行为的中间，我就叫他颠踬在我的脚下，让他幽深黑暗不见天日的灵魂永堕地狱……

哈姆雷特在确立复仇任务之后，一再拖延行动，并一再为自己寻找理由。针对这种异常的表现，历代评论家都试图寻找内在的原因，通过潜在的动机进入个性的深层。由于剧本的深刻性，人们有不同的解读。所谓“在不同的评论家笔下有不同的哈姆雷特”。

在皮兰德娄的《六个寻找剧作家的角色》(又译《六个寻找作家的剧中人物》)中，人物关系的复杂性恰恰在于行动主体为了种种原因，用理由掩盖真正的动机，结果搞得全家痛苦不堪。这部剧作的怪诞意味在于：一个剧团正在排演新的剧目，恰巧有一家人在父亲的带领下闯进剧场，要求把他们全家的“戏”搬上舞台。父亲诉说，他们带来的是“一出痛苦的戏”。在这个家庭中，父亲和母亲结婚以后，生有一子，夫妻间没有爱，但生活还算平静。父亲雇用的一个秘书，贫困却很忠厚。他与母亲趣味相投，目光交流已成默契。父亲看在眼里，把秘书辞掉了，又把儿子送到乡下抚养。母亲留在家里，深感孤独寂寞，“如同一个被人收养的牲畜”。之后，父亲让母亲去找那个男人，和他一起生活。母亲找到那个男人，生了三个孩子，男人死去……

在谈到这件事时，母亲指责父亲：“是他把另一个男人硬塞给我的，他迫使我跟那个人一起出走。”然而，父亲则有更高尚的理由：“我不忍看她那么痛苦孤独，我是想成全他们的事。”两个人对同一事件各持一端，结果是互相指责。父亲对此事的反思则是：“对于一桩无法明言的事实，对于一件已经铸成的大错，找一种能够平心静气的含糊的措辞，它不使大家心里都好受一些吗？”实际上，这仍然是为了给自己的“含糊的措辞”寻找理由，进一步掩藏真实的动机。

皮兰德娄在谈到这部剧作的创作意图时强调：“他们中的每一个人，为了对付别人的攻击而为自己辩解，表达出他自己的生活的痛苦和折磨，这也正是多年来我自己精神上感受到的痛苦和折磨：在人的关系中由于说空话、说假话造成的无法收拾的相互欺诈；在每一个人身上都可能找到的多重人格；瞬息万变的生命和使其固定不变的形式之间固有的悲剧性冲突。”[①]

动机与理由不一致，行动主体对自己行动提出的理由，常常掩盖着真实的动机。这也表明一个问题：把理由误认为是真实的动机，往往是把“假的”当成“真的”。

其二，“动机”是一个多元的、开放性的概念。

在心理学的范畴之内，动机本来就包含着不同质的心理内容。一位苏联心理学家说过：“在现代心理学中，‘动机’这个术语表示着一些完全不同的现象。人们常把本能的冲动、生的欲望和食欲叫作动机；而同样的，也有人把情绪体验、兴趣、愿望叫作动机。在形形色色的动机目录中，可以发现如生活的目的和理想这类的东西，但是也可以发现像电流刺激这样

① 皮兰德娄.六个寻找作家的剧中人物［M］// 中国社会科学院外国文学研究所，外国文学研究资料丛刊编辑委员会.外国现代剧作家论剧作.北京：中国社会科学出版社，1982：217.

的东西。”[①]这也就是说，动机作为人的行动（动作）的内驱力，触及人的心理构成的所有层面，这本身就说明它的复杂性。

自觉意志当然可以构成动机。布伦退尔戏剧观念的根基就在于把自觉意志的戏剧价值强调到极限。他不仅把自觉意志视为人格的本质，强调受自觉意志支配的行动的戏剧价值，甚至把意志的强度作为判断戏剧作品优劣的尺度。在他看来，在戏剧作品中，任何有价值的行动（动作）都是自觉意志发动的。这是经典性的唯意志论。有人把这种观念看作对黑格尔的继承，其实，这种说法并不准确。黑格尔在探求戏剧艺术的特性时，确实强调动作与意志的关系，他指出：“动作就是实现了的意志，而意志无论就它出自内心来看，还是就它的终极结果来看，都是自觉的。”然而，这只是他对意志的定性，他不是孤立地判断意志的价值，而是把它看作完整心理活动的一个链条。他认为：

> 在戏剧里，具体的心情总是发展成为动机或推动力，通过意志达到动作，达到内心理想的实现……[②]

在这里，自觉意志固然是“达到动作”的动力，但是，黑格尔却没有把它看作戏剧中人的内心活动的起点与终点，无论是“具体的心情”，还是“动机或推动力”，都可能标示着广阔的心理空间。前面已经提到弗莱塔克的戏剧主张，他把戏剧的对象看作“人的内心向外发生作用”，也就是“那些强烈的、凝结成意志和行动的内心活动”。在他看来，“一个人从萌生一种感觉到发生激烈的欲望和行动所经历的内心过程”，在这个广袤的内心世界中都可能蕴含着戏剧性。我们不难发现，布伦退尔的唯意志论与黑格尔、弗莱塔克的戏剧观念之间有着很大的区别，后者有着大得多的包容

① 列昂捷夫.活动 意识 个性［M］.李沂，冀刚，徐世京，等译.上海：上海译文出版社，1980.

② 黑格尔.美学：第三卷 下册［M］.朱光潜，译.北京：商务印书馆，1981：244.

量。比如，布伦退尔理论的支持者常常把易卜生的“社会剧”作为“自觉意志——意志冲突”这一模式的范例，实际上，这些剧作中的一部分似乎更贴近黑格尔和弗莱塔克的主张。真正符合“自觉意志——意志冲突”这一模式的是《人民公敌》。在这部剧作中，主人公的自觉意志在开端部分就已确立：当斯多克芒发现海滨浴场受到严重污染时，他决定写文章揭露这种状况，以防止游客的健康受损。斯多克芒的这一行动计划受到以市长为首的各个阶层的反对，他们为了维护自己的利益，用各种方式阻挠、对抗主人公的自觉意志。我们看到，斯多克芒医生的自觉意志确实具有很大的强度，足以使意志冲突持续发展，直达顶点。在这里，斯多克芒坚持斗争，毫不妥协，竟然被以市长为代表的敌对方宣布为“人民公敌”，但他却无怨无悔地申明：“世界上最有力量的人是最孤立的人。”这部剧作虽然完全符合上述模式，但是，它的艺术价值并不是很高，人们对它的评价，特别是对主人公斯多克芒医生形象的成功度评价，褒贬不一。莫斯科艺术剧院于1901—1902年曾经上演此剧，并获得成功。此剧的导演和主演斯坦尼斯拉夫斯基给予此剧很高的评价，但却是政治性的。他说：“在那一个政治动荡的时代（第一次革命前），社会上的反抗情绪是很强烈的，人民在期待着那些能大胆而坦率地对政府说出严酷真实的英雄。需要有革命的剧本，而《斯多克芒》（《人民公敌》——引者）就变成这样的剧本了。”“斯多克芒大胆地说出了真理，这已经足够使他成为一个政治上的英雄了。”[①]从这一角度来说，所谓“自觉意志的强度”确实值得称道。但是，具有很大强度的纯净的自觉意志，却可能使主人公的形象显得单薄，甚至变了形。梅林在评价此剧时则说：“这个剧本充满了入木三分的讽刺，但它的主人公却使它受到损害。这个主人公尽管是正直的和无所顾虑的，但却成为一个有点奇怪的乖僻者，他不是一个思想先锋，而更多地是一个刚愎自用的怪人。”这样的评价肯定与剧作家的本意相悖，也只能视为一家之言。然而，这位

① 高中甫.易卜生评论集［M］.北京：外语教学与研究出版社，1982：239.

评论家对《人民公敌》的总体评价，却是比较公允的。他说："《玩偶之家》和《群鬼》大概将使易卜生的名字保持得最为长久。1882年发表的《人民公敌》已经使他从这个高度上下降了一个台阶。"[①] 如果说，前两个剧本的艺术成就要高于《人民公敌》，那么，原因并不在于"主人公自觉意志的强度"，而是相反。据说，在《群鬼》演出之后，易卜生曾受到愚蠢和虚伪的攻击，在一种愤怒激情的冲击之下，他很快完成了《人民公敌》的写作。在激情的引导下，易卜生有意无意地把斯多克芒医生作为发泄愤怒、直抒见解的代言人。与之相比较，《群鬼》中的女主人公固然也具有自觉意志的强度，但是，意志冲突却被扼制而变得疏松了。至于《玩偶之家》，更不能说是完全符合"自觉意志——意志冲突"的模式。这部剧作在开端部分构建的情境，把剧情的主线引向娜拉与海尔茂之间潜在的矛盾关系，然而，戏剧的实体内容与其说是夫妻间的意志冲突，倒不如说是娜拉自觉意志凝结、觉醒的心理过程。从第一幕到第三幕的大部分场面的重心均在于此。在第三幕将近结尾的部分，娜拉的自觉意志已经确立，决定离家出走。至此，戏已结束。这部剧作似乎更符合"从萌生一种感觉到发生激烈的欲望和行动所经历的内心过程"这一关于戏剧性的要求。与《人民公敌》相比较，《玩偶之家》主人公的形象则显得更为丰满，具有更深邃的情感内容。

在这里，我想着重说明的是，在戏剧中，自觉意志可以作为人物行动的动机；在这种情况下，剧作家也应注意，最好不要把剧中人物变成某一自觉意志的化身，而是要以丰富的、更具有感性力量的心理活动充盈这一理性的动机。同时，还应指出，所谓戏剧人物行动的动机，并不是自觉意志的同义语，它有着更为宽泛的内容。因此，针对"动机"这一概念，我们决不能固守唯意志论。在以往的戏剧理论和戏剧批评中，类似的说法是相当普遍的。比如，英国批评家布拉德雷在分析莎士比亚悲剧时曾经指出：

---

① 高中甫.易卜生评论集［M］.北京：外语教学与研究出版社，1982：114.

> 莎士比亚，偶尔由于无须在这里探讨的某些原因，表现了反常的精神状态，例如疯狂、梦游病和幻觉。从这些状况所产生的行为，毫无疑问不是我们所称为的名副其实的行为，不是把性格表现出来的行为，不是的；但是这些反常状况绝不是作为具有任何戏剧性的行为的来源而写到戏剧里的。[①]

在布拉德雷看来，真正有戏剧价值的行动，说得更严格些，真正称得上是“名副其实的行为”，都是能表现性格的行为。在某种意义上，这种说法并非没有道理，但是，我们首先要对“性格”这一概念进行辩证。布拉德雷把疯狂、梦游、幻觉这类反常的精神状态都排除于主体的性格之外，甚至认为其是与性格无关的。可是，在我们看来，所谓“性格”，主要是指个体内在生命运动的特征；而这类反常的精神状态，毫无疑问也是主体内在生命运动的内容，因而也应被看作性格的内涵。在戏剧中，尤为如此。谈到“疯狂”，我们可以把哈姆雷特排除在外，对他而言，所谓“疯狂”本身乃是一个特殊的意志行为，因而在“疯狂”中，他是完全清醒的。至于李尔，他的疯狂乃是内心承受暴风雨袭击的结果，也是他在向旧我诀别时深重痛苦逼压的结果。而疯狂在艺术表现上的意义，在于它不仅暴露了性格，而且恰恰是性格底蕴最充分、最透彻的显现。总之，在莎士比亚的悲剧中，人物的这种反常的精神状态，无论是马克白斯夫人的梦游，李尔、奥菲利娅的疯狂，还是马克白斯的幻觉，虽然并不是真正的意志行动，但是，在这种精神状态下，人却冲破了意志的坚硬外壳，就像李尔在疯狂中面对赤身裸体的爱德伽所呼喊的：

> 嘿！我们这三个人都已经失掉了本来的面目，只有你才保全着天赋的原形……

---

① 布拉德雷.莎士比亚悲剧的实质［M］//杨周翰.莎士比亚评论汇编：下.北京：中国社会科学出版社，1981：27.

> 脱下来，脱下来，你们这些身外之物！

对意志外壳的冲破，就像挣脱了心理和物质的外装，呈现出最大的透明度，把在正常状态下潜藏着的心理内容，赤裸裸地呈现出来。

谈到“疯狂”，在《哈姆雷特》中，奥菲利娅的表现却是一首哀伤悲悯的长歌。她作为一个纯洁天真的少女，心灵中充盈的是爱，却经受不住父亲暴死、爱人“背叛”的千钧重压而真的疯狂了。在这种反常的精神状态下，她让我们看到了深深的爱和无边的迷惘。

在悲剧《马克白斯》中，男主人公是一个弑君篡位的罪人。但是，剧作家卓越的艺术表现，使他成为一个悲剧的主人公。剧作家弗赖伊曾经把另一部谋杀戏与《马克白斯》相比较，他强调说：

> 如果我们将《红色谷仓》中玛丽亚·马顿被刺与麦克白城堡中邓肯被刺的情形相比，我们就可以看到这两部戏的外形情节大致相同，但这两个情节的意义完全不同。一个仅仅是干了一件事，而另一个则是心灵上的感受。这心灵上的感受正是这一情节的本质。而且，这心灵上的感受最终也就是情节。情节并不是刺在邓肯胸中的匕首，或沾在麦克白手上的鲜血，而是由此产生的言词所表述的无穷无尽的心灵的感受。①

而且，这位弑君篡位的凶手，在行动之前，已经预知这一行动的后果。

> 可是这一下子却是，不是取得一切，就得葬送一切；而且在这时间的汪洋沙滩上，我们还要把整个的未来都拿来孤注一掷。此外，在

① 弗赖伊.为什么用诗体写剧？［M］// 中国社会科学院外国文学研究所，外国文学研究资料丛刊编辑委员会.外国现代剧作家论剧作.北京：中国社会科学出版社，1982：135.

这种事情上，我们在人间还要受到裁判，我们这样子干只能教给别人一种杀人的榜样，把别人教会了就会毒害这教人的人；这种天网恢恢的公道，终究还会把我们下过毒的酒杯，托到我们自己的唇边来的。

可以看出，马克白斯在决心杀死邓肯时，既没有为自己找到谋杀的理由，在谋杀过程中，也没有遇到任何阻碍，莎士比亚把全部笔力都聚焦在主人公的内心世界。无穷无尽的心灵感受中包含着两次浮现在内心深处的幻象，和与幻象的独白。

第一次的幻象：

邓肯已经在马克白斯的城堡就寝，班郭等人已和他告别，谋杀的计划已可顺利进行。当院子里只留下马克白斯一个人时，他面前却浮现出一把杀人的刀。面对这把淌着血的刀，马克白斯的内心在进行自我搏斗：

在我面前，我看见的可是一把钢刀，刀柄对着我的手！来，让我抓住你。抓了个空，可是你还在这里。不吉利的东西，你不是个看得见也抓得到的吗？还是，你只是我心里的一把刀，是个狂热不安的头脑所虚构出的假象？

我仍然看得见你，清清楚楚的形状，同我现在拔出来的这把一样。你告诉我走向我正要去的地方；我正要用的这一件家伙。是我的其余的感觉愚弄着我的眼睛，还是只有我的眼睛才是正确无舛；我还看得见你，在你的刀刃同刀柄上还滴着鲜血，刚才却没有，没有这样的事。都是那血腥的事叫我的眼睛看出了神。

马克白斯正要去完成那个谋杀事件，眼前却浮现出那把滴着血的屠刀，他被这个突发的幻象搞得六神无主。他的灵魂感受到的竟是“在整整半个地球上生命似乎已经死灭……”

第二次的幻象：

在弑君篡位成功之后，他派两个杀手去追杀班郭父子，行动的结果却是父亲被杀，而儿子逃亡。当时，宫廷里正在大宴群臣。杀手向他汇报这一结果后，他转身看到的是：班郭的鬼魂正坐在自己的座椅上。马克白斯面对这个幻象，起初是开脱自己的罪责："你不能说这是我干的，你不要对我摇晃你的血污的长发。"最终却是一种莫名的恐惧感："滚开，骇人的鬼影！空幻的东西，滚！"

正是这"无穷无尽的心灵的感受"，揭示出一个悲剧主人公的个性的深度。剧中所谓"梦游"，指的是马克白斯夫人在第五幕中的潜意识行动。

针对这一形象，弗洛伊德曾经提出一个尖锐的问题："为什么她在取得成功之后，仍然作为一个病人而崩溃？"这位精神分析学家提出的这一问题是属于心理学范畴的，他把马克白斯夫人当作精神分析的个案例证，目的在于进一步论证关于潜意识的学说。但是，他提出的问题却可以提醒我们格外重视导致这一人物精神崩溃的深刻根源。这就需要全面观照她"取得成功"前后的行动与动机。这样做，我们就会发现，莎士比亚对人格本质的把握，已经远远超越自觉意志的藩篱。

在剧本中，马克白斯夫人所谓的"取得成功"，是指帮助她的丈夫杀死邓肯取得王位这件事。可以说，弑君篡位是马克白斯夫妻二人共同的行动目标，只不过，在行动的过程中，马克白斯夫人所表现出的意志之强，超乎常人的想象，从表面看，似乎远强于马克白斯。在邓肯入住家中做客，谋杀尚未进行之前，马克白斯犹豫不决，甚至想放弃，这时，她为丈夫壮胆助战：

马克白斯夫人　那么又是一只什么禽兽叫你把这种野心泄露给我？你什么时候敢做，你什么时候才是男人；可是你想做个比你以前不同的人，你就得更像个男人才是。论时论地点当时都不凑巧，你还打算全部创造，而现在它们自己成熟，送到你面前，却让你丧失了勇气。

我曾经哺育过婴儿，我知道爱抚我怀中的孩子是何等温柔！但是只要我也像你一样发过誓，我就会，当他对着我仰面迎笑的时候，从他无牙的小嘴里拔出我的乳头，一下子就把他的脑浆摔得迸裂。

她谋划着，一旦等到邓肯酒后睡熟，就用好酒将两个随身警卫灌得烂醉如泥，趁机杀死邓肯，再嫁祸于这两个倒霉鬼。在她的鼓舞下，马克白斯的疑虑顿消，不禁对夫人发出赞颂：

马克白斯　你养出来的真该个个都是男种；你的这种天地不怕的胆量真的除了构成男人的气质而外别无他样……

马克白斯杀死了邓肯，却沉迷在恐惧的心境之中，沾满了血污的手中还拿着杀人的证据——一把匕首，口中不停地叨咕着："马克白斯已经把睡眠杀死。"面对神情恍惚的丈夫，马克白斯夫人镇定自若地指挥他赶快洗去手上的犯罪证据，把匕首送回现场，但是马克白斯已失去行动的能力：

马 克 白 斯　我再也不去了；我干过的事，想想都害怕：再去看一眼，我没有胆子了。

马克白斯夫人　意志不坚的家伙！把匕首给我。死的同睡着的都是同图画一样，只是小孩子才会看见画中的鬼脸害怕。如果他的血还在流，我就去弄点来涂在那奴才们的脸上，一定要让人家看见像是他们干的才行。

〔下，幕后敲门声。

马 克 白 斯　是哪里来的敲门声？我是怎么啦，随便什么响动都叫我心惊肉跳？这算是什么手？哈！看着它们我的眼珠子都要掉了出来！奈普琼大神所掌管的无边的海洋能把我的血手洗干净吗？不能，倒还是我的手会把那浩渺的烟波染成一片猩红，把碧绿变为血红。

〔马克白斯夫人又上。

马克白斯夫人　我的手也同你的颜色一样，但是我真觉得可耻的是，让我的心肝同你的一样无能。（幕后敲门声）我听见有人在敲南边的门，我们赶快回到寝室里去；用一点水就会把这件事洗得干干净净，这样该有多容易！你平常的胆量都哪里去了，这样没有主意……

马克白斯夫人的所作所为，足以证明她是个具有超人的意志力，一往无前、残酷无情，甚至毫无犯罪感的冷血杀手。有人甚至认定这是一个“恶魔的形象”，“一匹极其凶猛的野兽”。但是，我们也看到另一类评价。德国诗人海涅在《莎士比亚的少女和妇人》（1839年）中曾经提到：

麦克白夫人两百年来被当作一个极恶的人，但是她的声名约在十二年以前业已在德国大大好转。虔敬的弗朗茨·霍尔恩在布罗克豪斯的《百科报》上这样说过，可怜的夫人直到如今完全被误解了，其实她很爱她的丈夫，而且一般有着缱绻的柔情。接着，路德维希·蒂克试图以他全部的渊博学识和哲学深度支持这个评断。过了不久，我们便看见斯梯赫女士在王家宫廷舞台上扮演麦克白夫人，如此多情地喁喁私语，以致柏林任何一颗心听到这样的柔声，没有不为之感动的……

扮演马克白斯夫人的演员，是否应该突出她“缱绻的柔情”，借以争得观众对她的同情，作为一个有关表演艺术的问题，这是可以讨论的。我的看法是，她对丈夫的爱，确实是深切的，这种爱至少表现在，她以自己的心去理解丈夫，并给予毫无保留的支持。在第一幕第五场中，她从丈夫的信中知道了女巫的预言，同时，她也从中领悟到丈夫急切的欲望和内在的障碍。她认为，马克白斯最大的矛盾在于，他的天性中，“乳汁一样的慈悲心肠太多”，因而“不敢去走那最捷便的路”。她这样评价马克白斯：“你向往伟大，也不是没有野心，但是你却没有那必不可少的毒辣；你想爬到高处，但是你却想用什么圣洁的手段；你不肯昧天欺人，但是你却天天想个不停；伟大的格拉密斯，你应该有这样一种东西，它要大声告诉你：‘如果你想要它，你就必须这样做；如果你怕这样做，那么还是不如不要它。’”马克白斯夫人决心做丈夫的“伟大事业的最亲密的伙伴”，坚定地去履行自己的天职，她内心急切地呼唤道：

> 赶快到我这里来，好让我把你用我的精神灌满，让我用冲锋陷阵似的言语为你扫清一切障碍，好让你去取来那命运与超人的力量已经加冕在你头上的那一个金冠。

当送信人传来“今天晚上国王要到这里”的消息时，她马上意识到，这是个千金难求的动手的时机，必须彻底肃清内心的动摇和软弱，用全副盔甲武装自己，她发出了一段撕心裂肺的独白：

> 来啊，你掌管着杀人凶念的精灵们，在这里你们把我女变男，你们把我从头到踵地注满最凶恶的残忍吧！叫我的活血凝结，把一切悔恨的通路全部堵塞，绝不许有什么天性中一时的慈悲心肠动摇我狠狠的决心，在我的决定与实行之间，玩什么妥协的把戏！

这正是临战前的自我整训，欲用自己的“精神”把丈夫“灌满”，以使他消融那“太多”的“慈悲心肠”，她必须使自己的“精神”充盈起加倍的“凶恶”和“残忍”。如果说，这位女性此后的表现确实像一个“恶魔”，像“一匹极其凶猛的野兽”，那么，也并非她的天性使然，而是她为了扶助丈夫获得那个至尊的王位强使自己扮演的角色。耐人寻味的是，她扮演得那样逼真，以至使自己都信以为真了。与其说，这是出于对角色的青睐，毋宁说是出自对丈夫的挚爱。

马克白斯夫人的本性——人格的本质，原本是复杂的。在她投入全部身心扶助丈夫实施谋杀计划时，本性的这种复杂性也曾浮现出来。在第二幕第二场中，当马克白斯去杀邓肯，马克白斯夫人静候结果时，她的一句独白透露出天性中的一缕光明：“若不是他在睡觉的时候像我父亲，我自己就下手了。”相对于她在谋杀篡位事件中扮演的角色，这偶然闪现的一缕光明似乎太微弱了。然而，我们沿着这条线路，或许可以为弗洛伊德的提问找到答案。

我们当然可以说，她所以在“取得成功”之后，作为一个病人崩溃了，原因在于她承受了超负荷的重压。可是，这重压何在呢？她本人在精神崩溃后的行动对此做出了回答。在第五幕第一场中，马克白斯夫人成了一个梦游病人，每次梦游时都要反复地搓洗自己的手，不停地叨念着：

> 是这里还有一点。下去，该死的血……
>
> 可是谁又想得到那老头子身上有那么多血呢？
>
> 怎么，这两只手就再也洗不干净了吗？
>
> 这里还有一点血腥的气味，阿拉伯所有的香料都再不能把这小小的手薰香了……

在这里，梦游中的言行只不过是潜意识的表现。按照精神分析心理学家的说法，所谓潜意识，指的是某些人曾经历并受到压抑，或被遗忘，从而从意识中消失了的内容，它主要是由各种情结构成的。在这里，马克白斯夫人的潜意识中充盈着犯罪情结。但在此前，她清醒的意识中可没有丝毫的恐惧和犯罪感。就在马克白斯杀死邓肯并被满手血污搞得心烦意乱时，刚刚布置完杀人现场的马克白斯夫人，手上也沾着血，却镇定自若，全然不当一回事，她说：

> 用一点水就会把这件事洗得干干净净，这样该有多容易！

马克白斯夫人成功地将自己同样的感觉压抑住，使其从意识中消失，然而，这一切都是暂时的，它作为隐匿于潜意识中的情结，对主体的精神有一种潜在的杀伤力。“取得成功”的过程，也正是这类情结积累的过程，直到主体难于承受，导致最终的精神崩溃。

马克白斯夫人在梦游中的形体动作和台词，引导我们进入这位女人的内心最隐秘的角落——那个连她本人在清醒时都不肯正视的角落。我们可以发现，这个“反常”的行动的内驱力才是埋藏很深的潜意识，它虽然不是真正的意志行动，却向我们展现一个完整人格深层的隐秘。

在第五幕第三场中，马克白斯与医生谈论她的病情时，透露出精神崩溃的成因：

> 马克白斯　……你的病人怎样了，医生？
>
> 医　　生　没有什么很重的病，我的大人，她就是一天到晚不停地胡思乱想，让她不能好好地安睡。
>
> 马克白斯　治好她的那种病。怎么，你就不能治好心上的那一种病，从记忆当中拔除那种根深蒂固的痛苦，从脑子里抹掉那些深深的烦恼，然后再用一种什么使人安然忘却的灵药，把那种重重地压在心上的危险事物，从闷塞的胸中扫除干净吗？

医　　生　这种病，只有病人自己才会治。

这些例证充分说明，在莎士比亚的悲剧作品中，出场人物的行动的动机，已经不是“唯意志”——纯理性的，某种“反常的精神状态”——潜意识，也是表现性格的重要动机的要素。

在现代戏剧的发展进程中，人的动机中的非理性因素更受重视。原因是多方位、多层次的。第一章对布伦退尔的“自觉意志——意志冲突”的理论主张进行辨析时，已经提到象征主义戏剧挑战性。实际上，这种挑战性并非只限于某一流派，在现代派戏剧中，是具有普泛性的。深刻的根源，正在于对人的本体观的重新认识。

前面已经提到，欧洲大陆以及世界性的战争和社会动乱的深重的影响，迫使人对理性的价值产生了怀疑。人们认为理性可以成就伟大的业绩，同时，也可以为人类制造各种战争和动乱。正像前面已经引述过的马克斯·舍勒所说，已有的学科，“它们更多地掩盖了人的本质”。如果说，“人是对理性问题能给予理性回答的存在物”这一定义性结论可以转化为一种戏剧规律，人格的本质在于“自觉意志的发挥”。那么，现代哲学中对人的本体观已经转变成为一个定义：

> 有些事物由于它们的微妙性和无限多样性，使得对之进行逻辑分析的一切尝试都会落空……这种东西就是人的心灵。人之为人的特性就在于他的本性的丰富性、微妙性、多样性和多面性。[①]

卡西尔为人的本性描绘的是一个广阔的空间。其中既包括理性——自觉意志，同时也包括更多的非理性因素。所谓“动机”，乃是人内心向外发生作用的起点，是人格在情境中凝聚而成的。总括地说，行动的动机，包

① 卡西尔.人论［M］.甘阳，译.上海：上海译文出版社，1985：15.

含从意识到潜意识、从本能到自觉意志的广阔内涵。如果说，在戏剧历史的长河中，理性的动机曾经被剧作家所强调；那么，在现代戏剧中，“非理性自觉”则更受重视。马斯洛把人的需要分为五个不同的层次，即生理需要、安全需要、归属和爱的需要、自尊需要和自我实现需要。这不同的需要都可以转为动机，即“潜意识——意识”。[①]如果说，哲学中关于人的本体观的论证对戏剧的影响还是“形而上”的；那么，心理学对戏剧的影响，则更为直接、更为具体，这种影响可以深入剧作家对人的生命活动观照的选择。斯特林堡在《论现代戏剧与现代剧院》中强调说：“现代剧作家的主要兴味集中在人物的心理描写。”他进一步指出：“在这类艺术中，现代心理学的一切发现都能在大众化的形式中首先得到运用。”[②]

美国剧作家奥尼尔在谈到现代剧作家的任务时强调指出：“他怎样方能以最明晰、最经济的戏剧手段，表现出心理学的探索不断向我们揭示的人心中隐藏的深刻矛盾。他必须找到某种方法，在自己的作品中戏剧性地表现这种内心世界，否则就得承认自己无能为力，写不了当代这种最典型的思想和独特的精神活动。”[③]在创作实践中，特别是对人的行动动机的把握，深受“潜意识”“集体无意识”等心理学发现的影响。也可以说，他们关心的对象已经转向“尚未被开发的深层心理”。关注重点的转移，正意味着对人的本体观的重新认识。在这一领域，美国剧作家从理论到实践都有一次又一次的实验性例证。最突出、最完整的例证是奥尼尔的表现主义戏剧《琼斯皇》。

---

① 马斯洛.动机与人格［M］.许金声，程朝翔，译.北京：华夏出版社，1987：40-45.

② 斯特林堡.论现代戏剧与现代剧院［M］//中国社会科学院外国文学研究所，外国文学研究资料丛刊编辑委员会.外国现代剧作家论剧作.北京：中国社会科学出版社，1982：24.

③ 奥尼尔.关于面具的备忘录［M］//中国社会科学院外国文学研究所，外国文学研究资料丛刊编辑委员会.外国现代剧作家论剧作.北京：中国社会科学出版社，1982：75.

该剧表现了主人公在恐惧的逼压下精神崩溃的过程。通观全剧，这里虽然也有自觉意志的确立，但主旨却不在于自觉意志的发挥，而在于自觉意志瓦解后主体心灵深处潜意识和集体无意识的层层剖现。美国的黑人琼斯因犯罪而被卖到西印度群岛的一个小岛上，在这里自立为王。他残酷地压榨、剥削当地的土人，为了预防土人造反，他宣扬迷信，让土人误认为只有银制的子弹才能伤害他。这一天，琼斯正在皇宫的大厅里睡觉，被商人史密瑟斯唤醒，并被告知，土人都聚集到山上准备造反。面对严峻的形势，他镇定自若，胸有成竹：

琼　　斯　……你以为我鼠目寸光，什么准备也没有吗？我装作打猎，已经到丛林里去过好多次了，那里的哪一条路我不清楚？我闭着眼也能走出那片林子。（极其轻蔑地）这伙愚笨无知得连自己的名字都搞不清楚的黑奴，你认为他们能抓住布鲁斯特·琼斯？嘿，我看未必！毫不可能！哼，我从美国进来的时候，白人还带着猎狗追我呢，我也只不过把它当作儿戏。耍弄这儿的傻黑奴那简直太容易了，我倒反觉得有失自己的身份。你瞧着吧，朋友，我不会使他们满意的，不会的。天快黑时我就穿过平原到达林边了，一旦进了丛林，他们想在黑夜里找到我，那就难上难啦！明天天一亮，我就到了丛林的那一边，海岸边停着法国炮舰。我上了炮舰，它开到马提尼克岛去时就把我带去了。到了那里，我什么也不怕啦，裤子口袋里还装着大把大把的钞票呢。这一切简直易如反掌。

史密瑟斯　（恶意地）要是万一出了差错，他们真把你逮住了呢？

琼　　斯　（坚定地）他们抓不到我——这就是我的回答。

如果说，琼斯的自觉意志是按照既定的计划逃到岛外去，那么，这一坚定的自觉意志很快就开始动摇了。就在琼斯有恃无恐，完全未将造反者放在眼里时：

〔从远山传来汤姆—汤姆鼓的微弱而又有节奏的鼓声，咚咚的声音低沉、震颤。起初鼓点如同正常的脉搏——每分钟七十二次——然后逐渐加剧，一直响到终场。

琼　　斯　（听到鼓声，为之一惊。他听着听着，脸上一度浮现难言的恐惧神色，接着他又装出毫不在意的神态）怎么敲起鼓来了？

史密瑟斯　（咧嘴一笑，神情刻薄）为了你呀，这说明那倒霉的仪式已经开始了……

琼　　斯　仪式？什么仪式？

史密瑟斯　黑人们正在开会，跳战舞，在追你之前他们得鼓鼓勇气呀。

在史密瑟斯面前，这位土皇帝抑制着恐惧心理，装作若无其事的样子，权把鼓声当作为自己送行的音乐，一个人离开皇宫，向丛林里走去。从第二场到第七场，史密瑟斯和造反的土人统统隐去，明场只有琼斯一人，在漆黑的丛林里，伴随着造反者时断时续、时强时弱的鼓声，在鼓声的刺激和逼压下，主人公由心灵深处生发出各种幻象（潜意识和集体无意识），它们与主体的内心独白建构成一系列具有情感意味的场面。在第二场中，当琼斯在漆黑一团的丛林里找不到事先埋藏好的食物，迷了路，在焦急中打转时，我们看到的是主体内心隐秘的象征性形象：

当他转过身来时，无形的小恐惧们从树林的漆黑深处爬了出来。

它们又黑又无一定的形体，只有闪闪发光的小眼睛尚能被看清。像爬着的婴儿那样大小的蛴螬——这是对它们的形体的唯一描述。它们无声无息地蠕动，煞费苦心地挣扎着要站立起来，但每次都失败了，结果又向前跌倒在地……

在这里，琼斯的自觉意志已经瓦解，他只是在恐惧的包围和逼压下在黑暗无边的丛林中挣扎着。此后，在第三场中，曾被他杀死的黑人杰夫的幻象复现，琼斯在恍惚的精神状态中用子弹驱散了它；在第四场中，作为往事复现的，是他在牢中遭受白人狱卒虐待时奋起杀死狱卒的场面……一个怙恶不悛的暴君在恐惧感的笼罩下，被隐藏在潜意识中的曾经犯下的罪行，此时一一翻腾出来，他痛心地忏悔：

琼　斯　啊，上帝，上帝啊！啊，上帝啊，上帝！（突然跪下，双手合掌，举手向天——极度痛苦地哀求）我主耶稣，请听我的祈祷！我是个罪人，一个可怜的罪人！我知道我做下了错事，我知罪！杰夫用灌了铅的骰子欺骗我，我抓住他后一怒之下就把他杀了！上帝啊，我有罪！狱卒用鞭子抽打我，我一怒之下也把他杀了。上帝啊，我有罪！到了这里，这些傻黑人举我为皇，我却偷他们的钱，抢他们的财，无恶不作。上帝，我又犯了罪！我知罪啊！我悔恨！宽恕我吧，上帝！饶恕我这个可怜的罪人吧！（接着恐惧地乞求）上帝啊，把鬼魂赶跑！不要让它们靠近我！让鼓声别在我耳边响个不停！那鼓声里也有鬼魂在作怪……

与出场时的那个自私、狡狯、骄纵、好吹嘘的土皇帝相比，出现在第三场的琼斯已是另一种精神状态：在恐惧感与犯罪感的深渊中痛苦地熬煎着。过去的犯罪经历有意无意地被埋藏进潜意识的王国，由于某种特殊的条件，封闭的闸门被撞开，它们纷纷倾泻出来，并引出发自心灵的真切的忏悔；在某种意义上说，主体的忏悔不管出自什么动机，仍意味着人类的良知在黑暗灵魂中闪光。在第五和第六两场中，琼斯依旧在黑夜的丛林中饱受恐惧的绝望的熬煎，他的幻象却从个人犯罪经历的复现转移到种族受奴役的历史：他回到了非洲，遭受了与同族黑人一起被拍卖、被贩运的非人境遇。正如瑞典学院原常务秘书哈尔斯特龙在《授奖词》中针对这部剧作的成就时所说，暴君琼斯“在深夜受到追捕，耳边回荡着追捕者轮番敲击的鼓声，脑际萦绕着往事的回忆——一幅幅令人沮丧的幻想。这些回忆越过他自己的生活，追溯到黑暗的非洲大陆。这里隐含着这种理论：个人无意识的内在生命是种族进化的渐次阶段的运载工具”。在这里，我们面对一个赤裸裸的灵魂，从中获得的关于人生的启示，要远远超越心理学的范畴。在第七场中，琼斯在幻象中成为祭坛的祭品，在疯狂的鼓声中，他发出“上帝饶恕我”的哀叫，身不由己地向巫医指点的鳄鱼爬去，俯伏在地，连挣扎的力气也丧失殆尽……在第八场中，造反者从丛林中抬出来的只是琼斯的尸体……

如前所述，行动的动机乃是人的内在生命运动在情境中的凝聚，而人的内在生命运动，乃是从潜意识到意识、从本能冲动到自觉意志的生动的、完整的运动过程。这固然说明人的内心与行动的交合本身的复杂性，却也为剧作家的想象力与创造力的发挥拓展出广阔的空间。马斯洛把人的需要分为五个不同的层次，即生理需要、安全需要、归属和爱的需要、自尊需要和自我实现需要。[①]这种分类如说是有价值的，也只不过是一种科学的归纳，真实的人的行动动机往往是不同层次的综合，并不像分类指称那样单纯化、单一化。在戏剧中，人物行动动机的复杂性，乃是创作主体关于人的本体观的指引的结果；剧作家关于人的本体观的差异和嬗变，往往导

① 马斯洛.动机与人格［M］.许金声，程朝翔，译.北京：华夏出版社，1987：40-45.

致作品中人物的行动动机呈现多层面、多角度的状况，也造就人的形象画廊的多彩多姿。要对作品中各种人物的行动动机进行归纳分类，是极为困难的。大体上说，人物的行动动机可以分为两种：其一，意志作为行动的动机，都是自觉的，在这一意义上，所谓“意志行动”，也就是理性的行动；这就意味着它能够为主体所意识到。其二，人的有些行动，其动机并未进入主体的意识，或者说，行动者对自己的动机尚不能意识到。如前所述，莎士比亚悲剧中不同主人公“反常的精神状态”，正属于此种。除此，我们还可列举不少例证。劳逊在谈到现代戏剧时曾强调一种现象：“现代戏剧尤其趋向于表现那些‘不知道自己需要什么’的人们的行动。”如果说，行动的动机都源于需要，那么，“不知道自己需要什么”也并不意味着就没有需要。所谓“不知道”，只不过是尚未进入意识，因此，主体是说不清、道不明的。前面已经提到一个例证：在萧伯纳的《魔鬼的门徒》中，理查德·达金不惜牺牲自己去充当名为安德生的牧师，别人对其动机百思而不解，他自己也坦率地说：“我常常问自己的动机是什么，但是我找不出充分的理由来解释，为什么我要那样行动。”行动动机的复杂性，源于人自身的复杂性。《魔鬼的门徒》中的理查德·达金说不出自己行动的动机，并不意味着他的行动就没有动机，在这里，动机潜藏于内心的深处。在很多经典剧作中，我们通过主人公的行动，可以充分领悟这种复杂的心理建构。

比如，在莎士比亚的《哈姆雷特》中，主人公与老丹麦王的鬼魂会面后，知道父亲被谋杀致死的真相，在心灵震撼的状态下，确立起自觉意志：复仇。由于种种原因，他未能把意志付诸行动。对此，他为自己找到不同的理由。前面提到，他在“戏中戏”的场面中，已经证实克劳迪斯就是杀父凶手。但我们的丹麦王子又放弃了复仇的机会，而且洋洋洒洒地向我们申诉了不能复仇的理由；那么，他在独白中所说的理由，是真实的动机吗？难道哈姆雷特真的迷信“天堂”“地狱”之类，还是像别林斯基所说：“一个伟大的灵魂不善于欺骗别人，唯独善于欺骗自己。”不管哈姆雷特对真实的动机是不能说清楚，还是不愿意直说，我们都可以通过剧中情境的连锁发现，哈姆雷特之所以把剑收起，放弃复仇的好机会，有着更深层的动机。据此，有的评论家、作家试图针对这位悲剧主人公天性中潜在的深刻的内在矛盾提出自己的看法，结论不尽相同。弗洛伊德在从心理学的角度分析《罗斯莫庄》时，也曾引申出两个不同的概念："表面的动机"和"更深一层的动机"，并把后者称为"动机的真实"。他指出，剧作家"在表面的动机后面表现出更深一层的动机"；并进一步指出，在剧本中，更深一层的动机"必须是隐蔽的，让剧场里的观众或者剧本的读者自己去心领神会"。[①]认真研究这种连行动主体都说不清的动机，我们已经进入了个人无意识与集体无意识，这是一个相当广阔的空间。

对动机（内驱力）的发掘，从强调自觉意志向潜意识的转移，可能是现代戏剧与当代戏剧中具有的普遍性趋向。但是，这种转移并不意味着否弃了戏剧的逻辑模式。在上述逻辑模式中，所谓"动机"原来就包含着从意识到潜意识、从自觉意志到个人无意识和集体无意识等多种心理因素。在类似《人民公敌》这样的作品中，原初的情境只是为主人公确立自觉意志提供条件，之后，情境则是为自觉意志提供各种阻碍，以此作为意志冲突的基础。在《玩偶之家》这样的作品中，情境的构成及其演变进程，一步步推动主人公的心理活动凝结成意志并付诸行动。可是，在前面提到的那些现代戏剧的某些流派中，随着人的本体观的变化，随着人物的动机由理性向非理性的转移，原有的逻辑模式也就变得更为复杂。

例如，在梅特林克的《闯入者》中，旧别墅的一个黑暗的房间里，灯光微弱，家中病妇安危未卜，一个修女（病妇丈夫的姐姐）声言要来探望病妇，但尚未来临。这一情境具有双重作用，其一，诸多因素汇合成一种令人焦虑不安的气氛；其二，它把出场人物的心绪引向一点：除了焦虑不

① 弗洛依德.论《罗斯莫庄》[M]//高中甫.易卜生评论集.北京：外语教学与研究出版社，1982：234.引文中所说"表面的动机"和"更深一层的动机"均见此文。弗洛依德即弗洛伊德。

安地等待，不可能引发意志的行动。在戏的进展中，虽然情境的具体因素并无明显的变化，然而，它所造成的气氛却日益浓重，室外一再发生的怪异现象，神秘的敲门声和穿堂入室的脚步声，汇合成不祥的预兆；出场人物的心绪也由对病妇安危的焦虑，转化为对种种不祥预兆的感应。这种感应虽然不外化为行动，但最后却转化为现实。这类“没有行动”的戏剧只是一种实验，它们是对那些只重外部行动力度的情节剧的反叛——一种矫枉过正。加斯纳把梅特林克的“静剧”主张，肯定为感受到了“现代戏剧的脉搏”。这可能是对的，在前面，我们曾把这类戏剧看作象征主义戏剧的代表作，因为它们确实最充分地体现了这一流派的主张，剧作家对“象征”在戏剧中发展的可能性的求索也确实提供了很多可供借鉴的东西。然而，如果说，把戏剧性归为行动本身的力度是片面的；那么，这种根本失去行动的戏剧，也未必就是现代戏剧的完美形式。梅特林克在发表《日常生活中的悲剧性》之后不久，又放弃了“静剧”的主张，转而写出了所谓“活跃的”戏剧，如《莫娜·瓦娜》和《青鸟》等。其他象征主义剧作家的重要作品，如约翰·辛格的《骑马下海的人》、霍普特曼的《沉钟》等，虽然都继承了梅特林克的精神，但却在不同程度上恢复了戏剧的逻辑模式。

继象征主义之后，一个影响更大的流派是表现主义戏剧。要为这一戏剧流派概括出单一的特征是困难的，按照劳逊的说法，它是“一系列光怪陆离的实验性运动的总称”。可是，具有典型性的表现主义作品，也透露出共同的追求：“表现主义剧作家期望通过抽掉人类的外皮，看到他深藏在内部的灵魂。”说得明确些，对人的潜意识进行无情的揭露，借助各种象征手法把它们表现出来，构成了表现主义戏剧的重要特征。我们在很多有代表性的表现主义剧作中都可以发现这种特征。比如，在托勒的《群众与人》、凯泽的《从清晨到午夜》以及奥尼尔的《琼斯皇》与《毛猿》中，我们都可以看到把潜意识戏剧化的精彩场面。在这类作品中，情境的构成主要是为主人公提供刺激力，以诱发其潜意识的显露。《从清晨到午夜》中的出纳员，一直循规蹈矩地工作着，突然光临窗口的贵妇人作为情境的要素，其作用只在于对主人公生成诱惑力，把他积淀于内心深处的潜意识诱发出来，主人公由此开始了命运的旅程。《琼斯皇》中的土皇帝琼斯，面临土人造反即将向他发起攻击的尖锐情境，决定按照预定的路线逃往国外。但是，他的自觉意志并未与造反者的行动发展成正面的冲突。黑夜的丛林，作为土人围攻力量的象征的鼓声，成为一种合成性的刺激力，把他积淀于内心深处的个人无意识与集体无意识有层次地显现出来，潜意识的显露扼制了他的意志行动，导致他的精神崩溃，而潜意识的层层剥露又勾画出命运的图像。在这里，情境的张力在于向主体发出指令："脱下来，脱下来，你的身外之物！"

按照弗莱塔克的说法："所谓戏剧性，就是那些强烈的、凝结成意志和行动的内心活动。"然而，上述这类作品并不注重表现那种凝结成意志和行动的内心过程，也不突出展示意志行动，而往往是把潜意识、本能冲动直接外现，使行动具有非理性色彩。无论是个人无意识、集体无意识，还是各种各样的本能冲动，都是一种动机；非理性行动虽然并非源于自觉意志，但毕竟也是一种行动。从这个意义上说，这类戏剧是以不同的质体现着上述逻辑模式。

3.动机与人格

所谓"人格"，指的是"每个人所特有的心理—生理性状（或特征）的有机结合，包括遗传和后天获得的成分，人格使一个人区别于他人"。[①]正如马克思所说："人格是人的规定。"[②]在这一意义上，我们也可以把"人格"转换为另一个概念："个性"。它们都可以理解为，与其他个体相区别的完整的个人。在心理学中，无论是对需要，还是对动机的研究，都应是针对

① 简明不列颠百科全书：6[M].北京：中国大百科全书出版社，1986：743.

② 马克思，恩格斯.马克思恩格斯全集：第一卷[M].北京：人民出版社，1956：253.

“一个一体化的、有组织的整体”，因而，这种研究也必定是以人格、个性为根基。

在戏剧中，动机与“人格”“个性”等概念的关系密不可分。简括地说，在戏剧中，所谓行动的动机，也就是个性、人格在特定情境中凝结而成的。如果说，在戏剧作品中，所谓“人格”只能通过主体的行动呈现出来，那么真正体现人格的则是行动的动机。戏剧以人为实验对象，其实验的模式正是为对象营造特定的情境，作为一种刺激力、推动力，使主体的人格凝结成具体的动机并导致行动，以显现人格的特质。我们所提出的戏剧的逻辑模式，也是对这一实验方式的简要表述。在这个意义上说，戏剧作品中的人格也就是动机的总和，所谓“人格”“个性”，也就是动机；除此之外，它什么也不是。在小说中，作家可以通过各种方式的心理分析说明主人公的人格；在戏剧中，这类心理分析必须舍弃，代之以上述逻辑模式。德国批评家史雷格尔在谈到性格与动机的关系时，早就说过：“一出没有性格的戏，就是一出没有一切真实性的戏。因为人之所以这样或那样行动的动机，都归结于他的性格。性格不确定，行动便没有动机，因而也是不真实的。”[①]在这里，他强调的是性格（人格）对动机的规定性和制约性。需要补充的是，在人格的呈现领域，动机独享专利。我们可以从几个不同的角度说明在戏剧中人格与动机的同一性。

其一，我们面对一部成功的戏剧作品，由于个人的感受和理解的差异，对同一主人公的人格常常有不同的结论。究其原因，主要在于对主人公行动的动机有不同的认识——人物的行动本身是确定无疑的，深藏在行动背后的动机却留有见仁见智的空间。特别是某些成功的作品，更容易出现这种情况。

比如，前面我们曾经提到莎士比亚的《哈姆雷特》中主人公的一个重要行动——他在大厅里遇到正在祈祷的克劳迪斯，举起剑要杀死仇人，却又把剑收起，放弃了复仇的机会。主人公的独白为这一行动找到了理由，

① 史雷格尔.关于繁荣丹麦戏剧的一些想法［M］//古典文艺理论译丛编辑委员会.古典文艺理论译丛：第十一册.北京：人民文学出版社，1966：193.

但是，理由并不是真实的动机。莎学研究者针对这一行动背后的真实动机，各有不同的认识，因此对这一复杂的人格，得出不同的结论。再如，曹禺在《雷雨》中塑造了一个相当复杂的形象——周朴园，戏剧史研究者们对这一形象也是见仁见智，各执一词。可以看到，不同的结论，正是源于对这一人物一系列行动的动机理解的差异。比如，周朴园在剧中有一个引人注目的行动：客厅里保留着三十年前的旧家具，摆设也保持着三十年前的老样子，窗子关闭着，镜台上摆放着侍萍的照片；有人稍有改动，他就大发雷霆。这些行为表现集中于一点：纪念侍萍。那么，这一行动的真实动机究竟是什么？一种答案是"虚伪"。这种基于阶级分析方法的结论，虽然曾被戏剧界普遍接受，成为一种共识，但是，它与作品中蕴含的真实动机相距甚远。如果我们把纪念行动的动机看作真诚的（周朴园纪念侍萍的动机当然是真诚的），那么，我们就可以对三十年前他与侍萍的感情关系、三十年来他在感情生活方面的经历与变异等，给予必要的、合乎逻辑的填充，较为客观地深入周朴园的人格。

其二，针对剧作家的创作而言，不同的剧作家面对同一行动，对其动机有不同的解释，可以塑造成不同的形象（人格）。在某些根据原作改编的戏剧作品中，我们通过比较可以发现这种嬗变的状况。

莎士比亚的悲剧《李尔王》，借用了同名原剧中的人物、事件和故事框架，但在对人物性格和悲剧情节的重新创造中，却显示了莎士比亚特有的才力。这部悲剧和同名原剧中有一个重要的事件：李尔退位分国。莎士比亚的创造性工作正是从改造这一事件开始的。根据有关材料可以看出，在同名原剧中，促使李尔退位分国的动机是："他丧偶之后，但求心灵的解脱。"出于这一动机的李尔，是一个由于哀思亡妻而对朝政心灰意冷的君王。托尔斯泰对莎士比亚的剧本执有与众不同的悖见。尽管众人坚持说："莎士比亚是无比的天才的诗人和剧作家，他的全部作品是尽美尽善的杰构。"但是，他却认为："它们非但不能成为戏剧艺术的典范，而且尚难满足人所公认的艺术的起码要求。"《李尔王》就是一例。托尔斯泰认为，原剧中“李尔的这一行动的动机，在莎士比亚的剧中是没有的”。他甚至断言，在莎剧中，“李尔没有任何必要和原因而必须退位”。据此，他得出的结论是，莎士比亚处理这一行动，“不是本乎性格，而是出于作者十分任意的安排”。[①]从表面上看，托尔斯泰对莎士比亚的指责并非没有根据。首先，我们在莎士比亚的《李尔王》中，确实看不到原剧中那位对朝政心灰意冷的李尔；其次，在这部改编的作品中，李尔退位分国的行动，确实很难找到必要的原因。一个事件既没有可见的原因，又没有“本乎性格”的动机，又哪里谈得上深刻的悲剧性？又哪里谈得上一部“尽美尽善的杰构”？其实，莎士比亚在改编时只是不肯因袭原作，而依据自己对人的精神世界的深邃的洞察，赋予主人公退位分国这一行动以迥然不同的动机，由此出发，塑造一个新的人格。在剧中，这一行动的动机是深藏不显的。俄国评论家杜勃罗留波夫针对这一问题曾提出自己的看法，他说：“在他（指莎士比亚笔下的李尔——引者）的行为中，充满着骄傲的自觉，他认为，他自己本身就是伟大的，而不是由于他手中掌握着权力，这种行为同时也是对他骄傲自大的精神的一种惩罚……他的自我崇拜终于超出一切常识的范围；他把由于自己地位而享受到的一切显赫和尊敬，都直接归之于自己个人，他决定抛弃他的权力，他相信在这之后，人们也不会不敬畏他。这种狂妄的信念驱使他把王国让给了女儿们，因此之故，他就从野蛮的无意识的状况转到一个平凡人的普遍地位，并体验到与人类生活联结在一起的悲苦……”[②]与原作相比较，这是一个迥然不同的李尔，其原因皆在于对行动动机的重新构建。莎士比亚的创作经验提示我们，如果说，创造成功的人物形象就是人格的构建，那么，构建工作的基本点正在于对行动动机的把握与处理，这是对创作主体的感受力、想象力、创造力以及“人学”修

① 托尔斯泰.论莎士比亚及其戏剧［M］//杨周翰.莎士比亚评论汇编：上.北京：中国社会科学出版社，1979：502.

② 杜勃罗留波夫.黑暗的王国［M］//杨周翰.莎士比亚评论汇编：上.北京：中国社会科学出版社，1979：497-498.

养的全面考验。在我国戏剧界，一个重要的禁忌是“题材撞车”，在作品中的主要表现是人物、事件的雷同。这种情况在历史剧创作中更是屡见不鲜。如果两位剧作家取材于同一历史人物的同一行动，他们就会狭路撞车。在这一方面，莎士比亚给我们的启示，可以引导我们在广阔的空间中施展自己的创造才能。

其三，人物形象的一般化、雷同化，是戏剧创作中的痼疾。追究这一病症的原因，也正在于剧中行动动机的一般化。莎士比亚悲剧提供的经验是：尽管两个剧本（原作与改编本）中主人公的行动是相同的，但行动动机的差异可以造就不同的人物形象。这种痼疾却提供了截然相反的例证：即使人物的行动是不同的，由于行动动机的雷同，仍会造成人格的一般化。特别是在大多数“问题剧”中，由于人物只是依附于社会问题，只是问题的说明者，行动的动机也还滞留在“共同意志”的层面。所谓“共同意志”，乃是某一阶层、阶级、集团的共同要求的体现，成为维护群体统一的规范。它原来属于思想、概念的范畴。剧作家可以把某一“共同意志”通过逻辑推理的方式转化为个体（剧中人物）行动的动机，这是最便捷的创作方法。然而，这样的人物虽有个体之名，但由于动机本身的一般化、概念化，很难造就独立自足的人格——个性。黑格尔在讨论“普遍性与个性的统一”这一命题时说过：

> 普遍的东西应该作为个体所特有的最本质的东西而在个体中实现，所谓作为个体所特有的东西，并不是指具有思想的主体所特有的东西，而是指主体的性格和心情所特有的东西。换句话说，要达到普遍性与个性的统一，我们所要求的不是思想的推理作用和分辨作用，这种统一应该是直接的统一（通过感官直接体悟到——引者），我们所主张的独立自足性也要令人从形象上直接见出。[①]

① 黑格尔.美学：第一卷［M］.朱光潜，译.2版.北京：商务印书馆，1979：232.

如果剧中人物行动的动机，只是滞留于“共同意志”的层面，那么它虽有思想的价值、社会学的价值，但失去的却是艺术的价值，因为“思想里的普遍的东西并不属于以美为其特性的艺术”。剧作家的工作有别于社会学家的工作，正像人们所说：“他看见了别人视而不见的东西。”这一发现只属于他自己。

当我们简要说明情境、人格与动机等概念的内涵之后，可以更清晰地认识前述戏剧的逻辑模式的实体性意义。在这里，应该强调的是，人格进入特定的情境凝结成具体的动机，导致行动，以完成自我表现。这一逻辑模式表明，情境乃是人格的规定形式和实现形式。说它是一种规定形式，因为人格只有进入特定的情境才能确定向外施放的方向；说它是一种实现形式，因为人格只有在情境中才能通过行动得以自我实现。

前面谈到戏剧的对象是人的内心与行动的交合，情境则是两者交合的具体的实现形式。如果说，舞台是一座实验室，实验的对象是人；那么，实验的方式则是为对象提供特定的情境，使心理内容凝结成具体的动机，导致行动，以显现他是什么样的“人”——人格的本质。在这一逻辑模式中，情境乃是人格（个性）的规定形式和实现形式；人格（个性）进入情境，才能确定向外施放的方向（动机——行动）；人格只有通过情境中的行动才能自我实现。

在这个逻辑模式中，情境与个性的关系、个性与动机的关系、动机与行动的关系，恰恰是戏剧艺术的重要命题。

三、逻辑模式贯通于戏剧创造的全过程

戏剧创造的全过程，是一个复杂的命题。在这个过程中，剧作家提供了“剧之本”，导演选择剧目作为再创造的对象，并由演员完成集体的创造任务，最后通过完美的演出奉献给观众。而戏剧创作流程中，生成的是一

种特殊的观演关系——演员与观众之间的现场直接交流，这是戏剧优于叙事文学、抒情文学以及造型艺术、音乐等其他艺术门类之处。

1.剧作家——逻辑模式的设计师

其一，关于情境的构建，各国研究编剧的理论家对剧作家提出的要求是多种多样的，但是，俄国诗人、剧作家普希金开宗明义地强调："在假定情境中的热情的真实和情感的逼真——这便是我们的智慧所要求于戏剧作家的东西。"我们认真研究各国成功的剧作家的创作经验时，就会感觉到普希金的"要求"是准确的；关于情境的构建，对剧作家来说有特别重要的意义。

研究电影编剧理论的弗雷里赫曾经从素材的角度强调情境的构建的重要性。他提醒说，影片的"情节"应该"以戏剧性情境为基础"。他接着强调："艺术家的天才就在于能够识别包含有戏剧与情节可能性的情境。"[①]我所以引用这位电影家的主张，是由于他提出的问题，对舞台剧的编者甚至比对电影编剧更为重要。

多少年来，中国电影界、舞台剧界都强调"有一个好故事"。但是，所谓"故事"只是创作的素材，对故事进行加工、创造的方向，首先是检验其中是否具备戏剧性的情境，如果没有，就要自己创造。也正是从这一角度，可以考验剧作家对戏剧形式的敏感度。

我在这里也想列举两个例证：

一是果戈里关于《钦差大臣》的创作。

在创作之前，普希金曾经向果戈里提供一些有关"行骗"的故事。其中有一名叫斯文因的青年在萨拉比亚冒充彼得堡的重要官员，骗了很多人，由于他竟接受当地犯人的请愿，才被发现制止了。另一个是有人在诺夫哥罗德省的某个城市冒充部里来的官员，骗得很多钱财……这些都只是创作

---

① 弗雷里赫.银幕的剧作［M］.富澜，译.北京：中国电影出版社，1963：110.

的素材。剧本的基点是人物行动加动机，而动机是个性在特定情境中产生的。按照这一逻辑，果戈里对剧本的情境进行精心的构建：一群贪官污吏，平时贪赃枉法、无恶不作，听说钦差大臣要到城里来，提心吊胆，草木皆兵。此时彼得堡来的一个青年正在为无钱消费而狼狈不堪。以市长为首的这群贪官污吏误把他认定为钦差大臣。这个“假钦差”则顺水推舟，充分发挥天性中的拙劣的“才华”。正如普希金对他的评价，“言谈以一种厚颜无耻的腔调，和非常自信的愚蠢”[①]，吹牛撒谎都带着“灵感”。这就是果戈里塑造的“赫列斯塔柯夫”形象。

二是曹禺对《家》的改编。

长篇小说《家》是巴金的原著，曹禺把它改编成同名剧作。在某种意义上，也可以说剧作家是把小说当作素材（也是成熟的素材），进行一次创造性的改编。曹禺针对这次改编之作强调说：“剧本在体裁上是和小说不同的，剧本有较多的限制，不可能把小说中有的人物、事件、场面完全写到剧本里来，只能写下自己感受最深的东西。”他决定，以觉新、瑞珏、梅小姐三个人的关系为主线，重新进行剧本的结构。首先，对剧本开端部分需要的情境围绕主线进行构造。在小说中，人物之间的关系是在叙事的流程中逐步展示的。最初觉民、觉慧从学校回家，路上交谈的是老师排戏的情况。他们回到家里，引出一系列人物……到第六节，作者才叙述觉新结婚的情况。剧本开端时的情境构造是颇费心思的。第一幕，选择的空间是觉新结婚的洞房。第一景，全家人都在为结婚典礼进行准备，彼此之间的关系也在忙碌的过程中展现出来。据此，我们预感到这次结婚将是一场悲剧。第二景，情境的主体部分是觉新与新婚妻子瑞珏二人相对的场面。在这个精心构建的情境中，曹禺把一对陌生的夫妻初次单独相处时各自内心的隐秘，通过大段旁白生动、深刻地呈现出来。对于另一个人物梅小姐的有关行动，则只能“下回分解”了。

---

① 普希金.普希金论文学［M］.张铁夫，黄弗同，译.南宁：漓江出版社，1983：189.

其二，个性与情境的契合。剧作家小仲马曾经对剧作家提出一个特殊的建议："剧作家在设想一个情境时，他应该问自己三个问题：在这种情况下我该做些什么事？别人将会做什么事？什么事是应该做的？谁不觉得这种分析是必要的，谁就应该放弃戏剧，因为他将永远不会成为一个剧作家。"劳逊认为，小仲马的这个建议是极为实用的忠告，但他却有一点补充："小仲马首先应该问：这个情境是如何设想出来的？是什么东西促使剧作家想起或想象起这个情境，使他选择它作为戏剧结构的一部分？"①一个更为明确的答案应该是，剧作家构建一个情境只是为了他剧中的人物，并应回答他的剧中人物在这个情境中应该做些什么。

按照普希金的要求："在假定情境中的热情的真实和情感的逼真。"也可以理解为剧作家构建一个情境，目的在于表现人物具体的情感内容，也就是说，情境能使人物的心理内容得到真实的表现。

在这里，有一个潜在的要求，正如丹纳所说："一个已经定型的人入世的时候，有如一条船从船坞中滑进大海，它需要一阵微风或大风，看它是小艇或大帆船而定。鼓动大帆船的巨风势必叫小艇覆没，推进小艇的微风只能使大帆船在港口里停着不动。因此艺术家必须使人物的遭遇与性格配合。"②丹纳提出的问题，对剧作家来说，已具有重要的意义：情境是剧作家想象的产物，是对人物进行实验的试管，是运载人物的工具。剧作家构建的每一个情境都是为了某个人物能够充分表现自己的个性的潜能。不同形态的情境可能具有不同的张力和潜能，分别适合不同的人物和个性。在这个意义上，对剧作家的要求正是，个性与情境的契合。

所谓"个性与情境的契合"，在具体戏剧作品中的具体实现也就是，人物进入特定的情境，在情境的推动、刺激、影响之下，生成特定的动机，而人物的每一个动机，都是个性在特定的情境中凝结而成的。所谓个性，

---

① 劳逊.戏剧与电影的剧作理论与技巧［M］.邵牧君，齐宙，译.2版.北京：中国电影出版社，1978：222.

② 丹纳.艺术哲学［M］.傅雷，译.北京：人民文学出版社，1963：397.

也就是动机的总和。

其三，动机是剧作家的情感体验成果。在谈到剧作家工作的特殊困难时，有很多不同的主张，有的强调情境构建的重要，有的强调性格塑造的难点，有的强调结构的特殊困难，有的重视舞台感，等等。对此，很难比较各种要求孰重孰轻。

在我看来，除前面已经强调过的关于情境的构建以及个性与情境的契合两点之外，该逻辑模式还应该包含对人物动机的想象与把握。

在剧本创作的过程中，剧作家需要处理每一个场面，特别是重点场面。而每个重点场面都将有数量不定的人物出场。根据戏剧对人物形象的潜在要求，需要从一个人物转向另一个人物，并能分别赋予其不同的动作及动机。正如布鲁克所说："在写作过程中，从写这个角色完全转到写另一个角色，在任何时候都是一个非一般人所能完成的任务，而这却是一个原则。"[①]要能成功地坚守这一原则，就需要剧作家具有深厚的情感体验的积累。可以说，这是剧作家必有的专业修养和能力。

针对这种修养和能力，易卜生谈到自己的见解："成为一名诗人意味着什么呢？我过了很久才意识到当一名诗人其实就意味着去看，去观察。不过请注意，要以一种独特的方式去看，以便看到的东西都能被他人感知到。但只有你深切体验过的东西才能以那种方式被看到和感知到。现代文学家创作的秘密恰好就在于这种个人的切身体验。最近十年来，我在作品中传达的一切都是我在精神上体验过的。"[②]认真读过易卜生晚年剧作的人，都可以体味出这位伟大的剧作家此段话的分量。

在我国剧作家中，曹禺的创作成果是出类拔萃的。有人讲，他的创作成就依赖其生活经历。但是，众所皆知，曹禺在23岁写《雷雨》时，所谓的"生活经历"主要就是从家到学校，范围很窄。《雷雨》创造的几个出场

---

① 布鲁克.空的空间［M］.北京：中国戏剧出版社，1988：32.

② 易卜生.易卜生书信演讲集［M］.汪余礼，戴丹妮，译.北京：人民文学出版社，2012：367.

人物却显示出剧作家对情感体验具有一定的深度和广度，对一位年轻的剧作家来说，这是难能可贵的。

2.演员——逻辑模式创造性的实施者

在表演艺术中，演员既是创作者，又是创作的材料，并且是创作的形象。在一般的演出剧目中，剧本是表演艺术的基础。同时，演员的表演创作又受导演不同程度的影响。由于演员的表演艺术自身自由与受制的矛盾，演员与扮演的角色的关系等就显得具有特殊的复杂性。为此，关于表演艺术流程和方法，就有不同的主张。在18世纪，狄德罗与莱辛、英国演员亨利·欧文、法国演员哥格兰、意大利演员萨尔维尼等，曾经发表过不同的观点，后世把他们分为体验派和表现派。之后，在俄罗斯帝国至苏联时期，又有斯坦尼斯拉夫斯基和梅耶荷德，继承和发展了体验派和表现派的不同主张，并对表演艺术形成了更为系统的理论和方法。在这里，我不准备详细介绍两个流派的理论主张和演剧方法。布罗凯特在谈到表演艺术的不同流派时，分别称之为“内在心理法”和“外在机械法”，并认为它们是演剧流派中的“两个极端”，“在这两种极端的形式下，表演体系的价值是很有问题的”。[①]所谓“两个极端”，应指这样的意思：不同的学派（或流派）之间论争时，都容易在阐释自己的理论主张的同时，把对方的理论观念推到极端。比如，体验派在攻击表现派时，指责对方是“形式主义”；而表现派则认定体验派是“只要体验，不要技巧”。实际上，在俄罗斯（包括苏联）两股道路竞争的途中，它们已出现相互融合的性状。有人认为，体验艺术和表现艺术不是两个对立的创作方法，而是表演艺术存在的不同的形式。托夫斯坦诺戈夫对两者的融合有自己的说法：“梅耶荷德是形式，斯坦尼斯拉夫斯基则是内容。我们认为这是一种完美的结合。”斯泰恩在摘引这

① 布罗凯特.世界戏剧艺术欣赏：世界戏剧史［M］.胡耀恒，译.北京：中国戏剧出版社，1987：473-474.

两句话时，认为它“道出了俄国戏剧的真谛”，并补充说：“这两种现代戏剧的伟大影响，尽管截然相反，却在它们之间所造成的紧张关系中造就了一系列杰出的俄国导演与演出。”[①]

如果说，俄国的两个表演学派走了相互融合的道路，那么，斯坦尼斯拉夫斯基与布莱希特之间的对立也并不是那么绝对的。

布鲁克针对布莱希特的表演理论曾经提出尖锐的批评：“这一理论很容易把演员搞得糊里糊涂。在实践这一理论时，如果他企图天真地用抵制自己的本能就可变成一个理智型的人这种办法行事。就必然会以失败告终。认为演员单靠理论就可以演好戏的看法是错误的。”[②]

布莱希特对自己的表演理论曾经有真诚的反思：“有一些错误的理解来自《小工具篇》的表达方式。这种表达方式也许因为过于缺乏耐心而导致别人理解上的错误。”他修正了自己的主张：把表演艺术理解为不是采用这种方法（表现），就是采用那种方法（体验）是不正确的。“实际上，当然是两种对立的方法（过程）在演员的工作中结合在一起。”[③]

根据体验派与表现派相融合的原则，我们可以把演员的表演艺术进行这样的表述：演员的表演艺术的流程中，既不应该存在无表现的“纯体验”，反之，也不应该追求无体验的“纯表现”。体验与表现的关系应该是：体验是基础，表现是目的。表现可能具有不同的方式。但是，在表演艺术中，体验也好，表现也好，都需要具有现实性。斯坦尼斯拉夫斯基在引证普希金对剧作家的要求时，把对剧作家的要求转化为对演员的要求。普希金的原话是：“在假定情境中的热情的真实和情感的逼真——这便是我们的智慧所要求于戏剧作家的东西。”斯坦尼斯拉夫斯基对普希金的要求补充道：“我补充一句，我们的智慧所要求于戏剧演员的，也完完全全是这个

① 斯泰恩.现代戏剧的理论与实践：三［M］.象禺，武文，译.北京：中国戏剧出版社，1989：149.

② 布鲁克.空的空间［M］.北京：中国戏剧出版社，1988：83.

③ 布莱希特.布莱希特论戏剧［M］.丁扬忠，张黎，景岱灵，等译.北京：中国戏剧出版社，1990：43.

东西，所不同的是，对作家算作假定的情境的，对于我们演员来说却已经是现成的——规定的情境了。"[①]演员面对的“现实情况”是剧作家构建的。对演员的要求是，无论是体验还是表现，都是以情境作为规定的前提。说到底，演员的最终实施也是戏剧的逻辑模式的一环：

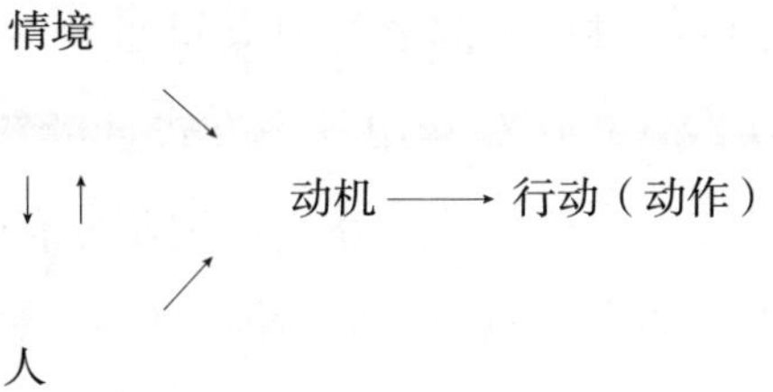

3. 观众——逻辑模式的验收者

本书第一章援引了萨赛的观点：“没有观众，就没有戏剧。观众是必要的、必不可少的条件。”[②]尼柯尔对萨赛的观点有所补充，他说：“萨赛的观点就不妨扩大为这样一句话：‘一出戏没有看戏的观众，没有演戏的演员，则是不可思议的。’”[③]波兰导演格洛托夫斯基运用“排除法”寻找戏剧不可缺少的要素，得出的结论是：“没有演员与观众中间感性的、直接的、‘活生生’的交流关系，戏剧是不能存在的。”[④]尽管其有关戏剧构成要素的主张尚有值得商榷之处，但是，强调演员与观众之间的现场直接交流，对戏剧艺术是具有重要价值的。

在戏剧演出的全过程中，观演关系具有特殊的重要性。在电影艺术中，

① 斯坦尼斯拉夫斯基．斯坦尼斯拉夫斯基全集：第二卷［M］．林陵，史敏徒，译．北京：中国电影出版社，1959：72.

② 萨赛．戏剧美学初探［M］．聿枚，译//古典文艺理论译丛编辑委员会．古典文艺理论译丛：第十一册．北京：人民文学出版社，1966：255.

③ 尼柯尔．西欧戏剧理论［M］．徐士瑚，译．北京：中国戏剧出版社，1985：31.

④ 格洛托夫斯基．迈向质朴戏剧［M］//童道明．现代西方艺术美学文选：戏剧美学卷．沈阳：春风文艺出版社，1989.

观众所面对的是一部已经完成的作品。在戏剧艺术中，观众直接面对的却是演员创作的全过程。所谓“演员与观众的现场直接交流”，意指演员创作与观众反应是在同时、同空间进行的。在这个过程中，一方面，演员的表演对观众而言是现在时态的直观呈现，对观众的影响是直接的；另一方面，演员的表演艺术面对的是现场的直接反应，演员的表演也受到观众的影响。

正是由于在整个演出过程中演员与观众同处于一个时空，有些导演曾经对观演关系进行实践，想让观众用各种方式直接参加演出。这类实践，或有效，或失败。但是，让观众直接参演，应该是有限度的。如果让全场观众都直接参加演出，那么，他们就成为演出的直接参与者，失去了“观众”的真实身份。如果让少数观众参加演出，那么，他们参与的部分绝不能妨碍多数观众的正常欣赏。在这个意义上，苏珊·朗格的一段话是值得重视的：“寻求错觉，让人信以为真，以及剧场中的‘观众参与’，实际上都是否定戏剧是一种艺术。”①

所谓“观众参与”，并不意味着一定要观众以表演者的身份参加演出，真正意义上具有普遍意义的参与，应该是以情境为媒介，以情境逻辑模式为量度。说得明确些，当演员——角色进入情境时，观众跟随进入同一个情境，对角色在这一情境中产生的动机、做出的动作（行动）进行感受、判断。如果判断是合乎逻辑的，观众就能接受它，否则，就会拒绝——不接受。题目所说的“验收者”也就是这个意义。

验收是有量度的。在戏剧中，批评术语是“真实性”。所谓“真实性”，在中国戏剧领域是一个含义模糊的概念，在评论文章中，常常看到“生活真实”“历史真实”等。实际上，这类概念的内涵是很难恒定的。我们在戏剧历史中，也可以看到这样的概念。比如，狄德罗认定“情境的真实”，莱辛强调“性格的真实”，弗洛伊德则强调“动机的真实”。应该说，这几位理论家分别强调有关戏剧创作的一个重要环节，强调它的重要性。

① 朗格.情感与形式［M］.刘大基，傅志强，周发祥，译.北京：中国社会科学出版社，1986：370.

但是，从中单独提出一个概念考量它是否具有真实性时，都需要结合与其他概念的关系。比如单独考量情境是否真实，评价的标准是什么？举例而言，是《玩偶之家》的情境是真实的，或者《哈姆雷特》的情境才是真实的？这是很难判断的。两部作品判断、评价的共同标准是：情境与个性相契合。情境是为人（性格）而构建的。只有构建的情境能够使个性有充分自我表现的潜力时，才能算是真实的。在这个意义上，《玩偶之家》与《哈姆雷特》的情境都是真实的。所谓“性格的真实”，是针对某一部作品中人物性格的评价。同样的问题，把性格作为独立的概念，判断其是否真实，也需要与情境联系起来进行考量：这一个人物在这一个特定的情境中内心与行动的表现是合乎逻辑的，单独的性格是难评真伪的。弗洛伊德在有关易卜生的《罗斯莫庄》的论文中，提出一个新的概念——“动机的真实”，并指明评价的标尺：“在一般的动机背后，还有深一层的动机。”在具体的剧作中，人物的动机是受情境与个性双重制约的，也就是说，动机乃是个性与特定情境契合的产物。戏剧理论家们曾经根据自己对戏剧艺术的某个环节的认识强调“真实性”所属，但是观众验收的是完整的戏剧作品，即对所谓“真实性”的整体性判断。说到底，还是在那个逻辑模式之中：

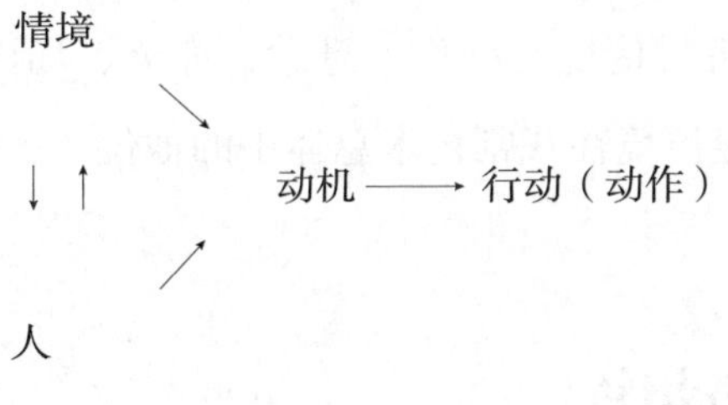

第三章　为情境定位

——情境与其他形式元素的关系

我曾在《论戏剧性》中，按照戏剧构成的原理，把“戏剧动作”“戏剧情境”“戏剧悬念”“戏剧冲突”“戏剧场面”等各辟专章，较为详细地讨论何谓“戏剧性”这一命题。严格地说，作为戏剧的构成要素，这些概念并不是对等的，它们所居层面、在戏剧艺术总体中的地位和作用，都有所不同。其中，“戏剧情境”应居于特殊的重要地位，其他要素都在不同程度上受它的制约。

在这里，我们将对情境与动作、悬念、冲突、场面等之间的关系，分别进行讨论，以确定情境在戏剧艺术总体中的地位。

一、情境与动作

动作是戏剧艺术的表现手段。在戏剧作品中，无论是对人物内心世界的表现、人物形象的塑造，还是情节的推进，都需要通过动作去完成。关于戏剧动作的分类，每一种动作成分的本性与功能，前面已有较详细的阐述，这里不再重复。在这里，关于“动作”，有两个问题需要做些补充。

首先是关于对剧作家的要求。有一位著名的导演曾经这样强调对导演与剧作家的不同要求：戏剧对导演来说，是行动的艺术；对剧作家来说，是语言的艺术。这样强调对导演与剧作家的不同要求，在中国戏剧界具有普遍性。所谓导演是行动的艺术，剧本是语言的艺术，这类说法是不确切的。

比如说，亚里士多德曾谈道，史诗和戏剧摹仿的对象都是“人的行动”，或者说是“行动中的人”。谈到两者的区别则强调史诗用“叙述法”，戏剧用动作来表达。在这里，他对“行动”与“动作”两个概念已有所区分：“行动”是戏剧的对象（在这一意义上，戏剧与史诗是共同的），而“动作”指的是戏剧特有的手段。正因为如此，杰出导演艺术家都有共同的主张。斯坦尼斯拉夫斯基认为：“在舞台上需要动作。动作、活动——这就是戏剧艺术、演员艺术的基础。”梅耶荷德也认为：“动作在戏剧表演创作中，是一种最有力的表现手段。”布莱希特则强调说：“戏剧是从动作里取得一切的。”动作作为一种特殊的手段，是演员表演艺术的基础，也是戏剧艺术的基础。如果笼统地把导演工作认定为“行动”（对象）二字，那么将会把戏剧与史诗混同。说得具体些，在戏剧中，行动作为对象必须用动作来表达——通过动作把人的行动直观地呈现在观众面前。

所谓剧本是语言的艺术，这也是体裁的混淆。一般地说，文学的手段是语言：叙事文学运用的是叙述性语言，抒情诗运用的是抒情性语言。表面上看，剧本也是用语言（文字）写成的。但是，在剧本中，语言只是外在形态，与叙事文学、抒情文学有本质的区别。剧本的主体部分，有的是关于人物形体动作的提示，有的则是言语动作（独白、旁白、对话）的指令。关于静止动作、音响动作也都有不同的提示。有人说，剧本乃是“一剧之本”，剧作家创作的剧本应该要适合舞台演出，为演出提供基础。说得直接些，剧作家应该是动作的提供者。

其次是关于内部动作与外部动作的关系。美国戏剧理论家贝克在为戏剧动作分类时强调说：“总起来说，显著的内心活动是很可以同单纯的外部动作一样有戏剧性的。”[①]国内的戏剧理论和表演实践中，也多有把动作分为内部动作和外部动作的侧证。从戏剧动作的本性言之，这种分类法是不准确的。

一般地说，戏剧演出的动作初始是摹仿人在普通生活中的动作。但是，作为一种艺术手段的动作，与实际生活中的动作并不是一回事，是经过加工、创造的。两者的区别是：其一，生活中的动作一般专指形体动作，作为戏剧手段的动作则有多种成分。我在《论戏剧性》中把动作分为形体动作、言语动作（独白、旁白、对话）、静止动作、音响动作等。其二，作为戏剧手段的动作要有一定的表现力。

所谓“动作的表现力”，也可以说是由动作的本性决定的。所谓“动作的本性”，我认为，真正的戏剧性动作应同时具有两重性：直观性和揭示性。

所谓“直观性”，意指每一个戏剧动作都可以通过观众的视听器官被直接感知。戏剧的对象是人的行动，动作的功能在于把人的行动直观地呈现在舞台上，让观众感到这是在眼前正在进行着的。这正是戏剧动作作为手段特有的表现力。

所谓“揭示性”，指的是真正的戏剧动作都能揭示人的心理活动。在戏剧作品中，每一个动作都有特定的动机，并被赋予特定的意义：所谓“内部动作”，本身是不能被观众看到或听到的，只有通过具有直观性的动作，才能被感知到。

苏珊·朗格对戏剧动作十分重视，她曾经说过：“动作只隶属于生命。与其说动作有动因，还不如说有动机。”[②]在戏剧作品中，强调动作内涵的动机，是重要的。但是要正确回答动机是怎么生成的，还必须涉及苏珊·朗格省掉的另一个概念——动因，亦即情境。这里可以列举一个普通的形体

---

① 贝克.戏剧技巧［M］.余上沅，译.北京：中国戏剧出版社，1985：41.

② 朗格.情感与形式［M］.刘大基，傅志强，周发祥，译.北京：中国社会科学出版社，1986：362.

动作。在《北京人》第三幕第一景中，愫方走进小客厅，看见桌上放着那只鸽笼，她伸手把它举起，凝视着那里面的一只白鸽子。那么，愫方这一形体动作的动机是什么？第二章在谈到动机这一概念时，提到动机是人格（个性）在特定情境中凝聚而成的。离开情境，所谓“动机”，只是一个空泛的概念。只有把动作置于特定的情境中，才能把握主体的动机。在这个意义上，搞清情境与动作的关系是至关重要的。

贝克在研究戏剧技巧时特别强调观众的情感反应，并认为：“‘从感情到感情’是任何好的剧本的公式……动作的重要性正在于，动作是激起观众感情的最迅速的手段。”即使我们同意动作的这种功能，也需要加以补充说明。动作作为一种表现手段，本身并不能激起观众具体的情感反应，如果说，它确实具有这种潜能，也是不定性的。一个现成的例证是：“像‘早晨好，我亲爱的朋友！’这样一句对话，可以用各种各样的声调和表情说出来。因此，听众也许会纳闷，究竟说这话的人用意是诚恳的还是讽刺的，甚或话语中隐藏着一种敌意。”[①]这样一句对话，也是一个动作。对话本身的感情内涵是不定性的，类似的例证俯拾皆是。形体动作亦是如此。我们可以把某一剧作中的一个形体动作抽象化为如下的图像：一个女人站在一间客厅里，她看见桌子上有一只鸽笼，不觉伸手把它举起，凝视着那里面的白鸽子。这一动作能够激起的情感反应应该是什么？这同样是难以明确回答的问题。她可能是忙碌之后借以休息，也可能是细心察看宠物的健康，或者是引发了对某件往事的回想……这类动作所以是不定性的，是因为观众并不知道它的因与果。在戏剧中，作为表现手段的动作可以分解为做什么、为什么做、怎样做。上述的例证中，一个女人伸手举起鸽笼凝视着里面的白鸽子，仅仅提示了“做什么”。而“为什么做”意指动作的原因，“怎样做”则指动作者完成动作的具体方式。就动作而言，只标示“做什么”，还只是抽象的，并无现实的价值。如果说，一个完成的、现实的

① 艾思林.戏剧剖析［M］.罗婉华，译.北京：中国戏剧出版社，1981：9.

动作必须是“为什么做”和“怎样做”的统一；那么，“怎样做”则受制于“为什么做”——动作的“因”。一般地说，正是“为什么做”制约着“怎样做”。

欲追寻动作的“因”（为什么做），我们必须涉及两个不同的概念以及它们的相互关系：情境与动机。后者是内在的、主观的，前者则是外在的、客观的。苏珊·朗格从一个特殊的角度尤其重视后者，她说：“动作只隶属于生命。与其说动作有动因，还不如说有动机。”[①]所谓“动因”，亦即情境。所谓“动机”，乃是人格在特定情境中的凝聚。如无动因，又哪里谈得上动机？只有把动作置于特定的情境中，才能把握主体的动机，确立“怎样做”。在这个意义上，搞清情境与动作的关系是至关重要的。

其一，特定情境是人物产生具体动作的前提条件，动作受情境制约。如果说，戏剧的中心问题在于人与情境的契合；那么，情境与动作的关系正是体现两者契合的最具体的、关键性的环节。戏剧中的一个重要命题是，欲使人物能够通过丰富有力的动作实现人格的自满自足，必须为人物提供具有足够张力的情境，使每一动作都能在“情境——动机——动作”的因果逻辑中显现出合情理性。人们常说，每一个动作都应是人格的产物，这无疑是正确的。但是，同一人格在不同的情境中会有不同的动作，在这一意义上，动作则是受情境制约、为情境所规定的。例如，在萨特的《死无葬身之地》中，吕丝在牢房里两次与若望谈到爱，但两次的台词和形体动作却迥然不同，原因在于受到不同情境的制约。吕丝是一位爱情至上的姑娘，她笃信爱情的力量。吕丝被捕以后，表现得十分镇静而平和，因为她心中充盈着对若望的思念和爱情，爱情支撑着她的生命。吕丝认为，只要有了爱，她就可以经受住任何考验，渡过任何难关。她还认为，即使自己牺牲了，若望对自己的爱也会使自己的生命获得永生。在狱中，吕丝几乎无时无刻不在想着若望，想象他在哪里，在做些什么；忽然看见若望也被

① 朗格.情感与形式［M］.刘大基，傅志强，周发祥，译.北京：中国社会科学出版社，1986：362.

关进来，她又为他的安危担心："现在一切都完了。"她得知他并未暴露身份，才平静下来。这时，一个抵抗战士被审讯后送回牢房，身上带着被严刑拷打的伤痕；又一个被带了出去。若望对抵抗战士们的遭遇感到极为不安，他望着被带走的战友的背影痛苦地自语着：

若　望　他就要为我受苦了。

昂　利　为你倒好了，否则将毫无意义。

若　望　等他回来的时候，我怎么受得了他的目光？（对吕丝）告诉我，你恨我吗？

吕　丝　难道有恨你的神态？

若　望　把你的手给我。（她向他伸出两只铐在一起的手）我为没有手铐而感到羞耻。你在这儿！我心里想：至少对她来说一切都终止了。恐惧结束，饥饿和痛苦结束。可你在这儿！他们将来找你，然后再把你半死不活架着送回来。

吕　丝　噢，我回来时眼里只有爱情！

若　望　我将不得不听见你的叫声。

吕　丝　我会竭力不叫出来。

在这里，面对若望不知所措的痛苦的灵魂，吕丝是在用爱进行抚慰，也是在真挚、热烈地示爱。而且，吕丝坚信，即使被敌人审讯拷打之后，她的眼中仍然只有爱情。然而，当吕丝真实地经历过敌人非人的凌辱之后，爱情之光从她的身上消失了。吕丝回到牢房，只是默默地、径直地走到自己的栖身之处，守候一旁的若望急切地想知道吕丝的情感，但得到的却是始料不及的冷漠。

若　　望　吕丝！

吕　　丝　（温和地）你想说什么？

若　　望　你答应过我，你回来时眼里只有爱情的。

吕　　丝　爱情？（她忧郁地耸耸肩膀）

卡诺里斯　（站了起来）你让她待着，过一会儿再跟她说话。

若　　望　（粗暴地）别打搅我。她是属于我的。你们这些人都抛弃我，我没有多少话要说；但你们不要把她从我这儿夺走。（对吕丝）你说话呀。你不会像他们一样吧？你不可能像他们一样的。干吗你不回答？你恨我吗？

吕　　丝　我不恨你。

若　　望　我可爱的吕丝。

吕　　丝　我永远不会再可爱了，若望。

若　　望　你不再爱我了吗？

吕　　丝　我不知道。（他朝她走近一步）我求求你，别碰我。（费力地）我想我还是应该爱你的。可是我再也感觉不到爱情了。（疲累地）我什么也感觉不到了。

卡诺里斯　（对若望）你过来一下。

〔他拖走若望，硬逼若望坐在自己旁边。

吕　　丝　（仿佛自言自语）所有这些都无关紧要。（对弗朗索瓦）他们在干吗？

弗朗索瓦　他们在坐着，彼此背对着背。

吕　　丝　很好。（稍停）告诉他们我没有招供。

卡诺里斯　我们都知道了，吕丝。

吕　　丝　很好。

〔长时间静场……

刚刚经历过的那地狱一般的严刑拷问和非人的凌辱，使吕丝真切地感受到，自己之所以勇敢地挺住了，没有招供，靠的不是爱情，而是自己！在那一分分、一秒秒炼狱般的肉体与精神的煎熬中，支撑着自己的是从内心中发出的对敌人极端蔑视的感情，以及对自己生命价值的绝对肯定。也就是说，在这一非常时刻出现并且起着强大作用的是自己，而不是爱情。经过这一生命的洗礼，吕丝意识到，以往自己的所谓爱情，是忘却了自己存在的爱情，所以她对若望说："我想我还是应该爱你的。可是我再也感觉不到爱情了。"

在易卜生的《玩偶之家》中，第一幕和第三幕都有娜拉和海尔茂之间的一段对话，同一个娜拉却有迥然不同的表现。在第一幕的开头，我们看到的是这样一段对话：

海尔茂　（在书房里）我的小鸟又唱起来了？

娜　拉　（忙着解包）嗯。

海尔茂　小松鼠又在淘气了？

娜　拉　嗯！

海尔茂　小松鼠什么时候回来的？

娜　拉　刚回来。（把那袋杏仁饼干掖在衣袋里，急忙擦擦嘴）托伐，快出来瞧我买的东西。

海尔茂　我还有事呢。（过了会儿，手里拿着笔，开门朝外望一望）你又买东西了？什么！那一大堆都是刚买的？我的乱花钱的孩子又糟蹋钱了？

娜　拉　嗯，托伐，现在咱们花钱可以松点儿了。今年是咱们头一回过圣诞节不用打饥荒。

海尔茂　不对，不对，咱们还不能乱花钱。

娜　拉　喔，托伐，现在咱们可以多花点儿了——只多花那么一丁点儿！你知道，不久你就要挣大堆的钱了。

海尔茂　不错，从1月1号起，可是还有整整三个月才到我领薪水的日子。

娜　拉　那没关系，咱们可以先借点钱花花。

海尔茂　娜拉！（走到她面前，开玩笑地捏着她耳朵说道）你还是个不懂事的小孩子！要是我今天借了一千克罗纳，圣诞节一个礼拜你随随便便把钱都花完了，万一除夕那天房上掉下一块瓦片把我砸死了——

娜　拉　（用手捂住他的嘴）嘘！别这么胡说！

海尔茂　要是真有这么回事怎么办？

娜　拉　要是真有这种倒霉事，我欠债不欠债还不是一样。

在这里，我们看到的是，娜拉面对丈夫的宠爱、呵护、教育，表现的是天真、纯洁又有几分任性，她对丈夫的爱、信任与依赖都是真挚的、毫无保留的。如果把她比作丈夫的“玩偶”，似乎也不为过。然而，在剧情发展的进程中，情境不断变化，到第三幕，夫妻关系已陷入危机。海尔茂的行为表现把娜拉的爱敲得粉碎，她对他的信任已成泡影，依赖也已坍塌。在这新的情境中，娜拉的主体意识已被唤醒，离家出走的自觉意志已经萌发。此时，我们看到的完全是“另一个”娜拉：

海尔茂　这么说，只有一句话讲得通。

娜　拉　什么话？

海尔茂　那就是你不爱我了。

娜　拉　不错，我不爱你了。

海尔茂　娜拉！你忍心说这话！

娜　拉　托伐，我说这话心里也难受，因为你一向待我很不错，可是我不能不说这句话。现在我不爱你了。

海尔茂　（勉强管住自己）这也是你清醒的有把握的话？

娜　拉　一点不错，所以我不能再在这儿待下去。

海尔茂　你能不能说明白我究竟做了什么事使你不爱我？

……

娜　拉　我耐着性子整整等了几年，我当然知道奇迹不会天天有。后来大难临头的时候，我曾经满怀信心地跟自己说："奇迹来了！"柯洛克斯泰把信扔在信箱里以后，我绝没想到你会接受他的条件。我满心以为你一定会对他说，"尽管宣布吧"，而且你说了这句话之后，还一定会——

海尔茂　一定会怎么样？叫我自己的老婆出丑丢脸，让人家笑骂？

娜　拉　我满心以为你说了那句话之后，还一定会挺身出来，把全部责任担在自己肩膀上，对大家说："事情都是我干的。"

海尔茂　娜拉——

娜　拉　你以为我会让你替我担当罪名吗？不，当然不会。可是我的话怎么比得上你的话那么容易叫人家相信？这正是我盼望它发生又怕它发生的奇迹。为了不让奇迹发生，我已经准备自杀。

海尔茂　娜拉，我愿意为你日夜工作，我愿意为你受穷受苦。可是男人不能为他爱的女人牺牲自己的名誉。

娜　拉　千千万万的女人都为男人牺牲自己的名誉。

海尔茂　喔，你心里想的嘴里说的都像个傻孩子。

娜　拉　也许是吧，可是你想的和说的也不像我可以跟他过日子的男人……

这时的娜拉已不再有对丈夫的爱、信任与依赖，她严词拒绝了丈夫的解释与申辩，表现出了坚定不移的独立自主性。娜拉的言行表现，与当初的那个娜拉相去甚远，有人甚至对这一性格的合情理性提出疑问："在《玩偶之家》的最后一场中，娜拉突然发展了她的雄辩技巧，并以此击败了海尔茂，于是她砰的一声关上了大门，离开了她的丈夫和孩子，难道这是合乎情理的吗？”[1]认真研读原剧就会发现，娜拉在第一幕开端部分和第三幕的最后一个场面虽有不同的表现，却没有违反性格的合情理性。如果说，同一人物在不同的情境中可能产生不同的动作，有完全不同的表现，那么，这种现象说明了情境对动作的制约性和规定性。也就是说，一个完整的人格在某种情境中往往只能显露某一方面，而其他方面却被遮蔽着；随着情境的变化，原来被遮蔽着的方面有可能被突出地显现出来。《玩偶之家》中的娜拉就是如此。

情境对动作的制约性和规定性，一方面对创作主体构成一种指令：要求剧中人物每个形体动作、每句台词都要符合个性在特定情境中的合情理性；另一方面，这种制约性和规定性也为创作主体创造具有内在丰富性的人格提供了广阔的空间。因为在戏剧中，情境都是剧作家想象力的创造物。建构丰富多变的情境，可以使具有内在丰富性的人格有条件充分显现出来。

其二，特定的情境赋予动作特殊的意义。这里所说的“意义”并非仅指动作（特别是台词）表面可以指称、说明的东西，而是由动作的“因”（为什么做）所赋予的特殊的情感意义。它萌发于主体的人格，却是特定情境的生成物。如果说，每一个动作都源于动机，那么在戏剧中，并非每一个动作的动机都是澄明的，复杂的动机往往被表层的内容所遮蔽。作为动作构成因素之一的台词，更是如此。在这个意义上，我们不得不赞成海德格尔的说法：语言是“既澄明又遮蔽”的东西。[2]不过，在戏剧中，如果动作主体的动机被遮蔽着，我们自有读解的办法。针对前面集中论述的关于戏剧的逻辑模式：人格在特定的情境中凝结成动机，导致行动（动作），我们还可引申出一个公式：在戏剧中，尽管动机可能是遮蔽的，但情境却总是澄明的，把握了情境也就把握了动机。

---

① 阿契尔.剧作法［M］.吴钧燮，聂文杞，译.北京：中国戏剧出版社，1964：227.

② 卡西尔.语言与神话［M］.于晓，等译.北京：生活·读书·新知三联书店，1988：21.

在《雷雨》第二幕临近结尾的场面中，周蘩漪在客厅里与鲁四凤有一段对话：

周蘩漪　你们在这儿啊！（向四凤）等一会儿，你的父亲叫电灯匠就回来。什么东西，我可以交给他带回去。也许我派人跟你送去。——你家住在什么地方？

鲁四凤　杏花巷十号。

周蘩漪　你不要难过，没事可以常来找我。送给你的衣服，我回头叫人送到你那里去，是杏花巷十号吧？

鲁四凤　是，谢谢太太。

在这里，周蘩漪一再询问四凤家的住址，按照她本人的解释，是为了派人送东西。作为一个女主人，她的这种动机无疑是出于对女仆的关心。然而，这里仍然可以证实心理学家的提醒是正确的：理由并不是真实的动机。在看《雷雨》的演出时，观众并不会轻易地相信周蘩漪自述的理由，因为剧作家为动作主体构建的情境是清晰的。此前，周萍与周蘩漪的情感关系已经破裂，她虽然知道周萍已移情四凤，却忍辱负重地恳请周萍回心转意，竟被冷言相拒。她请来四凤的母亲，要她把女儿带回家去。就在周蘩漪与四凤对话之前，她偷听了四凤与周萍的一次密谈，周萍坚持要在晚上到四凤家去私会。在这一情境中，周蘩漪询问四凤家的住址，又反复核实，哪里是出于对仆人的关切！何况，周蘩漪的身份与个性，都使她不会关注给仆人送东西这类小事。理所当然的答案是：她针对周萍执意要去与四凤幽会的计划，一定会采取行动。很快，我们的预感又被强化了。当客厅里只剩下她与周萍两个人时，一场火药味十足的交锋展开了：

周蘩漪　你说，你今天晚上预备上哪儿去？

周　萍　我——（突然）我找她。你怎么样？

周蘩漪　（恫吓地）你知道她是谁，你是谁吗？

周　萍　我不知道，我只知道我现在真喜欢她，她也喜欢我。过去这些日子，我知道你早明白得很，现在你既然愿意说破，我当然不必瞒你。

周蘩漪　你受过这样高等教育的人现在同这么一个底下人的女儿，这是一个下等女人——

周　萍　（暴烈）你胡说！你不配说她下等，你不配！她不像你，她——

周蘩漪　（冷笑）小心，小心！你不要把一个失望的女人逼得太狠了，她是什么事都做得出来的。

周　萍　我已经打算好了。

周蘩漪　好，你去吧！小心，现在（望窗外，自语，暗示着恶兆地）风暴就要起来了！

如前所述，真正的戏剧动作都是发生于过去，而本身则是现在进行时态，同时又指向未来。此时的蘩漪，对询问四凤住址这一动作的原初理由，已然进行了修正；她原本被遮蔽的动机通过抑制的激情而显露出来，并把观众的想象引向未来，这个“未来”已逐渐明晰可辨：蘩漪已经知道四凤的住址，并已发出警告，如果周萍真的去与四凤幽会，她将会有所行动。这一悬念将我们带入第三幕，并在那里给予我们明确的回答。

情境对形体动作和静止动作所具意义的规定与昭示功能，都可以在曹禺的另一个剧本中找到明显的例证。在《北京人》的第三幕第一景的结尾处，曾文清离家后突然又折翼而归，愫方正在小花厅里与瑞贞倾诉对曾文清的感情，发现刚刚进门的曾文清：

愫　方　（回头望见文清，文清正停顿着，仿佛看不大清楚似的向她们这边望着）啊！

〔文清当时低下头，默默走进了自己的屋里。

〔他进去后，思懿就由书斋小门跑进。

曾思懿　（惊喜）是文清回来了么？

愫　方　（喑哑）回来了！

〔思懿立刻跑进自己的屋里。

〔愫方呆呆地愣在那里。

〔远远的号声随着风在空中寂寞地振抖。

当演员（人物）既无明显的形体动作又无台词，只是“呆呆地愣在那里”时，观众又从哪里得悉她的内心活动呢？我们说，能够把观众引入愫方内心世界、在那里读解心灵隐秘的，只有情境的张力。就在第一、第二两幕中，我们已经洞悉愫方在曾家的尴尬处境以及她与曾文清的特殊关系；在第二幕的结局处，一场风波之后，曾文清在无奈中离家出走。在第三幕第一景中，愫方与瑞贞倾心交流的超长场面，正是为这一静止动作建构具有足够张力的情境，为观众解读动作内含的情感意义进行充分的准备。在这一场面中，愫方透露，曾文清离家后曾偷偷回来与愫方会面，她把自己身边的钱都给了他，他向她诉说，自己要成一个人，否则死也不再回来，她当面答应文清，要替他照顾他的父亲、他的儿子、儿媳，看守好他的家、他的字画、他的鸽子，她不仅决心信守诺言，而且把完成这些嘱托视为生命仅有的价值。至此，愫方的精神支柱只有一个，尽管别人都把曾文清看成一个“废人”，但她却相信他能证实自己的价值，并以自己的后半生作为赌注，坚信不疑：

曾瑞贞　（逼出一句话来）你真的相信爹就不会回来么？

愫　方　（微笑）天会塌么？

曾瑞贞　你真准备一生不离开曾家的门，这个牢！就为着这么一个梦，一个理想，一个人——

愫　方　（悠悠地）也许有一天我会离开——

曾瑞贞　（迫待）什么时候？

愫　方　（笑着）那一天，天真的能塌，哑巴都急得说了话！

对愫方而言，曾文清折翼而归这一事件，也称得上是一个极限的情境，“呆呆地愣在那里”，正意味着她在承受着精神上的天塌地陷。正是情境把我们引入那个灵魂的深处，设身处地地体验那里正在翻腾着的波涛。在歌剧中，类似的停顿场面可能转化为一个激情横溢的抒情唱段；在有些现代派剧作中，类似的停顿场面可能为人物提供一段内心独白……《北京人》中的这一静止动作，所传达的情感内容虽然不如唱段或内心独白那样具有更大的定性化作用，但却为观众留下了体验与想象的最大空间，只要观众把握住愫方所处的情境，就能完成一次心力所及的再创造。

二、情境与悬念

悬念在戏剧作品中的地位与作用，已被普遍认同。在一部戏剧作品中，无论是一个场面，还是一场和一幕戏，甚至一个形体动作、一句台词，它们是否能造成悬念，引起观众的期待，都关系到对观众的吸引力。在这个意义上，悬念乃是关系到剧作家、导演的创作能否成功的重要技巧问题。对此，我在《论戏剧性》一书中已有专章进行讨论，在这里不需重复。

情境与悬念在戏剧这种特殊的形式结构中，具有极为密切的关系。探索两者关系的真谛，乃是戏剧理论中的一个基础性命题。顾仲彝先生在《编剧理论与技巧》中曾经转述一个关于戏剧情境的测试题，要点如下：

（1）一个人站在峭壁下面的流沙上正在缓慢地沉下去，他孤独地一个人，求援无门，难免一死。

（2）在上述情境中增加一个条件："他的哥哥站在峭壁上，手里拿着绳子，只要他弟弟讲出一个重要秘密，他可以救他弟弟。"

（1）与（2）两个题目共同的提问是：这样的情境是否具有戏剧性？正确的答案是：前者无戏剧性，后者则具有戏剧性。[①]一位电影剧作家谈到自己的创作经验时说："检验一个故事有没有写成剧本的价值，要看故事中是否包含着戏剧性的情境。"针对以上两题，一位有经验的剧作家是不难检验的。前者并无写成剧本的价值，因为它没有悬念，不能发展成一段戏剧性情节；而后者则具有这种可能性，因为这样的情境可以成为戏剧情节的基础。概言之，悬念依托于情境而生成，情境则依赖悬念而具有戏剧性。

情境的构建有赖于对诸多已知因素的呈现与交代，而悬念则是指观众对未知因素的期待。一般地说，在大幕打开之前，观众对剧中人物、环境、事件等一无所知，如说这里有"期待"，也只能说是盲目的。大幕打开之后，随着剧中人物的活动，观众所知渐多，期待也逐渐集中，直到情境营造成了，留下的未知也已明确，这时，悬念才真正形成。以易卜生的《玩偶之家》为例，大幕打开之后，舞台上逐步展现的是一个中产家庭，女主人公娜拉正在精心准备庆祝圣诞节。这个家庭虽然经济并不富裕，但男主人公刚刚升任银行经理，经济状况很快可以改善，夫妻之间的关系亲密、温馨。林丹太太来访，使我们进一步了解了这个家庭的一件往事：八年前海尔茂生病时，为了去意大利疗养，娜拉向人借了一大笔钱——这件事一直瞒着海尔茂。娜拉只能靠做些零活，偷偷地还债。林丹太太来求职，娜拉答应帮助她，海尔茂也承诺了。而海尔茂的老同学柯洛克斯泰是银行职员，由于惹怒了海尔茂，将被辞退，这份工作正好交给林丹太太。为了保住自己在银行里的位置，柯洛克斯泰来找娜拉，要挟她说服丈夫收回解雇的决定，否则他就要公布八年前的那张借据——他正是娜拉的债权人。当

① 顾仲彝.编剧理论与技巧［M］.北京：中国戏剧出版社，1981：210-211.

年，娜拉签立借据，除了本人签字之外，还要有人担保。娜拉借钱时，她父亲正在病中，她就假借父亲的签字，而签署的日期却是在她父亲死后三天。这些细节蕴含着危机：一旦它被公布，娜拉就要受到法律的惩办。在这里，对已知因素的呈现已使情境构成，留下的未知是：娜拉将怎样向海尔茂提出此事？如果提出，或者由柯洛克斯泰寄给海尔茂，那么海尔茂会如何处理？夫妻关系能否经受这一考验？在这里，悬念正是情节发展的“指路标”。

我在《戏剧艺术的特性》中曾经提道：“在剧本中，真正的戏剧悬念并非指的是观众在一无所知的情况下的盲目期待，而是指在知道一些‘已知数’时，对‘未知数’的具体期待。因此，剧作家在开端部分必须慎重考虑展示、交代出那些已知数，而同时则留下必要的未知数。也可以说，剧本的开端部分也正是指围绕悬念的布局。通过这样的总体构思完成的布局，目的正在于把观众的注意力集中于剧情发展的方向；这样的悬念，就关系到全剧的艺术吸引力和艺术诱导力。剧作家正是凭借这样的艺术吸引力和艺术诱导力，把观众的兴趣集中于剧情发展的方向，不使它偏离这个方向……剧作家在安排情境、构成悬念的时候，就必须重视这种吸引力和诱导力，决不能让‘指路标’指错了方向。所谓‘指路标’，也正是针对情节的发展方向而言。经过精心的布局，悬念已经明确了，观众的兴趣和期待被唤起了；剧作家就应该沿着这块‘指路标’，通过发展部分一步一步将剧情推向高潮。他既不能离开悬念指引的方向任意改向易道，也不能将精心造成的悬念轻易地解开。”在《玩偶之家》的第一幕中，易卜生构建起全剧的总悬念之后，在展开戏剧情节时，正是沿着“指路标”指定的方向，集中处理女主人公与海尔茂之间的夫妻关系，一直到第三幕，一场冲突将故事推向高潮——夫妻关系决裂，娜拉毅然离家出走。

如果说，悬念乃是全剧总体结构的基础，那么在当今诸多戏剧作品中，《玩偶之家》只是一种结构类型的例证。关于结构类型的阐述，将是下一个专题的内容，这里暂不涉及。

悬念内在于情境，在戏剧作品的开端部分围绕呈现已知、留下未知的总体布局，对创作主体而言，往往是创作意图的直接体现，它不仅关系到剧作形式结构的完整性，也是主人公形象塑造的关键所在。

布拉德雷在谈到莎士比亚的悲剧时认为："凡是描写主人公以完整的灵魂来对抗敌对力量的这一类型的悲剧，并不是莎士比亚类型的悲剧。那些和主人公对抗的人物的灵魂可能是这样完整的；这些灵魂一般是完整的；但是，虽然主人公走着命运决定了的道路，他通常是由于内心的斗争而感到万分苦恼，至少在他行动的某一点上是如此，有时候在他动作的许多点上是如此；而且往往在这些点上莎士比亚才显示出他的极其非凡的力量。如果我们进一步拿他的早期悲剧和后期悲剧来比较一下，我们就可以发现，正是在后期悲剧——最成熟的作品中这种内心斗争才得到特别的强调。"[①]《马克白斯》正是这样的悲剧。在这部悲剧的有些场面中，主人公与其他人物之间或集团之间的外部冲突，和主人公灵魂中各种力量的冲突（内部冲突）并不相悖；而在某些场面中，后者则压倒前者构成情节的重心。我们只要认真阅读这部悲剧，就不难发现，内部冲突成为情节的重心，正是由情境与悬念的构建决定的。可以看到，剧作家为马克白斯谋杀邓肯这一行动而构建的情境，是相当特殊的。在第一幕中，马克白斯在平叛战役中战功显赫，邓肯对他恩宠有加，不仅接连晋爵，而且为了报答示恩，决定到他家做客。马克白斯与夫人商定当晚行动。邓肯到马克白斯爵邸做客，只有"无比的敬意"，却毫无防范之心；随行的武将班郭虽然还未忘记女巫的预言，却也并无戒备；负责邓肯安全的警卫已是烂醉如泥，熟睡正酣……概言之，妨碍谋杀行动的外部阻力被一一剔除，而留下的未知只集中于一点：在完成这一既定行动时主人公的心路历程。我们看到，与平静、祥和的外部环境相比较，主人公的内心世界经历着硝烟弥漫、惊雷滚滚的搏斗。

① 布拉德雷.莎士比亚悲剧的实质［M］//杨周翰.莎士比亚评论汇编：下.北京：中国社会科学出版社，1981：31.

如果把悬念比作“指路标”，那么，情境所起的作用正是“聚焦”——它把“镜头”对准马克白斯的心灵，并投之以聚光，使其隐秘得以充分显现。

三、情境与冲突

在一个多世纪之前，阿契尔提出一个问题：“如果冲突不是戏剧的实质，戏剧的实质又是什么呢？”当时，他的答案是“激变”。对于阿契尔的“激变说”，人们一方面认为它“丰富了我们关于戏剧性冲突的概念”，另一方面又洞悉到“激变说”的实质在于重视“戏剧必须处理能够影响人的生活和情绪的各种情境”。在我看来，阿契尔所说的“激变”只不过是情境的一种形态。在这个意义上，劳逊对“激变说”的评价基本是正确的。“激变”与“冲突”的关系确实相当密切，它们之间既不是相互排斥，也不是非此即彼，而是形成更为复杂的关系。如果把“激变”视为情境的一种形态，那么与之相对应的还有“非激变”的形态，我们或许可以称之为“渐变”的、“平缓”的等等。在这个意义上讨论情境与冲突的关系，乃是一个重要的问题。

阿契尔尽管承认冲突在戏剧中的重要地位，但他却断言：“如果把冲突说成是戏剧必不可少的东西，尤其是像某些布吕吉耶（布伦退尔——引者）的信徒那样，坚持冲突必须发生在意志与意志之间，那显然是一种错误。”就这一结论，我们可以补充两点：其一，在戏剧中，冲突只是处理情境的一种特殊的方式，并非唯一的方式，因此，它当然不是“必不可少的”；其二，尽管某些情境可以爆发为冲突，然而，它是否具有戏剧性，也要取决于情境的构成——情境乃是冲突爆发、发展的基础和条件。

前面已经提到，人物之间的关系，乃是构成戏剧情境的最重要的，也是最有活力的因素之一。戏剧中的人物关系应该是多种多样的，就像现实生活中个人与个人的关系那样具有复杂性、微妙性和多样性。在本论题的范围之内，人物关系可以分为两种：矛盾关系与非矛盾关系；而处理的方式也有多种可能性，可归纳为这样一个图表：

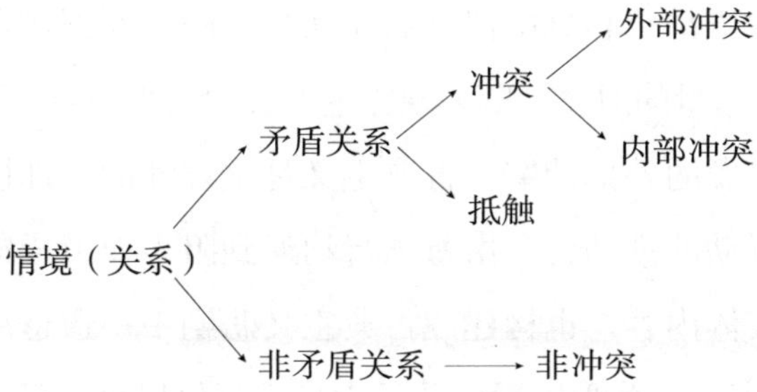

把情境与冲突的关系纳入这样一条被简化的模式，难免捉襟见肘，或许逐一进行较为深入的分析，可以稍有弥补。

1.先谈“矛盾关系”

在戏剧作品中，由各种各样的“矛盾关系”引发的激烈冲突，可以营造成富有戏剧性的场面。这样的例证不胜枚举。

把冲突视为“戏剧的规律”的布伦退尔认为，真正的戏剧冲突应该是意志冲突。他指出，所谓“意志冲突”，是由两个方面构建成的，其一是“为其完成而运用手段的自觉意志”，其二是意志的发挥遇到障碍并与自觉意志发生冲突。劳逊在为自己的“冲突律”寻找支撑点时，所关心的不仅是意志的自觉性，还包括意志的强度。在他看来，“意志的发挥必须强烈得足以将冲突维持到并发展到爆发点”，而且“足以导使冲突到达危机的顶点”。[①] 按照这种既定模式，在戏剧作品中，真正的冲突应该以这样的矛盾关系为基础：主人公确立起特定的、可以理解的目标，并具有足够强度的自觉意志为实现目标而采取行动，另一方则成为其实现目标的实体性障碍，并且，该方的自觉意志也应具有足够的强度。众所周知，符合这种意志冲

① 劳逊.戏剧与电影的剧作理论与技巧［M］.邵牧君，齐宙，译.2版.北京：中国电影出版社，1978：212-213.

突模式的戏剧作品为数不少，而布伦退尔引为例证的一批法国剧作，更可奉为经典。比如，在高乃依的《熙德》中，与其他古典主义悲剧一样，其所表现的题材主要是“心灵中情欲的冲动与天职的准则或良知的要求形成对立”[①]。这两种力量的对立，既表现为主人公的内心冲突，更体现为由人物之间矛盾关系引发的外部冲突。古典主义是重理性的，理性的力量自然也成为主要人物行动的推动力。由意志行动遇到阻力而形成的意志冲突，成为众多场面的实体内容，也构建成古典主义悲剧中一道道醒目的景观。在《熙德》中，当唐·杰葛受辱后要儿子为自己复仇以维护荣誉时，唐·罗狄克被推向选择的关头，首先引发的是一场内心冲突：

唐·罗狄克　在这场是非里，受辱的偏偏是我的父亲，而侮辱人的恰恰是施曼娜的父亲！我心里的斗争多么尖锐呀！要成全爱情就得牺牲我的荣誉，要替父亲报仇，就得放弃我的爱人……父亲，情人，荣誉，爱情，一方面是高尚而严厉的责任，一方面是可爱而专横的爱情！或是我所有的快乐从此完结，或是我的名誉从此无光。没有快乐，我苦痛无穷，没有光荣，我也不配生存……

我们当然可以把这种选择过程看作两个自觉意志的较量，因为无论是为父报仇的“严厉的责任”，还是对施曼娜的“专横的爱情”，都是既定的理性的目标。这种内部冲突虽然十分激烈，但最终还是荣誉当前，爱情退位。他在决斗中杀死了施曼娜的父亲，为父亲和自己保住了荣誉。然后，两种意志的对抗转移到施曼娜的内心：

① 高乃依.论戏剧的功用及其组成部分［M］//伍蠡甫.西方文论选：上卷.上海：人民文学出版社，1964：253.

施曼娜　我生命的这一半把那一半埋葬在坟墓里，在这场大祸之后，它强迫我报仇，要我牺牲这剩下的一半，给我失去的一半报仇。

尽管这种选择是极其痛苦的，但对一位伯爵的女儿来说，“荣誉”毕竟应该是首选的对象。于是，她跑进皇宫，要求皇帝惩办凶手——唐·罗狄克。可是，当她直接面对杀父仇人时，后者请求施曼娜亲手杀死他以报父仇，施曼娜则执意要送上门来的仇人离她而去。在这场两种意志对抗的外部冲突中，方向感似已迷失，我们从双方为自己的行动诉说的颠三倒四的理由中，感受到的是意志对抗和感情交融的复合体。行动动机的复杂性受制于人物关系的两重性，使冲突的进展已经超越了意志冲突的模式。请看：

唐·罗狄克　我还是死吧！

施　曼　娜　你走吧。

唐·罗狄克　你究竟决定怎么办？

施　曼　娜　虽然这美好的爱情搅乱了我的愤恨，我还是要尽我的最大力量为父报仇；但是，尽管这桩残酷的义务要求很严，我唯一的希望，却是希望任何事也办不成。

唐·罗狄克　爱情真神秘！

施　曼　娜　苦痛也到了极点！

唐·罗狄克　我们的父亲，使我们受多少苦，流多少泪！

施　曼　娜　罗狄克，谁想得到？

唐·罗狄克　施曼娜，谁能知道？

施　曼　娜　谁想得到我们的幸福，眼看着成功了，却那么快消灭了？

唐·罗狄克　谁想到离岸口那么近了，却绝对意外地，突然起了风暴，摧毁了我们的希望？

施　曼　娜　嗨！这痛苦真厉害！

唐·罗狄克　懊悔也没有用处！

施　曼　娜　我再说一遍：你走吧！你再说，我也不听了。

唐·罗狄克　永别了！我今后也无非是奄奄待毙，专等你控诉胜利，将我置诸死地。

施　曼　娜　我对你起誓，如果我得到结果，你一死，我绝不多活一刻……

在这里，唐·罗狄克与施曼娜之间的交流，究竟是两个完整意志的对抗，还是两个充盈着内在矛盾的灵魂之间感情的交融？两个“老爸”惹的祸殃及一对无辜的青年人，此时，复仇的自觉意志已被炽热的爱情所融化，合乎逻辑的完满结局是在分别完成为父报仇的责任之后同赴黄泉。当然，在贤明国君的斡旋下，国家最高利益压倒了一切，有情人终成眷属。由这类剧作可以看出，尽管它们可以作为“意志冲突说”的典范，但是人物之间的矛盾关系以及场面的实体内容，并非完全局限于意志冲突的模式，在矛盾关系的发展中超越了两种意志的对立，正是这种超越性，使人物形象获得内在的生动性和丰富性。

由两种意志的对立构成的矛盾关系，凭借意志的强度，也可以使冲突生成并发展到顶点。易卜生的《人民公敌》可以称作此类作品的上佳之作。这部剧作的主人公斯多克芒医生的自觉意志坚强无比，在第一幕中，他了解到海边浴场受到严重污染，喝的、用的水里都有毒，为了旅客的健康和城市的信用，他决定写文章披露真相。这一自觉意志已付诸行动。此后，愈来愈多的人加入反对他的行列，但是，不管敌对者势力多么强大，他仍矢志不渝。在第三幕中，全城各种势力已经站在市长一边，最后，就连最初积极发表他的文章的报社编辑也拒绝了他的文章，这仍未能动摇他的意志：

斯多克芒医生　我的文章你不登！你以为压住我的稿子就能压住我，就能压住真理吗？事情没那么容易。阿斯拉克森先生，请你马上把我的文章印成小册子。我自己花钱，自己发行。我要印四百本——不，五百——六百本。

阿斯拉克森　不行，斯多克芒医生，即使你给我几百本小册子那么重的黄金，我这印刷所也不敢担当这件事。我不敢跟舆论做对头。本地哪家印刷所都不会给你印。

斯多克芒医生　那么，把稿子还我。

霍夫斯达　（把稿子交给他）好极了。

斯多克芒医生　（拿起自己的帽子、手杖）文章反正要发表。我要在市民大会上把它念出来。让大家听听真理的声音！

……

大会是召开了，但是，在市长的把持下，宣讲真理的大会变成了宣判大会：斯多克芒医生被宣布为“人民公敌”。会后，他的职务被撤销，就连岳父承诺给他的生活资助，也因为他坚持原则而被取消了。我们的主人公面对陷入绝境的家人，不仅无怨无悔，还宣布了自己的一大发现：“世界上最有力量的人正是最孤立的人！”不难看出，这类剧作中的冲突是以一个相当尖锐却很简单的情境为基础。主人公确立了自己的目标，使一切都朝向这个目标，义无反顾，无怨无悔；敌对一方的既定目标则是阻碍主人公实现目标，为达目的，更是不遗余力，决不动摇。主人公与敌对方以明确却单一的自觉意志进行较量，并以相互对抗的意志行动构建起冲突——意志冲突的线路。这样，原本具有感性丰富性的内心世界被提纯为一种自觉意志的化身，显得纯净有余，却是单薄的。人物内心世界的单薄，往往造成作品内在意义的浮浅，成为这种冲突模式的局限。德国批评家弗朗茨·梅林在比较《人民公敌》与易卜生在同时期的其他作品时认为："《玩偶之家》和《群鬼》大概将使易卜生的名字保持得最为长久。1882年发表的《人民公敌》已经使他从这个高度上下降了一个台阶。在这个剧本里，他对他那两部妇女悲剧的招致的狂暴愤怒做了这样的回答：他的'人民公敌'是个正直的人，他不虚伪、不说谎，在必须为真理辩护时，他也无所畏惧；但正因为如此，他被'稳固的多数'整得衣食无着，备受蔑视，最后引以自慰的只是这样一个认识：世界上最强有力的人都是孤立的人。"梅林对这个人物及这部剧本的评价是：

> 这个剧本充满了入木三分的讽刺，但它的主人公却使它受到了损害。这个主人公尽管是正直的和无所顾虑的，但却成为一个有点奇怪的乖僻者，他不是一个思想先锋，而更多地是一个刚愎自用的怪人。[1]

我们当然可以把梅林对《人民公敌》的批评视为一家之言，不予重视。但是，只要我们认真比较它与易卜生的其他作品，比如《玩偶之家》《群鬼》之类，就不能回避它们之间的价值落差。与《人民公敌》相比较，《玩偶之家》似乎并不完全符合意志冲突的模式，但无论是就人物形象的生动性和丰富性而言，还是就全剧情感内涵的深度与广度来说，后者都要优于前者。女主人公娜拉在经受柯洛克斯泰的要挟之后，与丈夫海尔茂之间的关系面临严峻的考验，最终也发展成一场冲突——我们也可以称之为"意志冲突"。然而，娜拉在自觉意志生成之前，却经历了一个相当复杂的心路历程；在这一时空之中，尽管娜拉与海尔茂之间的关系潜藏着矛盾，但却与意志冲突的模式相距甚远。在这一过程中，娜拉在编织幻想时的幸福与忧虑，决心以死应对时的复杂感受，以及幻想被粉碎时的清醒与痛苦，都

① 梅林.亨利克·易卜生［M］//高中甫.易卜生评论集.北京：外语教学与研究出版社，1982：114.

比单一的自觉意志蕴含的情感意义丰富得多，也更耐人寻味。娜拉心路历程的归宿是“离家出走”这一自觉意志的生成，至此，潜藏的矛盾关系终于爆发，营造成一场真正的冲突。我们跟随女主人公的心路历程进入最后的冲突场面时，不仅对她的意志行动更能感同身受，其行动的内在必然性也显得更为坚实。如果我们对《人民公敌》和《玩偶之家》进行比较，还可以发现，冲突的爆发和发展都以情境中包含的矛盾关系为基础，矛盾关系的内质制约着冲突展开的方式。比如，在《人民公敌》中，斯多克芒医生与以市长为代表的“稳固的多数派”之间的矛盾关系，其内质是两种自觉意志的对立；而在《玩偶之家》中，娜拉与海尔茂之间的矛盾关系虽然也包含着不同意志的对立，但却大大超越这种单一的性质，而蕴含着更丰富的情感因素。

有人在区分悲剧与情节剧时指出：“悲剧人物本质上是‘分裂的’；而情节剧人物本质上则是‘完整的’。”[①]这里所说的“分裂”与“完整”是针对人物的心灵（内心世界）而言。所谓“分裂”指的是主体心灵中内在的矛盾，正如布拉德雷在谈到莎士比亚悲剧的特征时所强调的内心冲突——“主人公灵魂中的各种力量的冲突”[②]；所谓“完整”，则是指：

> 在情节剧里，人始终是完整的，超然于在矛盾的责任和欲望之间作出痛苦的选择，并以饱含其整个个性的那种毫不动摇的独一无二的冲动来迎接一切情境的到来。如果出现危险，他表现出勇敢的举动；如果有政治腐败，他就对之加以揭露，毫不受胆怯、软弱或怀疑、自我利害关系或独善其身的想法所苦恼。按其本身来说，这种“完整性”在道德上是不负责任的：雪莱笔下的钱西伯爵的只知作恶恰如易卜生笔下的斯托克曼医生只知行善一样……恶人由于完全邪恶，因而便无

① 史密斯.情节剧［M］.武文，译.北京：中国戏剧出版社，1992：10-11.

② 布拉德雷.莎士比亚悲剧的实质［M］//杨周翰.莎士比亚评论汇编：下.北京：中国社会科学出版社，1981：31.

法自行懂得他是在作恶；而完美无瑕的好人一旦扪心自问，除了尽善尽美的美德外却丝毫没有问心有愧的不足之处。尔后，情节剧的人格不分裂的主人公就只须与外部的压力进行斗争了。这种压力就是一个邪恶的人、一种社会性的人群、一种敌对的思想意识、一种自然力、一次事故或机遇、一种冷酷无情的命运或一个心怀恶意的神祇。正由于完全依赖于外部性的敌人，才终于使情节剧有别于所有其他的严肃戏剧形式。①

在由极端对立的双方构成的矛盾关系中，冲突就成为处理情境的唯一方式；而且，矛盾双方意志的强度，也足以使冲突发展到其应有的顶点。即使这类戏剧确实更符合情节剧的模式，我们也不必把它排除在“严肃戏剧形式”之外。它们虽然失于人物情感内涵的单薄和浮浅，却可以拥有更广大的观众群体，成为受大众欢迎的一种戏剧类型。直到今天，大部分电视连续剧还是在情节剧的线路上求取创造和发展。

当然，如果我们的目标在于追寻剧中人物情感内涵的感性丰富性，创造出人类精神生活的形象化的丰碑，自然不能停步于意志冲突的模式。

前面曾经提到，莎士比亚的重要悲剧中既有内部冲突，又有外部冲突，尽管前者的分量更重、作用更大，但二者仍呈现并行不悖的格局。认真分析这些作品就不难发现，无论是内部冲突还是外部冲突，都以特定的情境为基础和条件，正是精心安排的情境赋予冲突（内部冲突与外部冲突）以生动性与深刻性。哈姆雷特与马克白斯一方面承受着灵魂分裂以及由此引发的内部冲突的煎熬，另一方面仍须同客观的敌对力量进行斗争。在前一种冲突中，作为基础的乃是主体心灵各种力量的对立；而促使外在矛盾爆发为冲突的诸多条件，也被营造得相当充分（对此，不必详谈）。在后一种冲突中，我们也不难发现意志与意志的对抗，然而，当我们试图运用意志

① 史密斯.情节剧［M］.武文，译.北京：中国戏剧出版社，1992：11-12.斯托克曼即斯多克芒。

冲突的模式去读解这些冲突时，却会感到难以胜任。无论是哈姆雷特与克劳迪斯之间的冲突，还是马克白斯与玛克多夫之间在沙场上的拼杀，虽然都包含着意志的对抗，其内质却要复杂得多，不是意志冲突能涵盖得了的。在《马克白斯》中，主人公经历了撕心裂肺的内心冲突之后，终于完成了弑君篡位的预定计划。他尚未从喋血的噩梦中清醒过来，又得施行新的谋杀。正如他自己所说："万事凡自恶处始，它们要想兴旺壮大，也只有再向恶处行！"不过，扫清道路、巩固王权的计划进行得并不顺利，班郭被杀死了，而他的儿子——女巫预言中未来的国王却得以逃脱。心腹大患未除，"满心都是不明来历的疑惧"。为了消除疑惧，马克白斯又去见女巫。这些具有超自然能力的精灵，既为他指明了危险所在——"你要当心玛克多夫"，又为他提供了似是而非的信念：凡是女人养的都不能伤害马克白斯；除非波南森林能搬到邓西南，谁也打不败马克白斯……从这里获得的昭示，已足以鼓动马克白斯建立起难以动摇的自觉意志，信心百倍地面对一切讨伐者和造反者。然而，他尚未来得及动手扫除隐患，玛克多夫已潜逃在外；在盛怒之下，他把逃亡者的妻子、儿子一并祭刀，但这一暴行只会强化玛克多夫复仇的意志。马克白斯第二次从女巫那里获得的预示，既不能简单地看作不着边际的奇谈怪论，也不能理解成为制造某种气氛而安排的一般性插曲；实际上，它作为情境的一种构成因素，成为主人公内心活动的一种特殊的影响力和刺激力。可见，假定性的情境具有多么大的张力，它能够强化主人公的自觉意志，也能够消融、瓦解这一意志，从而使主体的自觉意志在心路历程中呈现出相当复杂的动态性状。在临战之时，虽然叛变者众，马克白斯却有恃无恐：

马克白斯　……除非波南森林能搬到邓西南，我就一点也不怕。麻尔孔那孩子算个什么东西？他不是女人养的吗？预知人间一切结果的鬼神们早就这样告诉过我："不用怕，马克白斯，凡是女人生的人都对你没有办法。"都给我滚，你们这些骗人的爵士，你们去同英格兰的那些贪图酒色的人去打交道吧，我自有主张，决不惊慌；我的心思安定，我什么也不怕。

在这里，马克白斯似乎还是第一幕在平叛战争中那个不把命运看在眼里的勇猛的战神？当然不是。面对讨伐者逼近的马克白斯虽然未失坚强的意志，但是，高贵的本性却蕴蓄着危机。就在喋血而行的征程上，他的灵魂已在饱受恐怖的煎熬中变得麻木，原初的一切，连同生命本身已经失去意义：

马克白斯　灭了吧，灭了吧，短短的烛光！人生只不过是移动的影子，一个可怜的唱戏的，在台上蹦跳一阵之后，就再也不知道他的下场；这好像是一个傻瓜讲的故事，有声有色，可是一点意义也没有。

既然一切都失去了意义，对讨伐者的反抗也只能是一种失去自觉性的机械行为。当送信人向他报告波南森林正向着这里移动的信息时：

马克白斯　……我真是觉得厌倦这个太阳了，真是希望全世界的秩序和规律马上毁灭。
把警钟敲起来！吹吧，风！来吧，死亡！
我死也要死在我的战马上。

当马克白斯与玛克多夫在战场上刀枪相对时，对手为复仇的意志所充盈，锐不可当，而我们的主人公却已是意志瓦解，“矮了半截”，很快就败下阵来，走向生命的尽头。在《哈姆雷特》中，主人公在会见老丹麦王的鬼魂之后，确立起自觉意志——为父复仇。但是，他的行动不仅不是直奔那个既定的目标，甚至像一个完全失去方向感的迷路者那样，在形而上的王国中踯躅。行动与既定方向的背离，表明了动机的复杂性，溯源求本，在于情境的特异性。老丹麦王的鬼魂现身说法，揭露了自己被克劳迪斯谋杀惨死的真相，从而推动哈姆雷特与克劳迪斯的关系定性化，即定性化为敌对的关系；而在原初，两者关系的定性化只是单向度的（对哈姆雷特而言），克劳迪斯在篡位登基之初，并未把对方视为危险的复仇者而采取必要的行动。这种特殊的关系，为哈姆雷特选择行动的方向提供了相当宽松的空间，甚至容许他一再拖延行动并躲进自己的内心深处去寻找理由，去探求人生、宇宙的奥秘。然而，复仇者与仇敌最终还是面对面对峙了，不过，这场冲突以一个特殊的情境为基础，其进展过程与内在意义也超越了意志与意志的对抗。哈姆雷特在确立为父报仇的意志之后，唯有的一次行动却误杀了波洛涅斯，促使国王对他采取断然行动：假手英王为自己根除隐患。哈姆雷特识破了国王的计划，从而脱身回国。克劳迪斯又利用雷欧提斯对哈姆雷特的仇恨，安排他们比剑，却在剑头涂了毒药。在比剑的场面中，情境也具有特殊性，克劳迪斯对哈姆雷特是必除之而后快，他的自觉意志已鼓动起雷欧提斯的复仇决心：

国　　王　……哈姆雷特回来了；你预备怎样用行动代替言语，表明你自己的确是你父亲的孝子呢？

雷欧提斯　我要在教堂里割破他的喉咙。

国　　王　……我们可以让他知道你也已经回来，叫几个人在他面前夸奖你的本领，把你说得比那法国人所讲的还要了不得，怂恿他和你进行一次比赛，赌个输赢。他是个粗心的人，一向厚道，想不到人家在算计他，一定不会仔细检视比赛用的刀剑的利钝；你只要预先把一柄利剑混杂在里面，趁他没有注意的时候不动声色地自己拿了，在比赛之际，看准他的要害刺了过去，就可以替你的父亲报了仇了。

雷欧提斯　我愿意这样做；为了达到复仇的目的，我还要在我的剑上涂一些毒药。我已经从一个卖药人手里买到一种致命的毒药……

这一方已在磨刀霍霍，志在必得。而那一方却是另一种情态：

霍 拉 旭　殿下，您在这一回打赌中间，多半要失败的。

哈姆雷特　我想我不会失败。自从他到法国去以后，我练习得很勤；我一定可以把他打败。可是你不知道我的心里是多么不舒服；那也不用说了。

霍 拉 旭　啊，我的好殿下——

哈姆雷特　那不过是一种傻气的心理；可是一个女人也许会因为这种莫名其妙的疑虑而惶惑。

霍 拉 旭　要是您心里不愿意做一件事，那么就不要做吧。我可以通知他们不用到这儿来，说您现在不能比赛。

哈姆雷特　不，我们不要害怕什么预兆；一只雀子的死生，都是命运预先注定的。注定在今天，就不会是明天；不是明天，就是今天；逃过了今天，明天还是逃不了，随时准备着就是了。一个人既然在离开世界的时候，只能一无所有，那么早早脱身而去，不是更好吗？随他去。

哈姆雷特似乎已经把为父复仇的目标遗忘干净，又像是已经参破玄机，一切尽可顺乎自然了。在这种心境中，他在参加比赛时不仅失去了求胜的心情，对仇人的阴谋也毫无防范。克劳迪斯和雷欧提斯的自觉意志把这场比剑制造成一场有计划的谋杀，而另一方则丢失了目标和意义，并在比赛的开头就先向对方真诚地求取和解……

通过这些例证不难看出，如果情境中包含着人物之间的矛盾关系，这种关系可能发展为冲突；但是，冲突本身是否具有戏剧性，是否蕴含着深厚的情感内容，则取决于矛盾关系的实体性内容。也可以说，情境乃是冲突的基础和条件。情境中人物之间的矛盾关系的简单化、观念化，必定会导致冲突的一般化、概念化。事实上，在诸多问题剧中，以提出某一社会问题为起点的构思模式，往往把人物之间的矛盾关系净化为不同主张、不同观念的是与非的关系，而冲突也难于超越两种共同意志的对抗。在某种意义上说，两种意志的对立与冲突，也往往具有这种局限性。

关于冲突的理论，人们一般认为源于黑格尔的戏剧观念。布拉德雷也持这种看法，他说："在讨论悲剧的时候往往使用冲突这个观念，我想，这主要是由于受了黑格尔悲剧理论的影响的原故，而黑格尔的悲剧理论无疑地是从亚里士多德悲剧理论以来的最重要的理论。但是，黑格尔的悲剧冲突观点……还是起源于他对希腊悲剧的思考，只是不全面地应用到莎士比亚的作品上……"[①]应该指明，不管黑格尔的戏剧观念有多少局限性，但是，有两点是明确的：其一，他并没有把戏剧中的冲突限定为意志的冲突，而是强调说，"戏剧体诗则以目的和人物性格的冲突以及这种斗争的必然解决为中心"。面对这一说法，人们似乎也可以强调目的与意志的同质性，从而引申出意志冲突的模式。但是，无论如何，人物性格的内涵却是对意志的超越。还应注意到，黑格尔在谈到"近代戏剧"与"古代戏剧"的区别时曾指出，"我们在近代戏剧中所看到的不是古代戏剧中的那种简单的冲突，而是丰富多彩的人物性格，离奇的错综复杂的纠纷，令人迷惑的曲折情节，突如其来的偶然事故，这一切都有权到处发挥作用"。[②]正是因为如此，鉴

① 布拉德雷.莎士比亚悲剧的实质［M］//杨周翰.莎士比亚评论汇编：下.北京：中国社会科学出版社，1981：29-30.

② 黑格尔.美学：第三卷 下册［M］.朱光潜，译.北京：商务印书馆，1981：283，300.

于意志冲突模式可能导致的种种局限，有人主张用“性格冲突”这一概念取而代之[①]。其二，黑格尔在讨论戏剧诗的本质时，虽然强调冲突的特殊价值，却不时提醒人们注意冲突与情境的关系。他不仅把“寻找引人入胜的情境”作为“艺术的最重要的一方面”，而且在谈到戏剧的本体时，把人物之间的相互关系作为“他们的戏剧性存在的基础”，当然也是冲突的基础。

2. 矛盾关系的另一种表现方式——抵触

情境中的矛盾关系可能发展为冲突，但是，冲突并不是处理矛盾关系的唯一方式。在戏剧中，所谓“冲突”，乃是指处于矛盾双方的人物在特殊的条件下采取断然行动，潜在的矛盾公开暴露并发展为对抗的方式。在实际生活中，人与人之间的矛盾关系的存在和发展方式，原本就是多姿多彩的；而在戏剧作品中，处理矛盾关系的方式就更应该具有丰富多样性。在众多优秀的戏剧作品中，我们可以发现与冲突并立并行的其他方式。概括地说，尽管人物之间存在着矛盾，但由于条件的制约，或是身处矛盾关系中的人物个性的制约，矛盾以和平的方式得到处理，因而并不发展为冲突。

有人把这种方式称为“抵触”。他们认为，抵触和冲突是处理情境的两种不同的方式，用“和平的方式”处理矛盾关系，所获得的就是抵触，而不是冲突。现代电影中的一个明显倾向是“用抵触取代冲突”。[②]我们可以赞同这种说法，不过，还需要有一点补充说明：抵触确实是现代电影中处理情境的一种常见的方式，但它未必取代了冲突，只能说平分秋色。准确些说，与过去独尊冲突的倾向相比较，抵触愈来愈受到重视。另外，就戏剧作品而言，用抵触这一方式处理情境，也并非现代戏剧生成的一种新的现象，它出现的历史已相当长久了。

在易卜生的《玩偶之家》第一幕中，柯洛克斯泰对娜拉进行要挟，内

① 相关论述可参见《论戏剧性》，北京大学出版社1981年版，第75—82页。

② 别洛娃.现代影片中的抵触［J］.冯志刚，译.世界电影，1979(3)：278-297.

在于情境的悬念把观众的注意力导向娜拉与海尔茂之间的关系——当海尔茂知晓了八年前娜拉签立借据的那件往事时，夫妻间将会出现什么变故？海尔茂是一个好胜、要面子、自认为家境美满的中产阶级，妻子竟然瞒着他向别人借债，而且伪造签名，这本来就是无法容忍的；何况债权人又是他极为厌恶的下级职员——他即将解雇的对象！据此推断，一旦往事的真相被揭开，冲突是不可避免的。但是，就娜拉而言，丈夫不仅是爱的对象，也是爱的源泉。八年前借钱是为丈夫治病，虽说瞒着丈夫又伪造签字乃是鲁莽的过失，但是在她有限的经历中，却是最得意，甚至引以为傲的一个壮举，因为它熔铸着自己对丈夫的全部爱情和自己的心智，这件事简直是一座小小的爱的丰碑，而自己按期筹款还债则是一次次重温爱的体验，并证明自己的价值。如今却有人来提醒她，八年前她伪造签字乃是犯罪，要是他提出诉讼仍然可以使她受到法律的惩办，而和解的唯一条件是保住他在银行的职位。尽管娜拉对柯洛克斯泰要挟的具体内容半信半疑，但是，这一突发事件却像一声惊雷，搅乱了她的心绪，使她立时陷入惶惑迷惘之中。要挟者走了，只留下她一个人：

娜　拉　（站着想了会儿，把头一扬）喔，没有的事！他想吓唬我。我也不会那么傻。（动手整理孩子们刚刚脱下来的衣服。住手）可是——不会，不会！我干那件事是为我丈夫。

既不熟悉法律又无处世经验的娜拉，在这种迷乱的心境中，尚来不及思考怎样向丈夫提及此事，海尔茂已经站在她面前了，而且他针对柯洛克斯泰来访一事率先向娜拉发问：

海尔茂　……这儿有人来过没有？

娜　拉　这儿？没有。

海尔茂　这就怪了。我看见柯洛克斯泰从咱们这儿走出去。

娜　拉　真的吗？喔，不错，我想起来了，他来过一会儿。

海尔茂　娜拉，从你脸上我看得出他来求你给他说好话。

娜　拉　是的。

海尔茂　他还叫你假装说是你自己的意思，并且叫你别把他到这儿来的事情告诉我，是不是？

娜　拉　是，托伐，不过——

海尔茂　娜拉，娜拉！你居然做得出这种事！跟那么个人谈话！还答应他要求的事情！并且还对我撒谎！

娜　拉　撒谎？

海尔茂　你不是说没人来过吗？

海尔茂的质问和教训虽然不失亲切感，却使娜拉猝不及防，不禁陷于慌乱之中。她逐渐平静下来后，又把话题引向柯洛克斯泰，其动机只在于探问丈夫对这类人和事的看法——这一点，对她当然是相当重要的：

娜　拉　……托伐，我问你，这个柯洛克斯泰犯过的事当真很严重吗？

海尔茂　伪造签字，一句话都在里头了。你懂得这四个字的意思不懂得？

娜　拉　他也许是不得已吧？

海尔茂　不错，他也许像有些人似的完全是粗心鲁莽，我也不是那种狠心肠的人，为了一桩错处就把人家骂得一文不值。

娜　拉　托伐，你当然不是那等人。

海尔茂　犯罪的人只要肯公开认罪，甘心受罚，就可以恢复名誉。

娜　拉　受罚？

海尔茂　可是柯洛克斯泰并没这么做。他使用狡猾手段，逃避法律的制裁，后来他的品行越来越堕落，就没法子挽救了。

娜　拉　你觉得他——?

海尔茂　你想，一个人干了那种亏心事就不能不成天撒谎、作假、欺骗。这种人就是当着他们最亲近的人——当着自己的老婆孩子——也不能不戴上一副假面具。娜拉，最可怕的是这种人在自己儿女身上发生的坏影响。

娜　拉　为什么?

……

海尔茂　……这个柯洛克斯泰这些年一直在欺骗撒谎，害他自己的儿女，所以我说他的品行已经堕落到不可救药的地步。（把一双手伸给她）我的娜拉宝贝一定得答应我，别再给他说好话。咱们拉拉手。怎么啦？把手伸出来。这才对，咱们现在说好了，我告诉你，要我跟他在一块儿工作简直做不到，跟这种人待在一块儿真是不舒服。

〔娜拉把手抽回来，走到圣诞树的那一边。

娜　拉　这儿好热，我事情还多得很。

……

在这里，海尔茂对柯洛克斯泰的厌恶与蔑视，也正表明了他对伪造签字这类行为的态度。在这个意义上，夫妻间潜伏的危机是相当深重的。一旦海尔茂得知八年前娜拉借债的真相，冲突便在所难免。然而，此时此刻，柯洛克斯泰毕竟还只是一个可供评说的对象，他尚未把对娜拉的要挟付诸行动，可使矛盾引爆为冲突的导火线尚未点燃；而娜拉在倾听海尔茂对伪造签字的态度时，更强化了内心的困惑迷离，尚难以凝结成明确的意志。我们可以感受到，潜在的矛盾虽未能引爆为冲突，但是，这类自然、生动的场面，却充盈着真实生命的活力。

娜拉与海尔茂之间的冲突最终必然会爆发，这就是第三幕中的高潮部分；而上述的这类抵触的场面表明，显然促使冲突爆发的条件尚不成熟或尚不具备，在这种情况下，双方的矛盾便以抵触的方式表现出来。在另外一些作品中，所谓“抵触”的场面，则全然是由身处于矛盾关系中的人物的个性所制约。也就是说，某些作品中的人物，虽然置身于各种矛盾关系之中，但是，由于个性的制约，常常是以忍让、回避、妥协的态度处理矛盾关系，矛盾在这样的情况下当然不会爆发为冲突，由此而营造成的场面也是抵触性的。可以作为典型例证的是莫斯科电影制片厂摄制的故事片《秋天的马拉松》。该片的主人公布兹欧金是一个中年翻译家，他有修养，相当勤奋，也不乏才华，本可以在自己所从事的工作中大有作为；他为人热情，心地善良，凡事肯为他人着想，唯一的弱点是秉性懦弱，面对别人对自己提出的要求，永远不会说出一个“不”字。他不是不爱自己的妻子和女儿，但是，对女秘书阿拉的爱恋却难于违逆，出于无奈，只好在妻子与情妇之间疲于周旋，重负难释。他本人承担着工作、任务，但每天却不得不耗费有限的时间和精力去满足各种无理的要求，结果自己一事无成。这样一种个性，面对一切矛盾都可以逆来顺受，宁愿自己承受困难，也只求和平解决，在这样的人身上，冲突自然难以爆发。舞台剧中也有类似的形象。在曹禺的《北京人》中，主人公愫方同质的人性却有不同的表现方式。她出身于江南的名门世家，父亲是个名士，母亲去世之后，她被姨母接到曾家，从此过起寄居生活。她为人缄默、温厚而慷慨，在寄居的环境中，内心积累了多少哀愁与伤痛。她在生活中处于复杂的矛盾关系之中。但是，由于个性的制约，她在矛盾关系中经常是以隐忍的态度处之。在第二幕中，曾文清要离家外出，愫方给他写了一封信，交给他。实际上，愫方与文清虽然互为知己，但却不会有越轨之举。信被曾思懿发现了，她要曾文清当面把信还给愫方：

愫　方　（低声）表哥找我？

曾文清　我……

曾思懿　是，愫妹。（把信给文清）怎么样？

曾文清　哦。（想走）

曾思懿　（厉声）站住！你真想要逼我撒野？

曾文清　（哀恳地）愫方，你走吧，别听她的。

愫　方　（回头望望思懿，想转身）

曾思懿　（对愫方）别动！（对文清，阴沉地）拿着还给她！

〔文清屈服地伸手接下。

愫　方　（望着文清，僵住不动，文清痛苦地举起那信）

曾思懿　（狞笑）这是愫妹妹给文清的信吧？文清说当不起，请你收回。

愫　方　（颤抖地伸出手，把文清手中的信接下）

曾文清　（低头）

〔静寂。

〔愫方默默地由书斋小门走出。

虽然对方恶言羞辱，但她却逆来顺受，强忍于心。在整部剧中，她对姨父曾浩更是百般体恤、照顾，受到委屈，也只能强忍内心的伤痛。这样的个性是不会与矛盾的对方发展成冲突的。

在有些剧作中，由于矛盾双方的实力悬殊，相互交往的形式只能是抵触。突出的例证是迪伦马特的《老妇还乡》。这部剧作展现的地点是欧洲的一座小城居伦，它已经穷困至极。上级政府的税务局长原本是想“把整个城市抵押”，但市长的回答却是，“整个市政府只剩下一台老掉牙的打字机”，“我们的金库是空的”。在这种困境中，居伦城的唯一希望是等待将要回乡的贵妇人来解救。贵妇人到来，承诺给居伦城十亿捐款，提出的条件却是：居伦城必须有人将伊尔杀死。面对贵妇人克莱尔的条件，市长的回答是坚定不移的：“我们宁可永远贫穷，也不愿看到自己的手上沾满血迹。”如果说，克莱尔与居伦城之间有冲突，也只是发生在这一瞬间。这里留下了两个悬念：一是居伦城能坚守住所谓“人道主义”传统吗？二是伊尔的命运走向为何？一般地说，这个悬念的力度都是很尖锐的，本来可以发展为冲突。无论是居伦城，还是伊尔个人，面对尖锐的矛盾关系采取的都是和平的方式，结果都是抵触的场面。

居伦城在处境尴尬的情况下，派教师和医生作为代表去与克莱尔谈判。两位代表要求与克莱尔做笔交易，居伦城尚有阳光广场冶炼厂、博克曼公司和几家瓦格纳工厂等。但克莱尔的回答却是，所提到的几项，包括所有的工厂、山谷，连同整个小城每一条街道都是她的了。交易做不成，他们只有哀求这位“救世主”：“求您帮帮这些贫穷、软弱但秉性正直的人，让他们能够过一种体面的生活，求您发扬您的纯洁的人性吧！”克莱尔的回答竟是如此决绝：“人性，先生们，这是为一个女百万富翁的钱袋而存在的。我正用我的金钱势力安排世界秩序。这个世界曾经把我变成一个娼妓，现在我要把整个世界变成一个妓院……我要居伦城搞一起谋杀，要它拿一具尸体来换取全城的繁荣。”两位可怜的代表只能无奈地离去。到这里，居伦城只有舍弃掉引以为豪的人道主义传统。克莱尔谋杀的对象是过去的情人伊尔，面对死亡的威胁，他与谋杀者之间的矛盾应该是对抗性的。但是，经过一番内心的搏斗之后，他已经自认有罪，但却要求经过公正的审判。实际上，连这个要求的底线都不可实现。他与克莱尔的最后一次会面，竟然是一场心平气和的谈话：

伊　尔　今天晚上要开大会了，他们将判我死刑，一定会有一个人把我干掉，至于这人是谁，他在哪里干掉我，我不得而知。我只知道，我很快就要结束这毫无意义的一生。

克莱尔　我爱过你，而你背叛了我。但我没有忘记这场关于生活、关于爱情、关于信任的梦。这场一度是实实在在的梦。我现在要用我的几十亿金钱，把这个梦重新建立起来，我要通过毁灭你来改变过去。

伊　尔　谢谢你为我张罗的那些花环，那许多菊花和玫瑰。

〔又一次响起风吹树叶的呼呼声。

伊　尔　这些花环和花朵把放在金使徒旅馆的那口棺材装饰得真是美，非常高贵。

克莱尔　我要把你装在你的棺材里带到卡普里岛去，让人在我的天宫花园里修建一座陵墓，陵墓四周松柏环绕，从那里可以俯瞰地中海。

伊　尔　我只是从图片上见到过地中海。

伊尔本是一个头脑简单、不善于思考的人，通过恐惧的震动、痛苦的反思，自认有罪，但却要求经过公正的审判。在克莱尔的掌握下，连这种正常的要求，都只能成为天真的梦想。最后，市长从克莱尔手中接过那张捐款的支票，而伊尔的尸体则被装在那口豪华的棺材中抬走了。然而，那口棺材中装的究竟是什么？有人说，这部剧作表现的是一场现代化的社会改革实验。

前面已经提到，劳逊把社会性冲突看作戏剧的基本特征，而且，他反复强调自觉意志的强度在冲突中的重要性，但是同时又指出这样的可能性：

一个软弱的意志的苦闷的斗争——设法和一个不友好的环境取得协调——也可能含有一出富有力量的戏剧的要素。

不过，他毕竟是“冲突律”的维护者，他在提出这种可能性时又附加了一个重要的限定：

但是，无论意志如何软弱，它也必须具有足够持续冲突的强度。戏剧不能处理那些意志已经萎缩、已经不能下任何即使只具有暂时意义的决心、对事件不采取任何自觉的态度和毫不努力于控制环境的人们。[①]

在这里，我们固然可以在自相矛盾的说法中确认劳逊对“冲突律”的执着，却不能不提出一个现实性的问题：难道戏剧舞台真的只是意志坚强者的专用领地，而意志萎缩、无意改变环境的人们只能被排斥在外吗？戏剧发展的历史证明，事实并非如此。在梅特林克的几部“静剧”中，我们已经看到那些完全丧失自觉意志的人在无望的境遇中痛苦挣扎的情景。到了20世纪，随着剧作家们关于人的本体观的变化，各式各样的意志萎缩的人物纷纷登上舞台，并显示出特有的魅力。从表现主义、未来主义、超现实主义到荒诞派戏剧，我们都可以发现这类人物形象。随着他（或她）们的出现，处理情境中矛盾关系的方式，更显得多姿多彩了。

在我们正在讨论的这一命题的范围之内，阿尔比的《动物园的故事》处理情境的方式具有标志意味。这部被归入荒诞派的剧作，其情境是简单、清晰却富有象征性的空间。在公园里的一条长凳上，两个青年人邂逅相逢。彼得有正当的职业和稳定的收入，家有妻女，自认为生活是美满的；但是，他却常常躲到公园里来，在这条长凳上看书，以求得一时的安宁。他给我们的印象是：他的幸福感是虚幻的，生活在自我欺骗的空间里。一个叫杰利的陌生人闯入彼得的领地，先是强制性地与他对话，企图要他接受自己对人生的感受：人生毫无意义，人就像动物，“所有的一切都用栅栏隔绝”，人所居住的公寓就像动物园……杰利的闯入打搅了彼得的宁静，因而令他讨厌。杰利说出的对人生的感受，有的令他迷惑不解，有的也对他有所触动，但是，他却以无动于衷的态度拒绝沟通，最多也只是喊叫一声：“我不想再听下去了。”最后，杰利为实现与对方交流、沟通的意愿，竟然采取极端行动：强占彼得赖以安身的长凳，并辱骂他、殴打他，迫使他与自己搏斗。

---

① 劳逊.戏剧与电影的剧作理论与技巧［M］.邵牧君，齐宙，译.2版.北京：中国电影出版社，1978：213.

杰　利　（每说一个“搏斗”，打彼得一个耳光）你搏斗呀，你这个卑鄙的狗杂种；为长凳搏斗吧；为你的长尾巴鹦鹉搏斗吧……为你的老婆搏斗吧；为你的男子气概搏斗吧。你这个可怜的小呆木头……

彼得终于被激怒了，他拿起杰利扔给他的刀，但只是为了防御，仍没有为了自己的尊严同对方搏斗的意愿。杰利叹了一口气，只得自己向彼得手中的刀锋冲去，死在了长凳上。我之所以说这部剧作具有标志意味，原因全在于两点：其一，这部剧作的情境构成不仅包含着彼得与杰利之间的矛盾关系，而且，由于杰利的意志行动使这种矛盾关系不断强化，为冲突的爆发提供了充分的可能性。其二，针对彼得而言，他不仅意志萎缩，每天只能躲在自己编织的茧壳里重复着失去意义的岁月，早已失去与人沟通的愿望，甚至对这种沟通感到恐惧，心存戒备；像这样的人物，即使面对“闯入者”挑衅性的行动，又哪里能针锋相对，使矛盾引爆为冲突？这部剧作的标志意味还在于：受主人公本质特征的制约，在处理情境中的矛盾关系时，用抵触取代冲突，乃是荒诞派戏剧中一种普遍性的倾向。前面已经提到，荒诞派戏剧关于人类处境的荒诞性的概念，是受存在主义哲学的影响；但是，作为一个戏剧流派，它与存在主义戏剧却有重大区别。如果说，存在主义戏剧在表达创作主体所意识到的人类处境的荒诞性时，还是凭借清晰、严谨的逻辑模式实现的，情境的形态是具体的、定性化的，人与情境的契合及其有机发展构成了情节的传统模式；那么，在荒诞派戏剧中，情境作为人类普遍处境的一种象征，成为一种戏剧化的直喻场面，不仅它本身失去了具体的定性，人与情境的契合也失去了有机发展的进程。如果说，在存在主义戏剧中，人在情境中的选择乃是人格的实现，而自觉意志在选择关头发挥着重要作用，为此，人与人之间的冲突常常是处理情境的重要方式；那么，在荒诞派戏剧中，由于情境本身的抽象化，由于人物已失去了意志行动的能力，意志冲突已成为过时的方式。

贝克特的《等待戈多》是被评论家们谈论得最多的一部荒诞派戏剧作品，也是最难解读的一出戏。人们普遍认为，此剧的主题是“无望的等待”，可是，评论家们却分别赋予这一主题以社会学的、存在主义哲学的，甚至是宗教的意义，真可谓见仁见智。所谓“无望的等待”，当然体现为两个流浪汉与戈多的关系。弗拉季米尔和爱斯特拉冈来到荒野的小路上，在这里等待戈多。这一情境具有特殊的性质：等待者从未见过等待的对象，不了解他的真相，甚至不知道他是否会来到这里。正是因为如此，情境就失去了具体性和定性，成为一种象征。罗伯·吉尔曼在评论这部剧作时说：“这部戏剧就是表现弗拉季米尔和爱斯特拉冈怎样等待戈多；戈多不来，他的本性就是他不来，他是被追求的超验，现世以外的东西，人们追求它为了给现世以意义。”[①]我们暂且不对“戈多”一词的含义进行读解，只就这部剧作的情境构成而言，有一点是明确的：两个人在等待，他们与被等待的对象之间就构成了一种特定的关系，如果久等不来，这种关系就可能演变成一种矛盾关系。但是，戈多并不是具体的、有定性的存在物，它只是一个抽象化的象征，等待者在谈论它时虽然表现出充满渴望又不无恐惧的心理，但却不可能与它进行实体性的交流，更不可能爆发为冲突。我们可以接受吉尔曼的说法：“这部戏剧就是表现弗拉季米尔和爱斯特拉冈怎样等待戈多。”在这个意义上，我们可以把关注的重点置于两个流浪汉在等待过程中相互交流的众多场面上，确实，这也正是全剧的实体性内容。这两个身份不明的流浪汉聚到一起的机缘就是“等待”。在无望、无奈、无休无止的等待中，两个人物之间的交流有时像是漫不经心，有时又像是十分认真，给人的感受是彼此相互排斥，却又分扯不开，就像互生互补的两面。在诸多场面中，矛盾似乎无处不在，但却未见真正的意志冲突，我们看到的是一种独特的处理情境的方式。比如，在第二幕的开头，弗拉季米尔盯着那

① 参见吉尔曼的《现代戏剧的形成》，转引自：贝克特，尤奈斯库，阿尔比，等.荒诞派戏剧集［M］.施咸荣，屠珍，梅绍武，等译.上海：上海译文出版社，1980：6.

棵已有了四五片树叶的小树瞧了好一会儿，又朝远处眺望，发疯似的来回走动，突然刹住脚步，又大声唱起歌来。歌停后，爱斯特拉冈很快上场，两人又聚到一起，却像一对相互闹别扭的朋友：

爱斯特拉冈　别碰我！别问我！别跟我说话！跟我待在一起！

弗拉季米尔　我几时离开过你？

爱斯特拉冈　是你让我走的。

弗拉季米尔　瞧我。（爱斯特拉冈并未抬头。恶狠狠地）你到底瞧不瞧我？

〔爱斯特拉冈抬起头来。他们四目相视好一会儿，退缩，前进，头歪向一边，像在欣赏一件艺术品似的，两人颤巍巍地越走越近，跟着突然拥抱，各人抱住对方的背，拥抱完毕。爱斯特拉冈在对方松手后，差点摔倒在地。

爱斯特拉冈　多好的天气！

弗拉季米尔　谁揍了你？告诉我。

爱斯特拉冈　又一天过去啦。

弗拉季米尔　还没过去哩。

爱斯特拉冈　对我来说这一天是完啦，过去啦，不管发生什么事。（沉默）我听见你在唱歌。

弗拉季米尔　不错，我记起来啦。

爱斯特拉冈　这叫我伤心透了。我跟我自己说：他一个人待着，他以为我一去再也不回来了。所以他唱起歌来。

弗拉季米尔　一个人的心情是自己也做不了主的。整整一天我的精神一直很好。（略停）我晚上都没起来过，一次也没有。

爱斯特拉冈　（悲哀地）你瞧，我不在你身边你反倒更好。

弗拉季米尔　我想念你……可是同时又觉得很快乐。这不是怪事吗？

爱斯特拉冈　（大惊）快乐？

弗拉季米尔　也许这个字眼用得不对。

爱斯特拉冈　这会儿呢？

弗拉季米尔　这会儿？……（高兴）你又回来啦……（冷漠地）我们又在一起啦……（忧郁地）我又在这儿啦。

爱斯特拉冈　你瞧，有我在你身边，你的心情就差多啦。我也觉得一个人待着更好些。

弗拉季米尔　（怄气）那么你干吗还要爬回来？

爱斯特拉冈　我不知道。

弗拉季米尔　不知道，可是我倒知道。那是因为你不知道怎样照顾你自己……

马丁·艾斯林在读解这部剧作时指出："此剧的主题不是戈多而是等待，是等待这一行为所具有的人的状况的本质性和特征性的方面。"① 不仅如此，正是这两个流浪汉在等待过程中所营造的一个个场面，体现着人类生活的各种各样的体验，不过在这里，它们却显示出无意义的本性。

与《等待戈多》这类作品相比较，尤奈斯库的《阿麦迪或脱身术》中主人公的行动意味似乎更为明显。主人公阿麦迪和玛德琳是一对中年夫妇，剧作家为他们构建的情境也具有象征意味：不断滋生的蘑菇和以几何级数膨胀的尸体，意味着对他们进行挤压的异己力量。在这出戏中，情境中包含着矛盾关系，矛盾是尖锐的，但是，冲突却没有爆发。这类剧作处理情境的方式具有共同的特征。它们一再提醒我们，情境与冲突的关系是复杂

① 艾斯林.荒诞派戏剧［M］.刘国彬，译.北京：中国戏剧出版社，1992：33.

的。如果说，剧中人物可以凭借情境中的选择行动实现自己的本质，而选择行动又体现着自觉意志的价值；那么，当这种选择行动遇到实体性的阻碍时，冲突就可能发生。例如，我们在传统的剧作中，甚至包括某些存在主义戏剧中，都可以看到这类场面。可是如果情境中的异己力量乃是某种不可逾越的障碍，同时，主体在这种逼压下不知所措，已经丧失意志行动的能力，在这时，所谓“意志冲突”就已经失去了归属。正因为如此，在这类剧作中，情境的处理往往采取非冲突的方式，而那些光怪陆离却又具有象征意味的场面，同样具有戏剧性。

3.情境中的“非矛盾关系”

阿契尔曾列举几部剧作作为否定“意志冲突说”的根据，其中最具代表性的当数《罗密欧与朱丽叶》中“阳台”那场戏。阿契尔认为，这场戏的要旨“并不是意志冲突，而是意志的极度融合”，但是，没有人能说它是非戏剧性的。[①]劳逊反驳说，阿契尔“把两种不同的冲突混淆起来了：一种冲突是人与人之间的冲突，另一种冲突是一种自觉的特定目的跟别人或社会力量相对立的冲突”。他认为，“阳台”一场虽然没有“人与人之间的冲突”，但是罗密欧与朱丽叶不仅确立起自觉意志，而且“意识到他们所必须面对的困难”。[②]我们即使同意把自觉意志理解为“一种自觉的特定目的”，但是也很难把主人公在行动时“确知他们的要求，意识到他们所必须面对的困难”，与意志冲突等同起来，行动主体意识到困难是一回事，困难演变成行动的实体性障碍则是另一回事。在这场戏中，“别人或社会力量”所形成的困难，并未体现为主体意志行动的实体性障碍，只是为男女主人公感情交流营造了一种外在的压迫感，说明确些，这里所显示的正是情境的

① 阿契尔.剧作法［M］.吴钧燮，聂文杞，译.北京：中国戏剧出版社，1964：28.

② 劳逊.戏剧与电影的剧作理论与技巧［M］.邵牧君，齐宙，译.2版.北京：中国电影出版社，1978：208-209.

张力。

其他例证，不需一一列举。

在有些剧本中，主人公身旁都设计有一个最亲近的人，他（她）们的关系是非矛盾性的，这类人物并不是可有可无的，他（她）们对主人公的形象起着重要的作用。例如，在拉辛的《费德尔》中，女主人公的身旁有厄诺娜，既是她的乳母，又是心腹。在易卜生的《玩偶之家》中，娜拉的身旁有林丹太太。在曹禺的《北京人》中，主人公身旁有一个瑞贞，等等。最突出的例证是《哈姆雷特》中主人公与霍拉旭的关系。霍拉旭是哈姆雷特的同学和挚友，两个人亲密无间。霍拉旭对哈姆雷特尊崇敬爱，哈姆雷特对霍拉旭则是："自从我能够辨别是非、察择贤愚以后，你就是我灵魂里选中的一个人。"在第一幕中，围绕老丹麦王鬼魂现身的事件，两个人的关系已有初步展现。在此后的剧中，哈姆雷特重要的决策、重要的遭遇，包括关键时刻内心的隐秘，甚至在生命垂危时心存的欲求，都只同这位挚友求助和倾诉。在哈姆雷特被国王遣送去英国的途中，除了与小福丁布拉斯带着队伍去征讨波兰的事件是明场处理之外，其他事件，如发现克劳迪斯给英国国王的国书中关于下令处死哈姆雷特的信息后，他暗中调换国书，把两个押运者都送到英国去做替死鬼这一重要行动，都是暗场处理的。在第五幕中，哈姆雷特回到城邦之前，特意派人约请霍拉旭同自己见面，会面后，把上述秘密行动的真实过程向霍拉旭全盘托出。在他与雷欧提斯决斗中毒后，霍拉旭要服毒与他一起死去，哈姆雷特制止了他，并且给他留下了特殊的使命："我死之后，世人不明白这一切事情的真相，我的名字将要永远蒙着怎样的损伤。你倘若爱我，请你暂时牺牲一下天堂的幸福，留在这一个冷酷的人间，替我传达我的故事……我已经同意小福丁布拉斯为王，你可以把这里所发生的一切事实告诉他。"这里所以较为详细地展示哈姆雷特与霍拉旭的关系，是为了说明，在剧本中，非矛盾关系的戏剧性潜能是很大的。

四、情境与场面

1.场面的时空特性

场面是戏剧作品构成的基本单元，也是体现戏剧本质的具体单元。

所谓“场面”，是指在舞台上直接呈现的、有着活生生的实体性内容的、流动的生活画面。尽管一部戏剧作品也包含着暗场戏，如在大幕打开之前发生过的、在幕间或场间发生的，或者是与明场戏同时并行的生活内容，这些内容如果是重要的，就应该纳入创作主体的总体布局，用各种方式暗示给观众。但是，构成一部戏剧作品主体的，自然还是明场戏。所谓“明场戏”，分量也有轻重之分。在某些作品中，特别是在中国戏曲作品中，“过场戏”总是不可避免的。然而，若想充分展现人与人之间的关系，充分展现人物的生命活动，总得需要更为集中的重要场面。这类场面的在场人物可多可少，所用时间也长短不一，但是，无论是戏剧手段的运用及其效果，情境与人相契合的实体性逻辑，还是舞台时间与空间的规定性，都要在这样的场面中得到体现并经受检验。我们一再强调戏剧的逻辑模式，这一逻辑模式，也正是一个个场面的实体内容，离开这类场面，它只能成为观念的空壳。正因如此，如要追寻戏剧情境的形态特征，就需要正视戏剧场面的特质。

有人把戏剧结构的任务确定为“在时间和空间中组织行动（动作）”，这里所说的时间与空间当然是以舞台演出的可能性为量度，而舞台的规定性，则要求时间与空间的高度集中。当然，所谓“高度集中”，也只能是相对的；但是，与不受舞台规定性所制约的其他艺术（如小说、电影、电视剧）相比较，它又有绝对性。针对这种规定性，人们在戏剧史上曾经把

“三一律”视为戏剧结构的模式。众所周知，所谓“三一律”，是指时间、地点和行动这三者的“一致”（或“一律”），即一出戏只能包含单一的行动（情节）线，而行动又必须在一天之内（24小时）完成从发生到完结，还必须发生在同一地点。这一结构模式究竟由谁提出、由谁完善，并不重要。应该承认，作为一条结构的原则，它毕竟包含着某种合理性。正因为如此，戏剧史上出现的优秀剧作中，不乏符合这一模式的例证。但是，把它绝对化，视为人人必须遵循、不得违反和逾越的法规，则会给剧作家的想象力和创造力造成极大的束缚。因此，它被剧作家们扬弃，这是必然的趋势。当然，要求把“三一律”作为每一部戏剧作品结构的法规，显然是片面的、绝对化的做法，一个个场面的时间与空间的规定性肯定是有限度的，而这限度又该怎样认识和规定呢？

人们一般认为，同为一种舞台演出形式的中国戏曲的时空自由度要远远大于戏剧，因此，戏剧应该广泛借鉴戏曲艺术的表现方式，以获得更大的时空自由。这是一种似是而非的说法。戏剧可以向戏曲汲取什么营养，可以留待艺术实践进行探索。但是，仅就两者的时空特性而言，其区别却是本质性的。戏剧的基本手段是动作，戏曲亦然。然而，中国戏曲中的动作（包括形体动作和言语动作），有别于戏剧中的写实性，其特质乃是虚拟性和程式化。戏曲艺术的时空自由，正是建立在动作的虚拟性与程式化的基础之上，是凭借虚拟性而得到较大的自由。概言之，中国戏曲艺术的时空特性，是建立在虚拟性动作基础之上的虚拟时间和虚拟空间。体现戏曲时空特性的典范性例证，如京剧《林冲夜奔》第一场中林冲赶路的一段戏，剧本中的台词是：

林　冲　（念诗）……

回首西山日又斜，天涯孤客真难度。

丈夫有泪不轻弹，只因未到伤心处。

俺，林冲，一时愤怒，拔剑杀死高家奸细二贼，官兵拿俺甚紧。多蒙柴大官人，赠俺书信一封，荐往梁山。日间不敢行走，我只得黑夜而行。呀，看前面黑洞洞有户人家，待俺急行几步看来。哦呵呀！我当是户人家，原来是座古庙。雪光之下，照见匾额，待俺看来：白——云——庵。看庙门半掩半开，待俺挨身而进。（两望）且喜庙中无人，一路行来，身子有些困倦，不免关了庙门，在此打睡片时，起来再行。正是：一觉放开心定稳，梦魂千里到阳台。

（起三更）

哎呀且住！朦胧之间，听得已交三鼓，俺不免开了庙门，甩开大步，直奔梁山走遭也。

……

在这段戏里，空旷的舞台上并无任何实体性空间的标示，也没有表明时间变化的灯光处理，观众只是根据人物的台词和虚拟性动作，想象时间的流逝和空间的变换。林冲上场时，刚刚是西山日斜，转瞬之间已是黑夜，这中间的时间流逝是从台词和走路的虚拟性动作中传达给观众的。在从黄昏到黑夜的时间流逝的同时，他已经赶了几里路程。从匆匆赶路到望见古庙而误认为是户人家，再到进庙门，倒身睡觉，空间的流动和时间的流逝同时完成，全靠说明性的台词和虚拟性动作暗示给观众。他在古庙中睡觉，空间没有变动，但一分钟左右的虚拟性动作（打睡）却暗示已有几个小时的时间流逝。与戏曲艺术相比较，戏剧的表现手段更具有写实性。正是这一特性，制约着它的时间观念与空间观念，使其自由度受到的限制要大得多。如果说，戏剧结构的任务是在时间和空间中组织行动（动作），那么，戏剧的时空特性可以归为一句话：动作在固定空间与延续时间中持续发展。我之所以把行动与动作并提，是因为戏剧中的行动是用动作直接呈现的，对行动的组织与对动作的组织具有同质性，也可以说，对行动的组织首先是对动作的组织。针对戏剧动作而言，持续发展乃是其固有的本性。正如霍华德·劳逊所说："动作还有另一个重要的特征，这可以称之为动作的流动性。"他又强调说："动作（有别于活动）必须在不断的发展过程中；所以它必须从别的动作中生发出来，必须引起别的不同的动作。"[①]演员正是通过具有因果联系的动作直观地呈现人的行动。而动作的持续发展，在戏剧中，只有在延续的时间中才能实现。所谓使动作得以持续发展的延续时间，与实际时间（自然时间）基本上是一致的，一般不能任意压缩或延展。所谓动作的"固定空间"，应该有两个含义：其一，具体场景作为一个实际空间，在动作的持续发展中是固定不变的；其二，具体的场景被安置在舞台框口之内，它一般要被纳入观众的视野之中，在动作的持续发展中，观众的视点和距离也是固定不变的。戏剧的时空特性，正是"三一律"法规的制造者的重要依据，如果剧中人物的行动必须在固定空间中持续发展，那么，一出戏如以一个完整的行动作为对象，要求的空间只能限定在同地点，并非没有道理。由于动作持续发展的时间与自然时间基本一致，伏尔泰曾经提出一个极端化观念："观众坐在剧场里的时间不超出三小时，所以事件的延续也不能超出三小时。"如果真的以此为准则，那作为表现对象的人的行动，必将受到极大的限制。俄罗斯剧作家奥斯特洛夫斯基也强调同质性的原则，他说："提出时间相隔很久的非常多的事件，并不能算是戏剧——这不是戏剧的事；戏剧应该是一个事件、一个瞬间，而且越短越好。"令人欣慰的是，绝大多数的剧作家在创作实践中并没有死守类似的原则，而是具有很大的灵活性。奥斯特洛夫斯基的剧本，有一些把剧情的时间跨度限定在24小时之内；可是，在《大雷雨》中，第三幕和第四幕之间的时间跨度是10天；而在《无辜的罪人》中，第一幕与第二幕之间有17年的时间间隔。至于莎士比亚，作为天才，他从未把这类法规式的原则放在眼里，在他的著名悲剧中，剧情的时间跨度和空间变换，都是量体裁衣，相当灵活。

① 劳逊.戏剧与电影的剧作理论与技巧［M］.邵牧君，齐宙，译.2版.北京：中国电影出版社，1978：218.

众所周知，行动的持续发展是在固定空间与延续时间中完成的，致使戏剧的时空容量受到很大限制；但是，戏剧结构有特殊的方法突破这种限制，这就是“中断动作”。尽管在行动持续发展的进程中，空间是固定不变的，其持续发展的时间也与自然时间基本一致，但在行动被中断时（或闭幕、暗转，或让人物退场），情况却发生了变化。中断的空隙（场间、幕间）虽然只有几十秒钟，但帷幕重启、灯光重亮，或是人物又登场，却标示着新的一场戏开始。这时，我们就会发现，不仅行动的空间变换了，而且这几十秒钟的瞬间，还蕴含着剧中人物生活命运中几小时、几天、几个月、十几年甚至更长的时间流逝。此类例证，不胜枚举。在简要说明戏剧处理时空的特殊方式之后，我们获得的启示有二：

其一，尽管时空高度集中的原则是戏剧的重要特质，而舞台的法则又要求在固定空间和延续时间中完成动作的持续发展；但是，由此衍生出的“三一律”作为结构的法规，却把一个真理引向极端，使之绝对化和片面化。在现代和当代，在剧作家们解放主体想象力的呼声日益强劲的环境下，这类法规早已成为考古博物馆中的陈列品，这是不说自明的。

其二，如果说，动作在固定空间与延续时间中持续发展确实是舞台法则的体现，那么，“三一律”作为这一法则的衍生物，即使不能作为全剧结构的模式，也植根于戏剧场面之中，难以动摇。也就是说，动作在固定空间与延续时间中持续发展，乃是戏剧场面的实体性内容，在这一意义上，每一个戏剧场面实质上都遵循“三一律”。

2.场面的实体内容——情境的逻辑模式

戏剧艺术要求高度集中的原则，这一原则作为戏剧化的内质，也正体现在戏剧场面之中。歌德曾经说过：“艺术并不打算在深度与广度上与自然竞争，它停留于自然现象的表面；但是它有着自己的深度，自己的力量。它借助于在这些表面现象中见出合规律性的性格、尽善尽美的和谐一致、登峰造极的美、雍容华贵的气氛、达到顶点的激情，从而将这些现象的最强烈的瞬间定型化。”卡西尔解释这段话时强调说，“这种对‘现象的最强烈的瞬间’的定型既不是对物理事物的模仿，也不只是强烈感情的流溢，它是对实在的再解释，不过不是靠概念而是靠直观，不是以思想为媒介而是以感性形式为媒介。”如果说，每一种艺术样式都有自己的感性形式，那么，它们将“现象的最强烈的瞬间定型化”，各自也都有其特殊的方式。

针对戏剧艺术而言，这种定型化的特殊方式，就是以情境的集中性、完满性为基础的戏剧场面，它的实体性内容就是那个充盈着生命运动的逻辑模式。在这一逻辑模式中，情境作为前提条件，作为场面的基础，本身应该是集中的、完满的，其目的正在于为人的生命活动构建“最强烈的瞬间”，并把它定型化。这里所说的集中、完满，不仅包含着时间与空间的集中，还意味着事件与人物关系这两种要素的集中性和完满性，使情境具有足够的张力，使得人的生命活动的这一瞬间得到“最强烈”的表现。在自然形态下，人的生命活动经常呈现的是散漫无序的状态，很多人也难得有适当的条件充分展现个性的底蕴。在戏剧中，出场人物却需要在两个多小时的时间和有限的空间之内，实现个性的自满自足，而实现这一任务的唯一阵地就是场面及其组合。在戏剧作品中，很多重要的场面就如摄影艺术中底片显影的过程：暗房里备好了显影液，把底片浸入其中，使潜在的影像尽显无遗。在这里，成功的前提条件是“显影液”的配制，也就是情境的建构。为了营造这样的场面，创作主体有时需要发挥超常的想象力并调动全部技巧，以求得情境具有足够的张力。在这里，各种偶然的因素常常备受青睐，对完成情境的集中性和完满性发挥作用。不过，情境的构建及其集中性和完满性，只是场面开掘的基础，正如贝克所说：“虽然一个富于戏剧性的情境，无疑是戏剧的金银宝库，但这宝库是否能发展成新鲜的很有意义的戏，要依赖于对情境中的人物的细致的研究。”据此，小仲马提出的问题又显得特别重要：“剧作家在设想一个情境时，他应该问自己三个问题：在这个情况下我该做些什么事？别人将会做些什么事？什么事是应该做的？”回答这些问题，正是对情境中的人物的研究，目的在于发掘各个人物心灵的隐秘，充分实现从动机到行动的逻辑模式。

在情境的集中性、完满性这一意义上，戏剧不仅有别于叙事文学中的小说，也有别于电影中的故事片。小说的叙述方式，按其固有的本性，既不受时间一律和地点一律的限制，可以顺从事件的时间流逝和空间变动的自然形态，也不必在叙述事件时把它浓缩、裁剪成几个集中的段落，享有极大的时空自由。叙述作为一种艺术方式，要比“用动作表达”自由得多。电影也有动作，电影动作的本性与舞台动作的本性也有很多一致性；然而，电影却可以凭借摄影机的功能把人的生命活动从舞台法则中解放出来，更接近叙述的形式。电影的叙事功能远胜于戏剧，就其结构本性而言，更接近小说。电影剧作家改编一部小说比改编舞台剧要容易得多，而前者的成功率也要高于后者。一个富有意味的例证是：美国当代剧作家阿瑟·米勒的舞台剧《推销员之死》中有很多场面被认为是电影化的，然而，当它真的被改编成影片时，却并不成功，正是那些被认为“电影化”的场面，在银幕上却失去了原有的效果。

现代戏剧出现了追求叙述形式的特殊现象，在这里，所谓“叙述形式”蕴含着不尽相同的意味。德国戏剧家皮斯卡托热衷于政治戏剧，他追求的是文献纪实式的作品，他认定戏剧的主人公不是个人，而是群众。在他之后，布莱希特则把“叙述体戏剧”（又译“史诗戏剧”）与传统的“戏剧体戏剧”全面对立起来，在这一名目下，提出自己的一整套戏剧主张。在他的戏剧主张和艺术实践中，有价值的实验、精辟的见解以及内在矛盾兼备，对此，本书不去讨论。我们不难发现，他在界定史诗（叙述）与戏剧的区别时强调的是一个特殊的角度：“小说家杜布林提出一个出色的见解，他说，史诗和戏剧不同之点，就是它可以用剪刀分割成小块，而仍能完全保持其生命力。”与此相对应，布莱希特对戏剧因素也有特殊的指定：“这儿指的是情节的高度集中，各个部分相互牵动与制约的机缘。”实际上，布莱希特在这里指明的只是两种不同的结构类型，而不是关系到本体意义的戏剧因素。如果这位戏剧家出于艺术的追求，锐意突破一种传统的结构类型，而选择另一种结构类型，那也并不意味着对戏剧本体的改变。实际情况也恰恰如此，例如，《大胆妈妈和她的孩子们》被公认是“史诗戏剧”的典范性作品。在这部剧作中，他把大胆妈妈在战争中的经历分切成几个小片段，各场之间并没有严谨的因果联系，它与那种“情节高度集中，各个部分相互牵动和制约”的传统结构类型确实有显著的差异（后面还要专门讨论这种结构类型）。布莱希特将这部剧作称为“编年史剧”，而沃尔夫则强调说：“您把您的《大胆妈妈和她的孩子们》称作‘编年史’绝非偶然，无疑它是您的‘史诗戏剧’的一种形式。”然而，无论把这类作品称为“编年史”式的，还是归入片段组接式，作为一部戏剧作品，它也并不缺少集中性、完满性的戏剧场面，而且，这些场面的实体性内容正是我们所一再强调的逻辑模式，它们实质上都是“三一律”。从这一层面说来，任何结构类型的戏剧作品，都有共同的本质。如果说，集中、完满的戏剧场面是戏剧本体的重要体现，那么，在电影作品中强调场面的集中性、完满性，则可能成为“非电影化”的弱点，在把舞台剧改编成电影的过程中，如何把这类场面电影化，总是改编者面对的难题。在小说中，这类集中、完满的场面固然可能出现，我们有理由把它看作戏剧因素的渗入。别林斯基把果戈里的中篇小说《塔拉斯·布尔巴》看作被戏剧因素所渗透的叙事作品的一个卓越例子，而奥斯汀的长篇小说《傲慢与偏见》也是被戏剧因素渗透的优秀例证。这些叙事作品都有着集中、完满的情境构成的场面。如果要把这类小说搬上舞台，自然是比较容易的。但是，一般说来，小说家并不追求这类场面，而是更重视事件或人物内心的自然流程。

第四章 戏剧的形态

把情境确认为表现人的生命活动的戏剧形式，必定要涉及一个相当麻烦的问题：情境并非戏剧的专利，其他艺术样式中也包含着情境。黑格尔正是把情境作为一切艺术共有的要素，并由此出发，展开对“艺术美”的讨论。他认为：

> 一般地说，情境一方面是总的世界情况经过特殊化而具有定性，另一方面它既具有这种定性，就是一种推动力，使艺术所要表现的那种内容得到有定性的外现。特别是从后一个观点看来，情境供给我们以广阔的研究范围，因为艺术的最重要的一方面从来就是寻找引人入胜的情境，就是寻找可以显现心灵方面的深刻而重要的旨趣和真正意蕴的那种情境。在这方面不同的艺术有不同的要求……[①]

黑格尔把人（性格）看作各种艺术的中心对象，在他的美学体系中，“一般世界情况”——“普遍力量”、“情境”——“情致”等概念，表明了以人为主体的客观与主观的辩证关系。所谓“一般世界情况”，指的是“艺术中有生命的个别人物所借以出现的一般背景”，也就是特定时代的一般

① 黑格尔.美学：第一卷［M］.朱光潜，译.2版.北京：商务印书馆，1979：254.

物质生活和文化生活的背景。这种背景对同一时代的人来说是共同的，因而也是普泛的，艺术家必须把它具体化、定性化为对个别人物直接产生影响的机缘，使其显现出是怎样的人物。这种机缘就是情境。所谓“普遍力量”，即指特定时代流行的伦理、宗教、法律等方面的信条和理想。艺术家必须把这种普泛的精神力量具体化为个别人物的主观情绪、人生态度，成为推动人物行为的内因，也就是我们所强调的行为动机，这就是情致。情境与情致的统一，也就是主观与客观的统一。在黑格尔看来，任何艺术形式中都包含着这种统一，它乃是具有普泛性的艺术法则。仅就情境而言，它固然是所有艺术中最重要的一方面，然而，在不同艺术中，它却有不同的表现，呈现出不同的形态。

研究不同艺术样式的形态差异，也是一个相当复杂的课题。各种艺术样式固然都有独具的特征，使之可以与其他样式相区别，但是，这种特征大都不是绝对的，而只是相对的。各种艺术样式之间的联系是运动的，而不是静止的；是变化的，而不是僵死的。仅就戏剧艺术而言，它作为一种综合艺术，在其复杂的肌体中融合了其他艺术因素，因而，它与其他艺术样式的关系也就显得更为微妙。爱尔兰诗人叶芝甚至说过，他喜爱戏剧的原因在于“一切艺术分析到最后显然都是戏剧”。[①]在这个意义上，我们更不难发现，戏剧与其他艺术样式的关系可以说是“你中有我，我中有你”。在今天，所谓“戏剧化”已经不再是戏剧艺术的专利，它早已渗入文学、电视以及绘画、摄影等艺术形式之中。正因为如此，我们要确认戏剧的形态，并试图使它与其他艺术样式相区别，并不是很容易做到的。尽管如此，我们仍然可以发现戏剧与其他艺术之间的相对的差别。

仅就情境的形态而言，戏剧与音乐、抒情诗等艺术样式和品种之间的区别是显而易见的。相对而言，戏剧与叙事诗（小说）及绘画的切合点更

① 叶芝.语言·性格与结构［M］//中国社会科学院外国文学研究所，外国文学研究资料丛刊编辑委员会.外国现代剧作家论剧作.北京：中国社会科学出版社，1982：43.

多、更显著，要将它们区别开来，就有着更大的难点。那么，与它们相比较，我们所强调的戏剧情境又有什么特殊性？它在戏剧中，又何以具有特殊的价值？

如说一切研究都需要比较，那么，当研究的对象集中于某种艺术的特征这一命题时，把它与其他艺术相比较，就更是必需的了。本章拟在戏剧与叙事诗、戏剧与绘画等的比较中确立戏剧情境的特殊形态，之后，还将就戏剧艺术的风格、流派，进一步对戏剧情境形态的变异进行历史的观照。

一、叙事与场面

在古代希腊，戏剧是继史诗（长篇小说的原型）之后诞生的艺术种类。多年以来，戏剧与小说并存竞荣，它们既存在着种类形态的差别，又在相互渗入。理论家们在划定戏剧与小说的界限时，不能不正视这样的事实：文学性已渗入戏剧之中，而戏剧性又渗入小说的肌体。黑格尔在谈到诗的三种类别时指出，“史诗就是按照本来的客观形状去描述客观事物”，“抒情诗采取主体自我表现作为它的唯一的形式和终极的目的”，而戏剧诗则“应该是史诗的原则和抒情诗的原则经过调解（互相转化）的统一”。[①]别林斯基则认为，叙事诗与戏剧诗虽然彼此分离地存在着，“可是，当出现在个别的诗歌作品里的时候，它们相互之间不是划着明显的界限的。相反，它们常常混杂在一起而出现。因此，有的按照形式看来是叙事的作品，却具有戏剧的性质，反之亦然。当戏剧因素渗入叙事作品里的时候，叙事的作品不但丝毫也不丧失其优点，并且还因此而大有裨益”。[②]戏剧因素对小说的

① 黑格尔.美学：第三卷 下册［M］.朱光潜，译.北京：商务印书馆，1981：99-100，242.

② 别林斯基.诗歌的分类和分科［M］//别林斯基.别林斯基选集：第三卷.满涛，译.上海：上海译文出版社，1980：23.

渗入，并非只限于个别作品，特别是现代和当代某种风格的小说作品，渗入的情况更为复杂和普遍。正因为如此，我们把戏剧与小说相比较，以求进一步认识戏剧的特性，就显得更为困难。特别值得重视的是，在现代和当代戏剧理论中，诸如“叙事学”“叙事体”等概念，夹带似是而非的解释把戏剧的本体涂抹得模糊不清，更为这种比较研究加大了难度。两者相互渗入，特别是戏剧因素对小说的渗入，使我们将要进行的比较都具有相对性，不过，相对性的区别毕竟也是区别。

一位苏联戏剧家在强调事件在戏剧中的作用时指出：“没有事件，没有事件的连锁，即没有戏剧，不管属于哪种体裁的戏剧。”[①]同样，我们之所以把小说称为叙事诗，也正因为它以叙事为特征。所谓“叙事”，最直接的解释乃是“对事件的叙述”。据此，我们可以更有把握地说，没有事件，没有事件的连锁，就没有小说。在这一层面上，我们根本不能把握戏剧异于小说的特质。

亚里士多德认为，戏剧与史诗都是对人的行动的摹仿。它们的区别只在于摹仿的方式：史诗采用的是“叙述法”，而戏剧则是“用动作来表达”，这是从艺术的表现手段这一角度确立两者的界限。后世则由此引申出这两种艺术不同的审美特质。席勒认为：

> 在悲剧中，个别的事件在其发生的瞬间，必须作为现在的事情，直接陈诸观众的想象力和感官之前，不容第三者插入。史诗、长篇小说、短篇故事，凭它们的体裁，把人物的行动移到远方，因为在读者和进行行动的人物之间，横插进来一个叙述者。但是谁都知道，远方的事情或者过去的事情是削弱印象和削弱人们的关切和激情的，而现在的事实则使之加强。一切叙述的体裁使眼前的事情成为往事，一切

① 克尼别尔.在动作中分析剧本和角色［M］.马华，译//克尼别尔，等.戏剧理论译文集：第一辑.马华，等译.北京：中国戏剧出版社，1957：25-95.

戏剧的体裁又使往事成为现在的事情。[①]

英国当代戏剧理论家马丁·艾斯林也重视两者的这种区别，并把戏剧艺术确认为一种“最具体的形式”。他说：

> 戏剧是艺术能在其中再创造出人的情境、人与人之间的关系的最具体的形式。这种具体性是由下述事实而来：既然思想感情交流的任何叙述形式都趋向讲述过去已发生而现在结束了的事件，那么戏剧的具体性正是发生在永恒的现在时态中，不是彼时彼地，而是此时此地。[②]

这里所强调的正是戏剧与叙事的区别。所谓“叙事”，指的是把一个或一系列事件向读者、听众叙述出来，对接受者来说，这就意味着把它作为已经完成的往事，它的时态是“过去完成时”；而戏剧则是把发生在任何时间的事件，通过人物自身的动作直接呈现在观众面前，这就意味着，无论是发生在若干年前的历史事件，还是设想发生在若干年后的事件（在科学幻想题材中），只要用动作直接呈现在舞台上，对观众来说，都成为正在进行着的事件，它的时态是“现在进行时”。与叙事性文学相比较，戏剧艺术的优长主要在于这种现在时态的直观性。在戏剧演出中，演员通过动作（形体动作、台词等）把角色化成在观众面前正在活动着的活生生的人，并通过动作直接展现其内心世界；在舞台上，人物与人物之间相互交往，通过各自的动作把相互关系的隐秘及发展变化直接呈现在观众面前；当然，行动、事件及其进程，也依靠动作得到直观的呈现。对看戏的观众来说，戏中人物的行动和事件，即使做不到让观众感到亲身参与了这些事件，也

① 席勒.论悲剧艺术［M］.张玉书，译.杨业治，校//古典文艺理论译丛编辑委员会.古典文艺理论译丛：第六册.北京：人民文学出版社，1963.

② 艾思林.戏剧剖析［M］.罗婉华，译.北京：中国戏剧出版社，1981：10.

可以给观众造成一种身临其境、耳闻目睹的直观感受，而这种感受要比听别人叙述更亲切、更强烈。如果说，在戏剧形成的初始期（如古希腊悲剧的初期），较多的叙述成分黏附在戏剧的肌体上；那么，随着这些成分的逐步减少，动作逐渐成为主导，成为基本的手段，这门特殊的艺术样式才随之走向成熟。假如戏剧丢弃了自己特有的手段——动作，而代之以叙述，从而失去了现在时态的直观性，试想，这将意味着什么？正是在这一意义上，别林斯基断言："戏剧和叙事诗在本质上是南辕北辙的。"[①]就戏剧而言，这一断言具有本体意义；因而，我们在需要把戏剧与叙事联系在一起时，不应轻易忽视这一本体特征。

戏剧演出是受时间、空间限制的，假如事件发展的延续时间过长，发生、发展的空间过多，剧作家就很难把它们的整个过程原原本本地再现出来。根据艺术的审美原则，所谓"原原本本地再现"也是完全不必要的。按照结构、剪裁的要求，事件发展的某些部分可以作为明场再现的对象，有些则可以放在幕前或幕间（场间）。明场再现的部分，自然应该是动作的用武之处；被放在幕前或幕间的部分，当大幕打开或重新开启时，早已成为"已经发生过的事情"。任何一部戏剧作品中都或多或少地包含着这类"往事"的成分，它们虽是已往发生过的，但却与人物的现实行动有着紧密的联系，甚至直接关系到人物的命运，因而都需要向观众传达清楚。一般交代往事的方式，是让人物用台词叙述，这叫作"回叙法"。但是，在戏剧中，让人物静止地回叙往事乃是一大忌。英国批评家约翰逊（又译"约翰孙"）说过："在戏剧创作中，叙述部分之不受人欢迎，这是很自然的现象，因为它既不紧张，又不活泼，而且阻碍了情节的开展。"他认为，对像莎士比亚这样杰出的剧作家来说，叙述也是"一种负担"。[②]剧作家们面对这个

---

① 别林斯基.诗歌的分类和分科［M］//别林斯基.别林斯基选集：第三卷.满涛，译.上海：上海译文出版社，1980：14.

② 约翰孙.《莎士比亚戏剧集》序言［M］//杨周翰.莎士比亚评论汇编：上.北京：中国社会科学出版社，1979：49.

艰难的课题，积累了有益的经验：使人物叙述往事成为一种现实的行动，使回叙本身成为戏剧的有机部分。实现了这样一种写作的、最有代表性的例证是《玩偶之家》的开端部分。这出戏中有一个重要的事件：娜拉由于帮助丈夫治病，向柯洛克斯泰借了一笔钱，在签立借据时假冒父亲的签字。这一事件在大幕打开时早已是八年前的往事，但却成为以后事件的原因，因此，必须向观众交代清楚。我们看到，易卜生让柯洛克斯泰重提这件往事，并把他的长长的回叙充分戏剧化——化为人物的一个现时行动：在第一幕中，海尔茂升任银行经理以后决定解雇柯洛克斯泰，而柯洛克斯泰为了保住自己的职位，要求娜拉说服海尔茂改变决定。娜拉拒绝了他的要求：

娜　　拉　柯洛克斯泰先生，老实告诉你，我真没力量帮助你。

柯洛克斯泰　那是你不愿意帮忙，可是我有法子硬逼你。

为了达到目的，柯洛克斯泰对不懂法律的娜拉晓以利害，提醒她注意借据上那些违犯法律规定的细节，如果他将借据公布，会引起什么后果：

柯洛克斯泰　……要是我拿这张借据到法院去告你，他们就可以按照法律惩办你。

娜　　拉　我不信。难道法律不许女儿想法子让病得快死的父亲少受些烦恼吗？难道法律不许老婆搭救丈夫的性命吗？我不懂法律，可是我想法律上总该有那样的条文允许人家做这些事。你，你是个律师，难道不懂得？看起来你一定是个坏律师，柯洛克斯泰先生。

柯洛克斯泰　也许是。可是像咱们眼前这种事我懂得。你信不信？好，信不信由你。不过我得告诉你一句话，要是有人二次把我推到沟里去，我要拉你做伴……

在这里，柯洛克斯泰回叙八年前的一件往事，怀有现实的动机，转化成为一个有力的意志行动。我们很快就看到这一行动引发的后果。假如易卜生不是这样处理回叙成分，而是让娜拉在与林丹太太的谈话中叙述它的过程，那效果之差是完全可以想见的。

戏剧与叙事的这种区别，已经是人所尽知的常识，似乎不必多费笔墨。但是，如果两者的区别仅限于此，那么，在把一切小说改编成剧本时，只要把小说中对事件的叙述转化为“用动作来表达”，过去时态就可以转化为现在时态，改编的任务似乎就可以完成了。事实远不是如此简单，只在这个层面区分戏剧与小说，是远远不够的。

戏剧与叙事的区别，还有更深一层的含义。别林斯基在阐明戏剧与叙事诗的区别时，正是强调这一层面，他指出：“在叙事诗中，占优势的是事件，在戏剧中，占优势的是人。叙事诗的主人公是变故；戏剧的主人公是人的个性。”[①]这段话的含义是明确的，在叙事体裁的作品中，基本的内容是对事件的叙述；而在戏剧体裁的作品中，基本的内容则是主体（人）心灵的外化过程。这样说，并非否定“文学是人学”这一基本命题。事实上，一切有价值的叙事文学作品，例如优秀的长篇小说和中短篇小说，都有着人的真正生活、人的生命活动，都有独特的人物形象。问题在于，在小说中，人物或者只是作为事件的参与者，他们的个性只是赋予被叙述的事件以活的生命；或者，外在的环境和偶然的变故制约着人物的行动和命运。就像黑格尔所说：“史诗人物可以服从外在环境而不至损害他的诗的个性，他的行动可以显得是环境情况的结果。”[②]然而，戏剧诗中却是另一个原则：“只有人物性格在起主导作用。”所谓“人是戏剧的主人公”，也正体现为这种主导作用。

在戏剧作品中，人物性格的主导作用，当然主要体现为主体行动的驱动力在于自身的性格，而不在于外面环境与偶然变故的命令。需要指出的

---

① 别林斯基.诗歌的分类和分科［M］//别林斯基.别林斯基选集：第三卷.满涛，译.上海：上海译文出版社，1980：14.

② 黑格尔.美学：第三卷 下册［M］.朱光潜，译.北京：商务印书馆，1981：155.

是，确认这一点，并不意味着回到意志冲突的理论。前面曾经提到，布伦退尔在区分戏剧体裁与叙事体裁的界限时不仅强调自觉意志在戏剧中的标示性价值，而且他还指出，戏剧与小说的题材和主题实际上可能是一样的，但是它们的处理方法不但不同，而且是对立的。他把勒萨日的小说《吉尔·布拉斯》与博马舍的剧本《费加罗的婚姻》进行比较，指明它们在处理方法上的对立：剧本中的费加罗立定了一个目标，决心阻止伯爵对苏珊娜行使封建主的特权。为了达到这一目标，他采取行动，这就是意志行动。费加罗是环境的支配者，也是自己命运的缔造者。与此相反，小说的主人公虽有很多经历，却没有明确的目标，他一味地服从环境，而不是支配环境。他没有从事行动，而是被动地接受行动。布伦退尔之所以把行动作为戏剧人物的专利，是因为行动被赋予了特殊的含义。他认为：

> 是不是行动到处都在进行？当然不是。除了具有自觉意志的行动本身以外，还有非真正的行动；正如我已说过的，这种为了其完成而运用手段去实现的自觉意志，它是采取行动来达到其目标的，并且所有其他形式的行动都只是模仿或模拟。

在这里，他把自觉意志采取的行动看作真正的行动，而意志行动又是支撑戏剧艺术的骨架。据此，他把戏剧人物与小说的主人公区分开来：戏剧中的人物才是真正的行动者，而小说中的主人公只是行动的接受者，也就是说，这些人物只是服从外在环境的指令，而处于被动的地位。不难看出，千条区别说到底只有一句话："戏剧的总的规律是通过自觉意志的行动本身来确定的。"至此，我们对布伦退尔的另一个断言也就不难理解了，他说："相信宿命论更有利于小说的发展，相信自由的意志则更有利于戏剧艺术的发展。"[①]然而，事实并非如此绝对。难道我们能说长篇小说的主人公都

① 布轮退尔.戏剧的规律［M］//罗晓风.编剧艺术.北京：文化艺术出版社，1986：12.布轮退尔即布伦退尔。

是一些随波逐流、屈从于环境、自觉意志疲软的宿命论者吗？黑格尔也曾谈到史诗与戏剧之间类似于此的区别，不过，他把这种区别归于人类处于不同发展阶段的表现。在说明戏剧体诗产生的时代条件时，他说：

心灵把实践性的欲望提升到首位，要在行动中去实现它自己的独立，要剥夺客观情境和事迹在史诗中所享受的独立权。导致产生戏剧体诗的就是这种人物性格和目的在行动方面所表现的个性尊严的加强。但是史诗却不然，它却要求情感与行动的统一以及内心所要实现的目的与客观世界事态的统一，这种尚未分裂的原始的统一只有在民族生活的最初期和诗的发展的最初阶段才会出现。[①]

按照这一论断，史诗的叙事性本质乃是“民族生活的最初期”的产物，而随着民族生活的进步，随着人类“个性尊严的加强”，戏剧诗才得以诞生。这一论断难以回避的尖锐问题是：如果说，从黑格尔所说的“尚未分裂的原始的统一”到“个性尊严的加强”，标示着人类发展的不同阶段，也可以视为人的本体观的变化；那么，这种变化既然导致戏剧诗的诞生，又怎能不对后世的长篇小说产生影响？倘若人类“个性尊严的加强”也影响到了长篇小说，那么，它的原初的叙事性本质是否会有所变化？换言之，当一种新的艺术样式随着人类“个性尊严的加强”这一潮流应运而生之时，原有艺术样式岂能只是凝定不变、陈陈相因？不管怎样，事实胜于雄辩：一方面，近代和现代长篇小说中出现了众多意志坚强、个性尊严强化的男女主人公，不胜枚举；另一方面，正如布伦退尔在1894年所抱怨的那样，在现代戏剧中，人的自觉意志却在削弱、松弛、瓦解。由此可见，任何一种有生命力的艺术样式，都不会把某一种有关人的本体观作为自己永恒不变的专利；戏剧是这样，叙事文学也是如此。

---

① 黑格尔.美学：第三卷 下册［M］.朱光潜，译.北京：商务印书馆，1981：110.

如果我们不把戏剧与叙事的区别理解为关于人的本体观的差异，那么，究竟应该怎样解释黑格尔和别林斯基的界定呢？所谓“占优势的是事件”，或者说“主人公是变故”，作为叙事性作品的标示，究竟所指为何？实质上，这里所强调的恰恰是叙事作为一种艺术表现方式的特质。所谓“叙事”，事件乃是基本的对象，居于主体性的地位，正像别林斯基所指出的：“在长篇史诗中，事件压倒人，它以其宏伟和巨大遮盖住人的个性，以其自身的兴趣，描绘的多样性和繁复性，使我们不去注意人的个性。”[①]所谓“不去注意”，并不意味着人物“失去了个性”，也不意味着叙事作品中的主人公意志的贫弱；关键在于，即使人物具有明确、坚定的意志，但“对于叙事的表现方式来说，外在环境之重要并不亚于人物内心生活的特性”，由于“人物性格和客观事物的必然性二者是以同等重要性而并列在一起的”，“他的行动可以显得是环境情况的结果，所以环境情况在史诗里是强大的动力，不像在戏剧体诗里那样，只有人物性格在起主导作用”。[②]与叙事性作品相比较，戏剧中的事件，或者说是外在环境的作用，被限制在极其有限的范围之内。在这一问题上，黑格尔的意见更值得重视，他说：

> 纵使外在环境在戏剧里也起作用，这种作用的意义也仅在它们对心情和意志的影响以及人物对它们所起的反应。[③]

在这里，事件作为外在环境的因素，只是构成情境的要素之一。事件可能是已经发生过的，也可能是现在时态的；可能是由主体的行动构成的，也可能是外在于主体的，但它们的作用都是同一的。例如，在《哈姆雷特》中，克劳迪斯谋杀老丹麦王这一事件，是在大幕打开之前已经发生了的，

① 别林斯基.诗歌的分类和分科［M］//别林斯基.别林斯基选集：第三卷.满涛，译.上海：上海译文出版社，1980：19.

② 黑格尔.美学：第三卷 下册［M］.朱光潜，译.北京：商务印书馆，1981：155.

③ 黑格尔.美学：第三卷 下册［M］.朱光潜，译.北京：商务印书馆，1981：140.

是外在于哈姆雷特的；《玩偶之家》中娜拉向柯洛克斯泰借债并假冒父亲签名立下借据，虽说是人物主体的行动，但那已是八年前的往事；《李尔王》中李尔退位分国，则是主体的现实行动，不一而足。这些事件的性状不同，其作用却统统在于对主人公的影响。当然，类似的事件还不是构成情境的唯一要素，甚至还不能说是最重要的因素。若论最重要者，当数黑格尔所说的剧中人物“戏剧性存在的基础”——人物之间的关系。而这关系可能是矛盾关系，也可能是非矛盾关系，但是，它们如若想在戏剧进展中具有真正的活力，就需要定性化、具体化。实际上，戏剧中各种各样的事件，往往通过推动人物关系的定性化、具体化，从而对人物产生实体性的影响。《哈姆雷特》中，在大幕打开之前发生的那件谋杀篡位的阴谋，尽管是外在于主人公的事件，它被揭露出来之后，却导致哈姆雷特与克劳迪斯、母亲等人的多重关系的定性化、具体化。《李尔王》中退位分国的现实行动，虽然源于主体的自觉意志，却也导致李尔与三个女儿的关系的定性化、具体化，成为情境的基础要素。

强调把事件作为情境的构成因素，强调事件的戏剧作用在于对人物心灵产生的影响，并不排斥另一种情况：人物在情境中的行动也可以成为新的事件，而且，这类事件一旦发生，就会改变和发展原初的人物关系，成为情节的实体内容，从而成为新的情境的构成要素。应该指出，这类事件的戏剧价值，也并不在于它本身的力度，而在于它发生的“因”（动机）和“果”（对人物的影响）。在《哈姆雷特》第三幕第四场中，主人公奉命来到母亲的寝宫。此前，通过伶人演戏，哈姆雷特已经证实克劳迪斯的罪行，并放弃了一次绝好的复仇机会。哈姆雷特与母亲的谈话刚刚开始，帷幕后响起喊声，他误以为是克劳迪斯在此偷听，愤怒中一剑刺穿帷幕，死者却是好事的波洛涅斯。这是一桩由主人公的主体行动构成的事件，同时也是情节的实体内容。主体行动的动机在于惩罚克劳迪斯，却误杀了爱管闲事的人；这一事件的直接结果是：克劳迪斯确认了哈姆雷特的危险性，决定采取断然行动——除掉哈姆雷特，把他送上死路；或者说，这一事件的发生为克劳迪斯早有预谋的行动找到了实现的理由。正如米切尔所说："说到戏剧性行动，那么这些行动可以有大有小，可以是激烈的，也可以是平静的。我们只是据促成每一个行动的动机及其不可避免的结局来衡量它们。"[①] 在这里，居于主体地位的是人，是人的内心与行动的契合。正是在这一点上，显露出戏剧与叙事的本质差异。在戏剧中，每一个人物都"在其内在的兴趣的范围中充分而完整地表露了自己"，不管事件多么重要，事件所起的作用也仅仅是把主人公推到选择的关头，而主人公对行动及命运的选择，绝非由事件决定，而是取决于人物的性格，最终完成的是个性的实现。那些意志超强、能完全主宰自己命运的主人公，固然如此；而那些意志软弱、经常犹豫不决、看似受外在环境左右的主人公，也同样如此。实际上，他（或她）的每一个行动都是个性的选择，同时，也是个性的实现。戏剧的特殊的形式结构，正是奠定在这个厚实的基地之上。凭借它，每一部真正的戏剧作品在共同的形式结构的铸模中显现出个性的生命。不过，这一根基及其形式结构，也并非生而即备，乃是逐步完美起来的。在这个意义上，莎士比亚的悲剧乃是人类戏剧成熟的标志。在他之前，戏剧艺术走向成熟的进程中，正是包含着从本体的层面排除叙事性而走向自满自足的路程。有人说，希腊悲剧具有叙事性。[②]形成这种印象的原因不仅在于歌队的叙事功能（前面已经谈到，在希腊悲剧中这种因素的逐步弱化标示着戏剧艺术的进步），更重要者，还在于形式结构中人的内心与事件的失调。在大部分希腊悲剧中，事件被置放于主人公的位置，一个又一个变故积蓄起一股强大的态势，形成一种宿命的力量，使得人物在情境中的选择以及命运的走向，显得是被外在环境所主宰。人物内心世界与事件的失调，使得悲剧情节是在外部进行着，而人物的内心世界都被遮盖住了，他（或她）都成为

---

① 米切尔.戏剧的本质与艺术［M］//罗晓风.编剧艺术.北京：文化艺术出版社，1986：59.

② 例如，别林斯基就曾说过："希腊人的悲剧特别具有叙事的性质。"参见：别林斯基.诗歌的分类和分科［M］//别林斯基.别林斯基选集：第三卷.满涛，译.上海：上海译文出版社，1980：31.

被定型的雕像。与莎士比亚的悲剧相比较，希腊悲剧处于不成熟的儿童期。在本体的意义上扬弃叙事性而获得独立自主，这种进步得来不易。在今天，充分认识这一点，仍有特殊的现实意义。在当代，各种艺术样式相互影响、相互渗入，使各自的发展都更具有复杂性。针对这种情况，有人认为，排斥叙事性因素，使戏剧失去了很多，戏剧要发展，就应该以它之长补己之短，让叙事性大量渗入戏剧。作为一种戏剧主张，其利弊是非自然可以通过实践进行检验。在我看来，如果把渗入叙事性作为一种戏剧探索，应该区分本体意义与风格意义的界限。如果把叙事性作为一种风格追求，无论是一种结构类型，还是局部的艺术方式，都可以进行实验；在这一层面上，戏剧艺术原本就有笑纳百川的气魄，现代戏剧和当代戏剧更倾心于各种风格的实验性探索，以求取并存竞荣的局面。但是，如果在本体意义上让叙事性渗入戏剧的肌体，则需要慎重。每一种独立的艺术样式都有它特殊的规定性，如果异己的因素在肌体内大大膨胀，就可能导致本体的失落，其前景也并不令人乐观。约翰·加斯纳在谈到现代戏剧家的想象力和创造力时指出："他们于无意中把自己的戏搞得不伦不类，或者甚至有时根本没有意识到自己已经超出了戏剧的圈子。"同时他又指出："令人欣喜的是，我们看到现代派戏剧家的神思经常贯注于戏剧之中——戏剧，是所有优秀剧作家之所依归……这在吉罗杜、阿怒依、尤涅斯库、怀尔德和其他20世纪剧作家的创作实践中表现得十分明显。如他们的论述所表明的，这些人都懂得立足于戏剧本身的重要性。"①值得注意的是，怀尔德是一位优秀的剧作家，同时也是长篇小说作家。但是，他并未由此而对戏剧怀有偏见。他对戏剧与叙述的区别毫不含糊："一个戏讲的是正在发生的事。一部小说是一个人讲给读者过去曾经发生的事。"针对前述那种强调让叙事性渗入戏剧的主张，他明确指出：

① 中国社会科学院外国文学研究所，外国文学研究资料丛刊编辑委员会.外国现代剧作家论剧作［M］.北京：中国社会科学出版社，1982：11.尤涅斯库即尤奈斯库。

许多剧作家都曾对舞台上缺少一个讲述者惋惜不已——要是舞台上允许有这样一个讲述者，他就可以运用他的力量，按照他的观点，去分析人物的行为，去干预并进一步提供关于过去的事实，提供在舞台上所看不到的同时发生的情节，并进而指出剧情的道德寓意和强调其重要性。在戏剧发展史上的某些时期，这个讲述者曾以合唱队、序幕、尾声或评论者的形式出现；但是毋庸置疑，戏剧缺少讲述者这一事实不但从反面增进了剧作家的才能，而且也给戏剧这一形式增添了额外的活力。①

这种“额外的活力”正是植根于戏剧的本体性特征，而不是靠异己的叙事性获得的。

二、情境形态的嬗变

戏剧情境是由多种因素构成的，由于各种构成因素并不总是生活自然形态的直接再现——它们大都是剧作家凭借艺术想象的创造物，因而就可能呈现出不同的形态。情境形态的嬗变，乃是戏剧发展进程中一个相当复杂的现象。

欲探讨这一命题，我们需要从戏剧的假定性谈起。

1.戏剧情境与戏剧的假定性

所谓“假定性”，乃是所有艺术固有的本性。这句已取得共识的名言，

① 怀尔德.关于戏剧创作的一些随想［M］//中国社会科学院外国文学研究所，外国文学研究资料丛刊编辑委员会.外国现代剧作家论剧作.北京：中国社会科学出版社，1982：131.

究竟意味着什么呢?

就艺术作品而言，假定性标示着艺术形象与生活自然形态的对应关系，而这种对应关系是一种不相符合的关系，它所意指的是创作主体所创造的艺术形象对生活自然形态的加工、改造、变形的幅度。

在这里，与“假定性”相对立的概念主要是“逼真性”。尽管评论家们往往把“逼真性”作为对艺术形象的肯定性用语，但是，认真地说，这种认识却失之偏颇。早在一个多世纪以前，俄国作家普希金就曾指出：“人们仍旧以为逼真是戏剧艺术的主要条件和基础，如果有人向我们证明戏剧艺术的本质恰恰是排斥逼真的，那么又当如何呢？”如果说，在普希金的时代确实有人把逼真作为戏剧艺术的本质，那么，直到今天，类似的主张也并未销声匿迹。其实，欲“证明戏剧艺术的本质恰恰是排斥逼真的”，也并不困难。所谓“逼真”，按其语义学的本意，有“极像真的”“真切”等含义。而在戏剧艺术中，作为一个批评术语，它的意指却常常被模糊化。一个极端性的含义是要求舞台上的环境、事件、人物的一言一行等，都要酷似实际生活，都要符合生活的自然形态。这种要求当然是与戏剧艺术的本性相悖的。不过，把逼真理解为“酷似实际生活”，也可以引申为“造成真实生活的幻觉”——这似乎是可以接受的。实际上，所谓“幻觉”已经不再是一种实在，它已经把艺术从对实际生活的机械摹仿中解放出来，并与我们所强调的假定性开始接通了。所谓“造成真实生活的幻觉”，并不意味着把真实的生活呈现给观众，而是指凭借创造性的工作，调动观众的想象，使之把“假”的当成真的。在19世纪，法国戏剧理论家萨赛正是从这一角度确立戏剧艺术的定义的，他说：

> 一个比较准确的定义似乎是这样的：戏剧艺术是普遍或局部的、永恒或暂时的约定俗成的东西的整体，人靠这些东西的帮助，在舞台上表现人类生活，给观众一种真实的幻觉。

他认为，如果戏剧家将人类生活按照其本来的样子摆在观众的面前，他们反而会认为是假的。原因在于，观众在欣赏戏剧时，有“在另外一种情形之下观看事物的奇异特权”。[①]剧作家和戏剧家必须尊重观众的这种特权。

“约定俗成”，指的是根据共同认识、共同习惯固定下来的东西，它与假定性有着共同的含义。所谓“假定性”，作为话剧艺术中的批评术语，本来就是从国外戏剧理论中翻译而来的。俄文“Условность”是一个抽象名词，译成中文有“程式化”“有条件性”“可真可假”“假定性”等含义，也可译为“约定俗成”。米哈依洛娃在解释这一概念时指明：“假定性仿佛强调出作品对美学系列的从属性，从而不可能把艺术作品同平凡的日常生活事物混为一谈。”她还把这一概念与现实主义联系在一起，并强调说，现实主义艺术的假定性，乃是“根据一种认识原则，对自然的形态进行变形与改造”。[②]假定性是所有艺术固有的本性，当然也是戏剧艺术固有的本性，但与某些姐妹艺术相比较，假定性在戏剧艺术的机体中又有诸多特殊的表现方式及较大的表现幅度。或许正是因为如此，有人在对戏剧与电影进行比较时，就特别强化假定性对戏剧发展的决定性意义。比如，一位波兰电影家就曾断言：“戏剧过去是而且将来也还是比电影更富于假定性。除了在19世纪自然主义一度占统治地位的一个短时间以外，在一切时代——无论在古希腊、在莎士比亚时代还是在即兴喜剧时期，戏剧都是富于假定性的。这正是戏剧所以能够永不衰亡的基础之一。”[③]这位电影家的结论并不科学，不过，他把假定性视为戏剧艺术“能够永不衰亡的基础之一”，却是千真万确的。当我们认真比较电影与戏剧的异同时，就会发现，所谓戏剧“比电

① 萨赛.戏剧美学初探［M］.聿枚，译//古典文艺理论译丛编辑委员会.古典文艺理论译丛：第十一册.北京：人民文学出版社，1966：257.

② 转引自：萨赫诺夫斯基-潘克耶夫.论戏剧的假定性与电影的假定性［J］.张汉玺，李元达，译.黎力，校.世界电影，1982(1)：9；苏丽娜.生活的逼真、假定性、现实主义［J］.姜丽，译.外国戏剧，1984(2)：47.

③ 引自《电影艺术译丛》1963年第5期。

影更富于假定性”，只有局部性的根据。比如，一位故事片的导演，根据场景的需要，他完全可以带着演员到森林、山巅、海边或闹市去进行现场拍摄，甚至可以把赛马和坦克对阵、万人拼杀之类的场面拍摄下来，把富有逼真性的影像呈现给观众；而这一切，对于戏剧作家、导演来说，却是难以做到的。他们既不能把观众聚集到森林里、高山之巅以及海边、闹市等地去看演员在实景中的表演，更无法把真的森林、高山、大海、闹市以及赛马和坦克对阵、万人拼杀等场面搬上舞台。他们能够做到的，只是在舞台条件所允许的范围之内，发挥自己的想象力和创造力，用“假”的东西制造出“真”的幻觉。但是，确认这一事实并不意味着否定电影中的假定性，说到底，把真实的自然场景制造成影像呈现给观众，逼真性效果的背后也蕴含着假定性的能源。何况，较之自然形态的场景，影片中的图像无论如何逼真，也要经过创作主体的选择、加工、渲染，它是人工的产物。而且，这样的图像大部分只是为虚构的人物提供的活动背景。在电影中，画面的构图、色彩、声音，连同画面中的主人公，特别是镜头与镜头的剪接——蒙太奇，都是假定性的，与其说戏剧比电影更富于假定性，倒不如说戏剧与电影各有自己的假定性体系。针对艺术而言，在某种意义上，某种艺术样式的假定性体系，也正构成它的“规定性”。俄国形式主义美学家什克洛夫斯基曾提出一个有趣的命题：象棋中的“马”为什么只能走“日”字？他的答案是：“马步之所以奇特，原因有多种，但主要是因为——艺术的假定性……我所谈的，就是艺术假定性问题。”[①]象棋中的“马”走“日”字，自然是经过了“假定”——“约定俗成”的过程，其他棋子各有不同的步法，情况也是如此。这些“假定”——“约定俗成”的体系，也正是象棋的“规定性”。各种艺术样式也是如此：一种特殊的假定性体系，构成一种艺术样式，并与其他艺术样式相区别。萨赛所说“戏剧艺术是普遍或局部的、永恒或暂时的约定俗成的东西的整体”，也正是把戏剧艺术看作一

① 张冰.什克洛夫斯基[M]//阎国忠.西方著名美学家评传：下卷.合肥：安徽教育出版社，1991：283.

种特殊的假定性体系。这一视点曾经是走进戏剧本体的门径之一，现当代戏剧则更加强调它的本体价值。美国当代剧作家桑顿·怀尔德指出：

> 戏剧靠一套约定俗成的惯例来维持。一种惯例是众所认可的虚构，许可的谎言。
>
> 舞台本身就是一个虚构的世界。①

这个假定性体系包括戏剧肌体中的一切部件，它的中心则是戏剧情境的假定性。

舞台是一座实验室，艺术家把各种各样的人物送进这座实验室，以测定他（她）们是什么样的人，从而探讨人生的真谛。不过，这是一个特殊的实验过程，甚至要比一般的科学实验复杂得多。对于戏剧艺术家来说，他们对各种人物进行实验的过程，就是把人物置于各种各样的情境之中，给他（她）们提供充分表现自我的条件，让观众了解他（她）们内在、外在的世界。可是，戏剧艺术家进行这种实验要受制于很多既定的条件，比如，他们能够为人物的活动提供的时间和空间是有限的，在这有限的条件下让各种人物都能把自己的面目淋漓尽致地表现出来，就必须提供具有足够影响力和刺激力的情境。一个人在平平常常的生活中，不人容易充分表现自己灵魂的隐秘，甚至很难完成真正意义上的自我表现。丹纳认为，在这个领域，艺术必须"高于"生活，艺术家必须提供"一连串的事故和某一类的遭遇"，"搅动心灵""暴露性格"，使本来单调的环境所掩盖的深藏的本能、素来不知道的机能，一齐浮现而出。剧作家为剧中人物提供的戏剧情境，可以而且应该比人们在普通的实际生活中所处的情境（自然形态的）更集中、更强烈，也就是说，构成戏剧情境的诸种因素，诸如环境、

① 怀尔德.关于戏剧创作的一些随想［M］//中国社会科学院外国文学研究所，外国文学研究资料丛刊编辑委员会.外国现代剧作家论剧作.北京：中国社会科学出版社，1982：128，129.

事件、关系等，都不应是实际生活的等同物。剧作家在构思和处理情境时，应该对生活素材进行加工、改造甚至虚构。如果说，舞台本身就是一个虚构的世界，那么，情境更是虚构的产物。马丁·艾斯林把舞台看成一座实验室，由此引申出一个命题：戏剧的一个前提是“如果……事情会怎样”。如果说，戏剧把人作为实验的对象，那么，情境的本性也就是假定性。

这样确认戏剧情境的本性，可以引申出两个重要的问题：

其一，在戏剧发展的历史长河中，戏剧情境的形态并不是单一的、凝固不变的。丰富多彩性和变异性，乃是情境的形态特征。如果我们认真考察不同时代的戏剧精品中情境的形态，可以发现，有的是切近自然形态的，有的则超越自然形态，甚至充盈着变形、怪诞的因素。面对这五光十色的形象，我们不能断言哪一类是假定性的，哪一类是非假定性的。如果一定要概括它们共同的性状，只能说，它们都是假定性的。情境的不同形态，可能构成作品外在风格的差异，但是，这种差异并不意味着对假定性的肯定与否定，只是对它的丰富和发展。

其二，假定性的幅度既是无限的，又是有限的。这里所说的“度”，包含着两个相互关联的尺度。首先是不超越观众的“约定俗成”。中国古代有一种说法：“约定俗成谓之宜，异于约则谓之不宜。”[①]这个“度”，正是指能为观众所接受。与之相连的“度”则是，剧作家建构的情境，不管是哪一种形态，不管变形的幅度有多大，其目的都在于与剧中人物相契合，使人物灵魂最深处的隐秘活动都能够充分显露出来。情境与人物相契合，既是戏剧创作的原则，也是观众“约定”的度。我们也可以说，两者相契合者谓之宜，不合则谓之不宜。

以此为原则，我们可以对戏剧情境形态的嬗变进行概括性的考察，借以进一步说明假定性及其限度。

① 参见《荀子·正名篇》。

2.易卜生与莎士比亚

易卜生与莎士比亚这两位戏剧界的泰斗，生活与创作于不同的时代，其作品也属于不同的风格类型；他们既不能相互替代，更难于评判孰优孰劣。我们所以把这两位剧作家联系在一起，只是因为有人曾对他们进行过比较，而且在比较中提出一个颇有意思的问题。萧伯纳在比较易卜生与莎士比亚的作品时提出的问题是：

> 在易卜生开始写剧本的时候，剧作者的技巧已经收缩为只是布局设境的技术。他们的理论是：布局越新奇，戏剧越好。易卜生的看法恰恰相反，他认为布局越家常平凡，戏剧越有趣味。莎士比亚把我们搬上舞台，可是没把我们的处境搬上舞台。例如，我们的叔叔轻易不谋杀我们的父亲，也不能跟我们的母亲合法结婚；我们不会遇见女巫；我们的国王并不经常被人刺死而由刺客继承王位；我们立券借钱时也不会预约割肉还账。易卜生补做了莎士比亚没做的事。易卜生不但把我们搬上舞台，并且把我们自己处境中的我们搬上舞台。剧中人物的遭遇就是我们的遭遇。一个结果是，在我们看来，易卜生的戏比莎士比亚的戏重要得多。[①]

实际上，萧伯纳所指出的诸如“布局设境的技术”，“布局越新奇，戏剧越好”，这些都是“佳构剧”“情节剧”曾经着力强调的。在法国，斯格里布曾经凭借这种技巧以及娴熟地驾驭戏剧各种成分的能力，完成三百七十多个剧本，征服了一大批戏剧观众。小仲马、萨尔杜都曾受益于

① 参见萧伯纳的《易卜生主义的精华》，转引自：肖伯纳.易卜生戏剧的新技巧［M］.潘家洵，译//北京大学文学研究所.文学研究集刊：第三册.北京：人民文学出版社，1956：286-287.

这种技巧。如果说，有些剧作家运用这种技巧写过一些内容浅薄、格调低俗的作品，并败坏了“佳构剧”“情节剧”的声名，那也并不是这种技巧本身的过错。新兴的现实主义剧作家对“佳构剧”“情节剧”提出疑问，首先是对人物塑造的程式化的否定，与此相关联，也波及“布局越新奇，戏剧越好”这一原则。所谓“布局越家常平凡，戏剧越有趣味”，正是对“佳构剧”这一主张的反叛。萧伯纳把易卜生视为反叛的旗手，出于为现实主义戏剧张目的强烈动机，贬斥对布局新奇的追求，把“家常平凡”的布局设境作为戏剧革命的成果，自然是可以理解的。然而，如果我们对戏剧的发展进行历时性考察，就不难发现，现实主义戏剧只是戏剧发展进程中众多流派之一，它既是戏剧革命的产物，又成为戏剧革命的对象；它为人类戏剧提供了很多宝贵的东西，但却不能唯我独尊，排斥异己。在今天看来，把易卜生的戏剧视为一种风格类型，强调他对人类戏剧的杰出贡献，当然是正确的。但是，作为一种戏剧主张，无论是强调“布局越新奇，戏剧越好”，还是认为“布局越家常平凡，戏剧越有趣味”，都只有片面的真理性。至于萧伯纳对易卜生与莎士比亚的比较，断言“易卜生的戏比莎士比亚的戏重要得多”，就带有太多的主观情感色彩，难免失于偏颇。

在莎士比亚的戏剧作品中，情境的构成中确实往往出现许多反自然常态的因素。比如，在《哈姆雷特》中，克劳迪斯弑兄篡得王位并与王后（他的嫂子）合法结婚，而向哈姆雷特揭发谋杀案真相的，是先王的鬼魂。在《马克白斯》中，主人公平叛胜利踏上归程，却遇见三个女巫，她们具有超自然的神奇力量：来无影，去无踪，可以预示未来。她们搅动了主人公本来就矛盾深重的心灵，潜藏的野心就像沉渣泛起，并逐步凝结成弑君篡位的动机。在《威尼斯商人》中，安东尼奥为了成全朋友的婚事，向夏洛克借债，而这个高利贷商人竟然异想天开，要对方签订“割肉还账”的借约，安东尼奥竟然同意签约，并造就一场特殊的法庭讼案。萧伯纳指明莎士比亚剧作中戏剧情境的形态特殊，却又以“我们不会经常遇到”作为理由，怀疑这种情境的价值。在这里，他有意无意地把情境是否贴近生活的自然形态作为褒贬的尺度，他的偏颇是不言自明的。

莎士比亚作为剧作家，其想象力是出类拔萃的。他为剧中人物构想的情境，不仅是我们不会经常遇到的，甚至往往是根本不可能遇到的。但是，这并不是一种缺陷，而只能说是构成剧作风格的一种因素和方式。哈姆雷特对演员表述过自己对戏剧的看法："自有戏剧以来，它的目的始终是反映自然。"很多研究家把这句台词看作莎士比亚本人的戏剧观念。我们没有必要去考证哈姆雷特是否为莎士比亚戏剧观念的代言人，他可能是，也可能不是。不过，有一点是明确的，即使莎士比亚确实认定戏剧的目的是"反映自然"，也并非指忠实地摹仿生活的自然形态。如果说，莎士比亚的剧作中确实充满了自然性，那么，主要也是指人物形象的塑造。正像别林斯基所说："莎士比亚笔下的每一个人物都是生动的形象，里面没有一点抽象的东西，却好像没有经过任何修改和变更，整个儿从日常现实中撷取过来似的。"[①] 在这个意义上，萧伯纳所说"莎士比亚把我们搬上舞台"，也是公允的评价。要知道，人物是"合乎自然"的，但是，人物所面临的情境，却未必是合乎自然形态的。情境可以说是对人物进行实验的试管，也可说是运载人物的工具，只要人物是"合乎自然"的，我们就不必去追究那试管中溶液的成分，也不必去管运载工具的形态。你在感悟到人物形象的现实性或自然性时，回溯把他（或她）运载到命运终点的一个个里程，就会充分理解情境中"非自然"和"超自然"因素的特殊价值。我们在读莎士比亚的上述作品时，所经历的正是这样的感受。人们当然可以从社会学、宗教、"魔鬼学"等角度分析这些超自然因素，那是他们的职业偏好。我们则可以出于艺术的目的判断它们的价值。英国批评家布拉德雷曾经指出：

莎士比亚在他的几出悲剧里也采用了超自然的因素：他采用了鬼

① 别林斯基.莎士比亚的剧本《汉姆莱脱》：莫恰洛夫扮演汉姆莱脱的角色［M］//别林斯基.别林斯基选集：第一卷.满涛，译.上海：上海译文出版社，1979：492.

> 魂，还采用了具有超自然的知识的女巫。这种超自然的因素，在大多数情况下的确不能作为一个人物的头脑中的幻影而搪塞过去。而且这种因素的确有助于行动的展开，在不止一个情况下还构成行动不可分割的部分；因此，如果总是把人的性格，连同环境一起，描述成这种行动的唯一推动力量，那将是严重的错误。但是，超自然因素总是安排来同性格紧密联系在一起，它对于已经出现并在发生影响的内心活动给予一种确认，并且提供一种明晰的形式。①

无论是《哈姆雷特》中老丹麦王的鬼魂，还是《马克白斯》中那三个神秘的女巫，都不能说是主人公心中的幻象，他们都被处理成一种外在的力量，并作用于行动的主体。在《哈姆雷特》中，老丹麦王在睡梦中被谋杀惨死的事件，对哈姆雷特有着巨大的影响力量，它必须被揭露出来，潜在的影响力量才能变成现实。至于由什么人在什么情况下揭露这事件的真相，剧作家当然有选择的自由。莎士比亚当然也可以采用情节剧惯用的那种方式：在克劳迪斯作案时被某人窥见，并选择适当的时机由窥见者向哈姆雷特揭发真相，这样处理并不困难。莎士比亚却异想天开，竟然让死者的鬼魂现身说话。现实世界中是否存在鬼魂这类东西，并不重要。我们也没有必要对鬼魂进行社会学和宗教意义上的考证，更不必去考察莎士比亚本人是否怀有迷信观念。对于一部艺术作品来说，这些方面的考察并不具有本体价值。仅就情境本身的构成和实际效果而言，鬼魂的现身具有双重作用。其一，克劳迪斯谋杀老丹麦王这一事件本身是阴森可怖的，被杀者的鬼魂出面叙述这一事件，有效地强化了这一事件原有的气氛，因而远远超出了窥见者的叙述所可能产生的对主人公心灵的震撼力。请看：

> 哈姆雷特　天上的神明啊！地啊！再有什么呢？我还要向地狱呼

---

① 布拉德雷.莎士比亚悲剧的实质［M］//杨周翰.莎士比亚评论汇编：下.北京：中国社会科学出版社，1981：27-28.

喊吗？啊，呸！忍着吧，忍着吧。我的心！我的全身的筋骨，不要一下子就变成衰老，支持着我的身体呀！记着你！是的，你可怜的亡魂，当记忆不曾从我这混乱的头脑里消失的时候，我会记着你的。记着你！是的，我要从我的记忆的碑牌上，拭去一切琐碎愚蠢的记录、一切书本上的格言、一切陈言套语、一切过去的印象、我的少年的阅历所留下的痕迹，只让你的命令留在我的脑筋的书卷里，不掺杂一些下贱的废料；是的，上天为我作证！啊，最恶毒的妇人！啊，奸贼，奸贼，脸上堆着笑的万恶的奸贼！我的记事簿呢？我必须把它记下来：一个人尽管满面都是笑，骨子里却是杀人的奸贼；至少我相信在丹麦是这样的。（写字）好，叔父，我把你写下来了。现在我要记下我的座右铭，那是，“再会，再会！记着我”。我已经发过誓了。

知道父亲惨死的真相，这已经对哈姆雷特的心灵产生巨大的冲击，况且，鬼魂当面叙述这一事件时从身体到精神的深重痛苦，更使哈姆雷特魂不附体。正是这种巨大的震撼使得他完全失去了自持力，无法抑制的痛苦和更加无法抑制的仇恨，使他进入半疯狂状态！

其二，鬼魂现身揭露自己被谋杀的实况，使得哈姆雷特意志行动的内在复杂性得以显现，或者说，为其充分显现提供了有力的条件。请看，哈姆雷特在一再延宕复仇行动时的一段独白：

哈姆雷特　……我要叫这班伶人在我的叔父面前表演一本跟我的父亲惨死的情节相仿的戏剧，我就在一旁窥察他的神色；我要探视到他的灵魂的深处，要是他稍露惊骇不

> 安之态，我就知道我应该怎么办。我所看见的幽灵也许是魔鬼的化身，借着一个美好的形状出现，魔鬼是有这一种本领的；对于柔弱忧郁的灵魂，他最容易发挥他的力量，也许他看准了我的柔弱忧郁，才来向我作祟，要把我引诱到沉沦的路上。我要先得到一些比这更切实的证据……

这一段从灵魂深处迸发出来的独白，是完整的个性的自我流露。他在会见父亲的灵魂之后，整个心灵沉浸在复仇的冲动之中。可是，他进入对无限时空的思考时，却忽然起了一个念头：借助演戏测定克劳迪斯是否是真正的凶手。我们面对丹麦王子的反常行为，不禁要问：他究竟是由于不相信死者的鬼魂，才决定用“戏中戏”进行测定，还是要为自己一再延宕复仇行动制造必要的理由？这难于解释的行为，恰恰是一个复杂心灵的真实再现；而把超自然因素注入情境的构成之中，也正好为再现复杂的心灵提供了条件。

情境是为人物而设的，考察情境的价值，唯一的标准是它能否使人物的生命活动获得完整的显现。在莎士比亚的很多作品中，人物个性的底蕴深邃而丰富，在一般的情境中似乎难以获得自满自足，为此，他常常借助各种“非自然”甚至“超自然”的因素，以强化情境的力度。这也正如丹纳所强调的“人物的遭遇与性格配合”，目的在于凭借这种客观力量“暴露性格，搅动心灵，使原来为单调的习惯所掩盖的深藏的本能、素来不知道的机能，一齐浮到面上”。[①] 莎士比亚构想的情境完全可以发挥这样的性能，因而他是成功的。

与莎士比亚相比较，易卜生的剧作，特别是他那些严格意义上的现实主义剧作，构建的情境更接近生活的自然形态。《玩偶之家》就是一个明显

① 丹纳.艺术哲学［M］.傅雷，译.北京：人民文学出版社，1963：395-396.

的例证。这出戏向我们展现的是一个中产阶级家庭舒适的客厅，女主人公娜拉正在准备圣诞节的用品，夫妻关系表现出甜蜜的平淡。逐步引入的事件似乎也没有新奇可言：丈夫海尔茂升任银行经理，银行职员柯洛克斯泰原是他的老同学，由于一些小事触怒了海尔茂，要被解雇。柯洛克斯泰恰巧是娜拉的债权人，为了保住自己的位置，他重提八年前借债的往事，以此要挟娜拉必须说服其丈夫改变解雇的决定，否则将公布那张假冒签名的借据。于是，娜拉与丈夫的关系面临一次严峻的考验，娜拉本人也进入命运转折的关头——她必须进行选择。针对情境自身的形态而言，确实可以说这是“家常平凡”的，尽管它“更接近生活的自然形态”，但也并不意味着是对实际生活的摹仿。这里没有莎士比亚式的“超自然因素”，也没有发生什么重大的事件，然而，构成情境的重要因素——人物之间的关系，却也是经过凝聚集中，显示出“技巧上”的偶然性、巧合和复杂性。因此，表面上的“家常平凡”又包含着“不平凡”。易卜生所以施展这种布局设境的技巧，也正是为了使娜拉自觉意志觉醒的可能性在充分的条件下变为现实。

当然，在寻求莎士比亚与易卜生的共同性时，我们并不想否定他们之间的差异。如果说，他们的共同性在于使情境与人物相契合，那么，差异则在于由情境的形态而造成的作品的外在风格特征。莎士比亚的悲剧主人公，像哈姆雷特、马克白斯、李尔王、奥赛罗等，内心本来就已经积蓄着巨大的激情，就像水库蓄满了洪水，情境的构成正像是突然打开了泄洪的闸门，洪水奔涌而出，气势澎湃。而易卜生的情境倾向写实风格，它就像在平静的湖面投入石块，激起层层涟漪，把深藏在湖底的隐秘物搅起，使之浮上水面。当然，这种对比也只适用于两位剧作家的代表性作品，如《哈姆雷特》和《玩偶之家》之类。还应该提到，这两位剧作家都是创造力超凡的天才，都有很大的包容量。比如，易卜生也写过像《培尔·金特》这样的充满幻想和象征色彩的剧作，剧中情境的形态就与《玩偶之家》有极大的不同。

如前所述，戏剧情境具有自己的本性。如果把戏剧看成一座对人的实验室，那么，情境的本性也就体现为一个命题："如果……这个人会怎么样？"剧作家为人物提供的每一个情境，都是一个艺术的假定。其目的只在于完成一次对人的实验。这种实验，无论是为人的命运找到具体的实现形式，还是处理我们反复谈到的那个逻辑模式，都要高于现实（艺术意义上的）。德国批评家理查德·罗顿在谈到戏剧中的人物与现实人物的差别时，正是在这个意义上强调艺术对现实的超越，他说：

> 怎样区别舞台上的人物与"现实"的人物呢？显然，前者以一个充实的、细腻的整体出现在我们面前。面对我们的同胞进行的观察，只是以片段的方式进行的，同时，我们自我观察的能力，由于虚荣和贪欲，常常化为乌有。因此，我们称之为"戏剧幻象"的乃是一种矛盾的现象，我们对汉姆莱特精神活动的了解，甚至比对我们自己的内心生活更了解。莎士比亚不仅为演员安排了动作，还为他们揭示了动机，这比我们在现实生活中所看到的二者的总和都更加完备。[①]

戏剧对人的表现所以可以超越我们在现实中对人的了解，正是因为借助了假定性的情境，无论是动作还是动机，连同它们的"总和"，都要以情境为前提，都要借助人物与情境相契合而生成的逻辑模式。我们已经说过，假定性乃是艺术固有的本性，也是戏剧情境的本性。戏剧情境的这种本性，也正体现着对人在生活中的境遇的自然形态进行变形与改造，体现着舞台与生活的差异。把戏剧作品看成实际生活的反映，甚至把是否"贴近生活"作为对作品进行褒贬的价值标准，乃是对戏剧本性的扭曲。戏剧中没有真实的现实生活，莎士比亚用"非自然因素"和"超自然因素"构建成的情境固然是假定性的，而易卜生剧作中那些被称为"家常平凡"式的情境，

① 转引自：朗格.情感与形式［M］.刘大基，傅志强，周发祥，译.北京：中国社会科学出版社，1986：395.汉姆莱特即哈姆雷特。

也是假定性的，它们之间的区别，只在于形态的差异，而绝非本性的改变。

3.变形与怪诞

易卜生的现实主义传统乃是人类戏剧史上宝贵的一页，但是，在20世纪末，现代派戏剧却自称是这一传统的反叛者。有人认为："倘若有人愿意去确定（现代艺术的）一个起始点，那它就应该是这样一个时刻，从这个时刻起视觉艺术的意向和目的就不能再说成是模仿自然了。"[①]或者像华莱士·斯蒂文斯所说的那样，现代诗人必须"把现实置于自己的想象之中"，"赋予它虚构的本质和意义，用这种办法使现实抽象化"。在这种思潮的影响下，现代派戏剧对戏剧传统进行反思，并为通向未来的道路寻找方向。很多人发现，自然主义戏剧和现实主义戏剧追求"幻觉"的传统，并不利于戏剧艺术拓展自己的道路；因而，他们又重提古希腊戏剧以及莎士比亚戏剧的经验。阿·尼柯尔认为：

> 戏剧的真正希望在于重新发现程式。坚决放弃关于自然主义的幻觉的一切想法，和抓住正确运用戏剧形式时非常可能产生的那种概括力量。戏剧曾由此而在过去的年代里获得巨大的和卓越的成就。我们崇仰（古希腊）的雅典剧场和伊丽莎白时代的英国剧场，这二者都以坦率承认舞台演出是一种假托为基础，从不试图复制日常生活的外表形式。二者都受舞台程式的支配。结果二者都能达到强有力的表现目的。[②]

这位英国教授的主张在苏联也找到了知音。20世纪50—60年代，苏联

① 阿恩海姆.艺术心理学新论［M］.郭小平，翟灿，译.北京：商务印书馆，1994：64.

② 尼柯尔.戏剧的希望在于重新发现程式［J］.电影艺术译丛，1963（5）：76.

戏剧界爆发了一场关于假定性问题的论争。奥赫洛普科夫在长文《论假定性》中以确认假定性乃是一切戏剧的共同本性为前提，强调说："看一看各剧院里的各种不同创作派别和创作倾向的演出，您会越来越多地遇到对于假定性的应用。而假定性确也不可思议地扩大了每个演出的艺术可能……"同时，他对戏剧演出中的保守倾向进行尖锐的批判："对于演剧艺术的丰富无比的可能性的无知或'畏惧'，削弱或限制了戏剧艺术的力量，使现实生活中的许多新鲜事物甚至根本无法以其应有的规模、气魄和'戏剧'色彩淋漓尽致地表现出来，因为要表现这些新鲜事物，是需要剧作家、导演和美术家在艺术手段的领域里作出崭新的回答的。"在他看来，"没有任何东西是戏剧不能用它自己独有的手段来表现的。重要的是，我们要孜孜不倦地探索和扩大戏剧艺术特有的性能"。基于此，他也重提莎士比亚的戏剧，特别倾心于莎士比亚式的"想象、幻想"：

> 戏剧请求观众凭借想象的力量，在小小的舞台上看到法兰西的平原，假想那小小的舞台墙壁之内有两个强大的王国！在观众面前的小小的舞台上有一道险要的海峡，成千的士兵列阵于舞台上——虽然在舞台上总共只有不多几个人……
>
> 这就是戏剧！真正的戏剧！[①]

在这里，我们所看到的是与萧伯纳针锋相对的主张。正是这种强化想象力、无限扩大假定性的力度的主张，体现着现代戏剧的趋向。不过，重新强调古希腊戏剧、莎士比亚戏剧的经验，并不意味着重复这些经验，而是在呼唤不断进行新的探索的扩展，强化戏剧艺术的表现力。在现代戏剧中，迪伦马特是一位风格特异的剧作家。他自己曾经申明："对我说来，戏剧不是理论、哲学和发表宣言的战场，而是通过演出以求理解事物的可能

① 奥赫洛普科夫.论假定性［M］//童道明.现代西方艺术美学文选：戏剧美学卷.沈阳：春风文艺出版社，1989：87，98，104.

性的一种工具。”这里所说的“事物的可能性”，主要是指人的可能性。在戏剧中，探求人的可能性，不能靠逻辑推论，也不能靠理论的预示，而只能借助情境的张力。迪伦马特认为，他所生存的世界是“怪诞荒唐”的，而“怪诞荒唐只是表现一种生活方式的方法”。在戏剧中，所谓“表现一种生活方式的方法”，也正是情境的模式。在他的那些代表性的剧作中，凭借即兴奇想而创造的情境大都是怪诞荒唐的，它们构成了一种极为特殊的形态。

在《物理学家》中，三位物理学家各自怀着特殊的目的聚集在疯人院里，构成了一种微妙的关系；默比乌斯发明了“可能发明一切的体系”，为了避免自己的发明被人利用给人类造成灾难，他躲进了这座疯人院；艾斯勒和基尔顿则是受命于不同的情报机关，到这里来争夺默比乌斯。疯人院院长冯·参特小姐是以慈善家面目出现的一家大托拉斯的老板，她正是要窃取“可能发明一切的体系”并加以垄断，目的在于危害世界。这个“可能发明一切的体系”，本来就是出于幻想的虚拟，而围绕争夺、窃取这种“体系”而进行的斗争，其实质则是一场关系到世界安危的重大政治斗争。这样一场政治斗争，本来可以在相当广阔的空间范围内构置成错综复杂的矛盾关系，发展成一场激烈的冲突。冲突的规模和力度，怎样构想也不会过分。这样，它将是一部完全不同的作品。但是，迪伦马特却凭借即兴奇想，选择疯人院这一特殊的场所，把可能发展成的规模宏大的政治斗争，浓缩、变形为局限在四个人物之间的矛盾关系，从而生成一个怪诞的情境。然而，这一情境却有很大的张力，它不仅容纳了政治斗争原有的思想内涵，而且使主人公的精神危机得到多层次的展现。

《老妇还乡》中的情境也是怪诞的。一个贫困至极的小城，它的市政府里只剩下一台破旧的打字机，街道、工厂、博物馆都已被抵押或拍卖了，但它却有着“人道主义的传统”。突然，一位贵妇光临小城，她拥有的财富足以使她重新安排整个世界的秩序，她声言到这里来的原因是要“买得公道”，她给小城十亿捐款，条件是小城居民必须杀死她的仇人伊尔。一文不名的小城，贵妇克莱尔的经历和她拥有的无与伦比的财势，以及她选择的复仇的方式，都是假托的，它们都是对生活自然形态的夸张、变形。但由它们构建的情境却有着巨大的张力，使这部作品的内在意义远远超越伊尔的个人命运，展现出现代性的社会危机：金钱在安排整个世界的秩序；当人们无力抵御物质文明的诱惑时，随之而来的则是精神文明的沦丧；人们原本合理的欲求和主张，当被抛掷在这样的情境中时，统统失去了原本的悲剧性色彩，而转化为喜剧性的滑稽可笑的面目，严肃的人生变成一场闹剧。

迪伦马特说过："戏剧的形态，可以包括一个同一事物的美学想象的虚构。"①美学想象的天地极其广阔，情境的虚构更有多种多样的可能性。如前所述，如果把戏剧舞台看作人的实验室，情境不过是为人的实验提供的条件。观众所关心的是一场实验的结果——对人的生命运动的展现。只要这种兴趣能得到满足，他们可以接受各种假定的条件。现代戏剧在情境方面的变形、怪诞，似乎更能适应现代观众的一种心理：希望看到在某种"反常"的情境中人的可能性。这并不是一种简单的好奇心，而是包含着对人性奥秘的发现的审美欲求。正因为如此，迪伦马特由怪诞情境构成的特殊的风格形态，似乎更能与现代观众进行交流。

早在迪伦马特之前，意大利剧作家皮兰德娄也曾倾心于怪诞。他把自己的剧作《六个寻找剧作家的角色》说成是"一部悲喜交集、幻想和现实混合的戏"。而这种性质截然不同的因素的混合，正是怪诞性的重要特征。有人认为，怪诞的功能之一，是让人们以一种全新的眼光来重新认识现实。②而皮兰德娄的剧作，确实具有这样的功能。在《六个寻找剧作家的角色》中，剧院里正在排戏，突然，六个幽灵似的人从天而降，他们要求

① 迪伦马特.戏剧的问题［M］//中国社会科学院外国文学研究所，外国文学研究资料丛刊编辑委员会.外国现代剧作家论剧作.北京：中国社会科学出版社，1982：152，157.

② 汤姆森.论怪诞［M］.孙乃修，译.北京：昆仑出版社，1992：24.

把自己的遭遇搬上舞台。他们在叙述自己的遭遇时，先是同无法理解他们的剧团经理和演员们发生碰撞，同时，为了对付别人的曲解和攻击而激烈地进行自我辩护。这个怪诞的情境，不仅为观众提供了以一种全新的眼光重新认识人的可能性，而且赋予这六个人物的行动以特殊的普遍意义。正如剧作家自己所说：

> 他们中的每一个人，为了对付别人的攻击而为自己辩护，表达出他自己的生活的痛苦和折磨，这也正是多年来我自己精神上感受到的痛苦和折磨：在人的关系中由于说空话、说假话造成的无法收拾的相互欺诈；在每一个人身上都可能找到的多重人格；瞬息万变的生命和使其固定不变的形式之间固有的悲剧性冲突。①

《六个寻找剧作家的角色》的人物和情境都是在作家的幻想中孕育诞生的，同样，《亨利四世》也是幻想的产物，而这出戏的情境也是怪诞的。一个青年人由于扮演亨利四世，在化装游行时戴着这位古代皇帝的面具。他遭到情敌的暗算，落下马来，导致大脑受伤，精神失常。此后，他竟以亨利四世自居，家里人顺从他的意愿，把别墅布置成亨利四世的宫殿，要几个仆人化装成宫里人照顾他，一切按他的意志行事。化装游行中的一个突发事件，使一个现代青年隐匿起自我，躲在古代皇帝面具的后面，在十二年间过着异己的生活。后来，他从精神失常中清醒过来，发现情人已委身于他的情敌，他不愿再回到现实生活中来，又装作疯狂，继续躲避在面具后面。几年之后，过去的情敌和情人一起来看望他，他无法忍受装疯卖傻的生活，终于道出真情，在冲动下杀死情敌。为了逃避罪责，他只有继续装疯。在这里，我们从主人公荒唐的经历中感悟到的是：每个人都有

① 皮兰德娄.六个寻找作家的剧中人物［M］// 中国社会科学院外国文学研究所，外国文学研究资料丛刊编辑委员会.外国现代剧作家论剧作.北京：中国社会科学出版社，1982：217.

真正的自我，同时，作为一个社会成员，他（或她）总是在扮演某种社会角色，扮演的结果往往是真正自我的异化。皮兰德娄正是借助一个怪诞的情境及其嬗变完成了一次对人的实验，把人的隐秘的灵魂赤裸裸地呈现出来。

在谈到迪伦马特的怪诞情境时，我们不止一次提到另一个概念——“变形”。所谓“变形”，“是当今时代把主观自我与客观真实之间的关系复合的结果”。这里所说的“复合”，并不是相加，而是指创作主体“不得不将其心目中的自我形象投入他所画的肖像之中”，使得“一幅肖像永远是一幅自画像”。[①] 如果我们对给予“变形”这一概念的这种解释不发生误解的话，那么，或许可以把它与杜夫海纳对艺术中的“表现”的定义联系在一起。这一定义是：“最真实的表现并不是内心的呼喊或抒情的冲动，而是对体验过的世界的审慎而坚决的坦白。真正说出自己的艺术家，对我们谈论的是他的世界，但却是一个内心经验过的世界，一个只有情感才能使我们进入的不可模仿的世界。”[②]这个为创作主体所体验过的世界，并不是客观世界的原形复现，而是在体验过程中被主观化了，即变了形的世界。不过，关于戏剧中的“表现”，我们将有专章进行讨论，这里暂不详谈。

变形与怪诞作为一种形态类型，自然是现代戏剧与当代戏剧的产物。巴赫金曾经指出：

> 现代怪诞风格的发展图景相当复杂。但一般说来，可以区分为两条发展路线。第一条路线——现代主义怪诞风格（阿尔弗雷德·雅里、超现实主义者、表现主义者等等）。这种怪诞风格（在各种不同程度上）同浪漫主义怪诞风格的传统相关，目前正在各种存在主义思潮的

① 斯班特.现代主义是一个整体观［M］//袁可嘉，等.现代主义文学研究：上.北京：中国社会科学出版社，1989：165.

② 杜夫海纳.美学与哲学［M］.孙非，译.陈荣生，校.北京：中国社会科学出版社，1985：225.

影响下发展。第二条路线是现实主义怪诞风格（托马斯·曼、贝托尔特·布莱希特、保罗·聂鲁达等人）。[①]

巴赫金指明“现代怪诞风格的发展图景”的复杂性，是完全正确的。不过，要严格区分“现代主义怪诞风格”与“现实主义怪诞风格”并不容易，特别是针对某一位剧作家，欲将他归属于某一条路线，并不像理论界定的那么清晰无误。巴赫金把布莱希特的怪诞风格归入现实主义路线，但是，也有人认定他属于表现主义——现代主义路线。迪伦马特的怪诞风格，似乎可以归入第二条路线，被称为“怪诞现实主义”。皮兰德娄的归属则较为复杂，有人将他的风格特异的戏剧称为“心理现实主义”，有人则认为他是荒诞派戏剧的先驱。按照迪伦马特的说法：“戏剧的形态，可以包括一个同一事物的美学想象的虚构。”无论是迪伦马特式的怪诞现实主义，还是皮兰德娄的怪诞形态，连同荒诞派戏剧，都是一种美学想象的虚构。不过，荒诞派戏剧在人与情境相契合的形态上，在想象与虚构的幅度与方式上，比迪伦马特、皮兰德娄走得更远。

4. 人类普遍处境的戏剧化

荒诞派戏剧从一开始就打起“反戏剧”的旗帜。所谓“反戏剧”，当然并不意味着把自己的作品排除于戏剧之门外，只是对戏剧传统的反叛与背离。这一流派与存在主义哲学有血缘关系。在他们看来，我们生存的世界是用理论无法解释的，它已经毫无意义，人们的行为也是荒诞而无用的。如果说，萨特把世界看成荒诞的，但他却强调人的选择行为的价值，强调人的自由创造性；那么，荒诞派剧作家则连人自身的价值和自我选择的价值也否定了。同时，荒诞派剧作家还认为，孤独已成为人类的普遍处境，

① 巴赫金.巴赫金文论选［M］.佟景韩，译.北京：中国社会科学出版社，1996：147.

人与人之间的沟通不仅是无意义的，也是不可能的。正因为如此，“意志冲突”的概念，在这派戏剧作品中已经完全失去了意义。这派戏剧作品“反戏剧”的集中表现，是背离了“戏剧情节”的传统模式，改变了人物与情节相契合及其有机发展而构成的情节的线路。正如马丁·艾斯林对这一流派所分析的那样：

> 假如说，一部好戏应该具备构思巧妙的情节，这类戏则根本谈不上情节或结构；假如说，衡量一部好戏凭的是精确的人物刻画和动机，这类戏则常常缺乏能够使人辨别的角色，奉献给观众的几乎是动作机械的木偶；假如说，一部好戏要具备清晰完整的主题，在剧中巧妙地展开并完善地结束，这类戏剧既没有头也没有尾。①

如果说，“精确的人物刻画”指的是那些有个性生命的人物形象，那么，出现在荒诞派剧作中的人物确实失去了个性生命，因而是使人难于辨别的。如果说，“构思巧妙的情节”指的是事件与事件、场面与场面之间的因果联系性，那么在荒诞派戏剧中，这种因果联系性淹没在散漫无序的荒诞之网中。人物失去了个性生命，不仅使动机被抽掉了具体性和个别性，也使得行动显得盲目和散漫。即使我们承认这些，难道在荒诞派戏剧中连我们反复强调的情境也隐而不见了？

尽管荒诞派剧作家打着“反戏剧”的旗帜，但是，他们却不想丢弃戏剧性，至少不想丢弃这一概念。当然他们是要给予这一概念以自己的解释。不难发现，这一流派对戏剧性的解释，已经舍弃了“意志冲突”“意志行动”“戏剧情节”等模式，但却与情境有着直接联系。

尤奈斯库宣称：“戏剧结构就是要剥去非本质的东西，要更多的纯粹戏剧性。”这位剧作家提出“纯粹戏剧性”这一概念，是有特殊含义的。在他

① 埃斯林.荒诞派之荒诞性［M］//伍蠡甫.现代西方文论选.上海：上海译文出版社，1983：356.

看来，“戏剧只能是戏剧，但是，当今某些‘戏剧学’博士认为，这种同一性的说法是错误的”，“对于这些博士来说，戏剧不是戏剧，而是其他的东西，是意识形态、是寓言、是政治、是演讲、是随笔或文学”。在这里，他反对的是戏剧被异化的倾向。那么，他所呼吁的“纯粹戏剧性”又是什么意思？在他看来，所谓“纯粹”，也就是“更符合根本”。他所追求的恰恰是去掉一切附加的、表面的东西，使戏剧重现其根本，“戏剧的语言永远只能是戏剧的语言”。这种“语言”并非专指对话，“如果人们认为戏剧只是通过对话来表现的，那么就不会承认戏剧也能有一种独立自主的语言。那么，戏剧就只能是通过对话表现出来的其他形式的思想的附庸、哲学的附庸、道德的附庸”。他认为：

> 在戏剧中，一切都是允许的：可以赋予人物真实的形体，也可以使苦恼烦闷、内心活动表现为物质的形式，不仅允许而且非得用那些小道具不可，使那些物体具有生命，使背景不至成为死的，使象征具体化。[①]

另一位荒诞派戏剧家贝克特则强调“通过直喻把握世界”，所谓“直喻”，主要是指“场面的直喻”。[②]在他们看来，运用象征手法把人类普遍处境化为舞台的视觉形象，乃是“专属于戏剧的戏剧语言”。比如，尤奈斯库的《阿麦迪或脱身术》中，那具按几何级数膨胀的尸体和到处滋生的蘑菇对那对中年夫妇进行逼压，最后把他们挤出房间；在《新房客》里，家具先是塞满了大楼的每一级阶梯，很快就乱糟糟地堆满整个舞台，最后竟把那位租房者掩埋了；在《椅子》里，舞台上放满了几十把椅子，却看不

① 尤奈斯库.戏剧经济谈［M］//袁可嘉，等.现代主义文学研究：下.北京：中国社会科学出版社，1989：624，625，627，630.

② 贝克特，尤奈斯库，阿尔比，等.荒诞派戏剧集［M］.施咸荣，屠珍，梅绍武，等译.上海：上海译文出版社，1980：32.

到不断来到的客人。同样，在贝克特的某些作品中，我们也可以看到这类化为视觉形象的“场面的直喻”。《最后的一局》里一对年老的主仆匿居在幽闭的内室里，屋外是一片荒芜、没有生灵的死亡的世界，盲眼的汉姆瘫坐在轮椅中，看东西、进食都完全依靠仆人克洛夫，但他却粗暴地对克洛夫发号施令，因为他掌握着世界上仅存的一点食物；而另一对老人却被关在垃圾箱里在做最后的滑稽表演。在荒诞派戏剧中频繁出现的这类场面，确实具有“直喻”的效果。而这种场面的“直喻”，所表示的正是人与情境相契合的一种特殊的方式。

前面已经谈到，荒诞派戏剧关于人类处境的荒诞性这一概念，是受存在主义的影响。这种影响，与其说来自存在主义戏剧，毋宁说来自存在主义哲学。存在主义戏剧剧作家在表现他们所意识到的人类处境的荒诞性时，是依靠清晰、严谨的逻辑模式实现的。在这一流派的剧作中，情境作为人的自我选择的机缘，作为命运旅程的实现形式，人与情境的契合及其有机发展构成了情节的传统模式，在这方面，它更接近现实主义戏剧。在荒诞派戏剧中，人与情境的契合，则转化成人类普遍处境的一种象征，这种契合固然存在，但已失去了有机发展的进程。正是因为如此，情境自身也失去了它原有的具体性和定性，而呈现出抽象的形态。当然，就大多数此类作品而言，这是艺术的抽象，是由剧作家对世界、对人类的处境的感受升华转化而成的；或者说，这类作品中的象征性情境，也就是直喻性的场面，乃是人类普遍处境的戏剧化。

尽管上述例证可以说明“纯粹戏剧性”的含义，可是，这种对人类普遍处境的“直喻”毕竟是静态的、抽象的，甚至是浅露的，它们都还不能构成戏剧所需要的“运动”——人的生命运动。实际上，在我看来，就连最抽象化的荒诞派作品也并不缺少这种运动，如《最后的一局》中的那对老人，匿居于垃圾箱里，时而出来取食，时而互相亲昵；《快乐的日子》中的老妇人，已是半截入土，临近死亡，但却仍然按照习惯性的生活秩序动作着。这类场面象征着人类卑贱的生存状态，人物已失去了自我选择的意志，生活成为一连串的习惯，成为生活本能的自发运动——但毕竟也是一种运动，它们很像是一幅幅关于人类卑贱的生存状态的活动漫画。尽管它们本身的“直喻效果”是公认的，可是，如果荒诞派戏剧只限于表现剧作家的这种感受，它的内容未免过于贫乏，单调的形式也就很难承载深邃的意味。

当然，荒诞派戏剧所追求的“纯粹戏剧性”，或者说“通过直喻把握世界”并非止步于此。尽管它们的情境具有抽象性，往往是静态的，人物在情境中并不具有独立自主的表现，更谈不上意志行动和意志冲突，但是，如果我们把人的生命活动看成从潜意识到意识、从本能到自觉意志的广阔天地，那么，我们单把意志行动视为戏剧行动的同义语，原本就失于偏颇。因此，我们不能把人与情境的契合，简单地理解为只有能推动人物产生意志行动的情境才有戏剧的价值。情境的张力可能使人的心理内容凝结成意志并导致行动，这固然是人与情境契合的一种方式；除此之外，在有些作品中，情境虽然杜绝了自觉意志的生成，却为人的本能、潜意识、集体无意识的驰骋提供了自由的空间。在这种情况下，那些在静态和抽象化的情境中的人物的相互交往，虽然并不构成意志冲突，也应看作人的内在生命运动的一种方式，而且这种运动也蕴含着深邃的情感意义。

在荒诞派戏剧中，贝克特在“反戏剧”的方向上可能表现得更为突出。有人说：“在没有情境方面，贝克特比这一‘派’的其他任何一位戏剧家走得更远。正如艾斯林认为的，《等待戈多》并不是讲一个故事，它只是探讨了静态的情境：‘什么也没有发生，谁也没有来，谁也没有去，真是太可怕了。’甚至第一幕和第二幕之间的明显差别也只是用来突出情境方面在本质上的相同性。”[①]两个流浪汉在等待戈多，而戈多是什么，连等待者也无从知晓，它始终也未曾来临，而等待者只有永无休止地等待下去。这一情境当然是静态的，始终没有变动，更无进展。但是，这一静态的情境并非没有

① 欣奇利夫.荒诞说：从存在主义到荒诞派［M］.刘国彬，译.北京：中国戏剧出版社，1992：89-90.

意义。有人在评价这部剧作时说："这部戏剧就是表现弗拉季米尔和爱斯特拉冈怎样等待戈多；戈多不来，他的本性就是他不来，他是被追求的超验，现世以外的东西，人们追求它为了给现世以意义。"[1]在贝克特看来，人不会成为虚无主义者，尽管人的境况可能是毫无意义的，但是，人生也会具有意义。实际上，弗拉季米尔和爱斯特拉冈来这里等待戈多，是因为他们自感生存已毫无意义，只有等待什么（无论是什么），他们才存在；或者说，由于他们存在，所以他们才等待。总之，等待本身赋予失去意义的生存以意义。如果说，此剧所表现的只是两个流浪汉"怎样等待戈多"，那么，他们在等待中并非静态的，而是不停地相互交往。或许正是由于情境的静态和抽象化，等待者在等待中就有更大的自由度。有人说："他们没有自由去做的唯一一件事便是走开，不再待在那儿；他们必须待着不走是因为他们正在等待戈多。"[2]目的性（等待什么）已经丧失，使交往失去了连续性和贯串线；然而，他们却可以随心所欲地去做任何事情。从表面上看，他们的言行似乎是片段式的，是支离破碎的，是随意性的，也是非理性的；然而，正是这些散漫的、片段的、缺少贯串线的言行不断地把我们带入人类生存的广阔领域，在这里品尝各种各样的人生体验；或者说，我们跟随两个流浪汉进入那个静态的、抽象化的情境中，在他们"怎样等待戈多"的言行之中，不断地感受那种由于一切都失去意义而不断扩展的形而上的痛苦。

与贝克特的《等待戈多》相比较，尤奈斯库的《阿麦迪或脱身术》与《犀牛》等，情境虽然也具有抽象性，但却并非静态的；在人与情境的特殊的契合方式中，主体也有着更多的行动。《阿麦迪或脱身术》的主人公阿麦迪和玛德琳是一对中年夫妇，居住的是一套公寓房，我们看到的是一间简朴的起居室和办公室。阿麦迪正在写剧本，但已失去灵感，写作毫无进展；

① 参见吉尔曼的《现代戏剧的形成》，转引自：贝克特，尤奈斯库，阿尔比，等.荒诞派戏剧集［M］.施咸荣，屠珍，梅绍武，等译.上海：上海译文出版社，1980：6.

② 欣奇利夫.荒诞说：从存在主义到荒诞派［M］.刘国彬，译.北京：中国戏剧出版社，1992：99.

玛德琳是电话总机的接线员，也在这间起居室里工作。他们和所有人都已绝交，与世隔绝的生活状态，使他们对来自外界的人和事的信息极为敏感。然而，就在这间起居室里，到处在滋生着蘑菇，拔了又长，卧室里不知道什么时候出现了一具尸体，它以几何级数不断地膨胀。尤奈斯库自认为这是“更富戏剧性的剧本”，他在谈到剧中的蘑菇和尸体时，明确告诉我们：

宇宙被物质所壅塞，于是也就不再存在：“过分”与“不足”相联，物体是孤独的具体化，是反精神力量获胜的具体化，是一切我们与之斗争的事物的具体化。[①]

如果我们把到处滋生的蘑菇和不断膨胀的尸体看作壅塞宇宙的物质，或者干脆把它们看作不断挤压人的精神的物质文明；那么，它们本身的滋生和膨胀，对人的挤压也是“动态”的。当然，这对夫妇面对这些异己力量只能相互埋怨，根本失去了与之抗争的意志；但是，他们也不可能像《等待戈多》中的两个流浪汉那样，在无限期的等待中“随心所欲地尝试一切”，至少必须对挤压自己的异己力量进行应对。在第二幕中，那具尸体已经占满了起居室的空间，主人公已失去了立足之地，他们只有采取最后的行动，在夜深人静时把死尸抱到塞纳河里去。在偷运尸体的过程中，阿麦迪遇到一连串干扰，他异想天开地把尸体绕在自己身上，当警察要逮捕他时，缠绕着他的尸体竟像巨大的降落伞那样张开了，尸体的脑袋变成一面闪闪发光的旗帜，张开的降落伞带着他腾空而起。阿麦迪悬在半空中，面对自己的妻子和呼唤他的人群，发表了告别词：

我十分抱歉，请原谅，先生女士们，请原谅我……别认为……我倒宁愿……脚踏实地……这完全违背我的意愿……我并不想离开

① 尤奈斯库.起点［M］//伍蠡甫.现代西方文论选.上海：上海译文出版社，1983：352.

地面……我赞成进步，我愿意为同胞们效劳……我信仰社会现实主义……我向你们发誓，我反对分裂……我拥护持久性，我反对超然存在……然而，我愿意，我愿意承担世界上的一切负担……

剧作家把物质壅塞宇宙的荒诞世界化为那具无限膨胀的尸体，它不仅在争分夺秒地生长着，而且鸣奏着音乐，放射出绿色的光。在阿麦迪的眼里，它虽然在变老，但却“挺英俊”。不管它从何而来，也不管主人公对它的感受如何，它毕竟是人的一种异己力量。自从它闯入这个市民家庭，这对夫妻就断绝了与任何人的来往，阿麦迪失去了创作的灵感；随着它不断膨胀，主人公被挤压得失去立足之地……如果我们把这出戏中人与情境的关系，看作“反精神力量的胜利”，那么，这具尸体作为剧作家对人类存在的总体感受而转化的情境因素，确实具有表现性：人被自己创造的异己力量所挤压、所剥夺，导致自我的丢失。阿麦迪在半空中所发表的告别词，正体现着人类这种左右为难的痛苦心境。阿麦迪生存于这个现实世界，并意识到对它应该承担一切负担，然而，这个世界并不属于他，或者说，他并不属于这个世界；他从这里脱身，究竟是摆脱压迫后的喜悦，还是失去存在时的痛苦？这种莫可名状的尴尬处境，正体现了尤奈斯库的矛盾感——一种失去归属的难以解脱的矛盾感。这位剧作家曾经申明：

我必须亲自承认：无论是神学还是哲学都不能使我了解我为什么存在，他们也不能使我确认我们不得不对我们的生存有所了解，或者说，我们应该，或者能够说明它的意义。我觉得我完全不属于这个世界，我也不知道这世界应该属于谁，然而，我却不应把这世界或我自己交给任何人。如果我在这里稍感安适，这是因为，仅仅由于存在，我已经习惯于在这里。我倒觉得我属于别的地方，如果我知道是哪里，那么一切都会好办得多，但是我不知道怎样来回答这个问题……

> 显然，你们已经注意到，我已经陷入矛盾。[①]

阿麦迪面对自己生存于其中的世界的左右为难的心境，也正是尤奈斯库莫可名状的矛盾感的艺术体验。在这里，人与情境的契合，由于情境的运动和人的行动的融合，使这出戏确实“更富戏剧性”。

戏剧情境形态的多样性，造就了戏剧作品风格形态的丰富多彩，使现代戏剧和当代戏剧有更大的包容量。在这方面，我们没有必要扬此抑彼。肯定怪诞、荒诞的形态，并不意味着贬抑莎士比亚或易卜生的风格。正如加斯纳所说：“纵观我们的整个世纪，剧作的各种风格是彼此碰撞而又相互沟通的。”21世纪，同样会是如此。

针对中国戏剧而言，长期以来，我们在戏剧情境的形态方面只是片面强调逼真性，亦即主张它与生活的自然形态的相似度。如前所述，如果把逼真性与假定性看作相对立的概念，那么，戏剧艺术的本性恰恰在于假定性而非逼真性。英国戏剧理论家尼柯尔针对过分强调逼真性的倾向表示的忧虑，对我国戏剧似乎更有现实意义：

> 戏剧观众将来会不会对那些曾以逼真相标榜，实则牢牢被束缚在舞台守则之内的演出感到厌倦呢？不舍此道，戏剧看来是注定要死亡的。

认真地说，所谓“舞台守则”，如果是指舞台演出所遵循的规则，那么它恰恰是与逼真性的要求相悖的。一切艺术都是人的创造物，与其他艺术相比较，戏剧则更是人工的产物，更需美学想象的浇灌。一个严酷的事实是：中国剧作家在戏剧情境创造方面的想象力受到很大束缚，而标榜逼真性、强调“按照生活本来的样子反映生活”之类的主张，更强化了这种束

---

① 尤涅斯库.作家及其问题［J］.现代文艺理论译丛，1965（4）：134.

缚，致使情境的形态显得单调，缺少艺术的张力。值得重视的是，在20世纪80年代以后，创作主体已开始挣脱这种束缚，对情境形态的多样化进行了广泛的探索。

当然，在构置戏剧情境方面的想象力的解放，并不能确保戏剧作品的成功。戏剧情境只是人的生命活动的表现形式，实验的条件还不等于实验的结果。但是，当戏剧家对人的生命活动的把握已经深化时，形式的探索不也需要向多方面拓展吗？

三、情境的运动形态与结构类型

歌德把艺术的本质认定为自然现象最强烈的瞬间的定型化。按照这一定义最直接、最严格的规定，它最符合绘画的本性。每一幅具有审美意味的绘画作品，都可以看作瞬间的定型化。莱辛说过："全体或部分在时间中先后承续的事物一般叫作'动作'（或译为'情节'）。因此，动作是诗所特有的题材。"但是，绘画也并不把动作排除在选材之外，他又说："绘画在它的同时并列的构图里，只能运用动作的某一顷刻，所以就要选择最富于孕育性的那一顷刻，使得前前后后都可以从这一顷刻中得到最清楚的理解。"[①] 黑格尔对这种现象有相近的表述，他说：

> 绘画不能像诗或音乐那样把一种情境、事件或动作表现为先后承续的变化，而是只能抓住某一顷刻。从此就可以见出一个简单的道理：情境或动作的整体或精华必须通过这一顷刻表现出来，所以画家就须找到这样的一瞬间，其中正要过去的和正要到来的东西都凝聚在这一点上……因此，画家有能力使过去的残余一方面在消逝，一方面却在

① 莱辛.拉奥孔［M］.朱光潜，译.北京：人民文学出版社，1979.

现时仍发生作用，而且同时也把未来表现为当前情境所必然产生的直接后果。[①]

在绘画艺术中，这一基点虽是共同的，但是，在不同题材的绘画作品中，情境也有不同的表现。黑格尔强调说："比起其他种类的造型艺术，绘画更有必要（不只是可允许）走到戏剧的生动性，使所组合的人物都在一种具体情境中显出他们的活动。"[②]或许，这里所指的主要是某种题材的绘画作品（如人物画、情节画、历史画等），像达·芬奇的《最后的晚餐》、列宾的《伊凡雷帝和他的儿子伊凡》这类杰出的绘画作品。这类作品中的情境，以及人物在具体情境中的活动，确实具有戏剧的生动性。而这类绘画作品的情感表现力，也植根于情境的集中性、完满性，在这一点上，它们并不比戏剧作品逊色。当有人怀疑绘画在这方面与戏剧的竞争力时，罗丹信心百倍地回答说："绘画和雕塑能做到和戏剧艺术相等的地步。"他列举华多的名画《舟发西苔岛》和巴黎凯旋门上的雕塑《马赛曲》作为例证，并称它们是"真正戏剧性的作品"。[③]这位艺术家的信心并非没有根据。然而，严格地说，尽管这类绘画作品可以具有真正的戏剧性，但是，它们却无法真正做到与戏剧艺术相等的地步。

前一节，我们把戏剧艺术看作自然现象最强烈的瞬间的定型化，但是，针对戏剧艺术而言，它所定型的瞬间乃是先后承续的运动过程。如果说，那些富有戏剧性的绘画作品的情境只是瞬间的凝定，那么，在真正的戏剧作品中，情境则具有先后承续的运动性。戏剧作品中的情境一般包括三个要素：其一，人物生存与活动的具体环境；其二，对人物产生影响的事件；其三，有定性的人物关系。这三者都是运动的。在戏剧中，"戏剧

① 黑格尔.美学：第三卷 上册［M］.朱光潜，译.北京：商务印书馆，1979：289.
② 黑格尔.美学：第三卷 上册［M］.朱光潜，译.北京：商务印书馆，1979：287.
③ 罗丹.罗丹艺术论［M］.葛赛尔，记.沈琪，译.吴作人，校.北京：人民美术出版社，1978：42，46.

情境”与“戏剧情节”并不是同义语，把两者等同起来，乃是常识性的失误。但是，如果把情节看成运动的，而把情境看作凝定不变的，则会导致创作实践中的迷误。实际上，在戏剧中，情境的运动与情节的发展乃是相互联系的，后者以前者为基础，前者往往融合于后者之中。情境的运动，固然包含着时间的流逝和空间的变动，但一般说来，更重要的体现是事件（外在于主体的，或主体行动构成的）推动下的人物关系的运动性。当然，在不同风格、流派的戏剧作品中，人物关系的运动也往往呈现出不同的形态。例如，在某些荒诞派作品中，这种运动性并不是显露易见的，甚至只是深藏在凝重、重复的表象下的潜流（如《等待戈多》）。对此，暂且不去讨论。一般地说，一个情境构成时，总是包藏着有定性的人物关系，他（或她）们之间相互影响，人物的内在生命活动凝结成动机并促成行动。由于人物的行动相互影响对方，或者由于新的事件的影响作用，人物关系发展变化，又形成新的情境。概括地说，情境乃是情节的基础，情境的变化构成情节实体内容及其发展的历程。如果说，戏剧艺术也是最强烈的瞬间的定型化，那么所谓“瞬间”乃是指情境先后承续的运动的段落。

戏剧情节的基本单位是戏剧场面，而每一个场面都以特定的情境为存在的前提。如果我们对作品中的场面逐一进行分析，就会发现，它们都是在特定情境中处理动机与行动的关系。说得明确些，特定的情境作用于人物，从而生成特有的动机，而动机与行动的因果关系则构成了场面的特有内容。当然，在具体的作品中，我们不能要求每一个场面都完满地体现出这些实体性内容，某些场面（例如“过场戏”）可能只是提供情境的因素，有些只是画龙点睛地提示动机，而有些则侧重于行动的过程等等，相对地说，它们都是不那么完整、不那么充分的。尽管这类过场戏是不可缺少的，但是，如果它们喧宾夺主，则会成为作品的致命伤。那些应该认真深入开掘的重点场面，都应具有这样的特质：情境与人物相契合，并对人物形成规定与制约。由此构成如下逻辑模式：

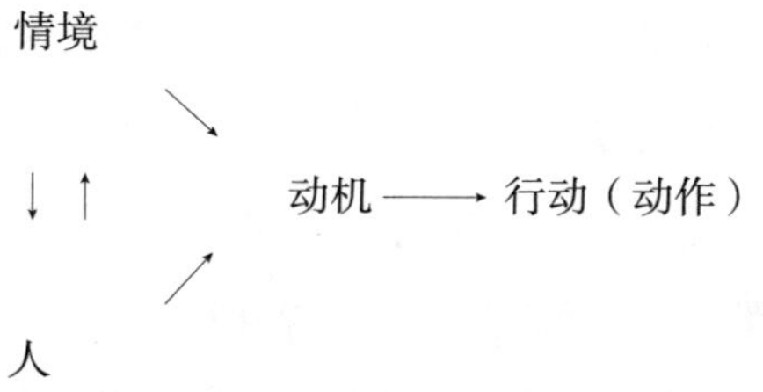

一般地说，场面的戏剧价值正在于这一逻辑模式及其内在张力。而戏剧情境的运动性，也已体现于场面与场面的转换及联结之中。

不过，戏剧情境的运动并非只限于一种凝固不变的形态，它的运动形态也是多种多样的，并由此形成几种不同的结构类型。

每一个情境都是由过去和现在汇合而成的，同时又指向未来，引起观众对未来的期待。情境对未来的指向，也就是悬念的指向。戏剧的完整、有机的运动，既包含着情境的发展变化的进程，又伴随着由悬念引起的期待，以此作为吸引观众的动力。悬念内在于情境，并成为情境的张力。正如苏珊·朗格所说："现实生活中，即将来临的未来只能很模糊地被感觉到。""通常情况下，我们对由过去和现在的行为所产生的完整经验和未来却毫无所知，这种命运感只有在情绪特别紧张的不正常时刻才能产生。"然而，在戏剧艺术中却有所不同，她又说：

> 然而，在戏剧中，这种命运感则是至高无上的。使现在行为成了那种尚未展开的未来中似乎不可分割的部分的正是这种命运感。①

如果说，在实际生活中，人们对未来是毫无所知的，或者只是很模糊地感觉到，那么，情境所引起的对未来的期待，则是更为具体的，它往往成为即将展开的戏剧运动的"指路灯"。在戏剧作品中，情境的构成及其变化，以及由此而形成的悬念的指向，就成为结构的基础。人们可以从不同

① 朗格.情感与形式［M］.刘大基，傅志强，周发祥，译.北京：中国社会科学出版社，1986：356-357.

的角度寻找划分结构类型的界限，但是，在我看来，不同的结构类型，总是内在于情境运动的形态类别，总是受制于悬念指向的不同方式和线路。从这一角度剖析中外古今大量戏剧作品，我们可以发现三种不同的结构类型，而每一种类型都与一种情境运动的特殊形态有直接的关系，前者受制于后者。对这三种结构类型，我们可以分别进行评述。

1.集中于主线路的运动形态

这类作品的共同特点是：情境与人物相契合的运动是单线发展的。这里所说的“单线”，并不限定为只有单一的线路，所谓“单线发展”，也可能包容着两条以上的线路，但是，鲜明的主线路总是使其他线路成为从属。从古希腊戏剧到古典主义戏剧，连同19世纪的诸多戏剧作品，大都属于这种类型。

亚里士多德曾经把行动的完整、统一作为戏剧艺术的规定性。在他看来，一出戏最好只表现一个完整的行动，这就是有名的“行动整一律”，有人又把它称为“情节整一律”。中国古典戏曲理论中，也有同类的主张，李渔在《闲情偶寄》中曾经明确说过：“一本戏中，有无数人名，究竟俱属陪宾；原其初心，止为一人而设。即此一人之身，自始至终，离合悲欢，中具无限情由，无穷关目，究竟俱属衍文；原其初心，又止为一事而设。此一人一事，即作传奇之主脑也。”他断言，一部好的剧本应该是“始终无二事，贯串只一人”。①究其本意，所谓“一人一事”也并不意味着每个剧本只能由“单一的行动线”构成情节，不能有其他线路作为从属。“行动整一律”的主张和“一人一事”论，都体现了对舞台规定性的认知，因而都曾被普遍接受。东西方的同质性主张所体现的舞台规定性，正是强调行动的集中、统一；古典戏剧的实践中，也确实以此作为结构完美的基本准则。

① 参见李渔的《闲情偶寄·词曲部》，文中所说“传奇”，是当时对戏曲的一个特殊的称谓。

行动的集中、统一确实体现着舞台的规定性，而在这一规定下所形成的不同的时空观念，则又导致不同的结构方式。

有人把戏剧结构归结为两种方式：开放式和锁闭式（回顾式）。霍洛道夫在界定这两种结构方式时强调说，如果试图严格地遵守时间和地点统一的要求（古典主义戏剧所规定的时间一律和地点一律），则可导致锁闭式的结构；如果力求取消这些要求，更自由地处理时间和空间，则可能导致开放式结构。[①]在我看来，这种区分也只能是相对的。对有才华的剧作家来说，一切规则都应是“受制”与“自由”的统一。在法国古典主义时期，“三一律”被规定为不得违反的法规，高乃依深感它的束缚，他的创造力在寻找突破的出口。实际上，时间一律和地点一律本来就不可能是绝对“严格”的，这里原本就存在着一定的伸缩弹性，所谓“严格地遵守”只具有相对的操作性。比如，《俄狄浦斯王》《熙德》《玩偶之家》等采用锁闭式结构方式的作品，虽说都遵守了时间一律和地点一律的要求，但是，遵守的程度却又不同；至于像《哈姆雷特》这样的作品，虽然也被归入锁闭式结构，但时间与空间的自由度要大得多。在莎士比亚的心目中，“三一律”之类的原则，与他无关。顾仲彝在界定两种结构方式时，则强调它们“包括剧情的范围大小有不同”，即“开放式包括范围较广，把戏剧情节从头到尾原原本本表现在舞台上，锁闭式包括范围较狭小，往往只写高潮至结局，集中表现戏剧性危机，而对于过去事件和人物关系则用回顾和内省方式随着剧情发展逐步交代出来”。实际上，所谓“剧情的范围大小”也是很难具体量化的。比如，莎士比亚的《奥赛罗》和《哈姆雷特》被分别划定为开放式与锁闭式，但我们很难认定前者包括的情节范围大于后者。如果说，我们确实可以把戏剧结构归结为两种方式，那么，这样的区分更重要的是着眼于剧作家从素材（故事）处理到情节构成方式的不同。福斯特在《小说面面观》中对故事与情节的区别有一段相当简练却很有说服力的说法：

---

① 霍洛道夫.戏剧结构［M］.李明琨，高士彦，译.上海：华东师范大学出版社，1981：40-41.

> 我们曾给故事下过这样的定义：它是按时间顺序来叙述事件的。情节同样要叙述事件，只不过特别强调因果关系罢了。如“国王死了，不久王后也死去”便是故事；而“国王死了，不久王后也因伤心而死”则是情节。虽然情节中也有时间顺序，但却被因果关系所掩盖。又例如：“王后死了，原因不详，后来才发现她是因国王去世而悲伤过度致死的。”这也是情节，不过带点神秘色彩而已。这种形式还可以再加以发展。这句话不仅没涉及时间顺序，而且尽量不同故事连在一起。对于王后已死这件事，如果我们再问：“以后呢？”便是故事。要是问：“什么原因？”则是情节。这就是小说中故事与情节的基本区别。[①]

福斯特对小说中故事与情节所做的区别，也适用于戏剧。戏剧创作把故事作为素材，而把情节作为剧本的构成，同时重视把故事加工改造成情节的创造性工作。这一点不仅在理论上应该明确无误，在创作实践上更是成功的关键。我们已经提到区分两种不同的结构方式的几种说法，在这里，福斯特又给我们确立了另一种界定——他对把故事改造成情节的两种方式的区分，也适用于戏剧结构的不同方式。简言之，“国王死了，不久王后也因伤心而死”，这就是开放式；换一种说法，“王后死了，原因不详，后来才发现她是因国王去世而悲伤过度致死的”，这就是锁闭式。将故事（素材）加工改造成情节，重要的工作之一，是从中发现或重新营造戏剧性情境。两种不同的结构方式，也与情境构成的方式有关。开放式的作品大都把情境的要素（事件、人物关系）直接呈现在舞台上，把往事和人物关系的前史压缩到最低限度，因而造成故事与情节的时序同一的印象。最典型的例证是莎士比亚的《李尔王》。作为情节开端的情境，是由主人公的一个现实行动引发而成的。这一行动，既是故事的开端，也是情节的起点。李尔宣布退出王位，把国土分给三个女儿，如何分赠，则要“看谁的天性之

---

① 福斯特.小说面面观［M］.苏炳文，译.广州：花城出版社，1984：75-76.

爱最值得奖赏”，实际上是取决于谁说出来的甜言蜜语最中听。正是因为这一由主观轻信而决定的不公正的分封，李尔把自己置于一个严峻的处境：两个口是心非、许诺最多的女儿得到了全部国土和权力，而说真话并忠实于他的小女儿却被抛弃。在剧本中，李尔退位分国，以及由此引发的他与三个女儿的关系的定性化，都是在场面中直接呈现出来的。以这一情境为基础，由李尔命运的曲线构成的情节有节奏地向前推进，直至悲剧的结局。在锁闭式结构的作品中，情境中总是包含着往事和人物关系的前史，它们对情节的发展具有至关重要的作用，而这些因素又需要用某种方式交代出来。这种结构方式的例证，不胜枚举。在莎士比亚的《哈姆雷特》中，老丹麦王被胞弟克劳迪斯谋杀惨死这一事件被推到大幕打开之前，成为一件秘密的往事。在大幕打开之后，我们看见新王已经登基，但丹麦却充满了惶惑、恐怖的气氛；到第四场，夜间出没于城堡的老丹麦王的鬼魂见到哈姆雷特，向他倾诉这件谋杀案的真相，由此导致哈姆雷特与克劳迪斯、母亲及其他人物之间多重关系的定性化，全剧的情境基本构成。在易卜生的《玩偶之家》中，娜拉为了给海尔茂治病，冒用父亲的签字向柯洛克斯泰借了一笔钱，并对丈夫隐瞒此事。在大幕打开之际，这已是八年前的往事。这一事件，在它刚刚发生之时，已经使娜拉与海尔茂之间的关系潜伏着危机。在大幕打开之后，柯洛克斯泰为了保住自己在银行的工作，要求娜拉向海尔茂求情，被拒绝后，则以娜拉在借据上假冒父亲签字可能引发的法律后果相要挟，向娜拉提起往事的详情细节。这里通过一个现实事件把八年前的往事纳入情境，并使情境蕴含着一个力度很大的主悬念，情境顺着悬念的指向向前运动，构成了贯串全剧的主线路；主悬念随着情境的运动延宕、强化，直达高潮部分解开。诸如《哈姆雷特》、《玩偶之家》以及曹禺的《雷雨》，都是如此。

开放式的结构与锁闭式的结构，虽然有所不同，但共同点还是十分明显的，它们都要遵从“情境与人物的契合”这一原则，而且，都是通过采取较为集中的方式来实现“情境与人物的契合”这一原则的。这两种结构的构成中都有突出的主人公，情境为他（或她）而设。主人公们在进入情境之时，个性凝聚而成的动机及其行动既受制于原初的情境，同时又在推动情境的发展变化。注意，这里强调的是集中、统一，强调的是场面与场面、场与场之间的因果关系。剧作家选取了一个完整的行动作为全剧结构的中心，在情境与人物的契合中按照因果律结构成具有整一性的情节，从而表现出一个完整的内在生命运动。在这类作品中，情境与人物都以较为集中的方式运动着，亦即围绕突出的主人公构建成统领全剧的总情境；与此密切相关，在总情境形成之际，全剧的主悬念也应时而生，并成为情节的指路标，使之通向全剧的高潮部分。凡此，正像前面已对《玩偶之家》简略分析的那样，不必重述。

中国古典戏曲理论称这种结构方式为“始终无二事，贯串只一人”，亦即“一人一事”。而中国戏曲作品中的绝大多数，均属于这一模式。欧洲古典戏剧中的“行动（情节）整一律”，也成为一种普遍性的结构模式。然而，接受这种结构模式，并不意味着否弃对人物、情境与时空的更大包容量的追求。一种既定的结构模式，不论它具有多大的普泛性，也不能桎梏住剧作家的想象力和创造力。有才华的剧作家在遵守某种公认的原则时，总是要争取更大的自由度，目的在于使作品能够容纳一个丰富多彩的虚拟的生活世界。比如，莎士比亚的剧作根本无视时间一律、地点一律的法规，总是根据处理题材的需要，去寻求时空最大限度的容量；他遵守“行动整一律”的原则，但却不肯让这一原则成为排斥作品内在丰富性的束缚。他杰出的悲剧和喜剧作品中，都包容着众多的人物、丰富多变的情境，突出的情节主线与从属的副线交织成具有巨大吸引力的戏剧运动。正像别林斯基所说：

> 莎士比亚的每一个剧本都是一个完整的、个别的世界，有它的中心，有它的太阳，许多行星和卫星环拱着这颗太阳旋转。[①]

---

① 别林斯基.莎士比亚的剧本《汉姆莱脱》：莫恰洛夫扮演汉姆莱脱的角色［M］//别林斯基.别林斯基选集：第一卷.满涛，译.上海：上海译文出版社，1979：490.汉姆莱脱即哈姆雷特。

不管别林斯基在这段评语中掺入多少形而上的赞誉，在其实体性的意义上，这里所说的“中心”“太阳”指的就是哈姆雷特、李尔、马克白斯等主人公，他们与构成全剧情节基础的总情境相契合，形成集中于主线路的运动形态；而作为情节指向的主悬念又把我们的注意力引向全剧的高潮部分，并在那里解开。同时，先后出场的众多人物，或者在与主人公的定性化关系中成为情境的构成因素，或者各有相对的独立性，他（或她）们的行动却又与主线路有着直接或间接的联系，并从属于那条贯串全剧的主线路。

这种结构类型，不仅在莎士比亚的杰出作品中显示出巨大的生命力，而且，也造就了易卜生、奥尼尔以及后世难以数计的优秀作品。但是，不管这种运动形态曾经造就出多少杰作，甚至我们可以把它视为戏剧史上一种主导的结构类型，它也只能是情境运动形态之一，即多种结构类型之中的一个。虽然这种结构类型在戏剧史上相当长的一段时间之内曾经居于统治地位，但这种地位早已被打破了。在现代戏剧中，情境的运动向着更加开放的多种形态拓展。

2.链条式的运动形态

亚里士多德在论述“行动（情节）整一律”时，特别强调指出：“有人认为只要主人公是一个，情节就是单一的，其实不然。”他认为，一个人物可能有很多行动，而戏剧更适合只表现一个完整的行动，不应把一个人的许多行动作为剧本的内容。[①]这一主张曾经被公认为戏剧结构的法则。无独有偶，中国古代戏曲理论家李渔在提出“一人一事”的结构规则时，也指出“但知为一人而作，不知为一事而作”乃是很多剧本的问题所在。[②]据

① 亚理斯多德.诗学［M］.罗念生，译.修订本.北京：中国戏剧出版社，1986：18-19.

② 参见李渔的《闲情偶寄·词曲部》。

此，有人甚至把中国戏曲创作的特点归为“一人一事单线发展”。然而，这一结构规则遇到了现代戏剧的严峻挑战。我们看到，很多剧本已经突破了“行动整一律”或“一人一事”的模式，一个剧本中可以表现“一个人的许多行动”，而且同样获得了统一性。诸如凯泽的《从清晨到午夜》（1916年）、高尔斯华绥的《逃亡》（1926年）、奥达茨的《等待勒夫梯》（1935年）以及布莱希特的《大胆妈妈和她的孩子们》（1939年）等等，都属于此类剧作。

这类剧作的共同特点是：全剧有统一的主人公（亦可没有），它们一般都分成诸多场戏，每一场都有一个新的、相对独立的情境，内在于情境的悬念在一场戏中从生成、发展到解开，使这一场戏自成一个相对独立的单元；而场与场之间以不同的方式相互联结（或用统一的主人公，或用贯串全剧的总悬念），使全剧环环相扣，形成链条式的统一体。

在高尔斯华绥的《逃亡》中，主人公是一位退役军官，晚上在海德公园散步，遇到妓女纠缠，摆脱后，由于警察刁难妓女，他回身打抱不平，与警察争斗，不慎误伤对方致死，因而被捕入狱。第二场，他从狱中逃走。后面的几场戏都是表现他逃亡途中的遭遇。贯串全剧的总悬念是：他能不能逃脱狱警的追捕，从而获得自由？如果剧作家只是按照这一总悬念的指向构成后几场戏的实体内容，其中可能充满了逃亡者与追捕者斗智斗勇的场面，不乏激烈紧张的角斗，但却很容易成为肤浅的情节剧。高尔斯华绥把主人公送上逃亡的险途，其主旨在于通过各种人物对逃亡者的态度，揭示人性的深邃内容。为此，关于主人公能否获得自由的总悬念，只是一种外在的贯串力和吸引力。从第三场开始，每一场戏都发生在一个新的环境（场景）中，主人公逃亡到这里与新出场的人物邂逅相逢，构成一个相对独立的情境，生发出一个更具体的悬念，它在这场戏结束时解开。下一场亦是如此。那个贯串全剧的总悬念把这几个相对独立的插曲联结成一个统一体。有人在分析这部作品的结构特点时指出，高尔斯华绥“试图创造一种小场面的自由形式，用电影镜头的组接法把它们一个一个组接起来”。一般地说，这种把主人公经历的分散的场面组接起来的结构方式，确实更适合电影，而并非符合戏剧结构的古典模式。然而，看过这部剧作就会发现，剧作家如果囿于那种传统的结构模式，作品原有的主旨就难以得到艺术的体现。

凯泽的《从清晨到午夜》是表现主义的代表作。这出戏的主人公是银行出纳员，他身居物质财富统治的世界（银行）里，按照既定的秩序机械地劳作着。忽然，他的面前出现了一位意大利贵妇人，由于她的诱惑力，出纳员挣脱了例行公事的机械化状态，携带一笔巨款去投奔贵妇人，准备与她一起出逃，却遭到贵妇人的拒绝。他失去退路，只有孤身逃亡。剧作家赋予逃亡中的主人公以特殊的动机：他在走投无路的绝境中去探求生命的意义、人生的价值，期待获得“重大的发现”。他带着偷来的巨款，先后来到赛马场、舞厅餐馆、救世军的聚会堂，在这些具有象征意味的特殊环境中，分别与不同的人物交往，构成了一个个相对独立的片段。连同此前的几场，每一场都构成相对独立的情境，同时生成一个个具体的悬念，并在该场结束时解开。我们也可以把这部剧作归入“小场面的自由形式”，它同样具有内在的统一性。

这两部剧作的成功给予我们的启示是：作为一种特殊的结构类型，链条式的运动形态有可能凭借剧作家的才华达到完美的境界。戏剧是展现人的生命活动的一种形式，舞台的法则虽然规定了形式的限度，但却没有，也不应该要求形式的一律化。任何一种结构类型，其实体性价值都在于能够揭示人的生命活动的深度与广度。所谓“链条式的运动形态”，只不过是为显示人的生命活动提供了一种特殊的形式。我们从情境的运动形态这一角度追寻它作为一种结构类型的特质，也正因为情境与悬念本来就是结构的基础。

在20世纪30年代末，布莱希特创作了《大胆妈妈和她的孩子们》，他选择的正是这种结构类型。这位剧作家把这部剧作称作“编年史剧”，并把它视为“史诗戏剧”（又译“叙事诗体戏剧”）的代表性作品。[①]所谓“叙事诗体戏剧”，它的含义原本就是模糊的。人们把皮斯卡托视为这一概念的创始者，有人说：“在皮斯卡托使用它时，他头脑中是有某种亚理斯多德的那种观念的，即在讲述一个故事时不一定得遵从时间和地点的一致性。因此，叙事剧便意味着是摆脱掉现实主义程式——其中特别是结构严密的佳构剧的那些程式——的各种束缚的一种演出。”[②]实际上，布莱希特在使用这一概念时，虽然提出的命题相当宽泛，但是，认真追寻，也包含着类似的含义。他把戏剧因素归为“情节的高度集中，各个部分相互牵动与制约的机缘”。他特别赞赏小说家杜布林的观点：“史诗和戏剧不同之点，就是它可以用剪刀分割成小块，而仍能完全保持其生命力。”[③]“编年史剧”《大胆妈妈和她的孩子们》正是这种结构模式的范本。把这种结构类型归入“史诗戏剧”（叙事诗体戏剧），并非没有根据。黑格尔在为史诗与戏剧体诗的结构特性进行界定时，曾经明确指出：

> 史诗各部分的衔接是比较松散的，因为在客观事物之间起中介或结合作用的是内在本质的联系，而单从外表来看，个别特殊方面却各有独立的存在。由于史诗各部分之间缺乏这种严谨的统一和明显的联系，而且由于史诗起源于原始时代，它的形式也是原始的，史诗比起抒情诗和戏剧体诗一方面较容易有后来的增删，另一方面可以吸收过去一些独立的已经具有某种程度的艺术形式的传说故事，作为它的组成部分，形成一种新的兼容并包的整体。[④]

① 布莱希特.布莱希特论戏剧［M］.丁扬忠，张黎，景岱灵，等译.北京：中国戏剧出版社，1990：132.

② 斯泰恩.现代戏剧的理论与实践：三［M］.象愚，武文，译.北京：中国戏剧出版社，1989：201-202.

③ 布莱希特.布莱希特论戏剧［M］.丁扬忠，张黎，景岱灵，等译.北京：中国戏剧出版社，1990：68-69.

④ 黑格尔.美学：第三卷 下册［M］.朱光潜，译.北京：商务印书馆，1981：154-155.

黑格尔在这里所说的“史诗”，乃是特指古代的“正式史诗”。史诗的这种结构特征与叙事这种形式有着直接联系。正如凯塞尔所说：

> 史诗原始的局面是：一个叙述者对一群听众叙述某件发生的事情。叙述者的立场因此是面对听他叙述的人，像在抒情作品方面那样的一种融合在这里是不会发生的。它的明白的语言表示是过去式，其中叙述的事情是作为过去的事情，那就是说，作为不变的事情、固定的事情来讲述。从这种见解产生了史诗的先决条件。叙述者不在被激动的情况中，而是在对世界的形形色色发生快感的情况中进行讲述。从他远离的立场，他觉察出扩展的世界部分的充实。“史诗诗人的目的就在他的运动的每一点中；因为这个缘故，我们不是没有耐心地奔向目标，而是愉快地停留在每一个步骤上。”——席勒对歌德写的这些话（一七九七年五月二十一日），理论家今天把它们当作“史诗规律”的阐述。在“愉快地停留”这句话中包含着在当前世界中个别部分元素比较特别的价值，而且其中甚至包含着一种语言形态的倾向。史诗中的个别部分比抒情和戏剧作品中的个别部分要独立得多。席勒在同一封信中明白地下了这个结论：“它的各部分的独立构成史诗的主要性质。”①

据此，把戏剧中与此相近似的一种特殊的结构类型称为“史诗戏剧”，当然是有根据的。然而，与此相关的则有两个重要的问题，尚需进一步予以明确回答。

其一，按照席勒的说法：“它的各部分的独立构成史诗的主要性质。”而作为一种特殊的结构形式，“史诗戏剧”正是由“叙事”这一艺术方法

① 凯塞尔.语言的艺术作品［M］.陈铨，译.上海：上海译文出版社，1984：462.

的本性所决定的。既然是这样，“各部分的相对独立”[①]作为由情境运动形态制约的一种戏剧结构的类型，则应是源于（至少是不违背）“戏剧”这种艺术方法的本性。一个合乎逻辑的问题是：把戏剧中的这种结构类型称为“史诗戏剧”，是否意味着“戏剧”的本性让位给“史诗”（叙事）的本性？我们看到，尽管布莱希特为“史诗戏剧”附加了很多补充性的说明，诸如“把观众变成观察家”、“唤起他的行动意志”、“促使观众作出抉择”以及“间离效果”、“陌生化”等等，甚至还提出“舞台叙述一个事件”这类条件，然而，对布莱希特而言，有一点毕竟是明确的：戏剧是“从动作里取得一切的”。[②]动作是戏剧的根基。亚里士多德在区分戏剧与史诗的界限时，也恰恰是把动作作为戏剧艺术特有的表达方式。布莱希特把自己的“史诗戏剧”从亚里士多德的“净化”——“共鸣”说分离出来，并冠以“非亚里士多德式戏剧”[③]；但是，既然根基未变，所谓“非”也只能是局部性的，而非全局性的；只能是风格意味的，而非本体意义的。《大胆妈妈和她的孩子们》虽然在结构类型上可以说是“史诗化”的，但构成场面的根基仍然是动作，而非叙述；那一个个相对独立的部分中，也不缺少由动作支撑着的具有集中性、完满性的戏剧场面。

其二，布莱希特把“每场戏可单独存在”作为“史诗戏剧”的特征之一，亦以此与传统的“亚里士多德式戏剧”的“前场戏为下场戏而存在”相对立[④]；然而，无论是在理论上，还是在戏剧创作实践的历史上，都并非意味着前者可以取代后者。“每场戏可单独存在”只能作为一种结构类型，与其他结构类型并行不悖、共存竞荣，其中也包括“前场戏为下场戏而存

① 所谓“各部分的独立”只能是一种模糊的说法，实际上，作为一部完整的艺术作品，它总应该具有统一性。在这一意义上，所谓“各部分的独立”只能是“相对的”，至少在戏剧作品中应当是如此。

② 布莱希特.布莱希特论戏剧［M］.丁扬忠，张黎，景岱灵，等译.北京：中国戏剧出版社，1990：106，191，39.

③ 布莱希特.布莱希特论戏剧［M］.丁扬忠，张黎，景岱灵，等译.北京：中国戏剧出版社，1990：91.

④ 布莱希特.布莱希特论戏剧［M］.丁扬忠，张黎，景岱灵，等译.北京：中国戏剧出版社，1990：107.

在”，亦即我们在前面谈到的那种“集中于主线路的运动形态”。在这一意义上，布莱希特所追求的只是一种特殊的结构类型。

不论哪一种结构类型，都受制于作品的题材以及创作主体处理题材的意图。布莱希特把《大胆妈妈和她的孩子们》称为“编年史剧”，这一称谓不仅对这部剧作的题材来说是适当的，也能体现这种结构类型对题材的选择。同样，他的《伽利略传》既可以说是“编年史剧”，同时也可以归入“传记式题材”。为了表现一个人的一生，创作者可以从其一生中精选一个片段，从中折射出这一人物精神世界的深度与广度；创作者如果感到用这种结构方式不足以充分表现其灵魂的深邃，就需要在丰富的素材中进行选择、加工，把几个相对独立的片段剪辑成篇——这正是我们所说的“链条式的运动形态”。不过，与史诗这种叙述形式相比较，戏剧对内在统一性的要求要严格得多。所谓“相对独立”，也正是指构成全剧的一个个片段不应该是真正、完全独立的，它们之间有内在或外在的联系，所谓“独立”，只能是“相对”的。

3.并列交错的运动形态

集中于主线路的运动形态，乃是中外戏剧史上居于主导地位的一种结构类型。这种结构类型所以能在相当长的历史时间内造就出一大批戏剧精品，并为剧作家们所偏宠，原因正在于，它能够在舞台法则的限制之下，显示出最大限度的适应性。也可以说，这种结构类型正是舞台法则严格限制之下的产物，因之，它理所当然地具有正统性。别林斯基说过，戏剧作品必须形成“一个个别的、锁闭在己身内的世界，在这世界中，每一个人物都追求着自己的目标，仅仅为自己而行动，但同时却不知不觉地促进着这出戏的总的情节的发展”。[①]从另一角度来说，剧中人物如果与总的情节

① 别林斯基.诗歌的分类和分科［M］//别林斯基.别林斯基选集：第三卷.满涛，译.上海：上海译文出版社，1980：84.

的发展无关，他（或她）也就失去了戏剧性存在的价值。别林斯基认为，这正是长篇小说与戏剧在结构上的重要区别。他说：

在长篇小说中，另外一个人物可以占一席位置，不是因为他实际参加到事件中，而是仅仅因为他是一个独创的性格；在戏剧中，却不应该有任何一个人物，在它的推进和发展的过程中不是必不可少的。[①]

别林斯基针对戏剧结构提出的这些原则，曾经被公认为不容置疑的真理。然而，这位俄国美学家提出的戏剧主张，却首先为他的一位同胞的创作实践所突破——这就是奥斯特洛夫斯基的优秀剧作《大雷雨》。该剧演出之后，在俄国评论界引起一场激烈的争论，评论者对此剧的思想和艺术、内涵和形式都有不同的评价。只就其艺术形式而言，此剧受到的批评是相当尖锐的。据批评家杜勃罗留波夫的综合性概述，我们看到，有些批评家的根据是当时流行的“典范戏剧的条件”：“在戏剧的发展中应该遵守严格的统一性和连贯性；结局应当从情节中自然而又必然地流露出来；每一场戏都必须促进剧情的进展，并且把它推向结局；因此，在戏剧中就不应当出现一个不是直接、不是必须参加到戏剧发展中去的人物，不应当有一场对话和戏剧的主要内容无关。”根据这些“条件”，《大雷雨》受到责难是必然的。人们指出，这部剧作在结构上的问题正在于：

因为剧本中充塞着完全不需要的戏和人物，所以全部剧情的进展是懒散而缓慢的。库特里亚希和莎普金，库里庚、菲克露莎，贵族夫人和她的两个仆人，还有奇各伊本人，——这一切人物和剧本的基调根本不相联系。多余的人物不断出场，说一些和故事毫不相干的话，于是下场了，但又不知道为什么走，走到哪里去。库里庚那一套大言

① 别林斯基.诗歌的分类和分科［M］//别林斯基.别林斯基选集：第三卷.满涛，译.上海：上海译文出版社，1980：70.

壮语，库特里亚希和奇各伊的一切无礼行动，至于半疯半癫的太太，在大雷雨时刻市民之间的谈话，这就更不在话下了——这些场景都可以删掉，对故事的基本内容却毫无损害。①

这些“多余的人物”，在剧中来无影去无踪，就像是由创作主体随意操纵的提线木偶，而且，他（或她）们确实未能参与全剧情节的主线路，推动它的进展。这种状况不仅与前述流行的“典范戏剧的条件”不相符合，也与别林斯基关于“情节统一性”的要求南辕北辙。不过，凡此，只不过是一面之词。俄国批评家杜勃罗留波夫对《大雷雨》有自己的看法，针对批评界对所谓“多余的人物”的指责，他为剧作家辩护说：

我们绝对不把奥斯特罗夫斯基剧本中那些没有直接参与的，看作是没有用处的多余人物。依我们的观点看来，这些人物也像主要人物一样，也是剧本所必要的。他们告诉我们剧情所以发生的那种情势，描写了决定着剧本主要人物的活动意义的环境。倘要深切了解植物生活的特征，就必须研究植物赖以生长的土壤；割离了土壤，就只能看到植物的形式，却无从完全知晓它的生活。同样，假使你只从几个不知什么道理彼此互相冲突的人物的直接关系中来观察社会生活，你也不可能认识这种生活的：在这种地方，只有生活的实际的、外表的一面，但是我们却需要知道生活的日常的环境。生活戏剧中那些不相干的没有活动的参加者，每个人忙着的看来都是各人自己的事。——可是他们常常依靠自己的存在，去影响事情的发展，这种影响是什么东西都阻挡不了的……在《大雷雨》中，所谓“多余的人”特别显得是不能缺少的：没有他们，我们就无法了解女主人公的面目，而且也容

① 杜勃罗留波夫.杜勃罗留波夫选集：第二卷［M］.辛未艾，译.上海：上海译文出版社，1983：342，344-345.

易歪曲整个剧本的意义，正像大部分批评家所碰到的那样。[①]

杜勃罗留波夫在艺术批评中更精于社会批评，在这一角度，他的批评有特殊的深刻性。在这里，他把《大雷雨》中那些“多余的人”，如库特里亚希、库里庚、奇各伊、贵族夫人等，认定为女主人公卡珊娜赖以生存和性格展现的社会环境因素，从这一角度把他们与女主人公联系在一起，对剧本的内在统一性进行有说服力的分析。当然，我们也可以仅仅从戏剧结构的集中性、完整性这一角度，对杜勃罗留波夫的看法提出疑问，坚持认定《大雷雨》在结构上的弱点。这正说明，在舞台法则制约下的戏剧时空特殊性要求人物、情节的集中性和统一性，这一要求造就“集中于主线路”的一种结构方式。但是，有些剧作家在采用这种结构方式时又感到受拘束，因而想突破它，为充分实现自己的创作意图而获得更多的自由，奥斯特洛夫斯基正是这样做的。应该指出，在《大雷雨》中，虽然有一些“多余的人”并没有参与剧情主线的发展；然而，这部剧作毕竟还有女主人公与总情境相契合而构成的主线路，据此，也可以把它归入前述第一种运动形态——集中于主线路的运动形态。也可以说，这位俄国剧作家的《大雷雨》基本属于传统的结构类型，只是局部有所突破。不过，杜勃罗留波夫从社会观念角度引发的关于戏剧结构的可能性的见解，却已经超越了这种传统的结构类型的模式。所谓“生活戏剧中”，“每个人忙着的看来都是各人自己的事”——如果是这样，他们的生活与行动也许并不能被纳入集中于主线路的运动形态，在他们中间也许找不到统领主线路的主人公。面对这样的对象，剧作家能否将之戏剧化？

在这场争论之后不到30年，德国剧作家霍普特曼的自然主义戏剧《织工》演出，并获得巨大成功。这出戏所以引起重视，原因不仅在于它的政

① 杜勃罗留波夫.黑暗王国的一线光明［M］//杜勃罗留波夫.杜勃罗留波夫选集：第二卷.辛未艾，译.上海：上海译文出版社，1983：377-378.奥斯特罗夫斯基即奥斯特洛夫斯基。

治性和文献性的内容，也在于它的那种独特的结构形式。该剧取材于1844年西里西亚纺织工人起义这一历史事件，可以被称为“戏剧化了的文献”。全剧出场人物众多，有名有姓者就有约40名，其中并没有真正的中心人物，情节也没有实体性的主线。正如斯泰恩所说：“在霍普特曼的戏里，他采用了约四十个有名有姓的人物，他们全都用方言说话，通过他们而描绘出饥饿的大众和普遍的贫困的性质。他把所有织工作为一个群体看待，而评论者很快便看出了该剧没有通常意义上的主角，有的只是群众本身这一个‘集体性的主人公’的特点。霍普特曼说自己是个生物学家。他说，他的目的就是准确地报道真实，并促使人们对一个正在受苦受难的真实的社会人群产生同情。从这一点来说，《织工》是高尔基的《底层》（1902）的先声，并为奥尼尔的《送冰的人来了》（1946）提供了蓝本。”[①]他提到的这两部剧作，无论是它们的题材，还是结构形态，都与《织工》具有同质性。

《底层》呈现的是俄罗斯外省的一座下等旅店，这里居住着一个沦落到社会最底层的群体，其中有小偷、锁匠、妓女、帽匠、卖包子的、职业不定的流浪汉、戏子、云游僧、鞋匠、装卸工等等。聚集在这个狭窄空间里的众多人物，每个人都有一本难念的经，他（她）们在剧中的分量有轻有重，却没有主从之分；他（她）们虽然相互交往，却没有扭结成统一的主线路。在我国，有人曾把它归为“群像展览”式结构的代表作，以昭示它作为结构形态的特殊性。《送冰的人来了》被有些评论者称为“美国版的《底层》”，斯泰恩却认为，《送冰的人来了》与《底层》只是“在形式上相呼应”，“但是，这一冷酷无情的戏不大像高尔基的笔法，而更像是契诃夫的笔法”。实际上，高尔基的《底层》具有浓重的政治色彩，而《送冰的人来了》则更侧重于对人的生存状态和精神世界的探寻。奥尼尔在谈到他对戏剧创作的思想时曾经说过，他要使用“管弦乐队的技巧来写剧本——剧作家是交响乐的指挥，角色们是管弦乐队的合唱队员”。弗吉尼亚·弗洛伊

① 斯泰恩.现代戏剧的理论与实践：一［M］.周诚，等译.北京：中国戏剧出版社，1986：71.

德在评价这部剧作的结构方式时强调说：

> 他写《送冰的人来了》的时候，确实创作了这样的一部戏。四幕戏作为四个相关的乐章；反复插入的角色们的个人身世是这部作品的互相有联系的主要主题的变奏。在杰出的指挥的示意下，哈里·霍普酒店里那帮被酒弄得迷迷糊糊的不合时宜的人一个个从酒店的桌子上抬起头来，叙述他们个人的经历。[①]

此剧出场人物17人（14名男士和3名女士），他（或她）们之中既没有独唱的主角，也没有领唱者，只是在合唱队里按照自己的声部各显所能。

中国现代剧作家也曾运用这种结构方式，以考验自己的剧作技巧。《日出》是曹禺早期剧作中社会性最强的一部，他让各色人物齐聚在一座高级旅馆的一间客厅里。这些人物都有自己的行动线，其中有些人物的行动线相互关联，有些则各自独立，并不介入其他人的生活与命运。陈白露在剧中虽有特殊的地位与作用——正是由于她，这些人物才聚集在此，而且她是全剧的贯串人物；但是，大部分人物的行动与结局，都与她无关。如果说这出戏确实有统领性的人物，那就是始终未曾出场的金八爷，前场所有人物的命运都掌握在他手里，由他操纵着。由于这个统领全剧的人物并未出场，前场人物就如群龙无首，相互独立。《上海屋檐下》是夏衍的剧作中最成功的一部。此剧共分三幕，戏剧行动发生在同一场景，时间从下午开始，到晚上结束。在这一意义上，它很符合古典主义关于“时间、地点整一”的法规；然而，它与“行动（情节）整一律”的原则却是南辕北辙的。这出戏呈现的是上海一座弄堂房子里的五户人家的十多个人物，按照剧作家的说明，他（她）们是民国上海这个畸形社会中的一群小人物，创作此剧的动机则是通过这群小人物的生态与心态，反映那个大的时代的脉搏。

---

① 弗洛伊德.尤金·奥尼尔的剧本：一种新的评价［M］.陈良廷，鹿金，译.上海：上海译文出版社，1993：505-506.

但是，他并没有让这些小人物聚集在一个统一的空间，也没有把他（她）们的行动线扭结成一条统一的路线，而是让他（她）们各自分处于自己的房间里，虽有交往，但在大部分时间里，却是在各自的空间中过着自己的日子，分别念着自己的那本经。

这些剧作不仅在结构形态上相似，而且为我们提供了这种结构形态的基本特征：出场人物较多，但却没有统领全剧的中心人物；其中较为重要的人物虽有自己的行动线，但却难分主从；与分散的人物相契合，情境也是分散的，它们的运动亦不汇合成统一的主渠道，而是分流成条条小溪；内在于情境的悬念也各有指向，有时相互并列，有时此隐彼现……据此，我们可以称之为并列交错的运动形态。一般地说，这类作品多以塑造群像为己任，它们往往以一个个相对独立的生命活动汇聚成总体性的内在意义。如果我们按照第一种结构类型中主人公形象可能达到的情感的深度与广度来衡量这类作品，单个形象可能显得单薄；然而，由群像汇聚成的总体图形的内蕴，却可能支撑起全剧的情感容量或社会容量。也可以说，这种结构形态更能适应社会剧的创作动机。

我们可以从中国当代剧作《茶馆》中感悟到这种韵味。这部剧作的场景是各色人物经常聚集的空间——茶馆，出场人有数十名之多，其中有维新派的实业家、内廷里的太监、相面的、说媒拉纤的、流氓头子、逃兵、特务、打手、小学教员、说书的、京郊贫民以及宪兵司令部的处长、女招待……这些出没在茶馆里的三教九流的各色人物，各人都有自己的行动，其中的部分人物有时也相互碰撞，有时又各行其是。由于茶馆是众人聚集之地，茶馆掌柜王利发自然成为一个贯串人物，但是，他不是统领全剧的中心人物，而且并没有和所有人物构建成有定性的关系，对众多人物与茶馆兴衰无关的行动，他也只是个旁观者；围绕茶馆兴衰构成的情境的运动，也并没有把所有人物都联系在一起。老舍凭借娴熟的“白描”式的技巧，把很多人物形象塑造得生动自然、多有特色；但是，单个形象的内在的深刻性和丰富性，毕竟是有限的。也可以说，《茶馆》的主要成就并不在于集中塑造某一形象而形成的内在意义的深度与广度；而是在于通过众多形象汇聚成的特定时代社会生活的断面，向我们展示出社会本质的某些方面。这部剧作写于1957年，老舍的总体构思自然包含着社会的、政治的目的，即把众多人物集合到一个茶馆里，通过他们的生态与心态反映社会的变迁，亦透露一些政治气息，以达到“埋葬三个时代”的总体意图。不管剧作家是否实现了这一意图，他所选择的结构类型，确实别有一种韵味。

戏剧中的情境是不断运动的，我把情境运动的形态归纳为以上三种类型，并由此引申为三种不同的结构类型，对此，还应有补充说明：对结构类型的任何分类都只能是相对的，在根据某些显著的类型特征加以区别时，不能忽视它们之间异中有同的状态；同时，我们虽然可以按照某种分类法把某作品归入某种结构类型，但却不能忽视，被纳入某结构类型的作品虽有诸多共同的特点，但每部作品却又潜藏着个性化的东西。实际上，剧作家的每一部新作都不应是按图索骥，而是一次使外在形式与内在意义完全统一的活生生的创造过程，而艺术创造都是个性的结晶！

第五章　戏剧中的再现与表现

亚里士多德把戏剧归属于诗，他认为，诗的起源均在于人的摹仿的本能，并把戏剧定义为，通过动作摹仿人的行动。此后，在相当长的时间内，由“摹仿说”引申出的诸多观点，成为界定戏剧本质的重要根据。在现代美学中，长期统治“诗学”的“摹仿说”，遇到了严重的挑战。“表现论”作为一种美学观念，它的势力正在向各种艺术种类扩展，首先波及的自然是绘画以及其他造型艺术，戏剧也受到巨大冲击。就中国新时期的戏剧艺术而言，在形式探索的热潮中，“表现论”也成为理论与批判中的热点，甚至有非表现莫属的趋向。在创作和演出实践中，对舞台表现的探索，确实取得很大进展，同时也出现不少问题。比如，有些剧作家和导演对此刻意追求，而其实际效果却与意图相悖。如果我们把戏剧中的再现与表现，都看成对象与方式的统一，那么，我们在全面考察戏剧艺术的本体时，就不能不进入这一层面。

一、摹仿与再现

摹仿，在艺术理论和美学中，曾经被赋予多种含义。严格地说，摹仿总有其对象，是对具体对象的摹仿，它应该造成的直接效果是，“这就是那个事物”（亚里士多德语）。然而，如果只是在这一层面上理解摹仿的含义，它的产品并不能说就是艺术品。一幅仅仅酷似模特的肖像画，并不一定就是艺术作品。亚里士多德把戏剧看作对人的行动的摹仿，但却把诗与历史区别开来。他强调指出，历史描述“已发生的事”，诗人则描述“可能发生的事”，历史叙述“个别的事”，而诗则叙述“带有普遍性的事”。他所说的“普遍性”，意指“某一种人，按照可然律或必然律，会说的话，会行的事”。[①]这里所说的“摹仿”，已经超越了个别对象的逼真性要求，而进入更具普遍性的境界。但是，“摹仿”也可能被赋予这一语词原有的更为直接、狭窄的含义。比如，西塞罗把戏剧定义为“生活的摹本、习俗的镜子、真实的反映”。[②]所谓“摹本”“镜子”“反映”等说法，很容易被理解为对原型的逼真性再现。在后世，“摹仿说”又被引申为“按照生活本来样子反映生活”之类的概念。

正是因为摹仿可能包含着多层含义，斯托尔尼兹把它分为三种不同的形式，即“单纯的摹仿”“本质的摹仿”“理想的摹仿”。在他看来，“单纯的摹仿”主张艺术形象与原型的酷似，强调艺术中最重要的东西在于逼真性。如果说，这种“摹仿说”在艺术史上确实出现过，那么，它早已被美学家们所否弃，因为它所要求于艺术的，乃是与艺术的本性相悖的。斯托尔尼兹认为，“本质的摹仿”强调把“普遍的自然”“普遍的人性”作为摹仿的对象，艺术家所要观察和摹仿的“不是个别的事物”，而是“类型”。亚里士多德的“摹仿说”，其主旨正在于提倡“本质的摹仿”。斯托尔尼兹把另一种摹仿称为“理想的摹仿”，它强调艺术“美化自然”，强调“寓教于乐”的功能，要求艺术家把现实理想化。斯托尔尼兹尽管把“本质的摹仿”、“理想的摹仿”与“单纯的摹仿”相区分，但他并不认为前二者就是

① 亚里斯多德.诗学［M］//伍蠡甫.西方文论选：上卷.上海：上海译文出版社，1979：65.

② 转引自：尼柯尔.西欧戏剧理论［M］.徐士瑚，译.北京：中国戏剧出版社，1985：23.

科学的。在他看来，任何一种“摹仿说”，都把作品的价值归于被摹仿的对象，因而都是不科学的。[①]除此，我们还可以针对“本质的摹仿”“理想的摹仿”提出更多的问题。

比如，所谓“本质的摹仿”，如果以“普遍的自然”“普遍的人性”为对象，那么，普遍性乃是科学所要追寻的对象，在这方面，艺术与科学的界限何在？科学对普遍性的追寻，所关心的是规律的齐一性，而审美的普遍性，则不能以丢弃直观的个别性和多样性为代价。“本质的摹仿”固然可以与“单纯的摹仿”相区别，但是，把“本质”作为摹仿的对象，却有可能混淆艺术与科学的界限，从而丢弃艺术的本性。亚里士多德把艺术与历史相区别，却强调艺术与哲学的同性，也未必能说明艺术的本性。

再如，所谓“理想的摹仿”，如果它指的是“把现实理想化”，那么，“理想”可能是政治的、道德的，也可能是审美的，它们之间仍需进一步界定。所谓“寓教于乐”之“教”，完全可以凭借理想化的政治、道德内容予以实现，但这样的作品也未必就符合艺术的本性。原因在于，政治的价值、道德的价值，并非就等同于审美的价值。

由于上述问题，现代美学对“摹仿说”的科学性提出怀疑是必然的。有人则试图赋予摹仿以特殊的含义，认为它只是指一件作品与另一件作品的关系，前者只是后者的仿造品。仿造可能达到以假乱真的程度，但也只是一种技艺，并非艺术创造。如果涉及艺术品与自然的关系，最恰当的概念则是“再现”。这样，“再现”的概念就取代了“摹仿”的概念。[②]然而，概念的变换，并不能改变它的实质性内容。科林伍德在区分摹仿与再现意指的区别时认为，再现可能是“刻板再现”，也可能是“情感再现”。他所说的“刻板再现”等同于“单纯的摹仿”；所谓“情感再现”则是指，创作品所唤起的情感相似于原物所唤起的情感，使观众在欣赏作品时就像面对

① 朱狄.当代西方美学［M］.北京：人民出版社，1984：339-344.

② 科林伍德.艺术原理［M］.王至元，陈华中，译.北京：中国社会科学出版社，1985：43.

原物那样去感受。但他却认为，真正的艺术在于表现情感，而不在于唤起情感，因而，“情感再现”也并不是真正的艺术。[①]这样一来，“再现论”的命运并不优于“摹仿说”。

然而，对摹仿与再现的完全否定，只是现代美学中的一种观念，为再现争得存在理由的观点，也并没有失去它的合法性。客观论美学承认感性世界存在着美的事物，它们可以成为再现的对象。根据这种审美观念，创作主体的首要任务则应该是区分具有审美价值的对象与不具有审美价值的对象，通过自己的创造性活动赋予审美对象以完美的形式。针对戏剧艺术而言，如果它的对象是人的行动，那么，这一对象尽管是创作主体审美创造的结果，但仍然可以成为再现的对象。在这个意义上，“再现论”仍然可以在戏剧艺术这一领域占有自己的地位。

在中国，美学的贫困使其对各种传统观念失去批判的能力。由于文艺理论长期滞留于“反映论”，而反映与摹仿、再现本来就有着内涵的近似性，因而，“摹仿说”与“再现论”在各门艺术理论中居于统治地位。在相当长的时间内，中国文艺理论更强调文艺的社会功利目的，特别是突出政治的、道德的和教育的功能；因此，它一方面确认文艺作品是社会生活的反映，另一方面又强调，文艺作品反映的社会生活，应该比普通的实际生活更高、更强烈、更集中、更典型、更理想，因此就更带有普遍性。也可以说，这种“能动的反映论”，兼有“本质的摹仿”和“理想的摹仿”的要求。多年来的创作实践已经证明，“反映论”同样把创作主体的观照点引向对象的政治道德价值，因而就出现了诸如“重大事件”、“重大的社会矛盾”、“千百万人所迫切关心的社会问题”以及“英雄人物”之类的价值标准。也就是说，创作主体本着社会功利目的来选择反映的对象，并把某种政治理想、道德理想用于对对象的选择、加工、改造，使之符合社会所公认的价值标准。这种“反映论”所以冠以“能动的”，是因为它格外重视

① 科林伍德.艺术原理［M］.王至元，陈华中，译.北京：中国社会科学出版社，1985：53，112.

创作主体的“理想”的作用。然而，由于“理想”被确定为政治的、道德的，因此，人们借以评价社会现象、社会事件、人的品格等方面的价值观念，就可能取代评价艺术作品应有的审美价值。同时，由于“能动的反映论”是以“为政治服务”为归宿，加之对“本质”“理想”的强调，庸俗社会学侵入了艺术。所谓“庸俗社会学”，正是把丰富多彩的生活净化为单一的政治生活，把复杂微妙的人际关系抽象化为单一的政治关系。而庸俗社会学对艺术的侵入，则是把艺术的目的等同于社会学的目的，把艺术的对象等同于社会学的对象，说到底，也就是等同于政治的目的、政治的内容。正因如此，在中国的“反映论”中，价值标准的错位就更为严重，其后果是艺术自身独立品格的丧失。

针对中国的“反映论”所引起的后果，首要的课题是，从审美的角度观照艺术的对象和目的，以此作为回归艺术自身品格的前提。就中国戏剧而言，彻底清除庸俗社会学的影响，强调戏剧应以人身为对象、为目的，要求创作主体把艺术观照的视角从社会矛盾、社会问题转向具有感性丰富性的人，转向人的内在生命运动，乃是使戏剧回归它作为艺术的独立品格的基础命题。也只有完成了这个转移，才有可能深入讨论“摹仿说”“再现论”的美学价值与地位。

所谓“摹仿说”或“再现论”，不仅涉及艺术作品的对象，也关系到艺术的手段。亚里士多德的“摹仿说”，本来就包含着对象与手段这两个方面，它们相互联系，又有区别。在他看来，戏剧和史诗都是对人的行动的摹仿，但却有不同的摹仿方式：史诗是“叙述法”，而戏剧则是“用动作来表达”。从“摹仿说”的本意来说，动作既指演员的表演，又指作为戏剧艺术的特殊手段，也可以说它是指演员表演艺术的手段。在“摹仿说”的完整体系中，动作的功能也在于摹仿——对人的行动的最具体的摹仿。尽管我们把动作的内涵从形体动作扩展到对话（言语动作）、静止动作等等，然而，它们在戏剧中的功能，也都在于摹仿——再现人的行动。不过，这里所说的“戏剧”，意指中国专称的“话剧”，而不包括中国古典戏曲艺术。后者要比前者复杂得多。仅就戏剧（话剧）的传统手段而言，“摹仿”这一概念，也可以被理解为真实的再现，有人把它称为“写实性”。摹仿性的动作，可以忠实地再现实际生活中人的行动的自然形态。比如，演员在扮演角色时，他（或她）的形体动作、姿态，都以人在实际生活中的自然形态直接呈现在观众面前；而对话作为戏剧的重要手段，通过演员直接完成。演员在对话时的声调、手势、表情也都是对人在实际生活中进行语言交流的自然形态的摹仿。正是由于戏剧艺术的手段具有这种素质，有人才强调动作（包括对话）“生活化”，要求演员在完成这些动作时自然、逼真。就像左拉所希望于戏剧演出的：“在观众面前不像在‘演戏’，而是在‘生活’。”

在我看来，戏剧动作成为对人在实际生活中言行举止的摹仿，这只是它的一种可能性。摹仿性的动作，如果具有艺术价值，就不可能是“单纯的摹仿”，而需要经过创作主体的选择、提炼、加工，使它成为一种艺术语言。作为艺术语言的动作，应该比实际生活中人的动作、对话更具有内在的揭示力。在戏剧作品中，对话、形体动作、静止动作等，它们的戏剧价值不仅在于对动作的直接再现功能，更重要的还在于内在的心理内容的深度和丰富性。总括地说，它们的戏剧价值正在于直接的再现性与非直接的揭示性的融合。对此，我在《论戏剧性》一书中已有较详细的说明，这里不再重复。

把“摹仿说”或“再现论”限定在这一层面上，就其手段的再现性功能来说，它至少已经成为一种演剧形态，我们不妨把它称为自然主义形态。这里所说的“自然主义”，是仅就动作的形态在于“摹仿自然”而言的。这种形态被称为“体验派”，斯坦尼斯拉夫斯基的演剧体系使它得到完善。这一体系强调演员“化身为角色”——化身为摹仿的对象，要求演员对处于特定情境中的角色进行“设身处境”的体验，以达到这样的境界：“在角色的生活环境中，和角色完全一样地去思想、希望、企求和动作。”这一流派（形态）还强调演员以“化身”“体验”为前提，通过下意识的即兴动作塑造舞台形象。这一流派与强调“灌注”“控制”“范本”的表现派构成表演艺术的两种不同的形态，与后者相比较，它更注重动作的真实再现的功能，因而也可以被称为“写实”的形态。实践已经证明，这一表演艺术的形态已经造就出很多杰出的表演艺术家，并塑造出一系列光彩照人的舞台形象。这本身就可以表明它的美学价值。

当然，强调动作的摹仿性（再现性），并非戏剧艺术的唯一形态，与之相对应的是动作的表现性。戏剧（话剧）有可能进入表现性。然而，尽管这样，摹仿性（再现性）也会在不同的范围内有其存在的理由。对此，我们在后面还要谈到。

二、“表现论”与戏剧中的表现

人们常常把克罗齐称为“表现论”的大师。他的理论模式——艺术即直觉，直觉即表现，被“表现论”美学家视为经典性的结论。但是，在相当长的时间内，在中国，这一学派却被视为“主观唯心主义”美学，它的命运就可想而知了。近些年来，在强大的思想解放运动中，“表现论”的美学著作才受到重视，这一学派也恢复了名誉。然而，对这种美学观念的精神实质，仍有待认真研究。

“表现论”作为一种美学观念，与“再现论”面临着同样的任务。如果说，“再现论”必须回答再现的对象与再现的方式这两个相互联系的问题，那么，“表现论”也必须确立自己的对象和方式。然而，有些“表现论”美学家对这些问题的回答，特别是对表现对象的回答，并不总是那么令人满意。

科林伍德被公认为克罗齐的拥戴者、继承者，他对艺术提出一个逻辑模式：艺术即想象，想象即表现。他给予艺术的定义是：“通过为自己创造一种想象性经验或想象性活动以表现自己的情感。这就是我们所说的艺术。”[①]这样解释“想象即表现”，显然并不能令人满意。李斯托威尔在谈及“艺术是纯粹的想象”这类观点时指出，它“忽略了在科学中、在神话中、在哲学中以及在幻想和梦寐中都存在着想象的事实，而把它只当成是艺术家的专利品”。[②]实际上，那些再现性的作品中，也往往并不缺少创作主体的想象。针对上述定义性的结论，我们还可以提出一些类似的问题：艺术家对自己的情感的表现，都可以造就出艺术作品吗？“表现论”作为现代美学中的重要学派，试图否定美学史上长期居于统治地位的“摹仿说”“再现论”，重新确认艺术的本质。作为一个新的理论体系，它必定有逐步完善的过程。尽管科林伍德旗帜鲜明地以“表现论”取代“再现论”，但他却未能为自己的观念确立严密的逻辑体系，特别是他对“表现情感”的实质性内涵，并未能做出令人满意的回答。

克莱夫·贝尔的形式主义美学，也是以否定艺术（主要指绘画）的描述性、再现性为前提，与“表现论”美学有共同的基础。他认为，艺术的共同本质，均在于“有意味的形式”。他反复强调，一部艺术作品的价值并不在于表露情感、传达思想和传达信息，据此，他把画像、摄影作品、连环画以及花样繁多的插图，都排除在艺术作品之外。他把“有意味的形式”作为情感的对象，但所说的情感，并非指生活中的情感，而是指形式的排列组合而激起的情感，这才是审美情感。贝尔研究的主要对象是绘画艺术，他的美学观念又是基于后期印象主义绘画，据此，他更强调“线条及色彩的关系和组合”。在他看来，所谓“有意味的形式”，是指能够激起审美情感的线条及色彩的排列组合；所谓“审美情感”，则是指“有意味的形式”所激起的情感。[③]这种论证并不能使命题进一步深化。实际上，研究对象的

---

① 科林伍德.艺术原理［M］.王至元，陈华中，译.北京：中国社会科学出版社，1985.

② 李斯托威尔.近代美学史评述［M］.蒋孔阳，译.上海：上海译文出版社，1980：131.

③ 贝尔.审美假说［M］//贝尔.艺术.周金环，马钟元，译.滕守尧，校.北京：中国文艺联合出版公司，1984：1-23.

狭窄使得贝尔的形式主义美学的包容量是有限的。线条及色彩的排列组合，可能是描述性的、再现性的，它同样可能激起情感，而且，创作主体也必定要把某种情感对象化为“线条及色彩的排列组合”。如果是这样，我们又回到了科林伍德的“表现情感”的观念。然而，如果是这样，贝尔的观念也就不成其为形式主义美学了。不管怎么说，仅就戏剧艺术而言，它的对象与方式，都要比绘画复杂得多。我们倘若仅仅滞留于贝尔的“有意味的形式”自身的含义，并不能解释戏剧中的表现这一重大命题。

符号学美学并不隶属于“表现论”美学，然而，在这一学派的著作中，我们却可以对“表现论”有更多的发现。

卡西尔认为，艺术是一种特殊的符号形式，但是，这种符号形式并不是对实在的摹仿，而是对实在的发现。人们通过艺术所发现的自然，不同于通过科学所发现的自然。他特别强调艺术与科学的区别，强调艺术的特殊本质。更值得注意的是，卡西尔也确认艺术的本质在于表现，在于对情感的表现，但是，他并不是抽象地谈论情感或审美情感。他认为，创作主体并不仅仅是“沉湎于表现情感的人”，“只受情绪支配乃是多愁善感，不是艺术”。在这方面，他与科林伍德的“表现情感”的观念区别开来。他进一步把人的生命活动作为艺术表现的对象，明确指出：“艺术使我们看到的是人的灵魂最深沉和最多样化的运动。但是这些运动的形式、韵律、节奏是不能与任何单一情感状态同日而语的。我们在艺术中所感受到的不是哪种单纯的或单一的情感性质，而是生命本身的动态过程。”在这一学派看来：“艺术确实是表现的，但是如果没有构型（formative），它就不可能表现。”[①]这里所说的“构型”，也就是指艺术的感性形式。总括地说，艺术就是要为“人的灵魂最深沉和最多样化的运动”、人的“生命本身的动态过程”寻找感性形式，使之得到表现。苏珊·朗格把艺术定义为“情感的有意味的形式”，对这一定义，我们也可以做如上的解释。

“表现论”美学试图从根本上否定再现的价值，认为一切真正的艺术只

① 卡西尔.人论［M］.甘阳，译.上海：上海译文出版社，1985：181，189，180.

能是表现。可是，有些美学家则力求在确认艺术再现的可能性的同时，扩大表现性的包容量。比如，奥尔德里奇认为，如果不把再现混同于“因类似而符合”的含义，而将这一概念与美学相联系，那么，它与表现的界限就不那么容易划定，甚至可以把再现归入表现的范畴。也就是说，一切艺术都具有表现性，都是表现性艺术，在这之下，可区分为再现性与非再现性两类，分别体现着不同的内容，图表如下：

然而，所谓“形象内容”与“情感内容”也并不那么容易区分，奥尔德里奇所进行的区分也是相当吃力的。他认为，再现性的作品指的是那些“展示了一种表现题材的形象内容，并且，在艺术作品的结构中排列的那些材料的性质和题材本身的性质之间有一种很容易看出的相似”；而非再现性的作品则是指“在媒介中表现题材的艺术作品的形象内容——视觉的或听觉的——并不这样明显地依赖上面所提到的那种相似并蕴含着情感”。他所说的“材料”是指绘画中的画布、颜料，雕塑中的黏土、木材、花岗石、大理石和青铜等，以及文学中的语言，戏剧和电影中的演员的身体条件。所谓“媒介”，乃是基本材料要素的调子的性质。艺术作品的内容就是在媒介中通过形式体现出来的题材。这样，如果题材本身的形象内容与作品的结构中排列的那些材料的性质具有相似性，它就是再现性的。如果两者不具有这种相似性，而且形象内容中又蕴含着情感，它就是非再现性的。他把前者称为“再现性的表现”，而把后者称为“非再现性的表现”。[①]在这

① 奥尔德里奇.艺术哲学［M］.程孟辉，译.北京：中国社会科学出版社，1986：68-73.

里，表现的范围已被扩大到可以把再现包容其中。我们当然可以说，这样的划分并不能令人满意。不过，如果把表现做广义的解释，也可以接受奥尔德里奇的观点。比如，有人甚至把面部表情、身体姿态、手势等能传达内在的情感、思想和动机的信息，都称为“表现”。[①]从这个意义上说，演员的动作作为戏剧的基本手段，只要能传达内在的情感、思想和动机，都可以说是表现的。然而，无限扩大一个概念的内涵和外延，把它看作无所不包，实际上是在削减甚至取消它区别于其他概念的独特的存在价值。对“表现”这一概念如此，对“再现”这一相对应的概念同样如此。为了在更严格的意义上对艺术中的再现与表现进行界定，我们不妨把这类再现性的表现称为“表现力”，或者称为“具有表现力的再现性”，使之与表现相区别。如果是这样，我们就需要对再现与表现重新进行界定。

人的生命活动，或者说，生命本身的动态过程，既可能成为艺术表现的对象，也可能成为艺术再现的对象。至少，在戏剧艺术中，我们不可能回避这一问题。在这方面，杜夫海纳的界定更具有启示性，他认为：

> 表现的真实性之所以不以再现的准确性为尺度，就是因为表现并不揭示科学所认识的那种客观化的宇宙，而是主体性所感受到的一个世界的真理。它所说的是一个为了人的世界，一个从内部看到的世界，那种不能复制的世界。
>
> 最真实的表现并不是内心的叫喊或抒情的冲动，而是对体验过的世界的审慎而坚决的坦白。真正说出自己的艺术家，对我们谈论的是他的世界，但却是一个内心经验过的世界，一个只有情感才能使我们进入的不可模仿的世界。[②]

① 阿恩海姆.艺术与视知觉：视觉艺术心理学［M］.滕守尧，朱疆源，译.北京：中国社会科学出版社，1984：610.

② 杜夫海纳.美学与哲学［M］.孙非，译.陈荣生，校.北京：中国社会科学出版社，1985：224-225.

如果说，再现的对象是客观化的世界，那么，表现的对象则是创作主体内心经验过的世界。后者也可能是一个外部世界，但却是经过创作主体的体验感受而主观化了的，甚至可能是变了形的，它是不能复制、不可摹仿的，也就是说，它是用传统的写实性的语言所难于再现的。我们在现代戏剧中常常可以看到这样的世界。

例如，在斯特林堡的《鬼魂奏鸣曲》中，剧作家让活人、死人、木乃伊同台表演，借以表现主体对那个人欲横流、相互倾轧的世界的总体性感受。亨梅尔是一个无恶不作的人，如今已是老人，瘫坐在轮椅上。过去，由于一个挤奶姑娘知道他的罪行，他就把她骗到冰上淹死。如今，这位姑娘的灵魂经常出没于老人身边，他一见到她，就缩成一团。亨梅尔与上校的情人生了一个女儿，上校的情人与丈夫关系冷淡，在一起时早已无话可说了。这个女人不想见任何人，也不想让任何人看见，已经在碗橱里匿居三十多年，变成一具木乃伊，话语声活像一个婴儿。在这里，我们所看到的是创作主体所感受到的那个世界的真理，与客观世界相比较，它是变了形的，是主观化了的，因而只能是表现的对象。在科克托的《奥尔菲》中，一个诗人在马蹄踏地的音响中捕捉着诗句，并从中获得重大发现。天使是一个安装玻璃的小伙子，魔鬼则是一个身穿黑色舞衣的年轻女人，穿衣镜成为死神出入的大门。主人公身首异处，他的头还在讲话，寻找自己的躯体。

这一流派的剧作家认为人的理性已被物质文明所污染，提倡纯精神的“自动反映”，也就是强调直觉和潜意识对创作的决定作用。这类作品所表现的正是创作主体的直觉、潜意识所捕捉到的世界，它是荒诞的，也是一般的再现所无能为力的。

在未来主义戏剧《月色》中，一对年轻的恋人在夜晚的公园长椅上情意缠绵，如水的月色烘托着出场人物的心境。忽然，他们身后出现了一个凸肚的胖老头，围着这对恋人不时哼哼两声。青年们看不见他，在他发出哼声时，却感到凉气袭人，继而又惶惑不安，终于起身离去。这个神秘的胖老头或许是剧作家对侵扰人的异己力量的象征性表现，它只是剧作家对这种力量的主观感受的具象化。

荒诞派戏剧中那些“场面的直喻”，那些难于理解的行动，那些支离破碎的语言，也都是创作主体经验中的世界，都是经过主观感受而变了形的世界。《等待戈多》中那位永不出场的戈多，乃是剧作家对人的永远不能实现而又难以言传的希望的象征性表现，两个流浪汉的支离破碎的语言，也是人在现实世界中失去意义的生态和心态的象征性表现。《阿麦迪或脱身术》中那具以几何级数膨胀的尸体，那些到处生长的蘑菇，也都是剧作家对人的普遍处境的具象化表现。在这类作品中，创作主体对人及其处境的总体性感受，已经无法获得再现的具体性和真实性，因而，只有借助特殊的语言和语汇使其得以表现出来。

如果说，戏剧的对象是人的生命活动，那么，一个人的生命活动也可能成为艺术再现的对象。比如，戏剧艺术可能通过动作再现行动的过程，而人的行动过程所包容的心理内容，也可以通过客观表现方式（形体动作、对话、静止动作等）直观再现出来。但是，人的生命活动也可能是人的心灵中那些最隐秘、最深层的活动内容，这往往是客观表现方式难以再现的，它必然成为艺术表现的对象。

比如，回忆作为人的一种心理活动，有着广阔的内涵。属于正常心理活动的有意回忆，是指主体经过意志努力对往事的追忆，这是用客观表现方式（如台词）可以再现的。可是，深藏于心灵深处的往事的积淀，早已进入潜意识的底层，遇到刺激，才会自然浮现出来。这种回忆无须经过意志努力，属于无意回忆，甚至可以被看作一种病态心理。这种特殊的心理活动，则可能成为表现的对象。回忆作为往事在内心的重现，总是与主体的现实心理活动有着密切的联系，包含着主体的现实体验。正因为如此，把回忆主体的现实心理活动与对往事的重新体验融合为一，比出于叙事方式的需要把往事化为具体的舞台场面要重要得多，也复杂得多。前者作为表现的对象，对剧作家有着更大的吸引力。在《琼斯皇》中，主人公在深夜的丛林中逃亡，鼓声作为土人造反力量的象征，一直追随着他，逼压着他，迫使他陷入极端恐怖的心境之中。在他坐在皇帝宝座上对土人作威作福的日子里，一些重要的往事，特别是犯罪的往事，已经被他淡忘了。在这种充满恐怖感的时刻，当他孤身在漆黑的丛林中逃亡的时候，他却不由自主地回想起这些往事，而每一件往事的浮现都熔铸着现实的体验。奥尼尔运用内心独白这种特殊的手段，有效地表现了这种复杂的现实心理活动内容。在美国，琼斯与另一黑人杰夫赌博时，由于对方用灌了铅的骰子行骗，他一时气愤杀死了杰夫，为此被捕入狱。在该剧第三场中，琼斯心中忽然浮现起这件往事，他先是听见掷骰子的咔嗒声，接着，眼前又出现了杰夫的影像，他面对影像开始独白：

琼　斯　……（恐怖地喘了口气）谁在那里？你是谁？杰夫，是你吗？（向对方走去，一时忘记自己的处境，真的相信他看见的是个活人——高兴、宽慰地叫）杰夫，见了你，我高兴极了！别人告诉我，我给了你一刀子，你就真的死了。（突然顿住，迷惑地问）黑人，你怎么到这里来的呢？（他呆呆地盯住杰夫；杰夫仍机械地掷骰子。琼斯的眼睛转来转去，结结巴巴地说）你不是死了么？怎么还在——抬起头来——你不能和我讲话么？你是……你是——鬼么？（吓得暴跳如雷，急拔出枪）黑人，你曾死在我的刀下，难道再要我杀死你一次吗？那你就吃我一枪！（开枪。烟消雾散，杰夫隐去，琼斯站着发抖……）

杰夫乃是琼斯内心视像的外化，琼斯与内心视像的“对话”，实质上也是内心独白的特殊表现方式。而这段内心独白所表现的心理内容是很复杂的。在一种充满恐惧的心绪中，内心浮现出被自己杀害的朋友的影像，这本身就表明犯罪感的萌发。他幻想着那桩杀人的罪行并不是事实，以摆脱心头的重压。然而，他又必须正视那个事实，那无法摆脱的心灵重荷。这段内心独白正是主体心灵深处一场自我搏斗的直观外化，它把我们带进主人公潜意识的角落，洞察到最隐秘的心灵活动。

再如，幻象也是人的一种特殊的心理活动内容，它同样可以成为表现的对象，甚至可以说，这种最隐秘的扑朔迷离的心理活动是不可摹仿的，它只能成为表现的对象。

有人说，把幻象具象化的表现方式，是电影的专利，戏剧运用这种表现方式，被认为是从电影中借来的。我不想为戏剧争这份专利权，但是，事实是，戏剧为表现这种特殊的心理内容，很早就找到了有效的方式。例如，莎士比亚就曾成功地运用这种表现方式。在《马克白斯》中，主人公弑君篡位之后，在大厅里欢宴群臣。正当庆宴进行时，他派去的凶手报告班郭已被杀死的消息，他回身走向自己的宝座，却看见那里坐着班郭的鬼魂。鬼魂忽而出现，忽而消失。在场的其他人都看不见它，唯有马克白斯被它搞得狼狈不堪。

〔鬼又上。

马克白斯　滚开！你给我滚开！让泥土把你埋葬！你的骨头里已经没有骨髓，你的血早已冰冷；你向人瞪着的眼睛也已经失去了光彩。

……

马克白斯　凡是人敢做的，我都敢：走过来，你尽管变成个俄罗斯的粗毛熊，变成个披甲的河马，或是希尔干的猛虎；不管你变成什么形状，就是不要这样，我坚强的神经都一丝一毫也不会摇颤；若不然，你就再活过来，用你的钢刀到荒野上去向我挑战；如果在那时我会有一点发抖，你就尽管骂我是个丫头养的。滚开，骇人的鬼影！空幻的东西，滚！

〔鬼下。

马克白斯刚刚知道班郭已被杀死的消息，转瞬间却看见死者占据了自己的座位。班郭虽已除去，但是，女巫预言中将会威胁马克白斯王位的费利安斯（班郭的儿子）却逃脱了。他的心病并没有根除，可能的隐患仍在逼压着他。这种复杂的心境，使他忘记了庆宴的礼仪，忘记了在场的群臣，躲进自己的内心深处，与潜在的隐患进行了一场搏斗，鼓励着自己的信心。班郭的鬼魂当然是马克白斯心造的幻象，它只闪现在主体的头脑中，不可能被其他人所看见。然而，它却以客观的物象展现在舞台上，而且，主体又把在场的其他人抛置一旁，向这个“空幻的东西”发泄自己的情绪，我们当然可以把这种现象看作非现实的。然而，这种非现实性的表现方式，却使我们进入了主人公隐秘的灵魂。

在表现主义戏剧中，把人的幻象具象化，乃是具有普遍性的表现方式。在凯泽的《从清晨到午夜》中，向来循规蹈矩的银行出纳员，无意中受到一位意大利贵妇人的诱惑，卷款潜逃，企图与贵妇人私奔，但却遭到她的拒绝。他已是走投无路，只有带着这笔巨款逃亡。第三场，他孤身来到积雪的原野，这是一个由大段独白构成的场面。独白表现了他纷杂紊乱的思绪，这思绪又集中到自己卷款逃亡的行为，他自认是不能被容忍的。这时，“树变成了一具骷髅”。大树的变形当然是他心造的幻象。于是，他又对着幻象独白：

> ……你一直坐在我后面偷听吗？你是警察的密探吗？不是人们通常说的那种狭义的警察——而是（停顿）含义最广的警察。命运的警察？你是我提出的命运攸关的问题的总答案。你那四处通风的形体是否暗示着最终的真理——一切都是空幻？

他表示要让这“命运的警察”永远伴随着自己，去寻找那“最终的真理”。到最后一场时，在救世军的小女孩的引导下，他来到救世军布道厅，看见救世军的士兵和悔罪者一个个因忏悔而得救，他终于登上了悔罪者的讲坛。在小女孩的鼓励和陪伴下，他把“坦白和悔罪”看成两口坩埚，要把自己放在里面熔炼，去掉杂质，得到自己的灵魂。于是，他把窃取来的六万马克抛向大厅，企图让那些得救者把它们撕碎，踩在脚底下。可是，那些已经受到熔炼的得救者，忽然跳出了坩埚，人人都去抢接钞票，互相撕打，连滚带爬地拥上大街。只有那个小女孩没有参加混战。他坚信那个圣洁的空间只有他们两个人了。可是，那个女孩却叫来了警察，为了那笔赏金而出卖了他。于是，他只能孤独地进入那个空间。这时，大厅里的一捆电线又化成那具骷髅，他在死亡中迎向了那个“最终的真理”。两次出现的骷髅，都是主人公内心幻象的具象化，如果把它看作一种象征，它也是主体所追寻的命运攸关的总答案的象征物。在《琼斯皇》中，从第二场到第七场，当琼斯孤身在漆黑的丛林里逃亡时，由主体的内心幻象和内心独白构成的一个个场面，把深藏的潜意识一层层外化出来，连接成灵魂崩溃的主线路。比如在第七场中，琼斯已是精神恍惚，丛林的空地上却出现了一个祭台，他虔诚地跪在祭台前。这时又出现了一个巫医，他摇着拨浪鼓，跳着舞，念着咒语，企图镇住索取祭品的魔鬼。正当魔鬼追逐巫医时，他却把琼斯作为祭品献给魔鬼。琼斯被吓得伏首哀告，这时从河岸边爬上一条鳄鱼，盯住琼斯，巫医又强令他充当鳄鱼的祭品。这时琼斯已完全失去反抗的力量，只是哀告着向它蠕动，并向耶稣求救……这个充满宗教色彩的怪诞场面，很像是一场恐怖的噩梦，但却把这个暴君灵魂最隐秘的角落赤裸裸地外现出来。他原是浸礼教徒，但为了金钱而丢弃了耶稣，利用巫医弘扬迷信观念以维护对土人的统治。他处于穷途末路时，又寄希望于巫医，但却预感到巫医会背叛自己，把他奉为祭品。他的灵魂已完全崩溃，命运的归宿已成定局。在这些场面中，幻想与内心独白相伴随，一层层剥开包裹着心灵的外衣，向我们表明主体灵魂崩溃的过程。

又如，主体心灵的分裂和潜在的矛盾，作为一种特殊的心理状态，也可以成为表现的对象。

奥尼尔针对现代剧作家面临的这个复杂而艰难的创作课题，曾经指出：

"他怎样方能以最明晰、最经济的戏剧手段，表现出心理学的探索不断向我们揭示的人心中隐藏的深刻矛盾。他必须找到某种方法，在自己的作品中戏剧性地表现这种内心世界，否则就得承认自己无能为力，写不了当代这种最典型的思想和独特的精神活动。如果仍然抱着陈旧衰老的现实主义技巧不放，他最多只能靠虚假、浅薄而又容易造成误解的象征主义对当代生活作一些模糊的暗示。它虽足以用具有感伤情调的神秘主义娱人，但那是远远不够的。"[①]现代剧作家所要表现的现代人的生命活动是极为复杂的，因为他们的内在生命的动态过程乃是充满内在矛盾的过程，主体与他人之间的对立矛盾，往往已转化为主体内部深藏的自我矛盾。面对这样的对象，传统的客观表现方式已显得无能为力，剧作家必须寻找一种最经济、最直截了当的方式，才能把这种深藏的内心矛盾戏剧化。奥尼尔在这方面进行了不懈的探索。在《琼斯皇》中，他运用了幻象与内心独白相互作用的表现方式；在《奇异的插曲》中，他让人物在对话中插入大量的旁白（也是内心独白），等等。但他认为，运用面具则是解决上述课题的最自由的方式。在《大神勃朗》中，他借用面具，使狄奥和勃朗化为多重自我，真真假假。按照奥尼尔的意图，面具的作用是人格的置换，是双重和多重人格的形象化外现。剧中狄奥·安东尼这一名字，就暗示着两种人格同居一体：狄奥尼索斯是希腊神话中的酒神，代表着创造力和人世的异教精神，而圣安东尼则是基督教最初的苦行僧，代表着基督教否定世俗生活的苦行精神。而狄奥的面具的变换，也表现了这两种精神的较量与转化。他戴着潘（希腊神话中的畜牧神）的面具，年轻的玛格丽特爱上了戴着这个面具的狄奥，并与他结了婚；狄奥只有与妓女西贝尔在一起时，才丢下这一面具；他死了，又把自己的面具遗留给勃朗。后者内心空虚，缺乏才智，更缺少狄奥身上创造性的生命力。勃朗爱着玛格丽特，他戴上狄奥的面具，并希望玛

① 奥尼尔.关于面具的备忘录［M］//中国社会科学院外国文学研究所，外国文学研究资料丛刊编辑委员会.外国现代剧作家论剧作.北京：中国社会科学出版社，1982：75.

格丽特会爱上面具下的自己。然而，这样一来，他失去了真正的自我——他的生命本来就是由外部的东西构成的。这出戏尽管晦涩难懂，连奥尼尔本人也称它为“神秘戏剧”，然而，剧中对面具可能具有的表现力的探索，却无疑是一个创造。在另外一部剧作《无尽期》中，主人公约翰·洛文的名字同样是“宗教”与“世俗情感”的合一，主体的两重人格分化为两个人物。在剧本将要结束的时候，约翰终于战胜了洛文，约翰拜倒在教堂祭坛的十字架前，请求主原谅他“该死的灵魂”，而洛文已经垮掉，跌倒在他的身边，于是，他又成为一个完整的人。据说，这出戏演出并不成功，被看作奥尼尔有生以来最令人遗憾的作品。但不管怎样，我们更重视剧作家对舞台表现性的多种可能的探索，他确实为表现人的两重人格进行了非常有益的创造。

在奥尼尔的剧作中，面具还具有另一种表现力，即作为主体特殊心态的物化形象。他在谈到《毛猿》的创作意图时说：“《毛猿》一剧如更广泛地运用面具，将会大大有助于加强该剧的主题思想。第四场开始时，当扬克开始思索，他就进入一切都被掩盖了的世界；甚至水手舱里同伙们熟悉的面孔都变得陌生和异样了。他们都应戴上面具……”[①]扬克是该剧的主人公，他比同船的其他烧火工人更健壮、更好斗、更自信。年轻的姑娘米尔德里德突然来到锅炉前，被他的野性的目光击垮了，晕倒在机师的手臂上，醒来后却对扬克恶言相伤，骂他是肮脏的畜生。扬克的自尊心受到侮辱，旺盛的生命力转化为复仇的破坏力量。在第四场时，烧火工人们刚刚吃过晚饭，齐聚在前舱里：

> 他们的脸和身体因为用肥皂和水擦洗过，显得发亮。但是他们的眼睛四周，因为水没有浇到，煤灰粘在那里，像是抹了黑色的化妆品，

① 奥尼尔.第二个想法［M］//中国社会科学院外国文学研究所，外国文学研究资料丛刊编辑委员会.外国现代剧作家论剧作.北京：中国社会科学出版社，1982：78-79.

赋予他们一种古怪的、邪气的表情。扬克没有洗过脸和身子。他跟他们成了对照，一个黑黑的、沉思的人。他坐在前面一张板凳上，恰像罗丹的《沉思者》。其他的人，大多数都在抽烟斗，瞅着扬克，半带恐惧，好像怕他会大发脾气；半觉好玩，好像他们看见了一个逗人开心的玩意儿。

这些伙伴完全不理解扬克的心情，开始七嘴八舌地议论他。正处于沉思中的扬克，只生存在已经封闭了的内心世界里，客观世界，包括那些与他朝夕相处的伙伴，都被心灵的大门隔绝了，因而也就失去了原有的活力。在这个场面中，其他人物都戴上面具，确实能表现出扬克所感受的世界，它乃是扬克主观感受的世界的物化形象。就像在电影中，一个酩酊大醉的人所看到的人和物件都变成不断旋转着的模糊的影像。

如果我们更广泛地研究奥尼尔的剧作还会发现，对面具的使用有着极为广阔的天地。也就是说，面具的表现力是多种多样的。例如，在《上帝的孩子都有翅膀》中，除几个主要角色外，其余出场人物都戴面具，它们表现出戏剧背景从冷漠向充满敌意的转化。在《拉撒勒斯笑了》中，除主人公拉撒勒斯外，其余人物都戴着面具，其表现力在于，这些人物并不是偶然集合起来的个人，而是代表着共同意志、共同情感，组成个人的声音的整体，就像奥尼尔自己所说："使观众在视觉上得到真正是'群众'的感觉。"他试图通过这种表现方式创造"一种新型的戏剧——伟大的民主戏剧"。在我看来，奥尼尔对面具的各种表现力的探索基本上是成功的。

我不准备全面论及戏剧表现的对象，这里只是略举几例进行抽象分析。从这些例证可以看出，在戏剧作品中，表现的对象与表现的方式应该是统一的。无论是回忆、幻象的具体化，还是声音、内心独白的运用，或者是奥尼尔为表现两重人格而进行的探索以及对面具多种表现功能进行的实验，都是适应表现人的潜在心理和深藏的内在矛盾的需要。而这类对象是一般客观再现方式所难于传达的，我们不妨把它们称为主观表现方式。因为，它们的功能正在于把主体心灵最隐秘的角落外化为直观的形象，使之能被观众直接感受。在这里，强调对象与方式的统一，是格外必要的。

三、再现与表现的融合

“表现论”美学把表现作为艺术的本质，而把再现排除于真正的艺术之外，这似乎是有根据的。某些抽象性的绘画作品，可以为这种美学概念提供论据。那些失去物象的实体性内容，只借助线条与色彩的排列组合表现各种情感内容的绘画作品，可以说是纯表现性的。但是，这也只是现代造型艺术中的一个流派。再现风格的绘画、雕塑作品，仍然继续存在着，并与纯表现性的作品争奇斗艳。至于谈到戏剧艺术，它的总体性状显得更为复杂。某些流派，例如未来主义、超现实主义以及荒诞派的有些作品，可以说是总体表现的。然而，荒诞派作家的作品中，可以被称为总体表现的作品中，也并不缺少再现的场面。比如，贝克特既创作过《美好的日子》这样总体性“场面直喻”的短剧，也创作过《等待戈多》这样的更为成熟的经典性剧作。在《等待戈多》中，再现的因素仍然时时出现于众多场面之中。在第一幕中，爱斯特拉冈与弗拉季米尔先后来到乡间小路，在这里继续等待戈多。他们东拉西扯地谈些毫无意义的事情，从神秘的戈多谈到夜里的噩梦，从路上的景色和行人谈到英国的妓院。弗拉季米尔不堪爱斯特拉冈的追问，对朋友置之不理，爱斯特拉冈向他表示和解的愿望：

爱斯特拉冈　（温柔地）你是要跟我说话吗？（沉默。爱斯特拉冈往前迈了一步）你有话要跟我说吗？（沉默。他又往前迈了一步）狄狄……

弗拉季米尔　（并不转身）我没有什么要跟你说。

爱斯特拉冈　（迈了一步）你生气了？（沉默。迈了一步）原谅我。

（沉默。迈了一步。爱斯特拉冈把他的一只手搭在弗拉季米尔的肩上）来吧，狄狄。（沉默）把你的手给我。（弗拉季米尔转过身来）拥抱我！（弗拉季米尔软下心来。他们俩拥抱。爱斯特拉冈缩回身去）你一股大蒜臭！

弗拉季米尔　它对腰子有好处……

在这里，一对朋友之间小小的不愉快已经和解了。尽管这两个人物都是失去个性的抽象化形象，然而，他们互相交往中的这类细节，也往往能再现实际生活中的人的生活状态，我们仍然把这些细节看作再现性的。

再如，尤奈斯库既创作过《秃头歌女》这类总体表现的作品，也完成了《阿麦迪或脱身术》这样的剧作。在《阿麦迪或脱身术》这部经典性剧作中，“场面的直喻”几乎贯通全剧，但是，阿麦迪和妻子交谈的场面中，仍然显示出再现的性状。在《新房客》中，剧终之前，由搬夫搬来的家具，堆满了大楼的每一级阶梯，堆满了整个舞台，甚至整个街道，连同整个城市都被家具壅塞。在这个荒诞的、充满象征意味的剧作中，表现的也是剧作家所体验到的“世界的真理”。但是，全剧的情境的进展中，仍然不乏再现性的场面。比如在命名为“先生”的新房客与女门房的交往中，女门房对他介绍以往房客的种种状况时，喋喋不休；但是，“先生”却在关心窗子的开关问题，引出如下的对话：

先　生　（用手指窗）太太，这窗户……（声音平淡而无生气）

女门房　啊！是的，先生！我很想帮您料理家务，我要价不高，先生。咱们好商量，你不用付保险费……

先　生　（仍是这个手势，仍然那样镇静）这窗户，太太。

女门房　啊，是的，先生，对不起，我忘了。（关窗，喧哗声

> 减弱）……您知道，先生，话越说越多，时间就过去了……（先生继续审视）你看，我已经按您的吩咐把窗子关上了。这玩意儿关起来很容易，（先生打量窗户的插销，检查着窗户）这窗子是朝向院子的，挺亮堂……

表现主义的有些剧作，被认为是“纯表现”的代表作，实际上把它们定位在“总体表现”还是比较准确的。在斯特林堡的《鬼魂奏鸣曲》中，剧作家把他体验过的、主观化了的世界呈现给观众。这类剧作当然是总体表现的。在他之后，德国剧作家托勒，选择了一个从爱国主义转向和平主义的类型人物作为《变形》(又名《转变》）的主人公。在结构上，他则以链条式类型，在“五站十三景”的总体结构中，采用了现实场面与梦幻场面交叉并进的方式。在现实场中，主人公与不同人物的交流基本是再现性的。梦幻场面中的人物的表现是怪诞性的，主人公也是以不同身份的人物出场，呈现他的经历的不同阶段。在凯泽的《从清晨到午夜》中，主人公出纳员在试图用金钱攫取人生的意义的几场戏中，所经历的社会层面都是他体验过的变了形的场面，是表现性的。但是，在第一场中，银行经理与那位阔太太关于“活期支付汇信”的交谈，以及主人公出纳员的表现，基本上是再现性的。第二场，出纳员携带一笔巨款找到阔太太，表示要与她私奔的场面，以及阔太太与儿子的交往的场面，都是再现性的。

奥尼尔的《琼斯皇》，从第二场琼斯进入黑夜的丛林到第七场面对祭司的场面，都是表现性的。但是，第一场琼斯与史密瑟斯关于土人造反的对话，以及第八场史密瑟斯与造反的土人关于琼斯的对话基本上是再现性的。

以上数例，可以被称为总体表现与局部再现的融合。

现代戏剧的总体布局是相当复杂的，加斯纳曾经说过：“我们发现他们（现代剧作家——引者）从事两种戏剧，一种是现代戏剧，另一种是现代派戏剧。前者追求内容、风格和形式上的现实主义，后者则热衷于富有诗情和想象的艺术。前者在十九世纪七十年代开始在戏剧领域排除浪漫主义和假现实主义，而后者在九十年代开始对现实主义加以非难、节制，并取而代之。然而，浪漫主义戏剧始终没有被现实主义作家所废除，现实主义戏剧实际上也没有被新浪漫主义、象征主义、表现主义的作家以及其他诗剧和想象剧的支持者所置换。纵观我们的整个世纪，剧作的各种风格是彼此碰撞而又相互沟通的。”①

如果说，表现主义、荒诞派的剧作中存在着与现实主义的碰撞和相互沟通，那么，我们在现实主义剧作中可发现其与表现性的融合。

阿瑟·米勒是继奥尼尔之后的优秀剧作家，他倡导的创作方向是“社会剧”，剧作的总体风格是现实主义。在他的重要代表作《推销员之死》中，主人公威利一生就职推销员。他本人曾以自己的职业自豪，认为自己靠辛勤工作，讲交情，广结人缘，就能获得成功。如今他进入晚年，已是心力交瘁。正如他夫人所说：“他开车开了七百英里，开到那里一看，没有一个人再认识他，也没有一个人欢迎他。一个子儿也没挣到手就再开七百英里路回家……如今落到这个地步，不得不每个星期都去找查利借五十块钱，还骗我说是他的工资。”他的朋友查利对他的评价是：“生活是没有最低保证的……他是一个上不沾天、下不着地的人。”他本身常常自问：“为什么我会失败？”总起来说，老威利感到困扰的有三个点：其一，哥哥本开发西部屡获成功，曾经邀他与自己同去发财，但他却痴迷于推销员的职业，拒绝了，如今落得个生活无着，他不明白“为什么本会获得成功”。其二，他看不起查利办工厂的职业，如今却不得不接受这位朋友的资助。其三，儿子比夫是个球员，曾经风头出尽，威利更是望子成龙。现在比夫却是一事无成。与此有关的一件往事，是威利不愿回想的。在这三个困扰点之中，他与查利的关系是在现实空间展开的，其他两点则是本剧中重要的表现对象。

阿瑟·米勒针对威利的形象曾经就“回忆往事”有这样的表述：“人有

① 中国社会科学院外国文学研究所，外国文学研究资料丛刊编辑委员会.外国现代剧作家论剧作［M］.北京：中国社会科学出版社，1982：2.

回忆往事的本能，这是正常的。否则的话，我们就不能有人与人之间相互理解的交流。有些作者认为一出戏引出往事是很容易的事。在这些作者的笔下，那不过是一种倒叙的手法。这出戏里没有倒叙的场面，而只有往事和现实灵活地同时发生，而这又是因为威利·洛曼在他为自己的一生绝望地辩解时，破除了往事和现实的界限。”①事实是，威利的所有自我辩解，最终都迈向“绝望”。

第一，关于对本的回忆。

在威利一生最后一天的活动中，几乎只有本常常在他心中相伴随。在第一幕中，当他与查利一起打牌时，他精神恍惚，忽然眼前出现本的影像。他竟然对心造的本说话：“本，我累得要死。”查利莫明其妙地回应：“你叫我本吗？”他与心中的本的对话，搞得查利已无心打牌，只有离去。接着，就引出了本与威利一家四口的一段往事。当时，比夫和哈比年纪尚小，威利向本请教孩子的教育问题。

本　　（大言不惭，一字一句说得大有分量）威廉，当初我闯进丛林地带那年才十七岁呀。我闯出来那年还只二十一，可天呐，我发财了。

威　利　……发财了！这正是我想要鼓舞他们的精神！闯进丛林地带！我做得对！我做得对！我做得对！

从本那里获得关于教育孩子的启示，得意非凡。然而，那毕竟是20年前的往事。如今，无情的现实使他把仅有的希望都寄托在公司经理的身上，请求他把自己留在纽约公司里工作。请求的结果却是一个被解雇的决定。这时，威利已经断绝了生路，在绝望的心境中，内心又浮现出本的形象。

① 密勒.推销员之死［M］//中国社会科学院外国文学研究所，外国文学研究资料丛刊编辑委员会.外国现代剧作家论剧作.北京：中国社会科学出版社，1982：281.

他在潜意识中已经承认本的成功与自己的彻底失败。但是，心中的谜底尚未完全揭晓：

威　利　噢，本，你是怎么起家的？讲讲你的秘诀吧……

本　　　要是你办事心里有个数，那就费不了多大功夫，只是短时期出门办点事罢了……

威　利　本，我一定得跟你谈谈。

本　　　（看一下表）没时间了，威廉。

威　利　（穿过出口走向本）本，一事无成呐，我不知道怎么办才好。

本　　　听着，威廉，我在阿拉斯加买下了一个林场，需要一个人替我去管管事。

威　利　天呀，林场！我同两个孩子到美妙的大自然里去！

然而，由于妻子的反对，那一次的职业选择早已错过。实际上，本对他坚守的推销员的职位一直不以为然，劝他同自己去西部开发，但这已是无法挽回的往事。如今，本已辞世，而威利最终的要求——留在公司里任职已被拒绝。滞留在心中的只是无解的懊悔绝望。最终的选择只能是去完成最后的“一笔生意”——通过自杀获取两万块钱的赔款。对于这件事的利弊得失，他只有和本商量。尽管本对此持有异议，提醒他“你千万不能拿自己开玩笑”。但是，这一计划已经是在无路可走的绝望中“不能两手空空去”的选择。

第二，对处理与比夫的关系的回忆。

威利的长子比夫是走红的橄榄球星。威利为此而自豪，盼望儿子出人头地。比夫在学校里考试不及格，需要家长签字才能参加补习学校。当时，威利正在波士顿推销货物。比夫赶到波士顿时，却发现父亲正与一个女人混在一起。比夫一气之下，并未让他签字，回到纽约后，心灰意冷，从此一蹶不振。这件往事一直潜伏在威利的内心深处，他自知对儿子的消沉负有责任，但一直不敢正视。当别人提及与此有关的事情时，他甚至会断然否认。威利被公司解雇后，来到了查利家里，正遇见查利的儿子伯纳德，他曾经是比夫的崇拜者，如今已在高等法院任职。伯纳德对威利谈起比夫从波士顿回到纽约后的异常表现，不禁询问："在波士顿出什么事了？"威利勃然大怒："出什么事！这是什么意思？""孩子躺倒不干是我不好？"在酒店里，威利会见了两个儿子，他对比夫的希望又一次落了空，一怒之下，对比夫恶言斥责。比夫也反唇相讥："瞧您！瞧瞧自己落下什么下场！"在比夫的刺激下，那件在内心沉积了多年的发生在波士顿的往事终于浮现出来：

〔台后左方传出女人笑声。

……

女　人　门口有人，威利。

……

〔台后左方传出女人笑声。

……

女　人　你不打算去开门吗？

女人的呼唤把威利拉了回去，他迷迷糊糊地向右走。继而，那件往事的全过程在舞台重现。正是这个压在内心深处多年的潜意识的呈现，进一步使威利为自己绝望地辩解，最终选择了自杀的绝路。

阿瑟·米勒自己讲过，《推销员之死》公演以后，评论界对此剧的内涵连同结构多有误读。对此，他已做过有说服力的阐释。除此之外，我也了解到对这部剧作的另一种误读。斯丛狄在《现代戏剧理论（1880—1950）》中，针对剧作中的回忆场面，发表了个人的见解。首先，他认为"主人公观察过去的自己，同时作为回忆中的自我被纳入作品的形式主体性。场面只是展示叙事性的对象”。对此，剧作家本人已经有所申明：“有些作者认为一出戏引出往事是很容易的事。在这些作者的笔下，那不过是一种倒叙的手法。这出戏里没有倒叙的场面。”当然，有关回忆的场面是叙事性的，还是戏剧性的，需要对这类场面进行认真的辨析。而且，关于两者的区别，关系到戏剧与叙事不同的本质。针对这一问题叙事学理论为叙事确立的“三层意思”是有权威性的：其一，叙事主体在叙述；其二，叙事的手段是叙述性；其三，叙事的对象是故事。与此相对应，戏剧的本质应是：其一，行动主体在行动；其二，用动作直观呈现行动；其三，戏剧的对象（指素材）也可以说是故事，但是需要把素材转化为特殊的形式结构。在这个意义上，我们可以列举威利与比夫在波士顿的那段往事作为例证。

在这一回忆往事的场面中，情境的构成是比较复杂的。地点是威利在波士顿推销商品的住房。比夫由于考试成绩不及格，来到这里找父亲签字，却撞见父亲正和一个女人鬼混。父亲虽然百般掩饰，但是比夫已把其中的隐秘尽收眼底。为此，父子关系面临着严峻的考验：

比　夫　我不上大学了。

威　利　咦？要是我没法叫他改变分数，你就进暑期学校补课，你有整整一个暑假——

比　夫　（他忍不住失声痛哭）爸……

威　利　（受感动）噢，我的乖……

比　夫　爸……

威　利　她跟我一点儿关系也没有，比夫。我寂寞，我怪寂寞的。

比　夫　您——您把妈妈的丝袜给了她！（他眼泪滚滚直流，站起身想走）

威　利　（抓住比夫）我吩咐过你啦。

比　夫　别碰我，您——说鬼话。

威　利　快赔个不是！

比　夫　您这假正经！您这装模作样的假正经！您这假正经！（筋疲力尽，马上转过身去，放声痛哭，拿起手提箱就走，扔下威利跪在地上）

威　利　我吩咐过你啦！比夫，回到这儿来，不来我可要揍你啦……

在这个场面中，情境是有力度的，两个人物的行动却是通过动作直观呈现的。每一个动作都有具体的动机。把这类场面归于叙事性是没有根据的。

其次，斯丛狄强调说："当下的情节总是不断地过渡到过去之戏中去。"这是把现实与往事的关系颠倒了。实际上，在《推销员之死》中，主人公对往事的回忆，基本上是为了揭示现实行动的深层动机。威利的现实行动只有一天时间，他的现实行动正是以自杀为归宿。剧作家本人对此有所表白："一种自杀的景象，动机十分复杂，深奥不可测，而又要求给予阐明。"从威利个人来说，直接的动机当然是他对本所说的："因为她在受苦，本，老伴儿在受苦。你懂得我的意思吗？男子汉不能两手空空地来，两手空空地去呀……"所谓的"深奥"之处，还在于他与比夫之间关系的变化。先是比夫的恶言相对，激发了他与比夫在波士顿的那件往事的浮现。他本人对比夫日前的不作为状况感到自责。第一想法就是买点菜种急着回家在院子里播种。回家后，他与比夫见面时，又经历了从相互怄气到相互谅解的过程，最终他的感受是：

威　利　（冷场了半晌，才又惊又喜）你说这件事——这件事怪不怪？比夫——他喜欢我。

林　达　他爱你，威利！

哈　比　（深深感动）一向如此，爸。

威　利　哎呀，比夫！（目不转睛地拼命看着）他哭了，对我哭了。（他憋着一肚子父爱，终于大声说出他的希望）那小子，那小子终究会大有出息！

〔本出现在厨房外的光圈里。

本　　是啊，有两万块钱做后盾，可了不得呀！

……

威　利　你能想象他口袋里一旦装上两万块钱那份气派吗？

当他向家人告别时，他几乎是手舞足蹈的："再见吧！再见吧！"最后的期望还是"等他拿到保险费，又胜过伯纳德了"。

我所以多费篇幅为《推销员之死》辩解，原因在于在我看来，这部剧作是再现与表现融合的经典之作，也可以说，是现实主义与表现主义融合的代表作。

卡西尔曾经指出，艺术中的再现与表现之间的界限并不那么容易确定，他认为：

在客观的与主观的、再现的与表现的艺术之间所作的泾渭分明的区别是难以维持的。帕尔泰农神殿的中楣，巴赫的弥撒曲，米开朗琪罗的"西斯廷教堂天顶画"，莱奥帕尔迪的一首诗，贝多芬的一首奏鸣曲，或陀思妥也夫斯基的一部小说，都是既非单纯再现的亦非单纯表现的。在一个新的更深刻的意义上它们都是象征的（symbolic）。[①]

一切艺术都是象征。不过，我们可以在不同的层面上理解艺术中的象征。"象征"这一语词本指用具体事物表示某种抽象概念或思想感情。在这个意义上，戏剧作品中的摹仿（再现）性动作也可能具有象征性。19世纪现实主义戏剧大师易卜生的大量剧作都堪称写实主义的典范。然而，约

① 卡西尔.人论［M］.甘阳，译.上海：上海译文出版社，1985：186.

翰·诺森却认为："在易卜生的戏剧中，一切视觉的要素，或者说各种感官直觉的要素是他戏剧艺术中最基本的和悉心用力的组成部分。不仅是那些一目了然的'象征'，而且我们所看到和听到的一切，其中包括人物的性格，都具有象征的价值。"①这里所说的"各种感官直觉的要素"，当然也包括那些摹仿（再现）性的语言。我们针对这种因素运用"象征"这一概念，只是意味着，当形体动作、对话、静止动作作为人的活动的自然形态的摹仿时，它们不仅传达了人物在特定情境中具体的心理内容，而且这种心理内容具有审美的普遍性。它们本身构成一种具象，其内涵又是对具象的超越。不过，这种超越并不是对实在的自然形态的超越，而是具象的内在意义对具象个性价值的超越。《玩偶之家》是一部写实性的作品，它由始至终贯串着再现性的语言。在全剧结束的时候，娜拉告诉海尔茂，她要离家出走，并拒绝他的帮助：

娜　拉　不必，我不接受生人的帮助。

海尔茂　娜拉，难道我永远只是个生人？

娜　拉　（拿起手提包）托伐，那就要等奇迹中的奇迹发生了。

海尔茂　什么叫奇迹中的奇迹？

娜　拉　那就是说，咱们俩都得改变到——喔，托伐，我现在不信世界上有奇迹了。

海尔茂　可是我信。你说下去！咱们俩都得改变到什么样子？

娜　拉　改变到咱们在一块儿过日子真正像夫妻。再见。（她从门厅走出去）

海尔茂　（倒在靠门的一张椅子里，双手蒙着脸）娜拉！娜拉（四面望望，站起身来）屋子空了。她走了。（心里闪出一个新希望）啊！奇迹中的奇迹——

〔楼下砰的一响传来关大门的声音。

---

① 转引自：费格生．论《海上夫人》[M]//高中甫．易卜生评论集．北京：外语教学与研究出版社，1982：385.

这就是一个用对话和形体动作完成的场面，但是，它的内在意义的普遍性是不容置疑的。艾尔瑟·赫斯特将它称为娜拉出走时发表的“一套改革纲领”：“关于真正的婚姻和所有的人——女人和男人的独立生活的权利，以及为发展自己的个性而生活的权利。”[①]而有人则把娜拉离家时关上大门的声音与滑铁卢的炮声相比拟，它在当时确实震撼了整个欧洲。实际上，我们在众多写实性的剧作中，都不难找到这种象征。比如，在曹禺的《北京人》中，奶妈带给曾文清一对鸽子作为礼物，但半路上飞了一只，剩下的一只被关在笼子里，放在小花厅。曾文清离家时请愫方照看这只鸽子。在此以后，愫方有两次在小花厅凝视笼中的鸽子，这一动作是摹仿性的，但其所具有的象征意义却是显而易见的。

戏剧中还有另一种象征。当具象已经是对人的活动的自然形态的超越时，我们就可能进入表现的领域。在某种情况下，如果创作主体对人的生命活动的体验、对客观世界的感受，已经升华为对具体存在的超越，切近自然形态的具体形象已经难于传达这种体验和感受，创作主体就可能闯进“只有情感才能使我们进入的不可模仿的世界”，从而走向抽象领域的象征的道路。当然，这种抽象并不是科学的抽象，而必须赋予这个“不可模仿的世界”以感性的形式，甚至必须把它转化为具体的形象，然而它却是超越自然形态的变了形的形象。在众多象征主义、超现实主义、荒诞派的作品中，我们常常可以发现这种表现性的象征。戏剧艺术向我们显示的是我们内部生活的各种形式，而我们对一个人的内心生活的洞察，只能借助感官直觉（视、听）。主体传达内心生活，固然可以借助自身的语言、形体动作、姿态、手势等等，但是，当这种方式已经不能准确无误地传达最隐秘、最深层的内心生活时，或者，当主体并不想把它们形之于外的时候，甚至当主体自身都不能意识到这种内心生活的具体内容时，剧作家只能借助超越自然形态的方式去表现这种内心生活，这就出现了另一种象征——表现

① 赫斯特.娜拉［M］//高中甫.易卜生评论集.北京：外语教学与研究出版社，1982：319.

性的象征。上一节所列举的戏剧表现的各种方式，都可以归入这种特殊意义的象征。

在上述这种意义上，我们仍然可以对主观与客观、表现与再现予以界定。不过，这界定只能是相对的，它们各自在具体的作品中都并非纯净的，而是互相渗透、相互融合。当然，我们可以看到各种各样的融合。比如，总体的表现性与局部的再现性的融合，像前面已经谈到的象征主义、超现实主义、荒诞派的某些作品；又如，总体的再现性与局部的表现性相融合，像莎士比亚的某些剧作；再如，场面实体内容的再现性与表现性的更为细致的融合，就像阿瑟·米勒的《推销员之死》。

从20世纪80年代的戏剧创作和演出的总体图景可以看出，中国戏剧已经呈现出对单纯再现的不满足，而追求再现与表现的融合。例如，在北京人民艺术剧院演出的《绝对信号》把五个人物集中于一列货车的守车车厢里。其中，在呈现乘车人之间的现实关系时，场面基本上是再现性的。当对象转向黑子、小号和蜜蜂三个人的心理内容和相互间的心灵碰撞时，意识与潜意识交融，人物之间的现实关系与回忆、想象交错，体现了再现与表现的融合。这出戏也显示出剧作家的内在矛盾：一方面企图对三个青年人的内心世界进行深入开掘，另一方面又匆忙对黑子进行一般性的道德批判，而后者常常切断、阻碍了前者。在北京人民艺术剧院演出的《野人》试图把多种艺术媒介，诸如音乐、歌舞、面具、傀儡、哑剧、朗诵等，统统引入舞台，使它们具有表现性。应该说，剧作家和导演的探索是大胆的。有人认为，这出戏一方面对历史进行大跨度（时间跨度近万年）的纵向的历时性考察，另一方面又把发生在不同时空的事物进行横向的共时性的并列呈现，并通过总体的象征，创造了一个蕴意丰富的现代寓言。这评价或许道出了剧作家原初的意图。即便如此，仅凭个体形象的塑造和个别人物的命运，这种意图是无法实现的。或许正是受到这一困扰，剧作家不得不借助大量的表现性的语言和语汇。比如，在作品中，舞蹈造型表现出的洪水泛滥的景象；老歌师演唱《黑暗传》的歌声，伴随着黑衣演员背向观众的造型动作，以及演员在黑布下蠕动的造型画面；当生态学家朗诵关于生态平衡的论文时，戴着面具的伐木者踏着舞步，围着原始人，模拟着砍伐巨树的动作，巨树受伤的躯体不断发出撕心断肠的呻吟声，在巨树轰然倒地的同时，原始人也仰倒消失……无疑，这些场面都具有象征性，编导者通过这些表现性的语汇抒发对生态平衡受到破坏的愤懑之情，它们都是情感转化成的意象。在全剧结尾部分，纯真的细毛与野人相互交流的场面，同样是具有表现性的：

〔舞台全暗。风声转为一种飘忽不定的、轻柔的电子音乐。在幽微的蓝光中，一个长臂、半弯着腰，披着长头发、浑身毛茸茸的野人的背影出现在细毛的面前。孩子松开捂着眼睛的双手，细眯着眼睛，和野人对峙，神态紧张。

野　人　呷呷。

细　毛　（小心翼翼地，试探着回答）呷呷。（不那么紧张了，勉强地微笑）嘻嘻。

野　人　嘻嘻，嘻嘻。

细　毛　（放心地笑了，大声地）呜呼！

野　人　（伸直了身腰，面向舞台深处）呜——呼——（挥舞起长长的手臂）

细　毛　（快活地也舞动着双手）呜呼！呜呼！

野　人　呜——呼！

细　毛　呷呷。（向野人伸出手）

〔野人也伸出手。他们手拉手，向舞台深处的高地跑去。

很快，细毛与野人融洽的舞蹈场面，转换成戴着面具的男女演员的群舞场面。辉煌中稍带哀伤的音乐，夹杂着老歌师粗哑的叫喊声，群舞者在节日般的狂欢气氛中跳着舞，学着细毛与野人“呷呷，呜呼”的欢快叫声，

“呼应着人与自然对话的声音”。这个表现性的场面，或许只是细毛纯真的梦幻的具象化，但它也渗透着剧作家所体验到的那个世界的真理。剧作家在真实再现了失去平衡的现代人的复杂心态和失去平衡的自然生态之后，或者说，他在对人类漫长的历史进行纵向的历时性考察之后，向我们展示出一个天真孩童的梦幻的世界。在这里，让尚未失去心态平衡的细毛与野人对话，也就是让人与自然对话。如果说，这就是剧作家所体验到的世界的真理，那它确实是太纯真了，但却并不怎么深刻，也很难唤起现代人的共同体验。尽管如此，这一场面确实向我们表现出一个主观化了的世界，剧作家的探索也确实提供了舞台表现的一种可能性。

强调表现的对象与表现的方式的一致性，并非指两者总是相和谐的。一般地说，某种表现方式在作品中的实际价值，应该以它所表现的内在意义的深刻度为标尺。然而，我们并不应由此而得出如下结论：具体作品中所表现的内在意义缺乏深刻性，所运用的表现方式本身也就失去了价值。在上述几部作品中，创作主体对人的内在生命活动的把握，对人的灵魂的最深沉和最多样化的运动的把握，对所表现的世界的体验，都还不那么令人满意，甚至还滞留于一般化的表层，因此，作品所表现的内在意义还不那么深刻。尽管如此，我们却不应对剧作家在舞台表现的多种可能性方面的探索予以否定。这方面的探索毕竟非常有意义，当作品所表现的内在意义不断向深度与广度拓展时，多种多样的表现方式就可能显示它更大的力度。

1986年，北京人民艺术剧院演出《狗儿爷涅槃》（刘锦云编剧，刁光覃、林兆华导演）。该剧的主人公是中国大地上的一个普通农民。他的真名是陈贺祥，但是人们记住的是他的诨名。他年轻时曾为本村地主祁永年当过长工。他本人迷恋土地，由于眼界、心胸的狭隘，最高的理想就是成为祁永年式的地主。在战争炮火的背景下，村里人都去逃难，只有他舍命抢收了祁永年的二十亩芝麻。土地改革时，他分得了土地和牲畜，还分得地主家高门楼，娶了年轻的小寡妇一起过日子，心里真正做起“地主梦”。好景不长，合作化又把他的土地、牲畜，包括那座高门楼都收归了大队。按他本人的要求，他住在小山坡垦荒种田，却被“割了资本主义的尾巴”。进入新时期以后，村里实行家庭承包制，他又重新获得了土地。但是时过境迁，下一代却要推倒高门楼，修路开矿。全剧基本是按照事件的顺序进行场面选择和总体结构的。值得强调的是，扮演狗儿爷的林连昆演出格外成功，获得观众和评论界的一致好评。评论界虽说是一致肯定，但在全剧演出的风格上却有不同的阐释。有的将其评定为“象征主义和现实主义的融合”，有的称之为“新的现实主义”，有的则认为该剧“标志着现实主义的开放，深化达到了一个新的高度”，也有的认为它是“扩大了外延的现实主义”。[①]这类不同的阐释表明当时主导的价值观还是强调现实主义风格。从本专题视角进行观照，把这部剧作及其演出称为再现与表现的融合是比较贴切的。

所谓“再现”是指该剧的风格是总体再现的。所谓“表现”意指主人公与祁永年的想象对话以及主人公对某一事件的体验过程的独白场面。

为了全观狗儿爷的“地主梦”，全剧除了表现他与现实的祁永年的矛盾关系，还特别请出这个地主的幻象，这实际上是主人公潜意识的外化。

例如，在大幕打开之后，舞台上是一片黑暗，观众在微光中可见一个巍峨的旧式砖门楼的剪影——“地主梦”的实体性的象征物。新时期政府实施家庭承包制，又把它归还给狗儿爷。但是，他的儿子认为“破车碍好道”，坚持把它“卖掉”——实际上是拆除。狗儿爷宁愿把它烧掉，也不会让这个象征“地主梦”的建筑再改换门庭。为此，他在黑夜里，企图用火柴点燃柴草扎成的火把完成计划。这时，祁永年的幻影突然出现，嘲笑他的行动：

祁永年　烧了，烧了，你“了”啦？哈哈！

狗儿爷　你笑什么？

祁永年　我笑你。

狗儿爷　笑我啥？

① 徐晓钟，谭霈生.新时期戏剧艺术研究［M］.北京：中国戏剧出版社，2009：185.

祁永年　笑你不如我。

狗儿爷　（蔑视地）我会不如你，嗯？我会不如你？

祁永年　你狗儿爷就是不如我。这门楼，我住过，大荷包掌柜的，我当过。死了——虽说死得不那么开心，大小算个三顷地的财主，也闭眼了。你呢，得门楼、烧门楼，这就叫狼肉贴不到狗身上。

狗儿爷　你给我滚，臭地主！

在《狗儿爷涅槃》中，主人公独白的场面较多，有的评论者认为它们都是叙事性的，其实不然。比如在合作社运动进行之后，他的家产都“归了堆儿”。他在回忆李村长动员他加入合作化时，实际上，剧作家的原意是把回忆作为潜意识流程处理：

咱的地没啦，爹！那不是我的酒，是他的——李万江的酒。他提来的，满满一壶。李村长是好人，是恩人，给咱这么大脸，不能不喝。他一杯，我一杯，我一杯，他一杯，小酒壶一打跟头，酒净了，人醉了，就都没了……狗儿哥，别二心不定啦，眼看这就楼上楼下——话攻耳朵酒攻心，家神招外鬼，内外夹攻，走投无路，我就归堆儿啦，归堆儿啦——爹！菊花青，那菊花青舍不得走啊，舍不得离开我刚给它做好的三块板拼成的新柳木槽啊！这地，也没了，爹……我对不起你……（失声伏地）

当时，狗儿爷已经处在昏沉沉的精神状态中，但是，他回忆自己拒绝参加合作化，李村长如何劝说的过程，以及妻子对他的警告，台词都显得逻辑清晰，过于理性化。从独白表层的性状来看，似乎是叙事性的。据此，可以看出，剧作家当时对主人公心理内涵的体验还显得浅层化。

1988年，中国戏剧舞台出现了《桑树坪纪事》，它的演出，被视为一种征兆、一种现象——“桑树坪现象”。这一称谓固然包容着多种含义，但是，其重要内涵之一是，它表明中国戏剧在走向再现与表现的融合的路程上，已进入一个新的里程。

《桑树坪纪事》是根据朱晓平的一组中篇小说改编的，全剧众多场面的具体内容都取材于小说的纪实性段落，它们都是再现性的。比如，李金斗（桑树坪的生产队长）与公社估产队的较量；李金斗与麦客关于压低割麦报酬的争斗；李金斗和桑树坪的其他领导人对王志科进行排挤、陷害的行为；有关彩芳、月娃、青女三位女性悲惨遭遇的几个场面。这些再现性的场面具有严酷的真实性，揭示出处于原始性生存状态下的桑树坪居民的生存竞争的残忍性。如果仅就这些场面的实体内容来说，它是一部写实性的作品，然而，编导者并不满足于对桑树坪生存状态的真实再现，他们为了更深入地展示人物的内心的骚动，展示他们对这个世界的深切体验，运用了多种表现方式，并力求把它们与具有严酷真实性的再现性场面融合为一个有机整体。导演徐晓钟透露了这种创作意图，他说：

> “表现”和“再现”是戏剧艺术在体现事物的内在实质、表达创作者主观理念时解决主观与客观、“神”与“形”关系的两种艺术概念。“表现”的原则追求用非写实的或远离生活形态的形式，直接外化形象的心理潜意识及创作者的主观感受和理念，而且往往不理睬戏剧冲突、情节表层的写实的逻辑。我认为真正的“表现”原则和“表现”的美，只存在于饱含哲理、饱含诗的激情和意境并找到美的形式的那些瞬间。如果失去其中的某个因素，往往出现形式大于内容的现象，有时成为创作者某种理念的冷漠的图解，甚或只是一些“美妙”形式的“游戏”。面对我们改编的《纪事》，按照作品诗情与哲理酝酿、发展的逻辑，试将“表现”与“再现”两种原则相结合，两种手法相交替。①

① 徐晓钟.反思、兼容、综合：话剧《桑树坪纪事》的探索［J］.剧本，1988（4）：29-31.引文中的《纪事》即《桑树坪纪事》。

导演的追求是明确的，这也是剧本改编者的追求。他强调表现原则对主观理念的表现，但却反对对某种理念的冷漠的图解；他追求表现形式的美，但却反对把对形式的追求变成一种游戏。实际上，在表现的部分，创作主体所真正追求的是他们对桑树坪这个特殊的世界的主观感受和体验，使表现成为一种情感的有意味的形式。这里只能从全剧中选出几个例证进行抽样分析。

例证之一：潜意识的具象化。

李金斗的儿媳彩芳，渴望结束孤寂的寡居生活，挣脱捆绑女人的舆论绳索，却为此被居民们辱骂。麦客进村以后，她与榆娃在井边相会，一见钟情。两个人在全村的自乐会上演唱《芙奴传》，剧中人物眉目传情，引发了扮演者潜在的情欲。编导者顺应人物的心理空间，让他们丢开人群缓缓走向塬上，相约在收罢麦后双双去平凉。这时，彩芳与榆娃默然相对，内心翻腾着炽烈的情欲，但却被无形的闸门堵塞着，一时难以表露。编导者为了把人物潜在的情欲外化为直观的形象，让一对青年在彩芳和榆娃身后跳起象征爱情的舞步……舞蹈者情欲交流的动作，表现出人物潜藏的、一时难以表露的欲求。舞蹈者刚刚隐去，彩芳和榆娃堵塞情感的闸门刚被打开，他们周围突然亮起光环，这光环又骤然变成桑树坪村民“围猎”的火把。接着又出现了李金斗指挥村民捆绑彩芳、毒打榆娃的再现性场面。村民自乐会的场面，村民毒打榆娃的场面，都是再现性的，它们中间则融入了表现性场面，二者融合为一个有机整体，显得自然和谐。

例证之二：歌队的表现性。

在这出戏中，有两个歌队：一是由桑树坪村民组成的歌队，它时而身着现代服装，时而并不改变村民的衣着；二是由麦客组成的歌队。由桑树坪村民组成的歌队，在身着现代服装时，主要承担着对全剧或局部场面的实体内容进行议论的作用，它所表现的只是创作主体对这个特殊的生活世界的理性分析。比如，歌队成员一面变换舞蹈造型，一面唱着贯通全剧的主题歌：

中华曾在黄土地上降生，
这里繁衍了东方巨龙的传人。
大禹的足迹曾经布满了这里，
武王的战车曾在这里奔腾。
穿过一道道曾紧锁的山峰，
走出了这五千年的梦魂。
历史总是提出这样的疑问，
东方的巨龙何时才能猛醒。
……

这里，歌队成了评论家，似乎起着布莱希特式的情感间离的作用，试图诱导观众对他们所感受到的情感内容进行理性的评价。应该说，近些年来不少剧目中出现的歌队，大都是以这种评论家的面目与观众交流的。但我认为，这种理性分析并不深刻，如果用它代替观众自身内在于体验的理性思考，并不是明智的。导演徐晓钟并不满足于像这样去干预观众的感性逻辑，他强调指出：

我在国内和国外舞台上看到一种现象，在运用布莱希特的理论时，过分人为地将“情”“理”割裂、对立。我发觉，如果割裂“情”“理”的辩证法，贬低“情”在剧场艺术里的价值，造成对“情”的忽视，往往会使观众对剧场里的一切冷漠，不仅是情感的冷漠，也导致对理性思索的冷漠。导演有时把“陌生化效果”作为一种简单的手法，像捏“橡皮泥”那样任意捏来捏去，强加给剧作者和观众。导演对剧本情理线索、观众欣赏戏剧时的情理逻辑的过分生硬的干预，给观众的欣赏带来困惑和反感。[①]

① 徐晓钟.反思、兼容、综合：话剧《桑树坪纪事》的探索［J］.剧本，1988（4）：29-31.

这种表白透露出编导者的艺术追求，也透露出其对歌队的审美功能进行实验的意图。席勒在《论悲剧中歌队的使用》中曾经指出：

> 通常对歌队的评价都习惯于谴责它抵消了幻觉，破坏了感情的冲动，这些谴责是对歌队的最高褒奖；因为这些盲目的感情冲动恰恰是真正的艺术家所力求避免的，这些幻觉是他所不屑于激起的。

席勒所赞誉于歌队的，恰恰是它能使观众与其所受的感动“保持距离”。布莱希特关于歌队功能的见解大概与此有关，至少，他与席勒的观点是一致的。歌队确实可以承担这种任务，如果创作主体有志于此的话。然而，这是否意味着只能按照一个原则运用歌队？尽管席勒和布莱希特都认为观众欣赏戏剧时的感情冲动具有盲目性，因而主张对这种情感反应进行间离，或曰“净化”；然而，我们也有理由尊重观众的情感反应。《桑树坪纪事》对歌队功能的实验性探索，是通过歌队使场面的情感内容升华，而不是中断它。比如，该剧的第二章，在田间劳动的空隙，桑树坪的青年们撩拨福林，使这个“阳疯子”当众扯下青女的裤子。这个再现性的场面所具备的情感内容是强烈的，至少，无辜的青女所遭受的非人性的侮辱，使观众的心灵受到震撼。在这时，村民们唰的一下围住青女，冷酷地旁观，福林却从人群中走了出来，高举着青女的裤子，面对观众自豪地宣布：“我的婆姨！钱买下的！妹子换下的！”紧接着，由村民们组成的歌队在音乐中渐渐散开，舞台中央呈现出一尊残破的但却洁白无瑕的古侍女石雕，扮演彩芳的演员手捧一条黄绫肃穆而凝重地覆盖在石雕像上。歌队随着扮演彩芳的演员，一起跪倒在石雕像的四周。这时，场面实体内容激起的对青女个人遭遇的情感反应，很快向深度与广度升华，它令人感悟到中华大地上曾有多少代殉葬的女人，而歌队肃穆而凝重的情调又强化了情感的升华。当然，在这个由石雕像与歌队构成的表现性场面中，诱导观众产生的联想中也包含着理性的内容，但它却内在于感性，不是凭借情感的中断而进行的强制性干预。在同一剧中，由麦客组成的歌队，同样具有使场面的实体内容向深度与广度升华的功能。比如，在第一章中，当李金斗指挥村民毒打榆娃致伤后，彩芳跑回来抚慰受伤的恋人，他们正难舍难分，朱晓平赶来通知他们，李金斗要把榆娃送到公社“学习班”，而那里是无理可讲的。彩芳和朱晓平把榆娃扶起来，送他上路。这时，麦客组成的歌队在音乐声中走上转台，转台缓缓转动，歌队逆方向舞蹈化地走着，彩芳和朱晓平将榆娃扶进歌队的行列，肩负无形重荷的歌队坚韧不拔地走着，而榆娃就在其中。就在榆娃融进歌队的那一瞬间，就在榆娃强挺起受伤的躯体随着歌队缓缓行进的那个场面中，原初是再现性场面的情感内容，忽然深化了，升华了。

我不准备对这出戏进行全面的、深入细致的分析，只是把它作为一个突出的例证，借以说明中国戏剧在寻求再现与表现相融合的可能性方面已经达到的完美度。两者较为完美的融合，并非凭借情感与理性的分离而实现的，而恰恰是建立在这一坚实的基础之上。无论是再现，还是表现，都是为了创造一种“情感的有意味的形式”，而这里所说的“情感”，则是指人的心灵的最深沉和最多样化的运动，是指人的生命的动态过程。当然，《桑树坪纪事》也只是寻求两者融合的一种可能性。如前所述，剧作家与导演所能寻求的可能性是多样的，只要把某种可能性建立在上述坚实的基础上，而不是离开对象及其内在意义的要求，把某种表现方式当成“时髦”的游戏，那么，任何一种可能性都会有广阔的前景。

结 语

布伦退尔在《戏剧的规律》中宣称，很多戏剧作品是那样不同，但它们之间必有联系和约略相似之处，而且必有共同的特征，这是很自然的。那么，这些共同的特征又是什么呢？他对“戏剧规律”的概括，以“自觉意志——意志冲突”为轴心的理论体系，就是对这一基本问题所做的回答。然而，研究对象的狭窄，必定给理论造成致命伤。布伦退尔所选取的研究对象，主要限制在高乃依、拉辛、莫里哀、博马舍、小仲马等几位法国剧作家的作品中。根据这个相当狭窄的对象范围概括出的“戏剧规律”，其包容量毕竟是有限的。布伦退尔的“戏剧规律”确立于1894年，到今天已经度过了一个多世纪的岁月，在这中间，现代戏剧不断向我们展示出令人眼花缭乱的新的现象。我们当然不能把这些新的现象看作“意志的松弛、瓦解”而导致的“危机”，相反，我们必须认真观照这些新的现象，并把它们纳入研究对象的范围。正是在这个基点上，我们必须抛弃布伦退尔的“戏剧规律”，而重新认知戏剧的本质。

与其他艺术创作一样，戏剧艺术的创造活动是生机勃勃的、自发的、自由的活动，戏剧艺术创造的作品也是充满个性的。在这里，最忌的是制造人必须遵守的规则，最忌的是运用某种一成不变的规则去扼制自由的创造力和作品的个性。然而，剧作家、导演的自由创造并不意味着不受制于艺术的内在规律。真正的创造自由是主体的创造力对规律的符合。当然，一个根本没有艺术创造力的人，不可能凭借对艺术规律的掌握而变成真正的艺术家；不过，对规律的掌握却可使艺术家的创造力在正确的轨道上充分发挥，而不致随波逐流、恣意泛滥。通过对戏剧本体的研讨而获得的对某些规律性问题的认识，也只能起到这种有限的作用。

我们在研究戏剧本体这一命题时所获得的基本认识，究竟是什么呢？

卡西尔把艺术看作“对实在的发现”，不过，它并非像科学那样是对规律的发现，而是对各种感性形式的发现。艺术的对象是人，它以人自身为目的。戏剧艺术的对象是具有感性丰富性的人，是人的生命的动态过程，是人的心灵的最深沉和最多样化的运动；戏剧的基本任务就是赋予这一取之不尽的对象以感性的形式。如果脱离这一对象及其内在意义空谈形式，戏剧只能成为没有灵魂的躯壳，是不具有生命力的。当我们把情境作为人的生命活动的规定形式和实现形式的时候，也就意味着，所谓“戏剧的本体”就是情境中的人的生命的动态过程。如果说，情境乃是人的生命活动的规定形式与实现形式，那么，戏剧要把情境中的人的生命活动化为感性的、直观的舞台形象，就必须要触及再现与表现这两种不同的却又相互联系的艺术方式。我们并不想把戏剧的本体简单地归为再现或者表现，而是主张在两者的多种形态的结合中拓展戏剧的途径。我们并不把再现与表现这两种方式看成可供任意取舍的，它们都需要与戏剧的对象合一。丢开对象孤立地讨论再现与表现的优劣程度，并不符合戏剧艺术的本体要求。

与西方戏剧相比较，中国戏剧的历史性弱点正在于对象的表层化、一般化。也就是说，人的本体观的偏狭，成为中国戏剧的致命伤。究其原因，与其说是美学的贫困，倒不如说是历史文化的滞顿。中国戏剧要跻身于世界剧坛，必须结束文化滞顿，表现出人类文化的最高成果在人的本体观上的突进。中国已经进入一个新的历史时期，发展生产力、解放生产力已经成为社会生活的中心内容。正如马克思所说，发展人类生产力，也就是发展作为目的本身的人类本性的丰富性。人的价值观念的嬗变正在波及中华大地，个性的解放、人类本性的全面发展，已经成为潜在的历史要求。与